Konzepte der Humanwissenschaften

Ruth Ronall, Bud Feder

Gestaltgruppen

Mit einem Vorwort von Ruth Cohn

Klett-Cotta

Aus dem Amerikanischen übersetzt
von Brigitte Stein, überarbeitet von Andrea Streicher
Die Originalausgabe erschien unter dem Titel
»Beyond the Hot Seat«
im Verlag Brunner/Mazel, New York

Printed in Germany 1983
Umschlag: Heinz Edelmann
Gesamtherstellung: H. Mühlberger, Augsburg

CIP-Kurztitelaufnahme der Deutschen Bibliothek

Gestaltgruppen
Ruth Ronall; Bud Feder.
Mit einem Vorwort von Ruth Cohn
[Aus dem Amerikanischen übersetzt von Brigitte Stein,
überarbeitet von Andrea Streicher]. –
Stuttgart: Klett-Cotta, 1983
(Konzepte der Humanwissenschaften)
Einheitssachtitel: Beyond the hot seat dt.
ISBN 3-608-95100-8
NE: Ronall, Ruth [Hrsg.] ; EST

Für *Joachim Ronall* (1912–1979),
der uns voll Ruhe und Geduld,
in gesunden wie in kranken Tagen,
die Stütze gab, die wir brauchten.

Inhalt

Vorwort von Ruth Cohn ... 9
Einführung ... 13

I Theorie

1 Der Gestaltgruppenprozeß – *Elaine Kepner* ... 19
2 Die Gestaltgruppe – *Richard Kitzler* ... 45
3 Eine organismische Formulierung der Gestaltgruppe – *Norman J. Liberman* ... 59
4 Sicherheit und Gefahr in der Gestaltgruppe – *Bud Feder* ... 64

II Klinische Anwendungen

5 Der Entwicklungsprozeß einer Gestalttherapiegruppe – *Joseph C. Zinker* ... 83
6 Gestalt-Familientherapie: Eine Fallstudie – *Susan M. Campbell* ... 111
7 Gestaltungstherapie in Gestaltgruppen – *Elaine Rapp* ... 121
8 Bewegungstherapie in Gestaltgruppen – *Deldon McNeely Tyler* ... 146
9 Der Gestalttherapie-Marathon – *Elizabeth E. Mintz* ... 161

III Anwendungen in der Pädagogik

10 Erziehung zur Autonomie: Ein Gestalt-Ansatz für die Hochschuldidaktik – *John David Flynn* ... 183
11 Kontakt und Grenze: Die Schaffung eines nicht-traditionellen Unterrichtsrahmens an Hochschulen – *Rona Gross Laves* ... 211
12 Gestalttherapie-Ausbildung in der Gruppe – *Bud Feder* ... 227

IV Anwendungen in der Gemeinschaft

13 Intensive Gestalt-Workshops: Erfahrungen in Gemeinschaft – *Ruth Ronall* ... 241

14 Untersuchung der Geschlechtsrollen in Gestalt-Workshops – *Ginger Lapid* . . . 284

15 Identity House: Ein Gestalt-Experiment für Homosexuelle – *Patrick Kelley* . . . 294

16 Die Anwendung gestalttherapeutischer Prinzipien in der Organisationsberatung – *Joan S. Alevras und Barry J. Wepman* . . . 306

Nachwort . . . 318

Literaturverzeichnis . . . 319

Über die Autoren . . . 322

Register . . . 326

Vorwort

Ich habe mich angeboten, ein Vorwort zur deutschen Fassung dieses Buches zu schreiben, weil ich seine Veröffentlichung auch im deutschen Sprachraum für wichtig halte und weil zwischen Ruth Ronall und mir eine schicksalhaft-freundschaftliche Verbundenheit besteht. – Als Bud Feder und Ruth Ronall mich vor der Veröffentlichung der amerikanischen Originalfassung aufforderten, einen Artikel oder zumindest ein Vorwort für ihr Buch zu schreiben, mußte ich dies aus Überlastungsgründen schweren Herzens ablehnen. Jetzt kann ich es tun, und ich will es tun, weil es mir ein persönliches Bedürfnis ist, viele Menschen auf dieses Buch aufmerksam zu machen: Therapeuten, Lehrer, Erzieher und andere weltoffene und sich öffnende Menschen.

Beyond the Hot Seat – ein Titel, der im amerikanischen Wortgebrauch Anspielungen auf die Zeitgeschichte enthält, die nicht mit »Über den heißen Stuhl hinausgehen« wiedergegeben werden könnten.

»Beyond«: jenseits, darüber hinaus, weiterführend – dies Buch führt über das Hier und Jetzt hinaus in Richtung Zukunft.

»Beyond«: mehr Menschen in die therapeutische Arbeit miteinbeziehen; Möglichkeiten schaffen, damit wechselnde Konfigurationen in der therapeutischen Gruppe entstehen zwischen Nehmenden und Gebenden, zwischen Tun und Geschehenlassen, zwischen therapeutisch wirksam werdenden neuen Begegnungen und therapeutisch wirksamer Innenschau. Die Gruppe selbst als Gestalt, deren Teilnehmer im Geschehen zu Vordergrund- und Hintergrundfiguren erlebnistherapeutischen Austauschs werden.

Auch Fritz Perls arbeitete in Gruppen; sie waren jedoch nicht interaktionell. Er und ein Patient oder ein Patientenpaar standen jeweils im Zentrum der Interaktion, während die anderen einen »griechischen Chor« bildeten; dieser verstärkte im verhaltenstechnischen Sinn die Erkenntnisse des Klienten durch Zuwendung und durch Wiederholung. Die einzelnen Menschen dagegen traten nur punkthaft aus dem Gruppenschatten ins Licht des therapeutischen Einzelgeschehens. »Beyond« heißt in diesem Zusammenhang: Die Gruppengestalt-Therapie führt von der festgelegten Struktur des

Therapeuten (»I am available«) zum freien Prozeß von Funken und Strahlen zwischen den Gruppenmitgliedern, bis diese durch die Interaktionen miteinander und mit dem Therapeuten zu den Problemen eines Patienten oder zu einem Thema von vielen gelangen. Diese können dann in tieferen Schichten »unerledigter Situationen« durchgearbeitet werden.

»Beyond the Hot Seat« – »Über den heißen Stuhl hinaus«. Der Begriff »heißer Stuhl« ist kein durch die Gestalttherapie geschaffener Begriff, sondern er stammt aus den Anfängen der Encounterbewegung und gruppendynamischen Feedback-Übungen. Auf dem »heißen Stuhl« saß jeweils ein Teilnehmer, der Rückmeldungen über sich erhielt; er war Mittelpunkt der Aufmerksamkeit und individueller Reaktionen, die zugleich zur Bewertung wurden. Ein Stuhl, der recht peinlich heiß werden konnte.

Solch heißer Sitz gehörte nicht zu Perls' Werkzeugen. Fritz' griechischer Chor und dessen Feedback-Runden kannten keine unbalancierten Rückmeldungen. Rückmeldungen waren balanciert: »Ich schätze an dir« – »Ich mag an dir nicht«. Der Patient auf dem Stuhl gegenüber von Fritz war ein Geforderter: gefordert zum Wahrnehmen, Empfinden, Fühlen, Denken und vor allem zur Begegnung mit dem Therapeuten. Der »eigentliche Gestaltstuhl« war nicht der heiße, sondern der *leere Stuhl,* auf den der Patient seine Projektionen oder Übertragungsfiguren setzte. Und dieser leere Stuhl füllte sich durch die Gestalt und durch die Worte des Klienten, der mit der Stimme seiner Peiniger und manchmal auch seiner Freunde oder mit seiner eigenen Stimme als Kind sprach: »Warum bist du nicht anders, als du bist?« – »Sei, wie ich dich haben möchte!« »Sei dir nicht selbst im Weg.« »Ich bin jetzt sechs Jahre alt; ich möchte auf den Baum klettern dürfen.« Der leere Stuhl lud einverleibte, unverdaute Stimmen der Vergangenheit zum Sprechen ein, aber auch die eigenen Unsicherheiten des Patienten. Der leere Stuhl ist eine Technik und ein Symbol, nicht jedoch Inhalt der Gestalttherapie. Dies Buch bringt Beiträge, die erweiterte Techniken und Wirksamkeitsbereiche der Gestalttherapie »Beyond the Hot Seat and the Empty Chair« beschreiben oder andeuten.

Ruth Ronall hat Fritz Perls nur flüchtig gekannt; sie hat nie bei ihm studiert. Ruth war tief verwurzelt in der Philosophie Alfred Adlers und wehrte sich gegen die Vernachlässigung des »Gemeinschaftsgefühls«, die sie in der Atmosphäre, die von manchen Gestalttherapeuten ausging, spürte. Diese Abwehr verschwand, als Ruth und ich uns näherkamen. Wir wohnten im selben Haus, 333 Central Park West, New York City, wo unter der Leitung von Ruths Mutter Danica Deutsch auch das Alfred-Adler-Institut und die Alfred-Adler-Klinik residierten. So studierte Ruth in meinen Fortbildungsworkshops sowohl Gestalttherapie als auch Themenzentrierte Interaktion (TZI) und fing an, gestalt- und erlebnistherapeutische Konzepte in ihre therapeutische Arbeit aufzunehmen und in ihre eigene Form der Psychotherapie und der Gruppenarbeit zu integrieren. – In diesem Buch wird deutlich, wie Ruth Ronall Gestalttherapie und TZI in ihr humanistisch-adlerianisches Weltbild integriert und auf diese Weise erweitert hat.

Ruths leidenschaftliches Interesse für die Kombination von Gestalttherapie und Themenzentrierter Interaktion brachten sie und Bud Feder zusammen. Bud Feder habe ich nur flüchtig kennengelernt – durch einige Kongresse und Workshops. Was er mir über sich selbst schreibt, ist etwa dies: Auch er kam durch Familieneinfluß zur Psychologie – jedoch anders als Ruth. Sein Vater war Anwalt, und ihm zuliebe arbeitete er, als er zwanzig Jahre alt war, einen Sommer lang in seines Vaters Praxis. Es beeindruckte ihn tief, wie emotional bedürftig die Klienten seines Vaters waren, und er entschloß sich, als berufliche Laufbahn klinische Psychologie zu wählen.

Schon als Student faszinierten ihn zwei Bereiche: Gruppentherapie und humanistische Bewegung. Er wählte Gruppentherapie als Thema für seine Dissertation. Als er zehn Jahre später noch immer – oft deprimiert und verwirrt – auf der Suche nach der für ihn »richtigen« therapeutischen Arbeitsweise war, begegnete er durch Zufall der Gestalttherapie. In einer Gruppe bei Laura Perls traf er Ruth Ronall, mit der ihn bald eine tiefe Freundschaft verband. Gemeinsam fanden sie Wege, erlebnistherapeutische Gruppentherapie im TZI-Stil und Gestalttherapie zu verbinden.

Nachdem Bud Feder und Ruth Ronall gemeinsam an einigen Gestaltgruppen mit Laura Perls teilgenommen hatten, ergriff Bud die Initiative, mit Ruth zusammen ein Buch über Gestaltgruppen herauszugeben und andere Autoren zu inspirieren, einen Beitrag dazu zu leisten. Ein großer Teil der technischen Arbeiten wurde von Bud bestritten, zumal die Ausarbeitung des Buchs in die Zeit fiel, in der Joachim Ronall zunächst gegen seinen Tod und dann für sein reifendes Sterben kämpfte und Ruth einen großen Teil ihrer Zeit bei ihm war.

Viele der Beiträge habe ich mit großer Freude gelesen. Die Zusammenführung von Gruppenprozessen und Gestalttherapie und die geistesgeschichtlichen Zusammenhänge, aus denen beide erwachsen, der Mut zum Risiko der Subjektivität, die persönliche und gesellschaftliche Bedeutung der Gestaltphilosophie und -therapie – dies und vieles andere ist hervorragend in diesem Werk dargestellt.

Ich habe das Buch mit Freude, Wehmut und Genugtuung gelesen – mit Freude, weil die Gestalttherapie über die kleinen Räume, in denen ich sie kennen und lieben lernte, hinaus jetzt über Kontinente hinweg verbreitet wird – mit vielen Facetten und mit neuen Horizonten; mit Wehmut, weil ich weder in Zeit noch Raum dorthin zurückkehren kann, wo ich einst war; und mit Genugtuung, weil viele der Autoren die therapeutische Erweiterung und Vertiefung der Gestalttherapie mitvollziehen oder sie mit interaktionellen und gesellschaftspolitischen Aufgaben verbinden.

Viel ist getan; es bleibt noch viel zu tun. Einstweilen: Ruth und Bud, herzlichen Dank!

Ruth C. Cohn

Einführung

In den letzten Jahren ist die Literatur über Gestalttherapie rapide angewachen, und dennoch ist relativ wenig über die Bedeutung der Gruppe-als-Ganzes für den therapeutischen Prozeß bzw. für den Wachstumsprozeß geschrieben worden. Diese Lücke besteht trotz der Tatsache, daß Gestalttherapie großenteils in Gruppen praktiziert wird. Ein Grund dafür mag sein, daß Fritz und Laura Perls Gestalttherapie am Anfang ausschließlich in der Einzelbehandlung anwandten und erst wesentlich später in Gruppen – wobei jeder seinen eigenen Stil entwickelte. Fritz Perls demonstrierte Gestalttherapie in Groß- oder Kleingruppen mit der Methode des »heißen Stuhls«. In dieser Situation arbeitet der Therapeut mit einem einzelnen Gruppenmitglied, das sich freiwillig gemeldet hat, vor einem Publikum. Die Gruppe-als-Ganzes (Therapeut, Teilnehmer auf dem »heißen Stuhl« und Zuhörer) wird nur gelegentlich zur lebendigen Figur.

»In der Gestalttherapie ist es nicht nötig, auf Gruppendynamik daß die Zuhörer fast ausschließlich als Hintergrund für die Figur der Begegnung zwischen dem einzelnen Teilnehmer und dem Gruppenleiter[1] betrachtet werden, als müsse man sich um sie – das Publikum – nicht kümmern. Laura Perls, die vorwiegend mit kleinen Gruppen arbeitet, neigt ebenfalls dazu, einen Großteil der Zeit mit Einzelnen zu arbeiten, jedoch entwickelt die Gruppe unter ihrer Art der Leitung ein Gefühl der Zusammengehörigkeit und wird zu einer sozialen Matrix für ihre Mitglieder.

Diese beiden Modelle mögen ein Grund sein, warum die meisten Gestalttherapeuten dem Gruppenprozeß bisher nicht viel Beachtung geschenkt haben. So bemerkt James Simkin (1974, S. 4): »In der Gestalttherapie ist es nicht nötig, auf Gruppendynamik besonders Rücksicht zu nehmen, obwohl manche Gestalttherapeuten das tun.« Und doch, wie Gruppentherapeuten und Gruppenlei-

[1] In diesem Buch werden wir die Begriffe »Teilnehmer« und »Gruppenmitglied« einerseits und den Begriff »Gruppenleiter« andererseits für alle Arten von Gruppen verwenden, auch für Therapiegruppen, und zwar deshalb, weil die Dynamik zwischen – und für – Leiter und Teilnehmer im Grunde dieselbe ist, unabhängig von der Art der Gruppe.

ter wohl wissen, hat die Gruppe-als-Ganzes – die mehr und anders ist als die Summe ihrer Teile – gewaltige Kräfte, zum Guten wie zum Bösen. Wenn sie vom Leiter erkannt und richtig eingesetzt werden, dann können die der Gruppe innewohnenden Kräfte ein Antrieb zu Wachstum und Heilung sein; wenn er sie ignoriert, mißversteht oder falsch benutzt, können diese Kräfte Wachstum und Entwicklung verhindern oder hemmen und »wie Gift« wirken. Eine umfangreiche und ständig zunehmende Literatur auf dem Gebiet der Gruppendynamik dokumentiert dies.

Gestalttherapeutisch ausgedrückt bietet eine »gute«, funktionierende Gruppe jene sichere, stützende Umgebung, die es ihren Mitgliedern, den einzelnen Organismen, ermöglicht, sich zu öffnen, zu zeigen und zu experimentieren. Diese Atmosphäre bildet dann den Hintergrund für die »geschützte Notsituation«,[2] das Gestaltexperiment, das einem Gelegenheit gibt, neue und schöpferische, bisher unerprobte Lösungen zu wagen. Entscheidend für die Aufrechterhaltung dieser Atmosphäre ist jedoch das Bewußtsein des Leiters/der Leiterin, daß die Gruppe-als-Ganzes zu einem Organismus wird, der für seine Entwicklung gute Nahrung und Pflege braucht.

Aus gestalttherapeutischer Sicht sind diese Erkenntnisse eng miteinander verflochten und führen zu zahlreichen Fragen, wie zum Beispiel: 1. Was halten Gestalttherapeuten von Gruppenprozeß-Theorien? 2. Wie leiten sie ihre Gruppen in der Praxis? 3. Wie läßt sich der Gestaltansatz in besonderen Gruppen verwirklichen, in Familiengruppen, Marathongruppen oder Ausbildungsgruppen? 4. Gibt es einen Gestaltansatz zur Co-Leitung?

Das Buch beginnt mit einem theoretischen Abschnitt. Elaine Kepner gibt dem ganzen Buch im einleitenden Kapitel des ersten Teiles einen Bezugsrahmen in Form eines Überblicks über die Entwicklung des Gruppenprozesses, wie er sich am Gestaltinstitut von Cleveland abzeichnete. Die Wurzeln dieses Prozesses lassen sich einerseits mit den Prinzipien der Gestalttherapie und andererseits mit denen der Gruppendynamik verfolgen. Darüber hinaus demonstriert Elaine Kepner deren Integration anhand eines Modells der verschiedenen Entwicklungsstadien einer Gruppe. Richard Kitzler bietet im nächsten Kapitel seine originelle und sehr

[2] Im amerik. Original: »the safe emergency« (Anm. d. Übers.).

persönliche Auffassung über die Gestaltgruppe. Das dritte Kapitel, das Norman I. Liberman beigetragen hat, enthält eine poetische und begeisternde Darstellung seiner Erfahrungen als Gestaltgruppenleiter. Bud Feder behandelt im abschließenden theoretischen Kapitel die Bedeutung von Sicherheit und Gefahr für den Gruppenprozeß und bietet dem Praktiker wertvolle Richtlinien.

Der zweite Teil, über die klinischen Anwendungsbereiche, beginnt mit Joseph C. Zinkers Kapitel über den »Entwicklungsprozeß einer Gestalttherapiegruppe«. Zinker bringt eine lebendige Schilderung seiner Art des Umgangs und seiner Erfahrungen mit fortlaufenden Gestalttherapiegruppen, wie sie in freier Praxis die Regel sind. Seine Darstellung der Entwicklungsstadien einer Gruppe in den Begriffen der Gestalttheorie dürfte sich für jeden Praktiker als wertvoll erweisen. Darauf folgt Susan M. Campbells Beitrag mit einer interessanten Fallstudie in Gestalt-Familientherapie. In den nächsten beiden Kapiteln werden Gestaltungstherapie und Bewegungstherapie in Gestaltgruppen von Elaine Rapp beziehungsweise Deldon McNeely Tyler dargestellt und erörtert. Beide Autoren schildern ihre Arbeit in lebendiger und praxisnaher Weise – anregend für jeden phantasiebegabten Gruppenleiter. Der klinische Teil schließt mit einem fesselnden Kapitel über den Gestalttherapie-Marathon von Elizabeth E. Mintz, die eine bekannte Autorität auf diesem Gebiet ist.

Der dritte Teil, über Anwendungsmöglichkeiten in der Pädagogik, enthält zwei Kapitel – eines von John D. Flynn und ein zweites von Rona Gross Laves –, in denen gezeigt wird, daß die Anwendung gestaltgruppentherapeutischer Konzepte im Bereich der Hochschuldidaktik geeignet ist, kontaktreiches und autonomes Lernen zu fördern. Obwohl das Arbeitsgebiet, die Hochschulpädagogik, bei beiden Autoren dasselbe ist, hat jeder seinen eigenen Bezugsrahmen, und jeder betrachtet das Gebiet aus einer anderen Perspektive, so daß jeweils unterschiedliche Facetten beleuchtet werden. Bud Feder beschließt diesen Teil mit einer lebendigen Darstellung seines Modells einer experientiell-didaktischen Ausbildungsgruppe.

Das Buch endet mit einem Abschnitt über Anwendungsmöglichkeiten gestalttherapeutischer Konzepte und Grundsätze in der Gemeinschaft. Gestützt auf ihre Erfahrungen in der Leitung intensiver Gestaltgruppen, beschreibt Ruth Ronall ihr Modell, in dem großes Gewicht auf die Entwicklung von Gemeinschaftssinn unter den Teilnehmern gelegt wird; sie gibt nicht nur ihre Gründe dafür an, sondern erläutert auch die Prinzipien und Richtlinien, die zu beachten sind, um dieses Ziel zu erreichen. Im Kapitel »Untersuchung von Geschlechtsrollen in Gestalt-Workshops« berichtet Ginger Lapid über Gestaltgruppen zur Erweiterung des Bewußtseins, die sie sensibel und phantasievoll leitet. Patrick Kelley und seine Mitarbeiter schildern dann die Entwicklung einer Selbsthilfe-Gemeinschaft (community) für Homosexuelle auf der Grundlage von Gestaltprinzipien, ein origineller Beitrag zur Gemeinschaftsorganisation (community organization). Im letzten Kapitel beschreiben Joan S. Alevras und Barry I. Wepman ihre Methode der Anwendung von Gestaltkonzepten im Rahmen von Organisationen, diesmal in der Industrie.

Wir danken den Autoren der einzelnen Kapitel für ihre Geduld und ihre Unterstützung während der Zeit, in der dieses Buch entstand.

Wir danken Ruth C. Cohn, die uns half, viele Verbindungen, einschließlich der zu unserem Verleger, herzustellen, und uns unschätzbare redaktionelle Ratschläge gab.

Schließlich danken wir Ruth Marcus, Michael Montgomery, Ma Pren Taruna und Angela Villavecchia für ihre Sorgfalt bei der Herstellung des Manuskripts.

Bud Feder | Ruth Ronall

I Theorie

1 Der Gestaltgruppenprozeß

Elaine Kepner

Vordergrund

In diesem Kapitel beschreibe ich das, was ich den »Gestaltgruppenprozeß« nenne, einen Prozeß, zu dessen Verständnis eine Integration der Prinzipien und Techniken der Gestalttherapie und der Gruppendynamik erforderlich ist. Es handelt sich um ein Modell, bei dem der Leiter Bifokalgläser trägt, das heißt, bei dem er seine Aufmerksamkeit sowohl auf die Entwicklung der einzelnen Gruppenmitglieder als auch auf die Entwicklung der Gruppe als soziales System richtet. Aus dieser Perspektive wird die Gruppe nicht bloß als eine Ansammlung von Einzelpersonen, sondern als ein hochwirksames psychosoziales Feld gesehen, das einen mächtigen Einfluß auf die Gefühle, Einstellungen und Verhaltensweisen der einzelnen Mitglieder des Systems ausübt und umgekehrt von den Gefühlen, Einstellungen und Verhaltensweisen der einzelnen Mitglieder dieses Systems ebenso nachhaltig beeinflußt wird. Das Kapitel ist in zwei Abschnitte unterteilt: der erste Abschnitt enthält einige persönliche und historische Vorbemerkungen, und der zweite Teil setzt sich mit der Theorie und Praxis dieses bifokalen Herangehens an die persönliche Entwicklung in Gruppen auseinander.

Erster Teil – Hintergrund

Dieses Kapitel begann im Grunde vor fünf Jahren, als mitten in einem dreitägigen Gestalt-Workshop für persönliches Wachstum, den ich leitete, ein unzufriedener Teilnehmer vom Stuhl hochsprang, sich vor mir aufpflanzte und ausrief: »Das ist keine *richtige* Gestaltgruppe, und du bist kein *richtiger* Gestaltleiter!« Ich holte tief Atem, suchte meine Kräfte auf meinem Stuhl zusammen und forderte ihn auf, mir seine Beschwerden im einzelnen zu nennen. Er ratterte sie herunter. Er sagte, ich hätte den leeren Stuhl nicht verwendet, kein einziges Mal, ich hätte abgewinkt, als er in der ersten Sitzung einen Traum bearbeiten wollte, und ihn auf später vertröstet, wenn die Gruppe mehr Rückhalt dafür geben würde, ich hätte einzelnen Gruppenmitgliedern gestattet, einander Rückmeldungen zu geben und anderen »Scheiß« zu machen.

Ich brauche wohl kaum zu sagen, daß ich mit gemischten Gefühlen auf diese Konfrontation reagierte. Ein Teil von mir ging in Abwehrhaltung und hatte den Impuls, ihm detaillierten Aufschluß über meine Ausbildung als Gestalttherapeutin und Gruppenleiterin zu geben. Ein anderer Teil, mein Gruppenleiter-Ich, begrüßte die Herausforderung. Sein Verhalten bedeutete, daß die Gruppe durch eines ihrer Mitglieder die Grenzen der Autorität erkundete. Indem er sich gegen mich als Gruppenleiterin stellte, setzte er eine neue Norm und brachte die Gruppe vielleicht in Richtung auf größere Differenzierung und Autonomie in Bewegung. Aus dieser Perspektive reagierte ich dann auch. Es blieben jedoch starke Gefühle der Frustration und auch der Verzweiflung bei mir zurück. Die Frage, die vor mir auftauchte, war: »Wie ist es gekommen, daß so viele in der Gestaltarbeit das Medium für die Botschaft halten und die Techniken und Tricks mit dem Wesenskern der Methode verwechseln?« In diesem Kapitel versuche ich, mir diese Frage zu beantworten und jenen Vortrag über den Gestaltgruppenprozeß zu halten, den ich vor fünf Jahren diesem rebellischen Klienten zugedacht hatte.

Rückblickend erscheint es mir weise, daß ich diesen Vortrag damals unterdrückt habe. Damals rang ich noch damit, all das, was ich von Kollegen am Gestaltinstitut von Cleveland und von Teammitgliedern der National Training Laboratories über Gruppen gelernt hatte, zu integrieren. Ich war dabei, die gewaltigen Erlebnisse in Gruppen und in der Gemeinschaft zu assimilieren, die ich als Teilnehmerin des Arica Training Institute in San Francisco gehabt hatte. Als ich von der Westküste nach Cleveland zurückkehrte, änderte ich bewußt meinen Leitungsstil: War ich bisher eine Gestalt-»Therapeutin« gewesen, so sah ich mich jetzt eher als jemand, der auf intrapersonaler, interpersonaler und auf Gruppenebene einen Prozeß lehrt. Ich hatte die Einzelarbeit in der Gruppe nicht aufgegeben, aber ich erweiterte mein Bewußtsein »dessen, was ist«, um die genannten Dimensionen. Da ich als Therapeutin in Gruppen der verschiedensten Art sozialisiert worden war, versuchte ich, wie mir schien, eine Reihe von Differenzen, Konflikten und Polaritäten in bezug auf Einzelpersonen und Systeme zu integrieren. Je vertrauter ich mit jeder dieser Polaritäten wurde, desto klarer erkannte ich, daß ich keine Entweder-oder-Wahl treffen mußte. Nachdem ich mich mit diesem Dilemma mehrere Jahre lang herumgeschlagen habe, glaube ich heute für mich zu einer brauchbaren Integration dieser Polaritäten gelangt zu sein, von der ich hoffe, daß sie auch Kollegen, die sich mit den gleichen Fragen beschäftigen, von Nutzen sein könnte.

Dieses Modell basiert auf zwei Annahmen: Erstens, daß die Entwicklung des schöpferischen Potentials beim Einzelnen mit einem gut funktionierenden und gesunden Gesellschaftssystem in Beziehung steht und von diesem abhängt; und zweitens, daß Gruppen ebenso wie Einzelne im Laufe ihres Veränderungsprozesses Entwicklungsstadien durchmachen, die, in Verhaltensbegriffen vereinfacht ausgedrückt, als ein Fortschreiten von Dependenz (Abhängigkeit) über Konterdependenz (»Pseudo-Unabhängigkeit«) zu Interdependenz (wechselseitige Abhängigkeit) charakterisiert werden können. Dieses Modell verlangt vom Gruppenleiter im Laufe der Zeit eine schrittweise Veränderung seiner Rolle und seines Verhaltens. Es unterscheidet sich wesentlich von der populären Vorstellung von Gestaltgruppen, nämlich von der Vorstellung, daß hier Einzeltherapie in der Gruppe durchgeführt wird, wie es Fritz Perls und andere in ihren Workshops praktiziert haben, ein Vorgehen, das durch Filme und Videobänder weithin bekannt wurde. Paradoxerweise baut unser Modell auf den theoretischen Aussagen von Fritz über Gestalt auf, die er jedoch aus Gründen, die ich später erläutern werde, nicht in die Praxis umsetzte.

Was nicht allgemein bekannt ist: Sowohl die Gestalttherapie als auch die Theorie der Gruppendynamik haben sich aus gemeinsamen Wurzeln in der Psychologie und Philosophie entwickelt. Bevor ich also schildere, wie dieses integrierte Modell des Gruppenprozesses funktioniert, möchte ich auf diesen wichtigen historischen Hintergrund eingehen.

Im Grunde sagt das Konzept des Kontakts und der Kontaktgrenzen, das in der Gestalttheorie eine so zentrale Rolle spielt, etwas über den einzelnen Organismus in seinem jeweiligen Umfeld und über die Interaktion zwischen diesen beiden aus. Laura Perls (1976, S. 223) beschreibt Kontakt als ein Grenzphänomen zwischen Organismus und Umwelt: »Er ist die Kenntnisnahme vom anderen, der Umgang mit *dem anderen*, dem Nicht-Ich, dem Andersartigen, dem Fremden.«

In der Gestalttheorie betrachten wir das Individuum und die Umwelt als ein einheitliches Feld oder System, in dem alle Teile interdependent sind, so daß sich die Veränderung eines Teils des Ganzen auf alle anderen Teile auswirkt. Diese Relation zwischen dem Einzelnen und der Umwelt wird von Fritz Perls (1973, S. 16) treffend formuliert, wenn er über die Kontaktgrenze sagt:

> »Kein Einzelner genügt sich selbst; das Individuum kann nur in einem Umfeld *(environmental field)* existieren. Das Individuum ist zwangsläufig in jedem Augenblick Teil irgendeines Feldes, das sowohl es selbst als auch seine Umwelt einschließt. Die Natur der Beziehung zwischen ihm und seiner Umwelt determiniert das Verhalten des Menschen. Aus dieser neuen Perspektive gesehen stehen die Umwelt und der Organismus in einer Beziehung der Gegenseitigkeit zueinander.«

Dieses oder ähnliche Zitate könnten genausogut aus den Schriften von Kurt Lewin, dem bahnbrechenden Denker auf dem Gebiet der Gruppendynamik, stammen. Das ist nicht überraschend, wenn man bedenkt, daß beide Männer ihre Modelle der persönlichen und sozialen Veränderung aus zwei Quellen ableiteten: aus den Arbeiten der deutschen Psychologen Koffka, Köhler und Wertheimer (deren experimentielle Forschungen auf dem Gebiet der Wahrnehmung und des Lernens zur Grundlage der Gestaltpsychologie wurden) und den Beiträgen eines deutschen Forschers und Arztes, Kurt Goldstein, der diese Prinzipien auf das Studium des ganzen Menschen ausdehnte. Obzwar es beiden Männern, Lewin und Perls, um die Veränderung von Verhalten ging, entwickelten sie ihre Ideen im Hinblick auf, wie es scheinen könnte, sehr verschiedene, ja geradezu polar entgegengesetzte Anwendungsbereiche – auf Einzelpersonen und Systeme. Lewin war Sozialpsychologe, und obwohl er das Individuum nicht aus den Augen verlor, war es doch das soziale Umfeld, das für ihn zur »Figur« wurde. Das Hauptziel für ihn war die *gesellschaftliche* Veränderung. Sein Werk als Wissenschaftler und Forscher lieferte die theoretischen Grundlagen für das Gebiet der angewandten Verhaltenswissenschaft, zu der Teilbereiche wie Gruppendynamik, Organisationsentwicklung und Großsystemveränderung zählen.

Perls war Arzt und Psychotherapeut. Für ihn war der Einzelne »Figur« und die *individuelle* Veränderung das Hauptziel seiner Methode. Ebenso wie Lewin sah Perls den Einzelnen aus einer

Systemperspektive, aber er konzentrierte sich auf die Phänomenologie des intrapersonalen Systems. Das Hauptziel der Gestalttherapie ist ja in der Tat, die Risse in den persönlichen Subsystemen – Geist, Körper und Seele – zu heilen, und Integration wird definiert als Harmonisierung aller Teile, die nunmehr für den Kontakt mit der Umwelt zur Verfügung stehen.

Angesichts der Tatsache, daß sich Lewin und Perls auf verschiedene Aspekte der gesamten Mensch-Umwelt-Konfiguration konzentrierten, ist es kein Wunder, daß ihre Anhänger jeweils dazu neigten, das Werk des anderen zu ignorieren oder zu vernachlässigen. Obwohl sich die Gestalttherapie und die Gruppendynamik in den Vereinigten Staaten gleichzeitig entwickelten, verlief ihre Entwicklung in parallelen, statt in sich überschneidenden Bahnen. Perls anerkannte den Beitrag Lewins zur Gestaltpsychologie, er blieb jedoch während seiner ganzen Laufbahn ein Individualist und Einzeltherapeut. Er erhob nie den Anspruch, Gruppentherapie zu betreiben. In einem Vortrag, den er im September 1976 vor der *American Psychological Association* hielt, legte er dar, inwiefern er sich von Gruppentherapeuten und Encountergruppenleitern unterschied:

> »Im Gegensatz zu Gruppensitzungen der üblichen Art, trage ich die Hauptlast, indem ich entweder Einzeltherapie mache oder Gruppenexperimente durchführe. Ich interveniere häufig, wenn die Gruppe Meinungs- und Interpretationsspiele spielt oder wenn ähnliche, rein verbale Interaktionen stattfinden ... Im Gestalt-Workshop kann jeder, der den Drang verspürt, mit mir arbeiten. *Ich stehe zur Verfügung*, ohne jemals zu drängen. Zwischen mir und den Patienten entwickelt sich vorübergehend eine Dyade; aber die übrigen Gruppenmitglieder sind voll beteiligt, wenn sie auch selten aktiv eingreifen. Meistens fungieren sie als Zuhörer und werden dabei angeregt, eine Menge stummer Selbsttherapie zu betreiben« (Perls, 1967, S. 309).

Obwohl Perls seine Vorliebe für Einzeltherapie in der Gruppe äußerte, sagte er in demselben Referat, daß er Einzeltherapie für überholt halte und daß diese durch Gruppen-Workshops ersetzt werden sollte. Durch seine langjährige Erfahrung hatte er den mächtigen Einfluß der Gruppe auf den individuellen Veränderungsprozeß entdeckt, aber er wollte oder konnte aus dieser Erkenntnis nicht die Konsequenzen ziehen. Für Perls waren die Teilnehmer eines Workshops eine Ansammlung von Einzelpersonen. Er gebrauchte sie als Publikum und betrachtete ihre Gegenwart als wichtiges Element oder soziales Umfeld, das in den Dienst der Bedürfnisse des Einzelnen gestellt werden konnte; die Teilnehmer wurden jedoch nicht dazu ermutigt, zu einer Gruppe zusammenzuwachsen.

Dieses spezielle Modell der Einzeltherapie *(one-to-one)* hatte abgesehen von Perls' persönlicher Vorliebe noch einen weiteren Grund. Das ursprüngliche und ausdrücklich festgelegte Ziel der Gestalt-Workshops in den fünfziger und frühen sechziger Jahren war die Ausbildung professioneller Therapeuten in der Theorie und den Methoden von Gestalt, soweit sich diese für die Einzeltherapie eigneten. Fritz und Laura Perls erfanden diese Strategie des experientiellen Lernens in der Überzeugung, daß eine Methode, welche die Phänomenologie des »Hier und Jetzt« betonte, auch im Hier und Jetzt erlebt werden müsse. Dies erwies sich als eine sehr kreative Strategie, um Gestalt als neue Theorie und praktische Methode zu vermitteln und zu lehren, insbesondere angesichts der psychotherapeutischen Szene, die Laura und Fritz Perls vorfanden, als sie 1947 in New York eintrafen und ihre Praxis eröffneten.

Zur damaligen Zeit war der psychoanalytische Ansatz in den psychotherapeutischen Ausbildungsinstitutionen fest verankert, gestützt auf eine immense Literatur und unzählige Fachzeitschriften und Berufsvereinigungen, die ausschließlich den analytischen Ansatz vertraten. In Gegensatz dazu waren bis zum Jahr 1952, dem Gründungsjahr des New Yorker Gestaltinstituts, erst zwei Bücher über Gestalttherapie erschienen: *Ego, Hunger and Aggression,* von F. Perls (1947, dt. *Das Ich, der Hunger und die Aggression*, 1978), und *Gestalt Therapy*, von Perls, Hefferline und Goodman (1951, dt. *Gestalt-Therapie*, 2 Bde., 2. Aufl. 1981). Die Workshop-Methode, von Perls entwickelt und später unter anderen von Isador From, Paul Goodman und Paul Weisz benutzt, erwies sich als ein dramatisches und effektives Lehrmodell und als höchst geeignetes Mittel, professionelle Therapeuten für die Gestalttherapie-Ausbildung zu gewinnen. Das Modell entsprach den Bedürfnissen und Lernzielen der Auszubildenden. Die Teilnehmer dieser Workshops waren entweder praktizierende Therapeuten oder Ausbildungskandidaten verschiedener Sozial- und Heilberufe. Viele von ihnen hatten in einer eigenen Psychotherapie bereits

Erfahrungen gesammelt. Die meisten von ihnen wußten eine Menge über psychotherapeutische Theorien und klinische Praxis, hatten aber wenig Ahnung, was sie mit einem lebendigen Klienten tun sollten. Die Gestalttherapie mit ihrer Betonung dessen, was zu tun ist und wie es zu tun ist, gab ihnen das bitter benötigte Werkzeug in die Hand, und der Workshop ermöglichte es ihnen, die Wirkung der Methoden zu beobachten und zu erleben.

In Anbetracht dieser Vorgeschichte können wir die Gruppendynamik und die Gestalttherapie als zwei Ableger vom selben Stamm betrachten. Vom äußeren Erscheinungsbild her, an oberflächlichen Kriterien gemessen, scheinen sie nicht in dieselbe Kategorie zu gehören. Sie treten nach außen in unterschiedlicher Weise in Erscheinung, in unterschiedlichem Gewand, mit unterschiedlicher Sprache und unterschiedlichem Denken. Dennoch enthalten sie das Potential, eine Verbindung miteinander einzugehen und etwas Neues, eine neue Synthese hervorzubringen.

Die entstehende Gestalt

Diese neue Form, der Gestaltgruppenprozeß, wurde durch das Lehrerkollegium des Gestaltinstituts von Cleveland entwickelt. Er repräsentiert eine Integration sowohl der Erfahrungen dieses Kollektivs wie auch verschiedener Konzeptionen von einzelnen Angehörigen dieser Gruppe.[1] Ich werde meine Sichtweise und meine Form der Integration referieren, aber es ist wichtig, die gemeinsame Entwicklung dieser Formulierungen anzuerkennen.

[1] Am Gestaltinstitut von Cleveland vollzogen sich Gruppenprozesse von der Art, die es schwierig macht, bestimmte Formulierungen einem Einzelnen zuzuschreiben. Seit wir im Jahre 1958 begannen, Workshops und Ausbildungsprogramme für die Öffentlichkeit anzubieten, sind die meisten Programme von den Angehörigen des Instituts in wechselnder Zusammensetzung geplant, entworfen und durchgeführt worden. Aus diesem Grund hat bei den Kollegen ein ständiger und wechselseitiger Lernprozeß stattgefunden, so daß die Formulierungen und Vorgehensweisen eines Teammitgliedes eher die Synthese dessen darstellen, was der Einzelne für sich daraus machte, als einen ausschließlich individuellen Beitrag. Es gab jedoch einzelne Teammitglieder, deren Beiträge und Sichtweise der Gruppendynamik und der Systemprozesse besonders wichtig und einflußreich waren. Dies sind Edwin Nevis, Carolyn Hirsch-Lukensmeier, Leonard Hirsch und der inzwischen verstorbene Richard Wallen.

Seit 1958, als das Kollegium des Gestaltinstituts von Cleveland begann, Gestaltgruppen anzubieten, wurden drei unterschiedliche Formen des Gruppenprozesses angewandt: das auf die Einzelbehandlung ausgerichtete psychotherapeutische Modell; das auf persönliches Wachstum zielende Modell, das manchmal auch als »Therapie für Normale« bezeichnet wird; und das am Gruppenprozeß orientierte Modell, das ich in diesem Kapitel eingehender beschreiben werde. Diese Modelle haben einiges miteinander gemein, nämlich die theoretische Perspektive der Gestalttherapie sowie bestimmte Methoden und Techniken, die sich aus der Praxis der Gestalttherapie entwickelten. Die Ziele oder Aufgaben jeder dieser Gruppen unterscheiden sich jedoch wesentlich voneinander, und jedenfalls zielen die Interventionen des Leiters jeweils auf verschiedene Ebenen des phänomenologischen Prozesses.

Ein Schema wurde entwickelt, das zum Verständnis der Unterschiede zwischen diesen drei Gruppenformen nützlich sein kann. David Singer u. a. (1975) haben kleine Gruppen mit Hilfe von zwei grundlegenden Parametern charakterisiert: a) das Hauptziel bzw. die Hauptaufgabe der Gruppe und b) die psychologischen Ebenen, die bei dieser Aufgabe involviert sind. Die Gruppenaufgaben werden entlang einem Kontinuum angeordnet, an dessen einem Ende das *Lernen* (im Sinne einer kognitiven/perzeptiven Veränderung) und an dessen anderem Ende die psychologische *Veränderung* (im Sinne einer veränderten Fähigkeit, mit Schwierigkeiten fertigzuwerden, einer veränderten Persönlichkeitsstruktur oder eines veränderten Reaktionsrepertoires) steht. Dazwischen liegt der Bereich der doppelten Aufgabensysteme, wobei gleichgewichtige Lern- und Veränderungsaufgaben die Mitte markieren. Unter »Ebenen« verstehen diese Autoren die drei Arten von gleichzeitigen Prozessen, die sich in jeder Gruppe vollziehen: der intrapersonale Prozeß, die interpersonalen Prozesse und die Gruppenprozesse.

Die Mitglieder des Lehrerkollegiums am Gestaltinstitut von Cleveland waren vom Kollegium des New Yorker Instituts für Gestalttherapie ausgebildet worden – von Fritz Perls, Laura Perls, Isador From, Paul Goodman und Paul Weisz. Nach dem Schema von Singer und Mitarbeitern gingen alle unsere Lehrer nach dem Modell der auf Einzelbehandlung ausgerichteten psychotherapeutischen Gruppe vor. Die psychologische Veränderung war die Hauptaufgabe oder der Hauptzweck dieser Form der Gruppenerfahrung, und die Interventionen des Gruppenleiters erfolgten in erster Linie auf der intrapersonalen Funktionsebene. Die interpersonalen Transaktionen beschränkten sich weitgehend auf solche zwischen dem Leiter und einem Gruppenmitglied. Dies war das Modell, dem wir natürlich folgten, als wir in Cleveland unsere eigenen Gruppen zu leiten begannen. Im Laufe der Zeit wurde uns jedoch klar, daß die dadurch hervorgerufene Art von Gruppenprozeß weder den Bedürfnissen noch den Eigenheiten der Menschen entsprach, die zu unseren Workshops kamen. Zum einen empfanden viele Gruppenteilnehmer diese intensiven intrapersonalen Erfahrungen als so belastend, daß mehr als ein Wochenende nötig gewesen wäre, um sie zu assimilieren und zu integrieren. Außerdem wollten die meisten unserer Teilnehmer etwas anderes, als von ihren Neurosen geheilt zu werden; sie wollten etwas über sich selbst und über die Sichtweise, die Philosophie und die Wertvorstellungen der Gestalttherapie lernen. Viele von ihnen wollten *nicht* Therapeuten werden; sie wollten bessere Möglichkeiten finden, mit sich selbst und anderen umzugehen, und vielleicht auch herausfinden, ob Gestalt in sinnvoller Weise auf ihr »äußeres« Leben als Lehrer, Geschäftsleute, Familienmitglieder etc. angewandt werden konnte.

Allmählich begannen sich die Gruppenleiter auf ein am persönlichen Wachstum orientiertes Modell umzustellen und diese Erfahrungen mit einer doppelten und gleichgewichtigen Lern- und Veränderungsaufgabe zu verbinden. Mit anderen Worten, wir ergänzten die Aufgabe der persönlichen Veränderung durch das Ziel, Gestalt auch auf der perzeptiven bzw. kognitiven Ebene verstehen zu lernen. Der Hauptakzent des Lernens galt nach wie vor der intrapersonalen Bewußtseinsebene, aber die Leiter stimulierten und benutzten die interpersonalen Reaktionen unter den Gruppenmitgliedern, um diesen die doppelte Aufgabe des Lernens und der Veränderung zu erleichtern. Unsere Rollen als Leiter wurden vielfältiger und komplexer. Wir waren für die Gruppenmitglieder sowohl Lehrer und wichtige Bezugspersonen als auch Therapeuten. Wir hielten kurze Referate über Gestalttheorie und den Veränderungsprozeß. Wir lebten das vor, was wir lehrten, indem wir der Gruppe unsere Gefühle und Wahrnehmungen im Hier und Jetzt mitteilten; wir benutzten eine Vielzahl von Übungen, damit alle

Gruppenmitglieder gemeinsame Erfahrungen machten, aus denen sie etwas über ihre intrapersonale und ihre interpersonale Funktionsweise lernen konnten.

Der Antrieb, ein erweitertes Modell zu entwickeln, das den Gruppenmitgliedern Wissen über Gruppenprozesse vermittelte, entstand, weil manche von uns eine Dissonanz erlebten zwischen unseren Wertvorstellungen und dem, wodurch die Teilnehmer in den auf persönliches Wachstum ausgerichteten Gruppen Verstärkung erhielten. Als Kollegium waren wir von dem auf Einzeltherapie orientierten Modell abgerückt, teils um gewisse Paradoxien und Unausgewogenheiten dieser Art von Gruppenprozeß zu vermeiden, der unter anderem den »Kult des Individuums« verstärkt und zwischen Mitgliedern und Leitern ein Verhältnis von Führer und abhängiger Gefolgschaft hervorbringt.[2]

Während das Modell der Wachstumsgruppen tatsächlich die Selbsterfahrung in der Beziehung zu anderen und die Erfahrung der Notwendigkeit fördert, die Selbstgrenzen zu transzendieren, um persönliche Beziehungen aufnehmen und erhalten zu können, behält der Gruppenleiter während des gesamten Gruppenprozesses dennoch eine zentrale Rolle bei, und die Mitglieder blicken auf diese Erfahrungen in der Regel mit der Überzeugung zurück, daß es genüge, aus sich herauszugehen und die Verantwortung für sich selbst zu übernehmen, um sich ein besseres persönliches Leben, eine bessere Familie, Arbeitsgruppe oder Gemeinschaft zu schaffen. Dieser Glaube ist nicht nur naiv, sondern dysfunktional, da er die Realität der sozialen Umwelt, in die wir alle eingebettet sind, außer acht läßt. Angesichts des ständigen Dilemmas und der Schwierigkeiten, denen wir uns im Verlauf unserer Entwicklung zu bewußten Menschen gegenübersehen, und da wir im Kontext

[2] Wie Yalom (1970, S. 450) in bezug auf den Führungsstil von Fritz Perls bemerkte: »... Perls war sich so klar der Notwendigkeit bewußt, daß jeder Einzelne die Verantwortung für sich selbst und seine Therapie übernehmen muß. Ein Großteil von Perls' *modus operandi* war ja ausdrücklich auf dieses Ziel hin orientiert. Doch in einer unterhalb der Technik, unter dem Imperativ, Verantwortung zu übernehmen, liegenden Schicht bringt der Gestalttherapeut ein verwirrendes Paradox hervor: einerseits appelliert er an den Patienten, er selbst zu sein und als er selbst zu handeln, aber andererseits signalisiert er ihm durch seinen Führungsstil: ›Ich übernehme die Führung, ich geleite dich. Verlaß dich darauf, daß ich Energie und raffinierte Techniken zur Verfügung stelle.‹«

einer neuen, noch im Entstehen begriffenen Weltordnung leben, scheint es nicht länger zu genügen, das Individuum zu befreien und ihm größere Differenzierung und Individuation zu ermöglichen, ohne die Polarität unseres Daseins einzubeziehen, nämlich daß wir auf all das bezogen und an all das gebunden sind, was das Selbst transzendiert. Walter Kempler (1974, dt. 2. Aufl. 1980, S. 61 ff.), ein Gestalt-Familientherapeut, hat sich sehr überzeugend zu diesem Punkt geäußert:

> »Bezogen zu sein auf andere wird oft als etwas Freiwilliges angesehen. Das ist es nicht. Wir sind bezogen. Die Frage ist nicht, *ob*, sondern *wie*. Die Pole der Beziehung sind Getrenntsein und Vereintsein. Getrenntsein ist eine Dimension der Beziehung, nicht eine Störung ... Angefangen beim Geschrei der Nachbarskinder bis hin zu den großen Aufgaben der Diplomaten bei den Vereinten Nationen sind alle Bemühungen charakterisiert durch den endlos wechselnden Wunsch nach Trennung und Vereinigung ... Die Aufgabe der Therapie besteht darin, vergessene Wünsche wachzurufen (zurückzurufen), alte Konflikte zu entflammen und alle Kämpfer so lange an der Front zu halten, bis jeder gewinnt. Mit dem Bewußtwerden solcher Siege werden neue und alte Kämpfe wach und ähnlich gelenkt. Wenn die Familie den therapeutischen Prozeß begriffen hat, ist die Therapie beendet.«

Der Gestaltgruppenprozeß ist somit ein Versuch, Bedingungen zu schaffen, unter denen der Einzelne lernen kann, was es bedeutet, Mitglied einer Gruppe zu sein (ob es sich nun um eine Wachstumsgruppe, ein Arbeitsteam, eine Familie oder eine größere Gemeinschaft handelt), und zwar so, daß die Polarität und das Dilemma von Trennung und Vereinigung im Kontext persönlichen Wachstums erlebt werden können.

Zweiter Teil – Der Gestaltgruppenprozeß

In der prozeßorientierten Gestaltgruppe fühlt sich der Leiter verpflichtet, sowohl mit dem Einzelnen als auch mit der Gruppe zu arbeiten und beide in ihrer Entwicklung zu fördern. Diese Haltung ist nicht einmalig. Sie ist von einer Reihe theoretisch divergierender Praktiker entwickelt und beschrieben worden, darunter von Bion (1961), dem Begründer des Tavistock-Modells in England;

Berne (1966) in seinen frühen Arbeiten über Gruppen-Transaktionsanalyse; Whitaker und Lieberman (1964); Yalom (1970) und Astrachan (1979). Was ich hier präsentiere, ist eine Integration dieser Gruppe-als-System-Perspektive mit der Gestaltgruppenpraxis.

In gewissem Sinn arbeitet ein Gestalttherapeut immer aus einer Systemperspektive (ob der Klient nun eine Einzelperson, eine Familie oder eine Gruppe ist) und betrachtet die Therapie als einen Prozeß, der innerhalb der Grenzen eines sozialen Systems stattfindet. Wie alle sozialen Systeme besteht auch das therapeutische System aus Menschen, einer gemeinsamen Aufgabe und einer Methode, um diese Aufgabe zu erfüllen. In Begriffen der Gestalttherapie kann man das persönliche Wachstum als ein Grenzphänomen beschreiben, als das Resultat von Kontakt zwischen dem Selbst und der Umwelt. Der Therapeut fungiert als Lehrer des phänomenologischen Prozesses und hilft dem Klienten zu identifizieren, wie und in welcher Weise sein Bewußtsein und seine Energie blockiert sind und dadurch Erregung sowie Kontakt mit der Umwelt vermieden werden. Der Therapeut gibt dem Klienten bestimmte Lernmittel in die Hand, nämlich Gestaltmethoden und -techniken, und er schafft eine bestimmte lernfördernde Umgebung, nicht nur durch die Art, wie er diese Instrumente benutzt, sondern auch durch die emotionale Beziehung, die er zu dem Klienten herstellt.

Innerhalb der Grenzen dieses sozialen Systems laufen phänomenologische Prozesse gleichzeitig auf allen drei Systemebenen ab: auf der intrapersonalen, der interpersonalen und auf der Systemebene. Mit dem Prozeß auf Systemebene meine ich die dynamischen Interaktionsmuster, die sich im Laufe der Zeit zwischen Menschen entwickeln und ihr Zusammensein bestimmen. Diese Systemprozesse schaffen ein soziales Milieu, das Einfluß darauf hat, wie sich die Menschen in diesem System in bezug auf sich selbst und die anderen fühlen und verhalten. Diese Systemprozesse bedingen, daß das Ganze größer ist als die Summe seiner Teile. Beispiele für Systemprozesse sind die Überzeugungen und Annahmen der Menschen, die Art und Weise, wie sie ihre Aufgaben erfüllen und Entscheidungen treffen, die Rollen, die sie spielen, und die informellen und formellen Regeln und Normen, die in einer Beziehung wirksam sind.

Aufgrund des in der Einzeltherapie gültigen Vertrags – dem

Klienten zu helfen, sich persönlich zu verändern – dirigieren die meisten Interventionen des Therapeuten die Aufmerksamkeit des Klienten auf Prozesse, die sich auf der intrapersonalen oder der interpersonalen Bewußtseinsebene abspielen. Das Output – d. h. das, was der Klient lernt – hat viel damit zu tun, was sich innerhalb der Grenzen ihrer/seiner Haut ereignet, und oft auch eine Menge damit, was sich bei der zwischenmenschlichen Kontaktaufnahme abspielt, aber nur zum geringsten Teil damit, was auf der dyadischen bzw. der Systemebene vor sich geht. Dies ist verständlich, da der Therapeut ein Teil des Systems ist und es deshalb schwierig für ihn ist, ein objektiver Beobachter der Systemprozesse zu sein. Außerdem erfordert es die Rolle des Therapeuten als Lehrer und Führer durch die Labyrinthe der individuellen phänomenologischen Prozesse, bestimmte Prioritäten zu setzen. Bei der Arbeit mit Einzelnen sind die Hauptfragen für den Therapeuten: »Wie kann ich die mir verfügbaren Quellen nutzen, um die Lernpotentiale dieses Klienten zu erweitern?« und »Wie kann ich eine Beziehung herstellen, die optimale Lernbedingungen für diesen Klienten schafft?«

Betrachten wir nun die Gruppensituation. In Gruppen sind viele Klienten anwesend, und die Interaktionsmöglichkeiten erhöhen sich exponentiell, insbesondere, wenn die Bedingungen so sind, daß die Gruppenmitglieder sowohl miteinander als auch mit dem Therapeuten interagieren können. Der Therapeut hat jetzt die Gelegenheit, der *Moderator* eines Lernprozesses zu sein, bei dem die kritischen Fragen lauten: »Wie kann ich die Voraussetzungen schaffen, die es den Teilnehmern ermöglichen, sich gegenseitig als Ressourcen zu benutzen?«, »Wie kann ich ihnen helfen, die Art von Beziehungen herzustellen, die das ergiebigste Lernumfeld für alle bieten?« und »Wie kann ich ihnen helfen, ein Bewußtsein für die Polarität bzw. für die Möglichkeit zu entwickeln, zwischen der Betrachtung des Einzelnen und der der Gruppe zu wählen?«.

Nach dem oben erörterten Schema von Singer u. a. fügt der Leiter einer »Prozeßgruppe« der Aufgabe des intrapersonalen und interpersonalen Gewahrseins die Aufgabe hinzu, Gruppenprozesse gewahr zu werden. Diese neue Aufgabe bringt auch Veränderungen in der Rolle und den Aufforderungen, die an den Leiter gestellt werden, mit sich. Der Leiter, der sich sowohl um die Gruppe-als-System kümmert als auch um die ablaufenden intrapersonalen und interpersonalen Prozesse, ist wie ein Jongleur, der mit Bällen verschiedener Größe und Form spielt, die ständig in Bewegung und in Balance gehalten werden müssen. Der Leiter kann unter drei verschiedenen Rollen wählen, die die Ebene bestimmen, auf der die jeweilige Intervention stattfindet. Sie/er kann als Therapeut(in) für einen Einzelnen fungieren, als Moderator(in) interpersonaler Prozesse oder als Berater(in) der Gruppe-als-System. Es ist klar, daß der Leiter/die Leiterin nur auf einer Ebene intervenieren kann, und die Prioritäten, die er bzw. sie explizit oder implizit setzt, entscheiden darüber, welche Ebene des Lernens auf Kosten der anderen in den Vordergrund tritt.

Ich will dies anhand eines Beispiels verdeutlichen. Es handelt sich um die zweite Zusammenkunft einer auf persönliches Wachstum ausgerichteten Gruppe, deren Mitglieder gleichzeitig an einem intensiven vierwöchigen Gestalt-Ausbildungsprogramm teilnehmen. Diese Gruppe besteht aus sechs weiblichen und vier männlichen Mitgliedern.

Eine der Frauen eröffnet die Sitzung folgendermaßen: »Toll! Das wird lustig werden – es sind so viele starke Frauen hier!« Sam antwortet: »Deine Aussage macht mich wütend. Ich fühle mich ausgeschlossen, bloß weil ich ein Mann bin.«

Eine andere Frau, Alice, die auf der andern Seite des Raumes sitzt, sagt mit bebender Stimme: »Ich *möchte* dich ausschließen. Ich möchte jetzt *alle* Männer aus meinem Leben ausschließen.« Aber als Sam sie fragt: »Warum denn gerade mich?«, zählt Alice zahlreiche Dinge auf, die sie an seinem Verhalten ihr gegenüber gestört haben (oder, genauer gesagt, sie spricht darüber, welche Bedeutung das für sie hat, was er zu ihr sagt und wie er sich ihr gegenüber innerhalb wie außerhalb der Gruppe verhält). Sie beendet ihre Tirade mit den Worten: »Ich habe eine Wut auf *dich*, weil du mir gegenüber nicht entschieden genug auftrittst und schließlich ich die ganze Arbeit leisten muß, die zum Aufbau einer Beziehung führt, und das habe ich bis oben hin satt!«

Als Alice verstummt, platzt eine dritte Frau heraus: »Und ich ärgere mich jetzt, weil du und einige andere Frauen hier Forderungen aufstellen, daß sich die Männer in einer bestimmten Weise verhalten sollten, und das gefällt mir nicht.«

Diese kurze Sequenz kann man von jeder der drei Systemebenen aus betrachten und darauf reagieren. Wenn der Therapeut beschließt, auf der intrapersonalen Ebene zu intervenieren, dann würde Alice ihren Ärger gegenüber Männern im allgemeinen und vielleicht gegenüber Sam im besonderen bearbeiten. Richtet sich die Intervention auf die interpersonale Ebene, dann würden beide Parteien ermutigt, sich mit ihren Wahrnehmungen voneinander, mit ihren Kommunikationsmustern und ihren Differenzen auseinanderzusetzen. Auf der Gruppenebene würde der Leiter diese Interaktionssequenz etwa mit der Bemerkung hervorheben, daß die Gruppenmitglieder soeben darüber geredet hätten, aufgrund welcher Kriterien man als Mitglied dieser Gruppe akzeptiert würde. Jede dieser Interventionen enthält eine andere Botschaft hinsichtlich der wichtigsten Lernaufgaben der Gruppe und hinsichtlich der Arten von Interaktionen, die in diesem Gruppenrahmen Beachtung finden bzw. mit Vorrang behandelt werden.

Gibt es irgendwelche Richtlinien, die dem Leiter helfen können, angesichts der multiplen Lernziele der Gruppe und der multiplen Leiterrollen, die durch die Wahl der Interventionsebene operationalisiert werden, diese Wahl zu treffen? Was ich persönlich für nützlich befunden habe, ist ein Schema, das die Gruppe nach ihren Entwicklungsstadien einteilt. Dieses Schema basiert auf dem Modell von Schutz (1966) zum Verständnis des Verhaltens Einzelner in Gruppen und der Dynamik des Gruppenprozesses. Er unterscheidet drei Kategorien von Bedürfnissen, die Leute in Gruppen einbringen, und meint, diese Bedürfnisse hingen zwar miteinander zusammen, tendierten jedoch dazu, in hierarchischer Reihenfolge aufzutreten: das Bedürfnis nach Anschluß oder Zugehörigkeit; das Bedürfnis nach Autonomie; und das Bedürfnis nach Zuneigung. Auf der emotionalen Ebene werden diese Bedürfnisse als Probleme der Identität, der Macht und des Einflusses und der Intimität erlebt. Mit jedem dieser Bedürfnisse und emotionalen Probleme sind bestimmte Verhaltensweisen verknüpft: Das Bedürfnis, sich an andere anzuschließen und dazuzugehören und die eigene Identität zu etablieren, bringt abhängiges Verhalten hervor; das Bedürfnis nach Autonomie veranlaßt den Einzelnen, die Grenzen der Autorität und Kontrolle zu erproben, und ruft unabhängiges Verhalten hervor; das Bedürfnis nach Zuneigung und Intimität motiviert Menschen, tragfähige Beziehungen zueinander herzustellen und sich interdependent, d. h. als wechselseitig abhängig, zu verhalten. Diese Grundbedürfnisse, emotionalen Konflikte und Verhaltensweisen treten im Leben jeder Gruppe immer wieder auf; wenn man jedoch die Entwicklung der Gruppe über einen längeren Zeitraum verfolgt, zeigt sich, daß sie in einer gewissen Reihenfolge auftreten und dazu dienen können, die verschiedenen Stadien der Gruppenentwicklung zu kennzeichnen.

Ich werde jetzt diese Stadien und die jeweiligen Implikationen dieser Stadien für die Rolle des Gruppenleiters eingehend erörtern.

Erstes Stadium: Identität und Abhängigkeit

Die Identität jedes einzelnen Gruppenmitgliedes ist bis zu einem gewissen Grad von der Art und Weise abhängig, wie die oder der Betreffende von jedem anderen Gruppenmitglied einschließlich des Leiters wahrgenommen wird bzw. wie die anderen auf sie/ihn reagieren. Auf irgendeiner Bewußtseinsebene stellen sich jedem Einzelnen, der in eine Gruppe kommt, drei Arten von Fragen. Die erste Kategorie enthält Fragen über *mich* und *meine* Identität hier:

»Wie soll ich mich hier darstellen?«

»Was möchte ich, und was muß ich alles tun, um es zu bekommen?«

»Kann ich hier so sein, wie ich bin, und zu dieser Gruppe gehören?«

»Was kann ich hier über mich selbst äußern oder preisgeben?«

»Werde ich hier in meiner Individualität und Besonderheit anerkannt werden?«

»Werde ich so anders sein als die anderen, daß ich mich allein fühlen werde?«

Eine zweite Kategorie von Fragen bezieht sich auf die Identität der anderen Anwesenden:

»Ist hier jemand, der so ähnlich ist wie ich?«

»Wird mir hier jemand Verständnis entgegenbringen, oder mich unterstützen?«

»Was werden mir die anderen für Gefühle entgegenbringen und was werden sie über mich denken?«

Die dritte Kategorie von Fragen betrifft den/die Gruppenleiter(in) und den Prozeß:

»Was werden wir hier machen?«
»Welche Regeln gelten hier bzw. welche Erwartungen sind vorhanden?«
»Was werden sie über mich herausfinden, und was werde ich über mich selbst herausfinden, das ich nicht weiß oder von dem ich nicht möchte, daß andere es über mich wissen?«
»Wie wird man mich behandeln – wird man über mich urteilen? Mich ablehnen? Mich unterdrücken? – Oder wird man mich akzeptieren und gernhaben?«

Während dieser Phase ist es die Hauptaufgabe des Leiters, so rasch wie möglich Beziehungen zu den Mitgliedern und unter den Mitgliedern herzustellen und Informationen in bezug auf die drei Kategorien von Fragen zu sammeln, die sich die Mitglieder insgeheim stellen. Verfahren, die diese Aufgabe fördern, sind:

1. Vertragsschluß und Grenzziehung. Dazu zählt, die Gruppe darüber zu informieren, worin ihre Aufgaben nach dem Verständnis des Leiters bestehen, und die Rolle des Leiters in bezug auf diese Aufgaben zu definieren. Ich bzw. mein Co-Leiter und ich beginnen eine Gruppe gewöhnlich mit einigen Bemerkungen über meine Gedanken und Wertvorstellungen in bezug auf persönliches Wachstum und beschreiben dann meine/unsere Rolle in der Gruppe, nämlich die Aufgabe, das Gewahrsein auf der intrapersonalen, interpersonalen und auf der Ebene der Gruppenprozesse zu fördern. Angesichts der Identitätsprobleme, die zunächst im Vordergrund stehen, strukturieren wir einen Prozeß, durch den die Mitglieder einander relevante Informationen über sich selbst auf der intrapersonalen Ebene mitteilen können. Dafür gibt es verschiedene Möglichkeiten: Zum Beispiel kann man die Gruppe in Untergruppen aufteilen und sie auffordern, bestimmte Informationen untereinander auszutauschen; oder man kann eine Gruppenübung heranziehen. Eine dritte Möglichkeit ist der etwas umständliche Vorgang, daß sich jede(r) Einzelne der ganzen Gruppe vorstellt. In dieser Phase ist der Leiter mit so viel Macht ausgestattet, daß alles, was sie/er tut und sagt, viel schwerer wiegt und größere Auswirkungen hat als das, was irgendein Gruppenmitglied sagt und tut. Das Dilemma des Leiters an diesem Punkt ist: »Wieviel oder wie wenig soll ich tun und wann?« Meine Erfahrung hat mir gezeigt, daß diese einleitende Phase schneller und interessanter verläuft, wenn ich die Gruppe irgendeine anregende Übung machen lasse; der Preis, den wir dafür bezahlen, ist, daß die Mitglieder abhängiger vom Leiter werden und sich darauf verlassen, daß dieser etwas aus seiner Trickkiste zieht, um den Prozeß in Gang zu halten, statt die eigene Energie zu mobilisieren oder sie aus den anderen herauszuholen. Gegenwärtig ziehe ich in dieser frühen Phase den umständlicheren Weg der spannenderen Übung vor, damit die Mitglieder anfangen, sich auf sich selbst und aufeinander zu verlassen, statt auf den (die) Leiter.

2. Förderung des interpersonalen Kontakts. Dies ist ein Mittel zur Erforschung des interpersonalen Umfelds und zur Entdeckung von Potentialen, die in der Gruppe vorhanden sind. Ich kann dies ganz einfach dadurch tun, daß ich es konstatiere, wenn Blickkontakte oder verbale Äußerungen auf mich gerichtet sind, und den Leuten vorschlage, sich umzusehen und sich jemand anderen in der Gruppe auszusuchen, an den sie diese Bemerkungen richten könnten. Das soll nicht heißen, daß ich überhaupt nicht auf Einzelne reagiere oder mit ihnen interagiere, sondern nur, daß ich bestimme, wann und wie lange ich reagiere, da meine Handlungen als Leiter jeweils Regeln und Normen in der Gruppe etablieren.

3. Hinweise auf das Verfahren geben, das wir benutzen werden. Als Leiter tue ich das durch das verbale und nonverbale Beispiel, das ich gebe. Zum Beispiel teile ich meine eigenen inneren Prozesse mit – die Gefühle, die ich habe, die Beobachtungen, die ich mache, und die Schlußfolgerungen, die ich aus diesen Daten ziehe. Wenn ich aufmerksam bin und zuhöre, statt mit »therapeutischen« Interventionen hereinzuplatzen, vermittle ich die Botschaft, daß wir hier einen Raum schaffen, in dem wir so sein können, wie wir sind.

4. Legitimierung von Arbeit auf allen Systemebenen. In diesem Stadium geht es den Gruppenmitgliedern vor allem darum, herauszufinden, wie gefährlich oder ungefährlich es für sie in dieser Gruppe werden wird und was sie vorbringen können. Ich möchte die Einzelarbeit auf der intrapersonalen Ebene legitimieren, aber erst, nachdem eine Reihe von Mitgliedern ihre Gefühle mitgeteilt haben. Statt auf einer intrapersonalen Ebene zu intervenieren, gehe ich in diesem Stadium von der Annahme aus, daß jeder Anwesende ein Sprecher für andere ist und Dinge artikuliert, die für einige, wenn nicht alle, Gruppenmitglieder wichtig sein mögen. Ich frage, ob sich noch andere Gruppenmitglieder von den Aussagen Einzelner angesprochen fühlen. Auf diese Weise wird das von einem Einzelnen angesprochene Thema als eine universellere Frage gesehen und behandelt und als eine Problematik, die das System als Ganzes betrifft.

Fassen wir zusammen: Das Verhalten des Leiters zielt in dieser ersten Phase darauf ab, ein Klima des Vertrauens zu schaffen, das die Teilnehmer ermutigt, gewisse Risiken einzugehen und Verbindungen zu den inneren Erlebnissen der Einzelnen, den Vorgängen zwischen den Gruppenmitgliedern und in der Gruppe-als-Ganzes herzustellen. Gewöhnlich nehmen die Teilnehmer in dieser ersten Phase durch die Entdeckung von Gemeinsamkeiten und Ähnlichkeiten miteinander Kontakt auf. Das führt zu einer Norm der Höflichkeit und übertriebener Verbindlichkeit, die Energie in der Gruppe ebbt ab, und das ist das Signal dafür, daß die Arbeit der Differenzierung einsetzen muß.

Zweites Stadium: Einfluß und Unabhängigkeit

Die Hauptthemen, mit denen sich die Einzelnen und die Gruppe in diesem Stadium auseinandersetzen müssen, haben mit Einfluß, Autorität und Kontrolle zu tun. In diesem Stadium ist sich jedes Gruppenmitglied bewußt, daß es von den Vorgängen in der Gruppe beeinflußt wird und daß bestimmte implizite oder explizite Normen vorhanden sind, die es schwierig machen, sich anders zu verhalten als in der Art und Weise, die akzeptabel erscheint. Normen sind bekanntlich Definitionen dessen, was in einer Gruppe erlaubt bzw. willkommen ist oder was umgekehrt nicht akzeptabel ist und geringgeschätzt wird. Normen werden aus Verhaltensweisen geschlossen und reflektieren die Annahmen der Menschen in bezug auf sich selbst, aufeinander und in bezug darauf, wie die Dinge »sein sollten«.

Die Gruppenmitglieder können in dieser Phase anfangen, die vorherrschenden Normen in Frage zu stellen, indem sie gegenüber anderen oder gegenüber den Vorgängern negative Reaktionen äußern oder indem sie den Gruppenleiter direkt angreifen und seine Autorität und Kompetenz in Frage stellen. Die vorrangige Aufgabe des Leiters ist es, in dieser Phase auf zunehmende Differenzierung, Divergenz und Rollenflexibilität unter den Gruppenmitgliedern hinzuarbeiten. Diesem Ziel dienen die folgenden Verhaltensweisen des Leiters/der Leiterin:

1. Schärfung des Bewußtseins für die Normen, die in der Gruppe Geltung haben. Da Normen auf ungetesteten Annahmen der Gruppenmitglieder hinsichtlich dessen beruhen, was akzeptabel ist oder nicht, kann der Leiter das Bewußtsein für Normen erhöhen, indem er die Annahmen der Teilnehmer in Fragen umwandelt. Beispielsweise kann dem Leiter auffallen, daß in der Gruppe die Norm zu bestehen scheint, man dürfe keine abweichenden oder konträren Meinungen äußern, und er kann fragen: »Ist das okay, hier anderer Meinung zu sein oder Widerspruch zu äußern?« Auf diese Weise lernen die Gruppenmitglieder, die bestehenden Normen sowie deren Konsequenzen zu identifizieren und sich zu entschließen, diese eventuell zu verändern, indem sie auf ihr eigenes Verhalten achten.

2. Ermutigung zu Widerspruch und offener Äußerung von Differenzen und Unzufriedenheit. Was auch immer in einer Gruppe geschieht oder nicht geschieht, die Konflikte, die auf der persönlichen, zwischenmenschlichen und auf der Gruppenebene auftreten, müssen Gelegenheit erhalten, ans Licht zu kommen. Das Eingehen auf Konflikte auf jeder Ebene ruft starke emotionale Reaktionen hervor und wird als sehr riskant für den Einzelnen wie für die Integrität der Gruppe erlebt. Wieviel Konflikt der Einzelne tolerieren kann, hängt von seiner Persönlichkeit und der Situation ab, in der sie/er sich befindet. Wieviel Differenzen eine Gruppe tolerieren und trotzdem als System weiterbestehen kann, hängt von Zusammenhalt dieser Gruppe ab. In diesem Stadium ist der Leiter mit einigen kritischen Entscheidungen bezüglich der Interventionsebene konfrontiert: »Widme ich jetzt demjenigen Aufmerksamkeit, der offensichtlich leidet, weil die Konflikte in der Gruppe etwas Unerledigtes in seiner Vergangenheit aufgewühlt haben? Oder spreche ich mit der Gruppe über die Art und Weise, wie sie arbeitet und mit Konflikten und Differenzen umgeht?« Hier wie auch anderswo liefere ich keine Antworten – ich weise nur auf das Dilemma hin, das bezüglich der Interventionsebene entsteht.

3. Differenzierung zwischen Rollen und Personen. In einer Gruppe spielen Mitglieder oft Rollen, die eine Funktion der Bedürfnisse der Gruppe und nicht bloß eine Funktion der Persönlichkeit oder des Charakters des Betreffenden sind. Ebenso wie für den Einzelnen ist es auch für die Gruppe notwendig, daß bestimmte Funktionen übernommen werden, damit sie den Erlebniszyklus des Gewahrwerdens, der Mobilisierung von Energie, des Kontakts und des Rückzugs oder Abschlusses durchlaufen kann. Je nachdem, wie sich die Mitglieder in den Anfangsstadien einer Gruppe verhalten, wird eine Person wahrscheinlich eine dieser Funktionen stärker wahrnehmen bzw. mit dieser identifiziert werden. Zum Beispiel wird dem Mitglied, das am Anfang die Energie liefert, um die Dinge in Bewegung zu bringen, diese Rolle »zugewiesen«, und die anderen Mitglieder und vielleicht auch der Leiter verlassen sich dann darauf oder provozieren die/den Betreffende(n), sie mit Energie zu versorgen. Gewisse Leute übernehmen die Bewußtheitsfunktion, weil sie besonders gute Beobachter und Berichterstatter sind in bezug auf ihr eigenes inneres Erleben oder das, was sie bei anderen sehen, hören oder spüren. Teilnehmer, die extravertiert und fürsorglich sind, neigen dazu, die Kontakt- oder Fürsorgefunktion zu übernehmen; Personen, die sich leicht durchsetzen oder spontaner sind, versorgen die Gruppe mit Impulsivität und Kreativität. Alle diese Funktionen sind positiv, sie helfen der Gruppe, ihre Arbeit zu leisten. Wenn diese Funktionen jedoch mit einer Person identifiziert werden, statt als Funktionen angesehen zu werden, die *jeder* übernehmen kann, dann wird das Verhalten aller Mitglieder stereotypisiert. Sobald die Rollen etwas fixiert werden, beginnen die Gruppenmitglieder, sich gegen die Versuche Einzelner zu sträuben, von der ihnen zugewiesenen Position abzuweichen, da die Veränderung bei einem einzelnen Mitglied eines Systems sich auf die Funktion jedes anderen in diesem System auswirkt.

Der Leiter kann dieses rollenübernehmende Verhalten bewußtmachen, indem er auf die Stereotypen hinweist, sobald er sie auftauchen sieht, und dadurch der Gruppe hilft, die Folgen für die Gruppe als System und für die einzelnen Mitglieder zu erkennen.

Oft sind die Rollen, die in einer Gruppe ausgespielt werden, Projektionen verleugneter Züge der Persönlichkeit anderer Mitglieder. Das Sündenbock-Phänomen ist ein Beispiel dafür. Wenn ein bestimmtes Mitglied der Gruppe die Rolle des »Opfers« innehat, kann der Leiter auf der Gruppenebene intervenieren und die Mitglieder zum Nachdenken darüber veranlassen, was sie vermeiden, indem sie ein Mitglied der Gruppe diesen Teil von sich selbst ausagieren lassen.

Drittes Stadium: Intimität und Interdependenz

Dies ist das Stadium, in dem wirklicher Kontakt innerhalb einer Gruppe und zwischen den einzelnen Mitgliedern zustande kommt, im Gegensatz zu der Pseudo-Intimität, die sich im ersten Stadium entwickelt, wenn die Gruppenmitglieder entdecken, daß sie alle der menschlichen Gattung angehören und sich warm und geborgen in der Gruppe fühlen. Wirklicher Kontakt setzt das Erlebnis der Konfrontation mit dem, was anders ist als das eigene Selbst, voraus. Echte Intimität, die durch jene Art von Beziehungen definiert ist, welche uns über lange Zeiträume und Trennungen hinweg Nahrung und Kraft geben, entsteht gewöhnlich im Feuer der Divergenz und des Konflikts. Der wahren Liebe geht oft Streit voraus, und so ist es auch in Gruppen. Die Durcharbeitung der mit Einfluß, Macht und Autorität verbundenen Konflikte, die die zweite Phase kennzeichnen, und das Durchleben dieser Erfahrung geben den nötigen Rückhalt, auf intrapersonaler und interpersonaler Ebene hohe Risiken einzugehen.

In diesem Stadium verhalten sich die Mitglieder insofern interdependent, als sie sich darauf verlassen können, bei den anderen Verständnis, Unterstützung und Herausforderung zu finden; auch sind die Beziehungen wechselseitig. Die einzelnen Mitglieder der Gruppe sind zu wichtigen Bezugspersonen füreinander geworden, und die Gruppe als System wird gleichfalls zu einer signifikanten Bezugsgröße, welche die für das Wachstum nötige Stärkung und Nahrung bietet. Der Leiter wird nicht mehr als die höchste Autorität, sondern als eine erfahrene Bezugsperson angesehen. Wenn der Leiter bisher bevorzugt auf der Gruppenebene interveniert hat, lernen die Mitglieder nun ihr eigenes Funktionieren als System zu beobachten und aufrechtzuerhalten. Sie stellen wechselseitige Ressourcen füreinander dar und erbitten und akzeptieren Hilfe vom Leiter/der Leiterin, wenn sie ihre/seine Fertigkeiten oder Perspektive benötigen. Sobald eine Gruppe auf dieser Ebene funktioniert, laufen die Prozesse rasch ab, die Energie fließt synergistisch und locker ohne Hektik, und es wird ein hohes Maß an Selbstoffenbarung erreicht. Selbst wenn es um Probleme von Verlust und Trennung, Kummer und Reue geht, kann die Gruppe dies akzeptieren, sie kann Unterstützung geben und Qual und Schmerz ein Stück weit absorbieren.

Eine Gruppe muß lange Zeit zusammensein, ehe sie anhaltend auf dieser dritten Stufe funktionieren kann. Nach meiner Erfahrung braucht eine Gruppe mindestens ein oder zwei Jahre, um die Fähigkeit zu entwickeln, sich auf dieser Stufe zu halten. Gruppen, die kürzere Zeit zusammen sind, erreichen manchmal dieses Stadium, aber nur vorübergehend. Die Bemerkungen über die Funktionen des Leiters in diesem Stadium gelten deshalb in erster Linie für Gruppen, die eine lange gemeinsame Geschichte haben und deren Mitglieder sich aufeinander und auf das langfristige Funktionieren ihres Systems als Ganzes verlassen können.

Die Leiterin/der Leiter hat in diesem Stadium folgende Funktion:

1. Sie/er soll gegenüber der Gruppe eine beratende Rolle ausüben und sich nicht in den Vordergrund drängen. In diesem Stadium sind wenige und seltene Interventionen nötig.

2. Sie/er soll der Gruppe helfen, zu einem Abschluß zu kommen. Gruppen, so kurz oder lange sie auch dauern mögen, sind zeitlich begrenzte Systeme und müssen einen abschließenden Prozeß durchlaufen, der den Wiedereintritt in die »wirkliche« Welt einschließt. Die Mitglieder müssen sich von denjenigen »verabschieden«, mit denen sie diese Gruppenerfahrung geteilt haben, und Pläne für die Übertragung ihrer Lernerfahrungen in ihr Leben außerhalb der Gruppe machen. Dazu sind gewöhnlich einige einfache Verfahren nötig, die die Mitglieder mit diesen Fragen konfrontieren. In einer Wochenendgruppe kann ich sie auffordern mitzuteilen, welche ihrer Lernerfahrungen ihnen am wichtigsten erscheint, und darüber nachzudenken, wie sie diesen Prozeß aufrechterhalten können, wenn sie nach Hause zurückkehren. In Gruppen von längerer Dauer, zum Beispiel Ausbildungsgruppen, bilden solche Pläne die abschließende Erfahrung.

3. Sie/er soll die unerledigten Fragen zur Kenntnis nehmen, die in dieser Gruppe nicht behandelt werden konnten. Bei dem zyklischen Verlauf dieser Entwicklungsstadien enden nicht alle Gruppen gerade dann, wenn sie sich im Stadium der Intimität und Interdependenz befinden. In diesem Fall müssen im Abschlußprozeß sowohl die negativen als auch die positiven Aspekte der Erfahrung zur Kenntnis genommen werden – die Bedürfnisse, die nicht befriedigt und die Erwartungen, die nicht erfüllt wurden. Die Diskrepanz zwischen dem, was jeder Einzelne sich erhoffte, und dem, was tatsächlich geschah, muß einer Bewertung unterzogen werden. Durch diese Bewertung erfahren die Gruppenmitglieder etwas über die Polarität und die Schwierigkeiten des Veränderungsprozesses.

Mir gefiele die Vorstellung, daß alle von mir geleiteten Gruppen aus der Phase der Intimität und Interdependenz in das Abschlußstadium eintreten, aber ich würde lügen, wenn ich behauptete, daß das so sei. Tatsache ist, daß ich die bedeutsamsten Einsichten immer dann gewonnen habe, wenn der Abschluß nicht für alle voll befriedigend war. Zumindest entdecke ich dann die Tugend der Bescheidenheit wieder, und ich erkenne, wie komplex, ehrfurchtgebietend und geheimnisvoll nicht nur Individuen, sondern auch Systeme sind.

Epilog

Das Ganze ist mehr als die Summe seiner Teile

Diese Aussage ist nicht nur die Grundlage der Gestaltpsychologie und Gestalttherapie, sondern auch die Quintessenz aller Denksysteme, die den Versuch machen, aus den offenkundigen Verschiedenheiten, Widersprüchen und Diskontinuitäten des Universums wie auch der menschlichen Natur einen Sinn herauszufiltern. Einen Prozeß zu beschreiben, der auf dieser holistischen Perspektive basiert, wie ich es in diesem Aufsatz getan habe, ist ein Widerspruch in sich selbst. Eine Gruppe ist mehr als die Summe ihrer Teile, und der Gestaltgruppenprozeß ist mehr als die Summe der

Prinzipien und Elemente, die ich dargelegt habe. E. F. Schumacher (1977, S. 87) sagte:

> Eine Möglichkeit, die Welt als Ganzes zu betrachten, ist, eine Landkarte zu Hilfe zu nehmen, d. h. einen Plan oder eine Skizze, die zeigt, wo verschiedene Dinge zu finden sind – natürlich nicht alle Dinge, denn dann müßte die Landkarte so groß sein wie die Welt – aber die Dinge, die zur Orientierung am wichtigsten sind: herausragende Wegmarken gewissermaßen, die man nicht übersehen kann, so daß man, falls man sie übersieht, total ins Dunkel stürzt.

Was ich in diesem Aufsatz getan habe, ist, eine Landkarte zu skizzieren. Jeder, der reist, weiß, daß eine Landkarte nicht das Land ist: sie ist eine zweidimensionale Abstraktion einer dreidimensionalen Realität.

Wie nützlich Sie, der Leser, diese Karte finden werden, wird natürlich von Ihrem Ziel als Therapeut(in) oder Gruppenleiter(in) abhängen bzw. davon, was Sie für die primäre Aufgabe der Psychotherapie und des persönlichen Wachstums halten. In meinen Augen besteht diese Aufgabe darin, das Bewußtsein zu erweitern, und das ist etwas anderes als die Ziele, die gewöhnlich mit Psychotherapie assoziiert werden. Das Hauptziel der Therapie ist nach meiner Auffassung *nicht* einfach, Menschen zu heilen (was auch immer »heilen« bedeuten mag), noch besteht es darin, Klienten zu lehren, eher die Umwelt geschickt zu manipulieren als sich selbst. Das Ziel besteht auch nicht darin, jeden Einzelnen zu befähigen, ein differenziertes und integrierteres Selbst zu entwickeln. Vielleicht gehört all dies dazu, aber das wesentliche Ziel ist, die Entwicklung eines Selbst zu fördern, welches schließlich das Selbst transzendieren kann. Das Herzstück der persönlichen Entwicklung wird also durch diese zentrale Polarität gebildet: Freiheit und Befreiung auf der einen und Disziplin und soziale Verantwortung auf der anderen Seite. Die Spannung zwischen diesen beiden Polen kennzeichnet alles, was wir tun.

Dieses grundlegende Paradox wurde vor über zweitausend Jahren von dem jüdischen Weisen Rabbi Hillel treffend auf den Begriff gebracht, als er fragte:

> »Wenn ich nicht für mich bin, wer wird dann für mich sein?
> Wenn ich nur für mich bin, was bin ich dann?
> Wann, wenn nicht jetzt?«

2 Die Gestaltgruppe

Richard Kitzler

Theorie, Entwicklung und Praxis der Gestalttherapiegruppen haben ihren Ursprung in erster Linie nicht in den traditionellen Psychotherapien, sondern in der Gestaltpsychologie und vor allem in den gruppendynamischen Erkenntnissen von Kurt Lewin sowie in der Pädagogik und in der Gruppenarbeit. Die dort gewonnenen Erkenntnisse, die in zahllosen Gruppen im Erziehungswesen und in der Gruppenarbeit, zum Beispiel im sogenannten »Sensitivity Training« (Yalom, 1975) angewandt wurden, gaben der Gestalttherapie weitere Anstöße. Die zentrale Theorie, nach der Individuen dazu neigen, sich auf das als »Gruppe« bezeichnete Equilibrium hinzubewegen, wurde mit folgenden Konzepten aus der Theorie der Gestalttherapie integriert: Konzentration auf das gegenwärtige Geschehen und seine Ganzheit/Teil-Struktur; die Elastizität der Figur/Hintergrund-Formation im Organismus/Umwelt-Feld; Kontakt, Assimilierung und schließlich Wachstum durch die Arbeit am Selbst. Entscheidend ist das Erkennen eines sinnvollen Ganzen, »sinnvoll insofern, als das Ganze die Teile erklärt«; ein weiteres wichtiges Konzept ist das Bestreben der Teile, das Ganze zu vollenden (Perls, Hefferline und Goodman, 1957, dt. *Gestalt-Therapie. Lebensfreude und Persönlichkeitsentfaltung*, 2. Aufl. 1981).

Der Anarchismus von Paul Goodman, der betonte, daß Bürger natürlicherweise zur Selbstregulierung neigen und Gruppen fördern, die einen fruchtbaren Boden für die besten Möglichkeiten der Bürger und für deren Glück bieten, hatte einen nachhaltigen Einfluß auf die Theorie der Gestalttherapie, sowohl für die Einzelbehandlung als auch für die Gruppe. So, wenn er sich gegen die Tyrannei der Mehrheit wendet:

> »Die Minderheit ist immer ein verdrängter Teil der Mehrheit... Deshalb hat die Minderheit immer mit ihren Forderungen recht, denn es entspricht der moralischen und psychologischen Weisheit, wenn die Mehrheit ihre eigenen verdrängten Elemente akzeptiert...« (Goodman, 1966, S. 181).

Paul Goodmans Erkenntnisse setzen hier die Norm des Gleichberechtigtseins für eine gute Gestaltgruppe, in der der Leiter bestenfalls *Primus inter pares* ist, während die Gruppe in eigener Verantwortung lernt, das optimale Wachstum ihrer Mitglieder zu fördern.

Diese Theorie ist stark eklektisch und weist zwingend in eine Richtung: Wenn es jemandem in dem *Prozeß* der Bildung eines sinnvollen Ganzen oder einer klar umrissenen Figur auf einem homogenen (ungestörten) Grund um die Elastizität geht, dann ist das Selbst nicht in der Figur zu entdecken, die es schafft, sondern im *Erschaffen* dieser Figur. Die Figur selbst hingegen ist völlig irrelevant. Wenn die *Klarheit,* mit der sich die Figur von *ihrem* Grund abhebt, das Entscheidende ist – wenn sie der Kontakt ist –, dann ist damit *»ein autonomes Kriterium der Tiefe und Wirklichkeit der Erfahrung«* unmittelbar gegeben. »Es ist nicht notwendig, Theorien über ›normales Verhalten‹ oder ›Anpassung an die Realität‹ in der Hand zu haben, *es sei denn zum Zwecke der Exploration* (Perls, Hefferline und Goodman, 1957, dt. a. a. O., S. 14). Mit einem Schlag gerät so die riesige Festung der Psychotherapie – Deutung, Symbol, Symptom, Diagnose, psychische Vorgeschichte, Protokoll – in einen Belagerungszustand.

Und hier scheitert so manche Psychotherapie und auch jede inhaltsleere Gestalttherapie: in den Untiefen zwischen Freiheit bzw. Ambiguität – wie sie durch das autonome Kriterium des sich erschaffenden Selbst gegeben sind – und der Sicherheit, die der trügerischen Gewißheit innewohnt, die menschliche Natur sei berechenbar, einer Gewißheit, die deren Figuren ganz offenkundig reduziert und interpretiert.

Es kommt noch folgendes hinzu: Wenn Selbst und Wachstum nicht in den Figuren, sondern im Entstehungsprozeß zu finden sind, dann ist es sinnlos, ja unproduktiv, den Einzelnen etwas über sich selbst lehren zu wollen (d. h. seine Figuren anhand derer des Therapeuten zu interpretieren). Aus diesem Grunde wurde die »Kontext-Argumentationsmethode« entwickelt: Der Einzelne erschafft aus seinen jeweiligen Erfahrungsbedingungen Figuren, und diese Bedingungen müssen kontextuell, als Grund für diese Figuren, analysiert werden. Innerhalb der Gruppentherapie kann jeder Einzelne Figur werden, wobei die Gruppe den Grund bzw. die Erfahrungsbedingung im Hier und Jetzt der Gruppenentwicklung bildet.

Das Gestaltkonzept für die Gruppentherapie unterscheidet sich daher nicht grundlegend von anderen gestalttherapeutischen Ansätzen. Das Kernproblem besteht darin, daß es im Wesen einer Gruppe liegt, *scheinbar* eine Unmenge an Interaktionen hervorzubringen, eine Sturzflut von Material, welches die Situation (und den Therapeuten) zu überwältigen droht, so daß manche Therapeuten, um ihre Tätigkeit überhaupt als wirksam zu empfinden, in Versuchung kommen können, sich auf eine bequemere (primitivere) Position zurückzuziehen, um die erlebten (unerträglichen) Ungewißheiten und Ambiguitäten (bzw. das noch unbekannte Potential) der Gruppe überhaupt ertragen zu können. Andere Gründe für die Bildung einer leiterorientierten Gruppe können mit der Theorie, der Ausbildung und dem Stil des Therapeuten zusammenhängen.

Ein hervorragendes Beispiel eines solchen Therapeuten ist Frederick S. Perls. Sein beruflicher Werdegang, der Erfahrungen beim Theater sowie eine medizinische und psychoanalytische Ausbildung einschloß, bildete den Hauptgrund für seine Experimente mit Gruppenpsychotherapie. Bald fand er die Einzeltherapie unerträglich und rühmte an der Gruppenarbeit, daß sie hinsichtlich Arbeits- und Zeitaufwand wesentlich therapeutischer und ökonomischer sei (Perls, 1967). Dem eklektischen Geist der Gestalttherapie entsprechend übernahm er den »heißen Stuhl« aus dem Psychodrama und zog die Face-to-face-Konstellation zwischen dem Therapeuten und einem einzelnen Gruppenmitglied vor, das sich freiwillig gemeldet hat (»Ja, wer möchte arbeiten?«). Auch Rollenspiel, Traumarbeit, Dialogisierung von Polaritäten etc. übernahm er für seine Arbeit. So wirkten sich Perls' Erfahrungen aus fünfzig Jahren auf die Figur-Grund-Erlebnisse des betreffenden Teilnehmers im Kontext der Gruppe aus, die er nötigenfalls als Projektionsschirm benutzte. Auf diese Weise entwickelte sich sein uns inzwischen so vertrauter späterer Stil.

Ungeachtet aller Dementis ist dieser Stil, so erfolgreich er in Perls' Händen war, leitergebunden und leiterorientiert; er basiert auf unmittelbarer Übertragung (das Überich/der Leiter lächelt dem Ich/dem betreffenden Teilnehmer zu). Der Gruppenprozeß wird denunziert. Therapeuten, denen es an der ungeheuren Erfahrung, der untrüglichen Intuition und Einsicht, dem Fingerspitzengefühl und dem beißenden – oft bösartigen – Sarkasmus fehlt, der

Dr. Perls so berühmt machte, geraten, wenn sie ihn imitieren, in Gefahr und Verwirrung.[1]

Als ich vor 25 Jahren meine Ausbildung in Gruppenarbeit begann, war ich erstaunt, wie leicht es mir fiel, meine Arbeit mit Perls und bei dem noch jungen New Yorker Institut für Gestalttherapie auf diese Ausbildung zu übertragen. Es war, als ob die Erfahrungen, die ich in Einzel- und Gruppentherapie sowie in der Supervision gemacht hatte, gerade auf Gruppenarbeit zugeschnitten gewesen wären.

An den Universitäten gab es natürlich viele Modelle, von den freudianischen Interpretationen des Hier und Jetzt, wie sie von der Tavistock-Schule gepflegt wurden, bis hin zu den Konzeptualisierungen von Gruppenrolle und Identifikation seitens der Gruppendynamik und der »Gruppenkultur« Bions (1959). Aber ich hatte immer den Eindruck gehabt, daß die Modelle zu Kodifizierungen und die Kodifizierungen zu gefälligen Kochbuchtechniken führten, die irgendwie das Ziel verfehlten – sowohl in bezug auf die Gruppe als auch auf den Leiter. Das Arbeitsinstrumentarium des Klinikers muß ein Teil seiner selbst sein und darf sich nicht in einem Katalog von Formeln erschöpfen, die bei Bedarf angewandt werden. Der Gruppenleiter ist nicht jemand, der introjiziert, sondern jemand, der die Konflikte, die sich aus dem Augenschein widerstreitenden Materials ergeben, durchlitten und sein Handwerkszeug im Feuer seiner Seele geschmiedet hat. Die gestalttherapeutische Ausbildung war deshalb nach meiner Ansicht genau »richtig«.

Da die Gestalttherapie die Berührung mit dem Neuen an der

---

[1] Die Kritik an unserer Technik und der Vorwurf, wir arbeiteten mit Tricks, sind in der Tat häufig sehr begründet. Der Verfasser ist der Ansicht, daß die Unkenntnis mancher Therapeuten hinsichtlich unserer Theorie zu dieser Kritik herausfordert; sie haben fähige und erfolgreiche Praktiker wie Fritz Perls introjiziert und kraftlos imitiert, deren Einfluß aber nicht verdaut (vernichtet), assimiliert und angeeignet – für sie »wurde das Wort nicht Fleisch«. Von diesen Therapeuten und ihren Reaktionen kann man sagen: »Aber solche Reaktionen versäumen es, die gegenwärtige Realität unserer durchlebten Vergangenheit zu akzeptieren, als ob wir uns in der Gegenwart als etwas anderes geschenkt wären denn als das, was wir geworden sind oder wozu wir fortschreiten. In solchen Fällen war der Kontakt eindeutig nie vollständig, die Situation nicht abgeschlossen; irgendeine hemmende Kraft wurde als Teil der Erfahrung introjiziert und ist jetzt Teil des Ich-Konzepts, an dem wir uns messen« (Perls, 1957, S. 432).

Man benutzt seine stets experimentelle Technik nicht, man *ist* sie.

Grenze und im Hier und Jetzt ebenso hervorhebt wie Experiment, Assimilation und Wachstum in Richtung auf bislang noch unbekannte Potentiale, brauchte ich nicht lange, um ganz klar zu erkennen, wie bedeutsam Theorie und Einsichten der Gestalttherapie für die Gruppenarbeit waren. Genauer gesagt, die Gruppe ist ein Phänomen im Hier und Jetzt, das nur dann existiert, wenn die Gruppe zusammenkommt. Ich meine das so radikal, wie ich es sage. Die Gruppe hat eine Präsenz und eine Kraft der Identität, die manchmal nur schwach und wenig greifbar, manchmal erstaunlich kohärent sind und die ihre Form und ihren Motor darstellen. Wenn wir davon ausgehen – und das müssen wir –, daß jeder Einzelne in der Gruppe seinen besten Fähigkeiten entsprechend arbeiten wird, und daß er in sich alle Informationen trägt, die es gibt oder die für die Gruppe in ihrer Präsenz nötig sind, dann sind *alle* Mitglieder zu *allen* Zeiten beteiligt und *müssen* Wege zur Äußerung dieser Information über sich selbst zur Verfügung haben. Diese Überzeugung bedeutet nichts weiter, als aufs genaueste auf Störungen im Verlauf des Experiments zu achten, die uns aus der Gestalt-Einzeltherapie so vertraut sind: Dort würde man das Erleben der Blockierungen im perzeptiven, motorischen, sensorischen und emotionalen Bereich hervorheben, die auftreten, während sich der Einzelne auf das Gestaltexperiment konzentriert.

In Gruppen wird man natürlich sofort der Störungen, der Fehlstarts, der Sinnleere und der gefälligen Lösungen gewahr, mit denen echte Probleme zugedeckt werden, wie auch der Überich-Lösungen, die darin zum Ausdruck kommen, daß die Gruppe Blumen am Altar des Leiters niederlegt. Dies entspricht dem Übertragungsphänomen in der Einzeltherapie. Jedoch ist es gerade der große Vorzug der Gruppe, daß die sogenannte Übertragung sich auf die anwesenden Gruppenmitglieder verteilt und Auswüchse korrigiert werden können – allerdings gewöhnlich auf ein Signal des Leiters hin. In Gestaltbegriffen ausgedrückt, ist die Übertragung eine undifferenzierte Konfluenz, die durch mangelnde Bewußtheit und Differenzierung gekennzeichnet ist.

Wir müssen, um Licht in dieses Dunkel der Konfluenz zu bringen, immer an der Überzeugung festhalten, daß die einzelnen Gruppenmitglieder, wenn sie Gelegenheit dazu haben, sich jeweils zugunsten ihres optimalen Funktionierens korrigieren werden.

Die Übung, die diese Korrektur herbeiführt, ist das vorurteilslose »Blitzlicht« (»go-around«, also eine Umfrage in der Runde), das durchaus auch die Weigerung, sich zu äußern, einschließen kann. Dazu zählen die Fragen: »Wie hast du dich gefühlt, als du das gesagt (getan) hast?« und »Was fühlst du jetzt?«, Fragen, die in fast schon peinlicher Weise zu Eidesformeln der Gestalttherapie geworden sind.

Mit »vorurteilslos« meinen wir, daß jeder Beitrag als Beitrag des betreffenden Teilnehmers geschätzt wird; er unterliegt keinem Vorurteil. Ein Gruppenmitglied sagt vielleicht: »Ich möchte an diesem blöden Blitzlicht, wie du es nennst, nicht teilnehmen, und ich möchte auch nicht dazu aufgefordert werden.« »Okay«, antwortet der Leiter, oder »Danke, der nächste«. Die Anwesenheit des Teilnehmers wird respektiert, nicht interpretiert. Der Ton ist demokratisch und vertrauensvoll, er macht das Gleichberechtigtsein aller Teilnehmer deutlich; er ist vertrauensvoll insofern, als man jedem einzelnen Gruppenmitglied vertraut, daß es in dem Prozeß der Mehrung von Vertrauen und Zusammenhalt in der Gruppe – einem Prozeß, der Kommunikation erst ermöglicht – das Beste gibt, das es gegenwärtig geben kann. »Es gibt keine Lügner in der Hölle.« Denn dann gäbe es keine Hölle.

Der entgegengesetzte Standpunkt kommt in dem folgenden Zitat zum Ausdruck: »Durch die Technik des ›Blitzlichts‹ versichert der Therapeut als permissive *Elternfigur* dem *Patienten/Kind*, daß seine Wahrnehmungen wertvoll und bedeutsam sind und nicht ignoriert werden dürfen« (Mullan und Rosenbaum, 1962, S. 164).

Nein. Dies ist das Modell der ödipalen Gruppe, in der die Interaktionen letztlich durch die Brille der klassischen Psychoanalyse gesehen werden. Meine Frage lautet: »Wie kommt es, daß diese Gruppe so strukturiert ist, daß gerade diese und diese (Eltern-Kind-, Geschwister-, etc.) Interaktionen aufzutreten scheinen?« Das heißt, ich unterziehe die Gruppe einer kontextuellen Analyse.

Die Antwort muß lauten, daß der Leiter zugelassen hat, in die Elternrolle gedrängt zu werden, woraus zwangsläufig die bekannten ödipalen Interaktionen folgen – die in ihrer ständigen Wiederkehr nur allzu vertraut, allzu bekannt und allgegenwärtig sind. In den Anfangsstadien der Gruppenentwicklung sind diese Interaktionen als Widerspiegelung der immer wiederkehrenden Muster der Menschheitsentwicklung als Familie tatsächlich zu erwarten.

Dasselbe gilt für die Einzeltherapie. Aber wenn der »Grund« der Gruppe in ernsthafter demokratischer Überzeugung begonnen und aufrechterhalten wird, dann werden die zutage tretenden Figuren zunehmend durch die »Gruppe als Kultur« gestärkt, und sie werden diese ihrerseits stärken. Dies ist der Grund, auf dem das Individuum stehen und persönlich jene schöpferischen Anpassungen vornehmen kann, die unter soviel Schmerz und Konflikten zustande kommen, in einem Prozeß, in dessen Verlauf die Gruppe das Dickicht, durch das sie hindurch muß, rodet und zum Licht gelangt. Dabei geht es letztlich um den Kampf zwischen der Zivilisation und denen, die mit ihr unzufrieden sind.

Wenn wir zum Beispiel die Gruppe als Feld des Einzelnen betrachten oder, richtiger, das Ganze als Gruppen/Individuum-Feld, in dem jeder unabdingbar ein Teil des anderen und das Ganze mehr ist als die Teile – wenn wir dieses Ganze so betrachten, dann beobachten wir nicht Eltern-Kind-Interaktionen – permissive, rebellische oder irgendwelche anderen Haltungen –, sondern wir sehen eine Bewegung in Richtung auf ein Wachstum des gesamten Komplexes. Gruppendynamisch ausgedrückt: wir werden Zeugen des Heranreifens der Gruppe zu ihrer einzigartigen Kohäsion als *dem* Grund, auf dem *alle* ihre Mitglieder stehen können. Dies ist nicht weiter reduzierbar und bedarf natürlich keiner Interpretation. Es ist *Gruppen*kontakt.

Gestalt-Therapie von Perls, Hefferline und Goodman (1957, dt. 2. Aufl. 1981, 2 Bde.) greift in dem Kapitel »Reifung und Rückerinnerung an die Kindheit« dieser Formulierung voraus, wenn die psychoanalytische Entwicklungstheorie kritisiert wird:

»Nach Freuds Schema geschah dies im Verlauf einer normalen Entwicklung der Objektwahlen, von der autoerotischen über die narzißtisch-homosexuelle (Ich-Ideal, Banden) bis hin zur heterosexuellen. Er denkt sich eine gesunde frühe Introjektion des Vaters (oder Identifizierung mit dem Vater), und die Reifung besteht nun darin, daß man dieses Introjekt als man selbst anerkennt und die Elternrolle übernimmt.«

Und ein paar Sätze weiter unten: Reifung werde von den »Para-Freudianern« als Interaktion mit anderen betrachtet, die ihre Rollen in einer »Art Vertragsverhältnis zu anderen Erwachsenen« übernommen haben (S. 88). Ich bin okay, *und* du bist okay.

Im Gegensatz dazu haben Perls, Hefferlein und Goodman eine Feldtheorie formuliert, wie auch ich sie auf die Gruppentherapie anwende:

> »Wir können auch dies wieder als einen Vorgang organischer Selbstregulierung in einem sich ändernden Felde verstehen. Die Unverantwortlichkeit des Kindes ist Folge seiner Abhängigkeit; insofern es in einer dichten Umfeld-Bindung zu seinen Eltern lebt, kann es für sein Verhalten nicht geradestehen. Sobald es mehr Bewegungsfreiheit hat, sich sinnvoll sprachlich ausdrücken und persönliche Beziehungen gestalten kann, beginnt es, vom eigenen Tun *Sinn* zu verlangen. Das heißt, eine engere Verbindung zwischen Versprechen und Einlösung des Versprechens, Absicht und Leistung, Entscheidung und Entscheidungsfolgen. Und die Vertragsbindung wird nicht so sehr aufgrund von Pflichtbewußtsein als vielmehr infolge eines wachsenden Gefühls für Symmetrie eingehalten, das in den Kindern sehr stark ist« (S. 88).

Soviel über die individuelle Seite des Feldes Gruppe/Individuum. Könnte es eine bessere Aussage über eine Gruppe und ihre Funktionsweise geben? Und wie sind die Gruppenfunktionen der »Bewegungsfreiheit, des sinnvollen sprachlichen Ausdrucks und persönlicher Beziehungen« zu fördern? Sehen wir uns das Feld des »Leiters« an:

> »In dem Stadium, wo man selbst zu einer Autoritätsfigur wird, zum Beispiel Lehrer oder Vater, hat sich das Feld erneut gewandelt: Der Unabhängige ist nun weniger als zuvor für sich allein da, denn andere gehen spontan Bindungen zu ihm ein oder sind auf ihn angewiesen, einfach aufgrund seiner Fähigkeiten, und sie geben ihm dafür Gelegenheit zu neuen Akten des Ausgreifens. Und nur selten erreicht jemand diesen Grad von Reife: andere zu beraten, anzuleiten, für sie zu sorgen, ohne schlechtes Gewissen und ohne Auskosten der eigenen Macht, einfach, *noblesse oblige*, die ›Unabhängigkeit‹ als das eigentlich nicht so Wichtige hintanzustellen« (S. 88–89).

Die Gruppenmitglieder entwickeln sich mit Hilfe des Leiters, *durch sein Beispiel;* sie fühlen sich mehr und mehr einbezogen – und die Gruppe wird ein zusammengehöriges, lebensfähiges Ganzes –, während der Leiter das Instrumentarium des Gruppenprozesses verfügbar macht, so lange, bis sie das selbst können. Sie werden in Gruppenpsychotherapie ausgebildet. Der Leiter ist Beispiel oder gar nichts.

Auch Autoren sollten Beispiele geben; in diesem Fall gebe ich ein Beispiel aus einer Gruppe in ihrem frühesten Stadium:[2]

Leiter: Wir arbeiten hier unsere eigene Theorie aus, und wir werden sehen, was geschieht. Das Problem ist, wie wir das machen sollen. Hat jemand irgendeine Idee?

Mitglied I: Es einfach tun.

Leiter: Okay. Du meinst, ich hätte gesagt: »Hört auf mit dem Quatsch und macht weiter.«

Mitglied I: Richtig.

Mitglied II: Jeder von uns könnte Tierlaute ausstoßen.

Leiter: Stoße Tierlaute aus.

Mitglied II: Ich habe gerade keine Lust dazu.

Leiter: Gute Mitglieder machen immer gute Vorschläge für andere gute Mitglieder.

Gruppe: (großes Gelächter)

Man beachte das Hin und Her, während der Leiter – nur weil es die Anfangsphase der Gruppe ist – sowohl *ernst* als auch *humorvoll* auf die Interaktionen der Mitglieder reagiert, wobei er sich gegen die Führungs*rolle* wehrt, die ihm die Mitglieder antragen, und sie selbst zur Übernahme der Führung einlädt. Das ist Führung. Man beachte auch, wie viele Gefühle durch das Gelächter der ganzen Gruppe freigesetzt werden, eben *nicht auf Kosten eines Mitgliedes* (das wäre Konkurrenz – Geschwisterrivalität und Repression – Guter Alter Papa), sondern in der gemeinsamen offenen Erkenntnis, daß wir alle im gleichen Boot sitzen – welch eine Erleichterung!

Natürlich könnte man interpretieren: Der Leiter hält die Gruppenmitglieder geschickt zum Narren, um seine Überlegenheit zu demonstrieren; sie werden sich bald unterwerfen; das Lachen ist die Erleichterung darüber, daß es den anderen erwischt hat, während sie ungeschoren davongekommen sind. Auch das stimmt zum

---

[2] Die Beispiele entstammen meiner praktischen Erfahrung, sind aber weitgehend redigiert. Eine andere Perspektive ist stets denkbar. Das liegt in der Natur der menschlichen Möglichkeiten. (Ich erinnere mich zu meiner Beschämung, ich erinnere mich mit einigem Entsetzen, wie ungehalten ich als junger Mensch war, daß Sigmund Freud das eigentlich Wichtige in »Dora« übersehen hatte.)

Teil. Es wird jedoch zunehmend mehr angeboten und aufgegeben, während jedes Mitglied in der Runde Stellung bezieht. Wenn dies nicht der Fall wäre, gäbe es keine Erklärung für den späteren Gruppenzusammenhalt und das Gruppengefühl, und man müßte statt dessen Paarbildung, Kampf-Flucht-Reaktionen und *denouement* erwarten.

Leiter: Wolltest du etwas von mir?

Mitglied II: Das Wesen der Macht begreifen.

Leiter: Nehmen wir an, du hast sie; was machst du damit?

Mitglied II: (Pause) Warum sollte ich das Wesen der Macht begreifen müssen? Ich setze sie einfach ein, bei dem, was ich mache.

Mitglied III: Und während du es machst, wie fühlst du dich da?

Mitglied II: Ich wußte nicht, daß ich sie habe.

Mitglied III: Was, glaubst du, hast du jetzt? *(Pause)* Du hast die ganze Gruppe.

Mitglied II: (riesiges Gelächter der Gruppe und des Mitglieds II) Ich habe die ganze Gruppe. Sieh mal an!

Mitglied III: Du weißt es also doch?

Mitglied II: Ja.

Das, was sich hier abspielt, ist leicht auf einen Nenner zu bringen: Wie man den Hintergrund abklärt – in diesem Fall die Gruppe –, damit der Einzelne eine gefahrlose Notlage erleben kann, der Konflikt mit neuem Material angereichert wird und der Betreffende Gelegenheit erhält, die Situation durchzustehen und zu einer neuen Integration zu gelangen. Die Notlage ist gefahrlos dank der unerhörten Macht der Gruppe, ihre Mitglieder zu halten, in den Mittelpunkt zu rücken und zu stützen – vorausgesetzt allerdings, daß sich die Gruppe als Gruppe erlebt hat und nicht als einen Haufen deformierter und ahnungsloser, wenn auch vielleicht beflissener Bürger.

Zum Beispiel an einem besonders angespannten Punkt:

Mitglied I: Ich habe Angst, panische Angst. Ich fühle mich bewegungsunfähig.

Leiter: Wie kommt es, daß du dich für deine Erregung nicht interessierst?

Mitglied II: Ich erlebe das oft, aus Angst, bewegungsunfähig zu sein. Und wenn ich die Angst überwinden kann, dann schaffe ich auch die Aufgabe.

Leiter: Weißt du, was sie sagt?

Mitglied I: Sie sagte das Gegenteil.

Leiter: Sie sagte, sie hat *Angst* vor der *Angst*, und das hat nichts mit Aufgaben zu tun. Aber du ziehst es vor, bewegungsunfähig zu sein und uns mit deinem Problem bewegungsunfähig zu machen. Könntest du ein Experiment versuchen und uns erschrecken?

Mitglied I: Ich möchte nicht die Macht haben, jemand anderen zu erschrecken. *(Gruppengelächter.) (Pause, zum Leiter:)* Du hast recht, es *ist* interessant. Warum kann ich nicht einfach Angst haben?

Um dem Schrecken der Gegenwart zu entgehen, dem Schock und der Angst, den nächsten Widerstand aufgeben zu müssen, können sich die einzelnen Gruppenmitglieder in die beliebte neurotische Dichotomie, die Leib-Seele-Spaltung, flüchten. Alle Hier-und-Jetzt-Erfahrungen können durch Intellektualisieren oder Pseudoanalyse ersetzt werden. Zum Beispiel in einer Gruppe, deren zentrales Thema die geschlechtliche Identität ist:

Jerry: (ein zwanzigjähriger Student) Ich fühle mich in letzter Zeit verkrampft und verwirrt. *(Blickt sich scheu, aber hoffnungsvoll in der Gruppe um.)*

Gruppe: (fordert ihn auf, mehr zu erzählen.)

Jerry: Nun, ich möchte gern eine Definition von bisexuell.

Gruppe: (Andere Mitglieder beginnen mit Begriffen und Theorien zu jonglieren, wobei sie sich häufig als Experten aufspielen.)

Leiter: Jerry, was *ist* denn mit dir los?

Jerry: Nichts. Es interessiert mich bloß.

Leiter: Wirklich? Ich bildete mir fast ein, den Film sehen zu können, der bei dir innerlich abläuft.

Jerry: (Wagt den Sprung) Hm. Es war so qualvoll für mich, offen zu meiner Homosexualität zu stehen, und ich dachte, damit hat es sich.

Leiter: Aber jetzt?

Jerry: Hm. *(Entsetzliche Scheu und gebanntes und erwartungsvolles Schweigen der Gruppe)*. Nun, jetzt merke ich, daß bei mir ein Interesse am anderen Geschlecht erwacht und . . .

Leiter: Du meinst »Frauen«?

Jerry: Ja, danke, Frauen, so daß ich nicht weiß, was ich tun soll.

Es ist, wie wenn ich aus einem Schrank herausgekommen wäre, und dann merke ich, daß da noch einer ist, aus dem ich herauskommen muß.

Leiter: Du bist mutig, Jerry. Wie können wir dir helfen, konkret, hier und jetzt?

Jerry: Ich weiß es wirklich nicht. *(In hoffnungsvollem Ton.)*

Leiter: Nun, es sind eins, zwei, drei, vier Frauen hier.

Jerry: (Begeistert) Richtig! Sagt mir, was ich als nächstes tun soll. Barbara, wie mache ich den nächsten Schritt?

Gruppe: (Animiert, praktische Vorschläge und Angebote, Bekanntschaften zu vermitteln.)

Leiter: Es gibt große Worte, um das zu beschreiben, was dir bevorsteht, Jerry – Verzweiflung, Ekel, Angst, Aufregung –, aber sie werden sich mit jedem kleinen Schritt der Reihe nach auflösen. Kannst du darauf vertrauen?

Jerry: Ich erinnere mich, wie ich aus dem ersten Schrank gekommen bin. Ja.

Ich habe gesagt, daß der Leiter ein Vorbild ist, daß zu Beginn vielleicht er der Träger der Werte ist, von denen er hofft, die Gruppe werde sie integrieren. Es sind dies die Werte einer demokratischen, vom Gleichberechtigtsein aller überzeugten Haltung, der Fähigkeit, Konflikte auszutragen und Experimente zu wagen – Werte, die der Gruppe inhärent sind und sie ihrem Ziel näherbringen, im Gegensatz zu den aufgepfropften Maßstäben, die der Eigenentwicklung der Gruppe entgegenstehen. Eines meiner Ziele in einer Therapiegruppe ist, Bedingungen zu schaffen, unter denen die Einzelnen in zunehmendem Maß Bewußtheit entwickeln und integrieren können – durch Selbstregulierung wachsen und reifen können. Jede Intervention seitens des Leiters wird deshalb auf diesen Überlegungen basieren – explizit in bezug auf deren aktuellen Inhalt und implizit durch Beispiel und Stil – im Sinne von Alfred North Whitehead, der Stil als die Art und Weise, wie man seine Macht ausübt, definierte. Ton, Syntax, Präsenz, Haltung und Wesen, all dies ist hierin einbegriffen. Und man muß hinter der Intervention *stehen.* Darin drückt sich eindeutig eine existentielle Position aus, getragen von dem Bewußtsein, daß die Gruppe ebenso wie das Leben selbst ein Phänomen ist, das jeden Augenblick zu Ende sein könnte. Das Bewußtsein der Vergänglichkeit läßt uns unmittelbar gewahr werden, daß alles Bestehende flüchtig ist. Wird dieses Gewahrsein in der richtigen Weise zum Ausdruck gebracht, dann wirkt der Leiter, sein Beispiel, dem Bedürfnis der Gruppe entgegen, aus Furcht vor Auflösung eine verfrühte Kohärenz zu erzwingen.

Co-Leiter I: Was ich anbiete, ist das, was ich nicht weiß, dessen ich mir nicht sicher bin. Ich sehe keinen Grund, das anzubieten, was ich weiß. Die Fragen, die ich stelle, beziehen sich auf Dinge, die ich nicht weiß, deren ich nicht sicher bin.

Mitglied I: Du meinst, Wissen mit sich rumzutragen ist irgendwie nicht legitim?

Mitglied II: Es gibt keinen Grund, warum du völlig unwissend sein solltest.

Co-Leiter II: Ich möchte euch etwas sagen, das ich im Augenblick mit Sicherheit weiß . . . ich habe ein Gefühl des Scheiterns und der Beklemmung und Angst. Die Gruppe langweilt sich, und sie ist langweilig; es werden Leute wegbleiben. Ich fühle diese Verzweiflung herannahen, und ich möchte etwas *tun*, die Leute schocken, aufrütteln. Ich war mir nicht sicher, was ich tun sollte. Aber diese Verzweiflung – die war real, also habe ich mich an die gehalten.

Gruppe: (Drückendes Schweigen, dann Tumult.)

Mitglied III: Ich verstehe wirklich, was du sagst, genauso fühle ich mich auch. Und ich sehe auch, wie gut ihr *(zwei Leiter) wirklich* eure Rolle spielt, so gut, daß ich zuerst dachte, ihr schauspielert. Aber jetzt glaube ich das nicht mehr. Ihr seid in einer Position, in der ich mich fast *nie* befinde. Es ist angsterregend.

Noch eine Anmerkung über Stil in bezug auf die völlig humorlose Gruppe: Sie ist nicht nur langweilig, sondern zeugt auch von der plumpen Hand selbstgerechter Unterdrückung. Humor vereinigt die Elemente Liebe, Witz und Pathos – eine mitfühlende Sicht der menschlichen Situation. Der Leiter kann diese sehr menschliche Ausdrucksmöglichkeit fördern, indem er seine eigene Fähigkeit demonstriert, die grenzenlose menschliche Dummheit – und Brillanz – zu tolerieren, mit der sich die Leute selbst unterdrücken.

Die Dialektik der Polaritäten gibt einem die goldene Gelegenheit, die Absurdität unausgegorener Ideen zu demonstrieren; der damit verbundene Humor federt den Schock des Lernens ab und ölt den ganzen Prozeß. Die Gruppenmitglieder können sich dabei beobachten, wie sie sich in ihre Absurditäten hineinpeitschen: Versuche zu beweisen, daß du existierst oder humorvoll bist.

Trauerweiden, denen unerledigter Kummer so ins Gesicht gegraben ist, daß sie es drei Tage regnen lassen könnten, quietschen buchstäblich vor Vergnügen. Wie man – zart – an ihre Traurigkeit herankommt:

Mitglied I: (mit besonders vergrämtem Gesichtsausdruck.) Ich habe sehr viel Humor.

Leiter: (ungläubig) Du? *(Unbändiges Gelächter einschließlich Mitglied I, da man den Widerspruch zwischen der gramerfüllten Miene und der Behauptung, fröhlich zu sein, spürt.)* Bist du vielleicht manchmal zu Streichen aufgelegt?

Mitglied I: (erleichtert) Genau.

Ein anderes Beispiel, an das ich mich aus einer Gruppe mit Fritz Perls erinnere:

Mitglied I: (besonders gesprächig und unruhig)

Fritz Perls: (seufzend und augenzwinkernd) Ja, Dick, du erinnerst mich an die alte deutsche Wendung: »Wenn du tot bist, wird man deine Stimme noch zehnmal umbringen müssen.«

Gruppe und Mitglied I: (Gelächter)

Sinn für Komik, Ironie, Witz, drollige Vergleiche und Übertreibungen – all dies sind Instrumente des Humors, um die fundamentale Humanität und Bescheidenheit der Gruppe zu entwickeln.

Schließlich gibt es die Möglichkeit, von unserer Fähigkeit zur Kontaktaufnahme durch die Imagination Gebrauch zu machen. Ich fordere häufig alle Gruppenmitglieder auf, sich an den Händen zu halten, die Augen zu schließen und sich auf eine spontane Phantasie zurückzuziehen; die Phantasie sich entwickeln zu lassen, bis sie sich selbst vollendet; dann zur Gruppe zurückzukehren und auf die Rückkehr der anderen zu warten, so lange, bis alle Phantasien abgeschlossen sind. Während wir uns an den Händen halten, höre ich, wie sich in der Runde leise Seufzer mit den meinen vermischen. Die tiefe, sich ansammelnde Stille des Gruppenkontakts erfüllt buchstäblich den ganzen Raum. Wir sind, im Frieden, zusammen, und zugleich ist jeder für sich – ein Abglanz des Paradieses, das der Kern jeder religiösen Hoffnung ist.

3 Eine organismische Formulierung der Gestaltgruppe

Norman J. Liberman

Das erste, was in mein Bewußtsein tritt, jetzt, wo ich still und bewegungslos dasitze und zu schreiben beginne, ist: Gestalt ist ein Wort, und »der Gestalt-Ansatz« bedeutet, nicht einen verbalen Dialog, sondern von Augenblick zu Augenblick sich ändernde Gefühle zu aktivieren. Sobald ich mit der Niederschrift dieses Satzes fertig bin, stehe ich an der Schwelle eines neuen Augenblicks: Den Hintergrund dieses Augenblicks bildet das offenkundige Paradox, ein Verfahren der Gruppentherapie mit Worten zu beschreiben, das in spezifischer Weise auf den sich ständig wandelnden Fluß körperlicher Erfahrungen achtet, die sich meinen Versuchen, sie in Worte zu fassen, oft entziehen. Im Vordergrund taucht nun eine Entschlossenheit auf, so präzise wie ich nur immer kann mitzuteilen, wie ich »Gestalt« in Gruppen als ein Mittel des lebendigen Lernens einsetze.

Jetzt halte ich inne und schreibe diesen nächsten Satz fast ohne bewußte Anstrengung. Ich spüre, daß ich ganz auf meine Aufgabe konzentriert bin und die dabei auftauchenden Schwierigkeiten und Möglichkeiten sich im Gleichgewicht halten. Im Augenblick tue ich nichts . . . ich fühle mich ruhig – und das Gewicht, mit dem mein Gesäß auf diesen Stuhl drückt, kommt mir zu Bewußtsein. Ich stemme meine Füße fest auf den Teppichboden und bemerke, daß ich auf dem Sitz weiter zurückrutsche und meine linke Hand fest auf meinem Arbeitstisch aufliegt. Das, was Fritz Perls den »Computer« nennt, sagt mir: »Du bist bereit zu arbeiten.« So spricht mein Computer, eine typische Redewendung benützend. Was ich in meinem Körper spüre (zweifellos aufgrund des Kontextes dieses winzigen Arbeitsmomentes) ist, daß ich für einen Kampf gewappnet bin. Eine Stimme in mir sagt: »Du schaffst es! Siehst du – du hast schon angefangen . . . mehr als eine Seite gefüllt . . . und das, was du schreibst, hat sogar ein gewisses Flair.« Eine andere Stimme erhebt sich, noch bevor ich die letzten Worte ausformulieren kann: »Quatsch, du imitierst bloß den Stil von Fritz in *In And Out of the Garbage Pail* ... Das war etwas, als er es machte; was ich mache, das sind bloß die Mätzchen eines Greenhorns, das in die Schuhe eines Genies geschlüpft ist und so tut, als ob es dadurch auch zu einem Tänzer geworden wäre.«

Jetzt halte ich wieder inne. Ich höre auf zu schreiben, höre sogar auf, mit mir selbst zu reden. Ich bin ganz ruhig ... ich bin nicht gezwungen zu schreiben. Ich höre wirklich auf.

Ich gehe in mich und fühle mich nicht mehr getrieben, meine Schreibfähigkeit zu demonstrieren. Ich werde nicht in einer Stimmung des Beurteiltwerdens schreiben. Die Zeit der Ruhe und Inaktivität, die ich mir gelassen habe, hat mich in ein sehr stilles Zentrum geführt, das mein ist und das ich genießen kann, wann immer ich will. Und ganz allmählich, ohne das Gefühl der Eile oder des Gedrängtwerdens von ich-weiß-nicht-wem, kommt diese Stimme: »Ich, Norman, möchte niederschreiben, was ich über Gestalt denke auf der Basis meiner bisherigen Arbeit als Gruppentherapeut und als Lehrer von Leuten, die Gruppen leiten oder lernen wollen, Gruppen zu leiten. Ich möchte Leuten, die ich nie von Angesicht gesehen habe, mitteilen, was ich jetzt denke. Meine Verantwortung ist es, so direkt und klar zu sein, wie ich kann, und ihre, ich meine Ihre – Sie, die bis hierher gelesen haben – ist es, sich aus meinen Worten so viel zu nehmen, wie Sie können, und sie in *Erleben* zurückzuverwandeln. Möglicherweise werden sich aus den Berührungsflächen zwischen dem, was ich für wahr halte, und dem, was Sie als wahr erkannt haben, einige neue und brauchbare theoretische Nuancen ergeben.

Ohne weiteres Aufheben vom Strömen meiner Gedanken und Gefühle beim Start dieses Unternehmens zu machen, werde ich jetzt zu der üblichen gegliederten Schreibweise übergehen. Ich werde meine bewußten, in logischer Folge angeordneten Gedanken vor Ihnen ausbreiten.

Was ich Ihnen, dem Leser, soeben demonstriert habe, veranschaulicht die vier Eckpfeiler von Gestalt als Prozeß. Diese sind: 1. Jetzt, 2. Hier, 3. Gewahrsein, 4. Kontakt mit körperlichen Erlebnissen. Hier führt dies dazu, daß Sie etwas über mich erfahren, den Menschen, der sowohl Gruppen leitet als auch über sie schreibt. In der Gruppentherapie führt dies zu einer fast kompromißlosen Konzentration auf die Interaktion – konkrete Interaktionen jeder möglichen Art: zwischen Menschen, zwischen Worten und Taten, zwischen dem Leiter und jedem einzelnen Gruppenmitglied.

Was von Augenblick zu Augenblick geschieht, ruft bestimmte Arten von Gefühlen und bestimmte Arten der Bewegung hervor und unterbindet oder lähmt andere Handlungsweisen. Das Gefühl in Ihnen oder in mir ändert sich, sobald ich es benenne, sobald ich es ausspreche. Und was ein Mitglied der Gruppe in einem Augenblick tut, hat eine Auswirkung darauf, was andere tun. Deshalb enthält das Wort »Augenblick« (Perls' *Jetzt*) einzelne Elemente von Bewegung und Bewußtsein, die einzeln ausgesprochen werden müssen, damit das vielgestaltige Ganze eines bestimmten *Jetzt* in der Gruppe zustande kommen kann. Während Freudianer von Regression im Dienste des »Ichs« sprechen, müssen wir Perls-Anhänger von einem Erfassen spezifischer Details des Jetzt-Bewußtseins sprechen, mit dem Ziel, zu weniger partiellen, »ganzeren« Gruppenaugenblicken zu gelangen.

Ich verstehe die Gruppe als »Körper« – obwohl dies biologisch unrichtig ist. Es ist nur deshalb zweckmäßig, weil ich glaube, daß in der sich ihrer selbst bewußten, sich aus sich selbst bewegenden, sich selbst erfüllenden und selbst heilenden Gruppe organismische Realität vorhanden ist. Perls glaubte ebenso wie Wertheimer und Köhler vor ihm, daß die Ganzheit von Wahrnehmungsfeld und Aufgabeneinheit auch für die Ganzheit des persönlichen Erlebens im allgemeinen gilt. Perls sah jeweils einen Körper – eine Erfahrung, einen notwendigen Kontakt zwischen dem Individuum und seiner Umgebung (oder »Umwelt«) –, und er sah darin die Sine-qua-non-Tendenz gesunder Männer und Frauen. Ich führe diese »Weltanschauung« um einen einleuchtenden Schritt weiter und meine, daß die »ganze Gruppe« im gleichen Maß eine organismische Einheit bilden muß wie das Individuum, wenn jedes einzelne *Mitglied* seine eigene Ganzheit erleben soll. Ich betrachte die Gruppenintegrität und die persönliche Integrität als zutiefst miteinander verbunden und voneinander abhängig.

Es ist möglich, daß beim richtigen Gruppenansatz die Gruppe besser funktioniert, als es den meisten Teilnehmern in ihrem Alltag gewöhnlich gelingt. Das ist deshalb so, weil jeder Einzelne seine besonderen Talente zur Verfügung stellen und sich frei fühlen kann, etwas von seinen Überschüssen abzugeben. Es ist möglich, daß ein Mensch Augen hat, die mehr sehen, als er für seine eigenen Zwecke braucht. Und ein anderer hat genügend Herz, um denjenigen in der Gruppe Wärme und Einfühlung zu geben, die vom Leben beraubt wurden. Wieder ein anderer hat Hände, die sich nach jemandem ausstrecken, der in seinem Torso eingeschlossen ist. Dies fördert natürlich den Erkenntnisprozeß und die Selbstverwirklichung der Mitglieder in der Gruppe, die dort eine Resozialisierung erfahren. Die konventionelle Einzeltherapie, bei der sich Klient und Therapeut gegenübersitzen, akzeptiert die zentrale Funktion des Leiters als Vorbild. Auch fortgeschrittene oder besser integrierte, sozial sensiblere Gruppenmitglieder sind in ihrer Funktion, das Niveau der Gruppeninteraktion anzuheben, in der Gruppentherapie stets als unentbehrlich angesehen worden. Auch sie tragen zur Vertiefung des psychischen Verständnisses, der Traumdeutung und des von alters her tief wurzelnden menschlichen Mitgefühls bei, das sie mit ihrem therapeutischen Spürsinn auf die Situation zuzuschneiden verstehen. Mithin ist das Modell einer integrierten fortlaufenden Gruppe, die wie der körperlich und geistig gesunde Mensch funktioniert, bei dem die linke Hand weiß, was die rechte Hand tut, katalytisch für Perls' Modell des Menschen: ein Mensch, der bewußt und erlebnisfähig ist, der fähig ist, zu tun, was er wirklich braucht und möchte, und der vorwiegend im Jetzt lebt. Ein solcher Mensch entdeckt die geeignetste und befriedigendste Weise, mit dem anderen und der Situation in Verbindung zu treten, eine Weise, die auf alle Mitspieler belebend wirkt.

Idealerweise bietet eine Gruppe im Laufe ihrer Entwicklung und der Entfaltung ihrer therapeutischen Geschichte die beste wirkliche »Familienerziehung«, die deformierte oder etwas unzulängliche einzelne Mitglieder überhaupt erhalten können. *Dieses* Gestalt-Konzept, ein logischer nächster Schritt von Wertheimer zu Köhler zu Perls, ist es, was ich hervorheben möchte. Im Reichschen Sinne fördere ich ein Energiefeld, das Or-Energie aufbaut und erhöht. Im Sinne von G. H. Mead baue ich eine stark aufeinander bezogene kleine Welt auf, in der Ich-Wir-Es besser definiert und normativer verankert werden können. Ich bin auch von Mowrers Konzept beeinflußt, wonach eine Gruppe eine Einheit ist, die für die reale soziale Welt steht, und ein Geständnis vor und innerhalb der ganzen Gruppe zu einer besonders heilkräftigen Katharsis führt, die er als »implosive« Therapie bezeichnet. Mowrers Konzept bezieht sich auf die Aristotelische Idee der Tragödie mit ihrer Einheit von Ort, Zeit und Handlung, die zu einer zweifachen Katharsis führt: zu echtem Mitleid für den Protagonisten und zu Furcht und Zittern, daß dies auch mir zustoßen könnte. Auf diese Weise versuche ich, in der Therapie auch den Sinn für Ästhetik anzusprechen, der uns ein Drama so mitreißend und schön erscheinen läßt, und die Therapie als einen Weg zu dramatischerer Selbstverwirklichung zu betrachten.

Auf die kürzestmögliche Formel gebracht, würde ich sagen, daß die Gruppe ein einziges komplexes Energiefeld ist, oder daß sie gar nicht existiert. Um die Anhänger von Kurt Lewin zu befriedigen, der so dachte wie ich, würde ich sagen, daß wir in der Gruppe das Auftauchen, den Zusammenprall und die Auflösung kleinerer Energiefelder beobachten und beschreiben können. Die Gruppendynamiker haben das Funktionieren solcher Interaktionen in Begriffen beschrieben, die für Lehr- und Forschungszwecke hilfreich sind. Aufgrund der Tatsache, daß wir jede komplexe Sequenz menschlicher Interaktionen als eine »Gruppe« erleben bzw. aufzeichnen, bestätigen wir die Behauptungen, daß es sich um ein Feld handelt.

Der Ansatz der Gruppentherapie und Gruppenleitung, der sich aus den dargelegten Gestaltkonzepten ergibt, erweist sich im einzelnen als überaus praktikabel. Bei gut ausgebildeten Leitern ist er äußerst wirksam und kann für alle Beteiligten zu einer Quelle der Inspiration werden. Er hat viel mit althergebrachten sozioreligiösen Einstellungen gemein, und zugleich übersetzt er im Blick auf Einzelarbeit in Gruppen die wertvollsten Erkenntnisse des humanistischen Empirismus und des zeitgenössischen Experientialismus in die Alltagssprache und das alltägliche Verhaltensrepertoire. Dieser Ansatz veranschaulicht auch, wie Gruppen, auch Familien und Schulen, Kinder und Jugendliche zu den Erwachsenen formen, zu denen sie schließlich werden. Und, was am wichtigsten ist, er zeigt, daß wir *bewußt Gruppen planen* können, die vergnüglicher, kooperativer und auch fähiger sind, Schmerz im Jetzt zu ertragen, um den einzelnen Teilnehmern dazu zu verhelfen, daß sie jedes künftige »Jetzt« sinnvoller erleben können.

4 Sicherheit und Gefahr in der Gestaltgruppe

Bud Feder

Positives Wachstum durch Psychotherapie ist nur dann möglich, wenn bestimmte Voraussetzungen gegeben sind, zu denen unter anderem ein Klima relativer Sicherheit zählt. Dies gilt gleichermaßen für die Einzel- und die Gruppentherapie, wiewohl die technischen Probleme bei der Schaffung eines solchen Klimas unter beiden Umständen verschieden sind. Der Organismus wächst durch seinen Austausch an den Kontaktgrenzen; die Klienten in der Psychotherapie wachsen durch ihre Arbeit an der Kontaktgrenze in Form von Experimenten mit dem Neuen und Ungewohnten, die ihnen häufig gefährlich erscheinen. Der Therapeut steht vor einer schwierigen Aufgabe: er muß sich nach Kräften darum bemühen, daß der Klient die therapeutische Situation als sicher genug wahrnimmt, um sich auf Risiken einlassen zu können – selbst wenn damit eine gewisse Gefahr für das eigentliche Experiment verbunden ist. Mit anderen Worten, der Therapeut trägt – in der Einzel- oder in der Gruppensituation – zur Entstehung einer »sicheren Atmosphäre« bei. Das vorliegende Kapitel beschäftigt sich mit diesem speziellen Aspekt der Gestalttherapie im Gruppenkontext.

Die bisherige Entwicklung

Die Gestalttherapeuten sind keineswegs schon immer der Meinung gewesen, daß die Gruppensituation besonderer Aufmerksamkeit bedürfe, damit sich diese Atmosphäre der ausreichenden Sicherheit entwickeln kann. Dies liegt auf der Hand, wenn wir uns die Arbeit sowohl von Fritz Perls und Laura Perls als auch – in jüngerer Zeit – von James Simkin ansehen. Im Jahre 1966 hielt Fritz auf der Jahresversammlung der American Psychological Association einen Vortrag über »Gruppentherapie versus Einzeltherapie«. In diesem Vortrag, der 1967 veröffentlicht wurde, bemerkt Fritz beiläufig, einer der Vorteile der Gruppentherapie gegenüber der Einzeltherapie bestehe darin, daß der Klient in der Gruppe aus irgendeinem unbestimmten Grund mehr Vertrauen habe als in der Einzeltherapie:

> »In der Gruppentherapie geschieht nun etwas, das im Einzelgespräch nicht möglich ist. Für die ganze Gruppe liegt es auf der Hand, daß der leidende Mensch das Offenkundige nicht sieht, daß er den Ausweg aus der Sackgasse nicht erkennt, daß er (beispielsweise) nicht sieht, daß sein Unglück zum größten Teil nur eingebildet ist. Angesichts dieser in der Gruppe insgesamt vorhandenen Überzeugung bleibt ihm sein üblicher phobischer Ausweg verschlossen, den Therapeuten abzulehnen, wenn er ihn nicht manipulieren kann. *Irgendwie* [Hervorhebung durch Bud Feder] scheint sein Vertrauen zur Gruppe größer zu sein als sein Vertrauen zum Therapeuten – trotz aller sogenannten Übertragungsgeständnisse« (Perls, 1967, S. 311).

Bei der Lektüre mancher Schriften von Perls stellen wir jedoch fest, daß die Protagonisten oft eben doch ein gewisses Mißtrauen gegenüber der Gruppe äußern. In einem Fall arbeitet Perls beispielsweise (Perls, dt. 3. Aufl. 1979) im Gruppenrahmen mit einem der Teilnehmer eines Traumseminars. Der Teilnehmer, Bill, befindet sich in einem Konflikt: einerseits hat er das Bedürfnis zu weinen; und andererseits ist er in eben diesem Bedürfnis blockiert. Als er von Perls gedrängt wird, sagt er, was ihn am Weinen hindere, sei sein Mißtrauen gegenüber der Gruppenreaktion: er fürchte, von der Gruppe in irgendeiner Weise verurteilt zu werden. Perls hilft Bill, seine Blockierung zu überwinden, indem er ihn dazu bewegt, sich von einem langjährigen Freund, der inzwischen verstorben ist, zu verabschieden. Nachdem sein Schluchzen verebbt ist, berichtet Bill auf die entsprechende Frage hin, daß er die Anwesenheit der Gruppe vergessen habe. Seine Arbeit ist offensichtlich so intensiv gewesen, daß das Weinen als Figur hervortrat, während die Gruppe zu einem verschwommenen Hintergrund wurde.

Ab diesem Punkt spielte die Frage seines Vertrauens zur Gruppe keine Rolle mehr.

In einem anderen Zusammenhang (Perls, dt. 3. Aufl. 1979, S. 137) hilft Perls einer Teilnehmerin, Beverly, ihr Lampenfieber sehr rasch zu überwinden, indem er sie anhält, ihre ganze Aufmerksamkeit auf die Gruppe zu richten. Die anfängliche Furcht vor der Gruppe weicht dem Vertrauen, sobald Beverly die Gruppe so wahrnimmt, wie sie ist, und nicht mehr so, wie sie bisher in ihrer Phantasie existierte. Diese beiden Szenen, mit Bill und mit Beverly, verdeutlichen, daß das Wörtchen *»irgendwie«*, das Perls verwendet (»irgendwie scheint das Vertrauen zur Gruppe größer zu sein als das Vertrauen zum Therapeuten...«), im Grunde bedeutet, daß man sich auf die lähmende Angst konzentrieren muß, die durch das Gefühl einer allzu großen Gefahr entsteht, und dann Wege finden muß, um den Angstpegel zu senken, bis ein »sicheres Klima« erreicht ist.

Von Laura Perls gibt es keine Veröffentlichung über den Gruppenprozeß, aber als ehemaliger Teilnehmer an ihren Ausbildungsgruppen weiß ich, daß sie anders vorgeht als Fritz. Im Gegensatz zu Fritz arbeitete Laura regelmäßig auch mit Ausbildungsgruppen, die sich jede Woche trafen. Die Gruppen waren klein im Vergleich zu Fritz' Workshops, sie umfaßten höchstens etwa 15 Personen. Die Gruppenmitglieder stammten fast ausschließlich aus dem Stadtbereich von New York. Die Folge war, daß die Mitglieder oft Untergruppen bildeten und gemeinsame Interessen und Verbindungen hatten, daß sie beispielsweise dem New Yorker Institut für Gestalttherapie angehörten. Alle diese Faktoren sowie Lauras liebenswürdige und verbindliche Art und schließlich die heimelige Atmosphäre in ihrem Wohnzimmer, wo sie arbeitete, trugen zur Entstehung einer genügend sicheren Umgebung und zu einem gewissen Gruppenzusammenhalt bei. Obwohl Laura bestimmte andere Aspekte des Gruppenprozesses, auf die ich noch eingehen werde und die, wie ich glaube, viel zur Entstehung eines sicheren Klimas beitragen, eher vernachlässigte, fördert sie diese Entwicklung also ganz intuitiv und unabsichtlich.

Simkin (1974, S. 4) erklärt, daß es »in der Gestalttherapie nicht nötig ist, die Gruppendynamik in den Vordergrund zu rücken...«. Obwohl er zumindest eine gewisse Aufmerksamkeit gegenüber dem Interaktionsprozeß zwischen Gruppenmitgliedern erkennen läßt, erwähnt er merkwürdigerweise niemals die *Gruppe-als-Ganzes*. Das ist besonders interessant, wenn man bedenkt, daß es der Gestalttherapie im Grunde doch immer und erklärtermaßen um Ganzheiten geht. Es ist mir völlig unklar, warum Simkin diese Position einnimmt. Trotz dieser mangelnden Betonung und Berücksichtigung des Gruppenprozesses in der Gestalttherapie gibt es Anzeichen dafür, daß viele der heutigen Gestaltgruppentherapeuten nicht mit der »reinen« Hot-seat-Methode arbeiten, welche die Gruppe-als-Ganzes nur in sehr begrenzter Weise einbezieht.[1]

Neuere Tendenzen

In den letzten Jahren hat eine Reihe von Gestalttherapeuten der zweiten Generation, unter ihnen Derman, Greenwald, Zinker und Rosenblatt, sich in Artikeln und Büchern über Gestalttherapie in der Gruppe geäußert. Von besonderem Interesse für das Thema dieses Kapitels sind die Beiträge von Derman und Greenwald. Derman (1976) gibt einen kurzen historischen Überblick über die Entwicklung der Gestaltgruppen und schildert dann seinen eigenen Ansatz, den er als »Gestalt-thematisch« bezeichnet. Dieser Ansatz legt Wert auf eine Integration von Gruppenprozeß und Einzelarbeit, schenkt aber dem Gedanken des »sicheren« Klimas und der Frage, wie man ein solches Klima schaffen könnte, nicht die geringste Aufmerksamkeit.

Greenwald (1976) führt in einem Kapitel mit der Überschrift »The Art of Emotional Nourishment: Nourishing and Toxic Encounter Groups« die »Toxizität« einer Gruppe darauf zurück, daß dem Gedanken der Katharsis zuviel Raum zugestanden worden ist, daß also jeder nicht nur eben angesprochen, sondern regelrecht unter Druck gesetzt wurde; daneben entsteht Toxizität nach Greenwald auch dadurch, daß der Therapeut es an Wärme und Herzlichkeit fehlen läßt. Die »nährende« Wirkung kommt hingegen dann zustande, wenn der Therapeut den Teilnehmern mit Interesse und Anteilnahme begegnet, ihnen Achtung erweist und sie akzeptiert. In der Sprache der Gestalttherapie fördert die »nährende« Gruppe nach Greenwald also Eigenständigkeit, Bewußtseinsbildung, Experimentierfreude, Risikobereitschaft und Begeisterungsfähigkeit der Teilnehmer. Allerdings geht Greenwald nicht auf die zahlreichen Hindernisse ein, die der Entwicklung und

[1] Bei einer 1974 durchgeführten Untersuchung (Feder, 1974) gaben etwa zwei Drittel der Befragten an, daß sie bestimmte gruppendynamische Prozesse der Hot-seat-Methode von Fritz vorzögen (147 von 196). Ohne es durch Daten belegen zu können, vermute ich, daß dies auf Einflüsse von außerhalb der Gestalttherapie – wie die National Training Laboraties – zurückzuführen ist.

Aufrechterhaltung eines sicheren Klimas in der Gruppe entgegenstehen, und er legt auch nicht im einzelnen dar, welche Manöver der Gruppentherapeut durchführen muß, damit dieses sichere Klima im Laufe des gesamten Lebens der Gruppe gefördert, bewahrt und immer von neuem geschaffen wird.

Zinker (1977) erörtert das Erfordernis der Gruppenkohärenz und ihre Kennzeichen. Das entsprechende Kapitel ist ein nützlicher Beitrag zur Frage der Integration der Gestalttherapie mit dem Gruppenprozeß. Rosenblatt (1975) spricht das Bedürfnis nach Sicherheit in der Gruppe an, obwohl er nicht diesen spezifischen Begriff benutzt. Wenn er beispielsweise meint, daß einem Gruppenmitglied zuviel zugemutet wird, »zögert (Rosenblatt) nicht, zu unterbrechen und die Vorgänge zu bremsen« (S. 102). Er fördert die »nährende« Atmosphäre, indem er beispielsweise die Gruppenmitglieder zu Beginn der Sitzung einzeln begrüßt und ihnen sogar ganz konkret etwas zu essen und zu trinken anbietet (S. 73). Dennoch beschäftigt er sich weder systematisch mit der Entwicklung und Erhaltung eines »sicheren« Klimas, noch schenkt er der Frage der Sicherheit für die Gruppe-als-Ganzes die gleiche Aufmerksamkeit wie der Frage der Sicherheit für das einzelne Mitglied.

Das Gruppenklima als Figur

Für mich hat die Atmosphäre innerhalb der Gruppe-als-Ganzes im Laufe der Jahre zunehmende Bedeutung gewonnen. Ich bin zu der Überzeugung gelangt, daß es die erste Aufgabe des Therapeuten ist, innerhalb der Gruppe ein Klima der Geborgenheit nicht nur zuzulassen, sondern zu schaffen und zu fördern, und daß diese Aufgabe während des gesamten Gruppenprozesses immer wieder einmal seiner besonderen Aufmerksamkeit bedarf. Wenn die Gesamtsituation der Gruppe nicht als relativ sicher empfunden wird, dürfte das die therapeutische Arbeit drastisch einschränken. Die Mitglieder werden dann nämlich gewisse Dinge vor der Gruppe geheimhalten und ihr wichtige persönliche Aspekte eben gerade nicht enthüllen. Diese verborgenen Aspekte, Facetten und Konflikte werden dann niemals auftauchen, und die Mitglieder werden nie einen uneingeschränkten Kontakt zueinander aufnehmen. Die Folge ist, daß es zu Wachstum und Entfaltung in diesen unerwähnt gebliebenen Bereichen niemals kommen kann, weil sie eben nicht bearbeitet werden können. Zudem wirkt diese Unterlassung gewissermaßen »fortzeugend«: Geheimnisse erzeugen Toxizität, die ihrerseits weitere Geheimnisse nach sich zieht, und so weiter.

Die Gestalttherapie legt besonderen Wert darauf, Neues zu erforschen und mit neuen Verhaltensweisen zu experimentieren. Nach meiner Erfahrung ist das deutliche Gefühl der Sicherheit für aktive Experimente noch wichtiger als für rein verbale Experimente. Beispielsweise glaube ich, daß ein Mensch sich, um die Hand nach einem anderen Menschen auszustrecken, sehr viel sicherer fühlen muß, als wenn es nur um das parallele Experiment der verbalen Kontaktaufnahme geht – vorausgesetzt natürlich, daß der betreffende Teilnehmer in diesem Bereich Schwierigkeiten hat. Um so wichtiger ist es also, daß die Gestaltgruppe, die ja so großen Wert auf das aktive Experiment legt, das nötige Maß an Sicherheit bietet.

Ein »nährendes« und genügend sicheres Gruppenklima ist somit eine unerläßliche Vorbedingung für sinnvolle therapeutische Arbeit. In einer solchen Atmosphäre werden die Mitglieder eher bereit sein, Geheimnisse preiszugeben, Äußerungen zu wagen und sich auf Experimente einzulassen. Für mich als Therapeuten hat schon das kleinste Anzeichen dafür, daß die Gruppe-als-Ganzes für das eine oder andere Mitglied oder gar für alle ihre Mitglieder kein sicherer Ort ist, notwendig zur Folge, daß das Klima erneut zur Figur wird, die meine Aufmerksamkeit erfordert und mich veranlaßt, alles zu tun, um das notwendige Maß an Sicherheit wiederherzustellen.

Nach einem kurzen Diskurs darüber, wie sich Frustrationen in dieses Schema einpassen lassen, werde ich mich auf den verbleibenden Seiten dieses Kapitels mit der Frage befassen, wie sich die Gruppe zu einem sicheren Ort machen und wie sich notfalls das Gefühl der Sicherheit von neuem herstellen läßt.

Das Mittel der Frustration

Laura Perls hat gesagt: »Man gebe soviel Unterstützung wie nötig und sowenig wie möglich.«[2]

Obwohl sie sich damit nicht auf die Gruppe-als-Ganzes bezog, ist

[2] Persönliche Mitteilung.

diese Faustregel für Gruppen ebenso anwendbar wie für den einzelnen Klienten. In der Einzeltherapie strebe ich danach, daß der Klient soviel Eigenständigkeit wie möglich entwickelt; entsprechend geht es mir in der Gruppentherapie darum, daß die Gruppe aus sich selbst heraus ein »stützendes« Klima schafft. Dementsprechend bemühe ich mich, in der Gruppe nur eben so viel zu tun, wie nötig ist, um das »sichere« Klima zu fördern. Mit diesem Gedanken im Hinterkopf scheue ich mich auch nicht, die Gruppe zu frustrieren. Dies ist offenkundig eine Gratwanderung. Fritz Perls hat einmal gesagt (1976, S. 51): »... Therapie *beginnt* mit einem bestimmten Gleichgewicht zwischen Frustration und Befriedigung« (Hervorhebung durch Bud Feder). Ich glaube, man kann diese Aussage dahingehend ergänzen, daß die Therapie mit einem solchen Gleichgewicht auch *fortgesetzt wird* und schließlich mit einem solchen Gleichgewicht *endet*. Die beiden polaren Kennzeichen – Frustration und Unterstützung bzw. Sicherheit und Gefahr – ergänzen sich gegenseitig. In einem relativ sicheren Klima kann Frustration zugelassen und produktiv genutzt werden; je größer das Gefühl der Sicherheit, desto mehr Frustration kann der Therapeut gestatten. Je stärker andererseits das Gefühl der Gefahr ist, desto mehr Unterstützung ist nötig, sei es für den einzelnen oder die Gruppe-als-Ganzes.

Das Bemühen um eine Atmosphäre der Sicherheit in der Therapie

Am Anfang meiner Arbeit mit jeder neuen Gruppe – ob es sich nun um eine wöchentlich zusammentreffende Gruppe handelt, die viele Jahre bestehen kann (wenn die Mitglieder auch ganz gewiß wechseln werden), oder um einen einmaligen Workshop, der nicht länger als zwei Stunden dauert – steht zunächst das Anliegen, eine Atmosphäre der ausreichenden Sicherheit zu schaffen, so daß sinnvolle Arbeit möglich wird, die Teilnehmer gewisse Risiken eingehen können und ihnen das Erlebnis der »gefahrlosen Notlage« zugänglich wird.

Ohne Zweifel ist die wichtigste Variable, die sich auf das Sicherheitsgefühl der Gruppe auswirkt, die Person des Therapeuten. Wenn der Therapeut einen positiven Eindruck macht (wenn er sich also aufgeschlossen und achtungsvoll, flexibel und liebenswürdig zeigt), dann wird sich aller Wahrscheinlichkeit nach ein Klima der ausreichenden Sicherheit einstellen. In dieser Hinsicht stimme ich sowohl mit Greenwald (1976) als auch mit Rogers (1957) überein. Aber auch wenn der Leiter den Teilnehmern mit Wärme und Anteilnahme begegnet, bleibt noch viel zu tun: er muß auf dieser Grundlage aufbauen, um zu gewährleisten, daß das Gruppenklima auch hinreichend sicher bleibt. Zu diesem Zweck trete ich oft schon vor dem offiziellen Beginn der Gruppe mit den einzelnen Mitgliedern in Kontakt. Wenn möglich, treffe ich sogar mit jedem Gruppenmitglied einzeln zusammen. Beispielsweise spreche ich vor Aufnahme eines neuen, mir bisher unbekannten Klienten in eine bereits bestehende Gruppe zumindest einmal allein mit dem Bewerber. Dieses Gespräch dient mir natürlich unter anderem dazu, mir ein Bild von dem neuen Klienten zu machen; zugleich gewinnt aber auch mein Gegenüber einen gewissen Eindruck von mir und ein erstes Gefühl des Vertrauens in meine Person. Wenn ich mir dieses Vertrauen in Zukunft auch immer wieder verdienen muß, so ist mir doch klar, daß ich als Leiter zumindest anfangs eine unverhältnismäßig wichtige Person für die Gruppe bin.

In Workshops oder Marathons, bei denen ich die Teilnehmer nicht schon vorher kennengelernt habe, versuche ich, vor dem offiziellen Beginn der Gruppe einen kurzen direkten Kontakt mit jedem einzelnen herbeizuführen. Wenn die Teilnehmer den Versammlungsraum betreten, stelle ich mich ihnen vor und gebe ihnen die Hand. Dieser durch Wort, Blick und Handschlag geschaffene Kontakt bewirkt ein wechselseitiges Interesse und sorgt so für eine von gegenseitiger Achtung getragene Beziehung. In dieser Weise gehe ich auch vor, wenn ich es mit einer »Klasse« zu tun habe (also in Fällen, in denen meine Rolle als Gruppenleiter mir die Funktion des Referenten auferlegt).

Anfangs gilt meine Aufmerksamkeit im wesentlichen der Gruppe als einem Ganzen, während ich die einzelnen Teilnehmer eher verschwommen wahrnehme. Ich wende mich an die ganze Gruppe und versuche herauszufinden, wie es der Gruppe-als-Ganzes geht. Wie ist die Atmosphäre hier im Raum? Was empfindet die Gruppe in bezug auf ihre Sicherheit? Was empfinde *ich* gegenüber *dieser* Gruppe? Was ist an dieser Gruppe anders und besonders, worauf ich meine Aufmerksamkeit richten muß, um ein genügend sicheres Klima entstehen zu lassen?

Im weiteren Verlauf gewinnen die einzelnen Teilnehmer als separate Einheiten Kontur. Es bildet also die gesamte Gruppe eine Einheit, und jeder Einzelne bildet wiederum eine separate Einheit. Die Gruppe-als-Ganzes hat einen bestimmten Sicherheitspegel, und jeder Einzelne empfindet für sich eine gewisse Sicherheit bzw. eine gewisse Gefahr. Wenn die Teilnehmer einander nun ihre Ängste mitteilen und sie durcharbeiten, erhöht sich nicht nur der individuelle Sicherheitspegel, sondern zugleich auch der Sicherheitspegel der Gruppe-als-Ganzes. Es ist anfällig und stets gefährdet, dieses Sicherheitsgefühl. Man braucht ein feines Gespür dafür und muß sich auf direktem und indirektem Wege immer wieder über sein Vorhandensein vergewissern – aber es ist tatsächlich da. In einer zweitägigen Fortbildungsgruppe für Therapeuten hatte ich beispielsweise zunächst den Eindruck, daß die Gruppe sich insgesamt einigermaßen sicher fühlte, daß es in diesem Sicherheitsgefühl aber starke individuelle Schwankungen gab. Als ich der Sache nachging, stellte sich heraus, daß diejenigen, die mich zum ersten Mal sahen, sich ziemlich sicher fühlten; zwei Leute dagegen, die vor einigen Monaten an einer von mir geleiteten Podiumsdiskussion teilgenommen hatten, fühlten sich aufgrund einer scharfen Bemerkung, die ich damals als Vorsitzender gemacht hatte, stark verunsichert. Um zu einem ausreichenden Sicherheitspegel gelangen zu können, mußte ich also zunächst diesen Gefühlen der beiden betreffenden Teilnehmer nachgehen und mich sowohl mit den Fehlern, die mir damals als Diskussionsleiter unterlaufen waren, als auch mit den Erfahrungen beschäftigen, die diese beiden Gruppenmitglieder mit ihren besonders strengen Eltern gemacht hatten.

Ein einfaches Verfahren, das ich zur Ermittlung des Sicherheitspegels benutze, ist der sogenannte »Sicherheitsindex«. Dabei gibt jedes einzelne Gruppenmitglied den Grad von Sicherheit, den es augenblicklich in der Gruppe empfindet, mit einer Zahl zwischen Null und Zehn an, wobei Zehn das Höchstmaß bezeichnet. Ich finde das Verfahren gerade für Ausbildungsgruppen sehr nützlich, weil es die Teilnehmer für diese besondere Variable sensibilisiert. Oft ersuche ich zwischendurch um eine solche Feststellung des augenblicklichen Sicherheitspegels. Die Antworten sind interessant und nützlich für die weitere Arbeit, sowohl für die einzelnen Teilnehmer als auch für die Gruppe-als-Ganzes. Als sich beispielsweise eine mehrere Jahre bestehende Gruppe der vereinbarten letzten Sitzung näherte, äußerten sich die Mitglieder nicht offen über dieses Ende. Die Überprüfung des Sicherheitsindex ergab einen niedrigen Wert für die Gruppe-als-Ganzes. Als diesem Ergebnis nachgegangen wurde, traten sehr starke und sehr vielfältige Gefühle hinsichtlich der bevorstehenden Auflösung zutage, die wiederum Anlaß zu wichtiger Arbeit in der Gruppe und auf der individuellen Ebene gaben.

Natürlich muß man sich darüber im klaren sein, daß jede Gruppe zu jedem Zeitpunkt ihres Bestehens ihre »untere Sicherheitsgrenze« hat und daß diese Grenze für jedes einzelne Mitglied schwankt. Produktive Arbeit ist nicht mehr möglich, wenn der eine oder andere Teilnehmer diesen Grenzpunkt erreicht hat. Ein Beispiel: In der ersten von zwei geplanten Supervisionssitzungen für die therapeutischen Berater an einer Universität präsentierte einer der Teilnehmer einen schwierigen Fall: Er sprach lange über einen Klienten, der erheblichen Widerstand leistete und sich der Beratung zu entziehen suchte. Dabei fiel mir eine sich ständig wiederholende Fuß- und Beinbewegung auf. Als ich ihn darauf aufmerksam machte und ihn aufforderte, die Bewegung zu übertreiben, tat er dies bereitwillig. Bis zu diesem Punkt fühlte er sich durchaus sicher. Dann wurde ihm klar, daß er wütend auf seinen Klienten war und ihn recht gerne getreten hätte. Auch jetzt fühlte er sich noch ganz sicher. Es folgte eine zornige Bemerkung an die Adresse des abwesenden Klienten. Daraufhin kam es zu gewissen Reaktionen aus der Gruppe. Schließlich bemerkte ich, daß der betreffende Berater sich gewissermaßen weit von uns entfernt hatte, und fragte ihn, wo er denn sei. Er antwortete, daß ihn sehr starke Gefühle und Erinnerungen an ein Familienmitglied überkommen hätten, daß es ihm aber nicht möglich sei, sie der Gruppe mitzuteilen. Seine untere Sicherheitsgrenze war erreicht; die Arbeit endete, soweit es diesen Teilnehmer zu diesem Zeitpunkt betraf. Hätte es sich um eine »laufende« Gruppe gehandelt, dann hätte sich das individuelle Sicherheitslimit vielleicht an einem höheren Punkt eingependelt, und der Teilnehmer wäre imstande gewesen, uns seine Erinnerungen offen mitzuteilen und sie in der Gruppe zu bearbeiten.

Kehren wir nun aber zu dem Gebot zurück, gleich zu Beginn ein Klima der ausreichenden Sicherheit zu schaffen: es gibt eine ganze

Reihe von Dingen, die der Leiter gleich anfangs tun kann. Eine Möglichkeit besteht darin, einen kleinen Imbiß und Getränke anzubieten. In der Regel kann man bei mir Tee oder Kaffee kochen, und ich stelle dann Käse, Kleingebäck und Obst zur Verfügung. In laufenden Gruppen kommt es selten vor, daß solche gezielten Bemühungen meinerseits nicht beachtet und entsprechend gewürdigt werden. Ich glaube, daß sie ganz allgemein zur Erhöhung der Sicherheit beitragen.

Wenn die Gruppe dann tatsächlich beginnt, schlage ich als erstes eine »Runde« vor, in der die Mitglieder sagen, wer sie sind, was sie empfinden, welche Ziele sie hier verfolgen und so weiter. Ich beginne in der Regel jede Gruppensitzung mit einer solchen Runde, ob es sich nun um eine laufende Gruppe, ein einmaliges Treffen oder einen neuen Abschnitt eines Marathons handelt. Das unterstreicht sofort den Primat der ganzen Gruppe und bringt oft Störungen an die Oberfläche, die bereits innerhalb der Gruppe existieren. Eine Methode, die ich in diesem Zusammenhang von Ruth Ronall[3] gelernt habe, besteht darin, jedes Mitglied nach etwa schon bestehenden Beziehungen zu anderen Teilnehmern zu fragen.

Dies bewährt sich gerade zu Beginn einer neuen Gruppe, insbesondere bei Marathons oder langen Ausbildungs-Workshops. Oft werden dabei nämlich unerledigte Probleme zwischen den Teilnehmern aufgedeckt, etwa Reste einer ehemaligen Liebesbeziehung, oder es kommt das Gefühl einer gewissen Gefahr auf, weil in der Außenwelt bestimmte Beziehungen bestehen, beispielsweise zwei Teilnehmer Nachbarn sind. Was auch immer die Quelle der subjektiv empfundenen Gefahr sein mag, diese Empfindung muß soweit wie möglich durchgearbeitet werden, damit die betroffenen Teilnehmer sich sicher genug fühlen, um etwas von sich preisgeben zu können; für die übrigen Gruppenmitglieder steht dabei ebenfalls etwas auf dem Spiel, denn wenn der eine oder andere Teilnehmer das Gefühl der Gefahr hat, dann wirkt sich das auch auf die Gruppe-als-Ganzes aus.

Störungen können schon vor dem offiziellen Beginn der Gruppe auch durch das bloße Zusammentreffen der Teilnehmer entstehen – im Wartezimmer hat der eine sich noch sehr reserviert gezeigt,

[3] Persönliche Mitteilung.

beim Kaffeekochen hat ein anderer sich vorgedrängt; einer der Teilnehmer sieht dem zeitlebens gefürchteten Bruder des anderen sehr ähnlich und so weiter. Diese Dinge können zur Sprache gebracht, bearbeitet und *ad acta* gelegt werden, wodurch sich ein Gefühl größerer Sicherheit und damit eine größere Risikobereitschaft einstellt. Tatsächlich führen solche Interaktionen oft direkt und unmittelbar zu produktiver Arbeit.

Manchmal erweisen sich bereits bestehende Beziehungen als überaus hinderlich für die Entwicklung eines hinreichend sicheren Umfeldes innerhalb der Gruppe. Bei einem Wochenend-Workshop nahmen beispielsweise ein Ehepaar, Gerald und Susan, ebenso wie Lillian teil, die früher Geralds Partnerin gewesen war. Das Paar hatte seine Beziehung heimlich begonnen, während Gerald noch mit Lillian zusammenlebte. Lillian hatte ihre erfolgreiche Rivalin nie kennengelernt. Sie haßte sie von ganzem Herzen, und dieser Haß brach schon bei der ersten Runde aus ihr heraus. In den nächsten vierundzwanzig Stunden kam es immer wieder zu bitteren Beschuldigungen, Vorwürfen und Klagen wegen dieser ungelösten Situation. Die Gruppe war jedesmal aufs neue erschüttert und gespalten. Obwohl im Gefolge dieser Auseinandersetzung sehr fruchtbare Arbeit geleistet wurde, entwickelte sich ein wirkliches Gruppengefühl erst dann, als die beiden Frauen sich einen heftigen Ringkampf geliefert und schließlich gemeinsam Front gegen die Männer gemacht hatten; danach war wichtige, substantielle Arbeit möglich. Erst jetzt war eine hinreichend sichere Atmosphäre entstanden. Hätte ich schon vorher von dieser Beziehung gewußt, dann hätte ich mit den Betroffenen darüber gesprochen, um ihnen Gelegenheit zu geben, diese Situation zu vermeiden. In einer laufenden Gruppe kläre ich eine solche Frage mit dem jeweiligen Gruppenmitglied, bevor ich jemanden aufnehme, von dem ich weiß, daß er in einer bestimmten Beziehung zu dem Mitglied steht.

In den Anfangsstadien einer Gruppe und zu Beginn jeder Gruppensitzung achte ich ganz besonders auf Anzeichen dafür, daß die Mitglieder etwa Angst haben, sich zu äußern, bzw. einander oder mir mißtrauen. Laurie zum Beispiel, ein neues Mitglied, das zum zweiten Mal teilnahm, hatte sich bisher still und beobachtend verhalten. Als ein anderer Teilnehmer seine Arbeit an einem Thema beendet hatte, von dem der Leiter wußte, daß es auch für Laurie bedeutsam war (es ging um die Schwierigkeiten mit seinem lauten, tyrannischen Vater), fragte er sie nach ihrer Reaktion. Laurie antwortete mit leiser, belegter Stimme. Der Leiter fragte sie, wie sie sich fühle; sie gab zu, angespannt und ängstlich zu sein. Als er sie aufforderte, auf den Klang ihrer Stimme zu achten, bemerkte sie selbst, daß sie leise und mit erstickter Stimme sprach. Nun schlug der Leiter ihr vor, der Reihe nach jedes Gruppenmitglied mit lauter und kräftiger Stimme anzureden. Als ihr das gelungen war, fühlte Laurie sich besser und sicherer; sie hatte sich einen Weg zur aktiveren Beteiligung an den zukünftigen Sitzungen eröffnet. In diesem frühen Stadium hatte sie viel Unterstützung und Anleitung gebraucht, um sich in die Gruppe zu integrieren und sich hier einigermaßen wohl und sicher zu fühlen.

Als andererseits das gleiche stille Verhalten bei Carl beobachtet wurde, der der Gruppe schon lange Zeit angehörte, wandten wir eine andere Taktik an. Carl beteiligte sich nicht nur nicht, er beschränkte sich auch in der Anfangsrunde jeder Sitzung auf Banalitäten und erklärte, in seinem Leben sei alles in bester Ordnung. Das klang hohl. In diesem Fall kündigte der Leiter am Ende der Sitzung an, daß er das nächste Mal ein Wunder bewirken, nämlich Carl zum Arbeiten bewegen werde. Mit diesen Worten klopfte er Carl auf den Schenkel (sie saßen nebeneinander) und schloß die Sitzung. Der Leiter hatte den Eindruck, Carl fühle sich in seinem ungestörten Schweigen so sicher, daß es Monate dauern konnte, bevor er sich mit seinem Vermeidungsverhalten und seiner mangelnden Bereitschaft zur Kommunikation auseinandersetzen würde. Es war also nötig, in Carl eine gewisse Spannung wegen seines unproduktiven Verhaltens auszulösen. Tatsächlich bekannte Carl sich in der nächsten Sitzung zu seinem Versteckspiel und gab zu, die ganze Woche lang darüber zu brüten. Wir halfen ihm dann, das Gefühl der Gefahr zu explorieren, das sich für ihn mit der Arbeit in der Gruppe verband. Das hatte zwar kaum etwas mit einem »Wunder« zu tun, erwies sich aber als ein sehr fruchtbares Vorgehen.

Sobald eine genügend sichere Atmosphäre hergestellt ist, kann der Leiter seine Besorgnis um diesen Aspekt der Gruppe für eine Weile in den Hintergrund treten lassen. Die Gruppe wird jedoch aller Wahrscheinlichkeit nach nicht statisch bleiben, sondern es werden ständig Schwankungen in ihrem Sicherheitsgefühl auftreten. Sobald das Gefühl der Sicherheit unter einen gewissen Pegel absinkt, tritt es für mich wieder in den Vordergrund, und ich bemühe mich, das nötige Gefühl hinreichender Sicherheit erneut herzustellen. (In Wirklichkeit gibt es *die* hinreichende Sicherheit natürlich nicht; unterschiedliche Themen erfordern vielmehr ein unterschiedliches Maß an Sicherheit.)

Spätere Überlegungen

Zu den später hinzukommenden Faktoren, die das Sicherheitsgefühl der Gruppe bedrohen, zählen das Ausscheiden alter Mitglieder (insbesondere das vorzeitige Ausscheiden), die Aufnahme neuer Mitglieder, Schwankungen in der Stimmung bzw. der Gesundheit des Leiters, die Beziehungen zwischen Co-Leitern, Fehler des Leiters, der Mißbrauch vertraulicher Mitteilungen durch andere Gruppenmitglieder, Ferienzeiten etc. Alle diese Umstände müssen besprochen und bearbeitet werden, und es ist sehr wichtig, daß alle Mitglieder befragt und an den Dingen beteiligt werden.

Nachstehend ein Beispiel dafür, wie sich die Stimmung des Leiters auf das Sicherheitsgefühl der Gruppe auswirken kann: Vor kurzem hielt ich einen erfahrungsbezogenen Kurs in Gestalttherapie für Doktoranden ab. Der Kurs erstreckte sich über ein Semester. Während der ersten zwei Drittel war ich in einigermaßen depressiver Stimmung. Meine Scheidung stand bevor, und das belastete mich. Der Zufall wollte es, daß die Scheidungsverhandlung unmittelbar vor unserem Gruppentreffen angesetzt wurde. Vom Gericht kommend, traf ich um einige Minuten verspätet bei der Gruppe ein. Mit Hilfe der Gruppe explorierte ich meine Erfahrungen bei Gericht und äußerte meine Trauer und meine Erleichterung. Für den Rest des Semesters war ich in guter Stimmung. Bei der Beurteilung des Kurses am Ende waren sich alle einig, daß sie sich nach meiner Scheidung viel sicherer fühlten und jetzt imstande waren, sich offener auch mit schwierigen Themen auseinanderzusetzen. Dieses Beispiel zeigt nicht nur, daß und wie die Stimmung des Leiters sich auf das Sicherheitsgefühl der Gruppe auswirkt, sondern auch, daß der Leiter diese Dinge nicht immer steuern kann. Wenn die Scheidung erst nach dem Ende des Semesters stattgefunden hätte, dann wäre es in dieser Gruppe vermutlich nicht zu jenem höheren Maß an Sicherheit gekommen.

Manchmal wird die Frage des Sicherheitsniveaus zum beherrschenden Thema in einer Gruppe. Beispielsweise war in einem Fall ein neues Mitglied namens Saul in eine seit langem bestehende Gruppe eingetreten, die ein bemerkenswertes Niveau an Vertrauen und gegenseitiger Unterstützung erreicht hatte, so daß hier auch äußerst heikle Themen bearbeitet werden konnten. Saul war von ätzender Offenheit, er hatte zu allem eine feststehende Meinung, intellektualisierte und platzte ständig dazwischen. Die Spannung nahm zu, insbesondere bei Sam, einem äußerst sensiblen Menschen. Sam fühlte sich zunehmend unsicher und verletzbar, seitdem Saul der Gruppe angehörte. Er staute diese Gefühle auf, bis er eines Tages explodierte, Saul zu einem Kampf herausforderte und die Gruppe zu verlassen drohte. Eine Welle des Mißtrauens erfaßte die ganze Gruppe. In den nächsten drei oder vier Sitzungen ging es fast ausschließlich um die Fragen von Vertrauen und Sicherheit in der Gruppe; auch das damit zusammenhängende Thema der Diskretion kam zur Sprache. Gelegentlich kam die Rede auch auf den Zusammenhang zwischen dem Vertrauen in die Gruppe und dem Vertrauen, das die Teilnehmer im Rahmen anderer – früherer und gegenwärtiger – Beziehungen in ihrem Leben empfanden. Vorwiegend konzentrierte man sich jedoch auf das Hier und Jetzt. Erst als der gesamte Themenkreis gründlich durchgesprochen und bearbeitet worden war, stellte sich in der Gruppe wieder ein ausreichendes Sicherheitsniveau ein. Nun konnte die intensive Arbeit an anderen Themen wiederaufgenommen werden.

Ein weiterer Aspekt des Sicherheitsgefühls besteht darin, daß unterschiedliche Themen einen unterschiedlichen Grad an Sicherheit erfordern. Margaret beispielsweise war vom Augenblick ihres Eintretens in die Gruppe an ein sehr aktives Mitglied. Sie sprach offen über alle möglichen Probleme, wie etwa abhängiges Verhalten, sexuelle Schwierigkeiten usw., und arbeitete an diesen Themen. Aber erst ein Jahr nach ihrem Eintritt in die Gruppe verkündete sie, daß sie der Gruppe gewisse Dinge verheimlicht habe, die mitzuteilen sie sich jetzt sicher genug fühle. In dramatischer und bewegender Weise erzählte sie uns, daß sie seit langem an epilepsieähnlichen Anfällen leide und deshalb heftige Konflikte verspüre. Dieses Beispiel zeigt, daß der Sicherheitsfaktor eine dynamische Variable ist, die ständig in Bewegung und stets gefährdet ist.

Wie bereits erwähnt, kann auch das Verhältnis der Co-Leiter zueinander das Sicherheitsgefühl der Gruppe durchaus beeinflussen – und zwar in beiden Richtungen. Wenn Co-Leiter in emotionaler und sachlicher Hinsicht miteinander harmonieren, reagiert die Gruppe günstig, und die Offenheit nimmt zu. Wenn es zwischen den Leitern zu einer Verstimmung kommt, wenn sie einander in der Gruppe in unschöner Weise Konkurrenz machen oder sich gegenseitig herabsetzen, fällt der Sicherheitspegel drastisch ab. Nach zahllosen Erfahrungen in der gemeinsamen Leitung von Marathons bin ich zu der Überzeugung gekommen, daß ich es den Teilnehmern unbedingt schuldig bin, meine Co-Leiter sorgfältig zu prüfen und auszuwählen. Wenn möglich arbeite ich mit einem Co-Leiter, dem ich wirklich zugetan bin (obwohl ein hoher Grad von Harmonie nicht entscheidend für gute Arbeit ist); unter solchen Umständen (wirkliche tiefe Zuneigung zwischen den Co-Leitern) kann es zu wundervollen Augenblicken des echten Wagnisses kommen, die von einem großen Sicherheitsgefühl zeugen – und vielleicht auch davon, daß sich die Gruppenmitglieder sicher wie Kinder unter dem Schutz liebevoller und einander harmonisch zugetaner Eltern fühlen. Dieses Gefühl stellt sich nicht etwa sofort zu Beginn des Marathons ein, sondern es entwickelt sich allmählich – gewöhnlich nach belastenden Momenten, die einen hart auf die Probe stellen – und erreicht einen Höchststand, der gehegt werden muß. Wenn andererseits zwei Leiter zusammenarbeiten, die schlecht zueinander passen, können katastrophale Resultate eintreten, und es ist sehr schwierig, aus dem Trümmerhaufen noch etwas zu retten. Man wähle deshalb sorgfältig!

Obwohl es sehr schwierig ist, die Gruppe-als-Ganzes oder ihre einzelnen Mitglieder hinsichtlich der Frage ihres Sicherheitsgefühls einzuschätzen, bin ich zunehmend davon überzeugt, daß die entsprechenden Bemühungen sehr lohnend sind. Mein Wunsch ist in jedem Fall, daß ich durch die Beachtung dieses Details und durch die spontane Zuwendung und Wertschätzung, die ich der Gruppe bei unserer Arbeit entgegenbringe, das Gruppenerlebnis am Ende so »sicher« machen kann, daß die Teilnehmer die notwendigen Risiken schließlich eingehen. Wenn das gelingt, sind die Chancen für wichtige und nützliche Erfahrungen ganz erheblich gestiegen.

II Klinische Anwendungen

5 Der Entwicklungsprozeß einer Gestalttherapiegruppe*

Joseph C. Zinker

Ich habe die Gestalttherapie immer als eine integrierende Kraft auf dem Feld der Psychotherapie empfunden. Nicht ohne Grund: das Wort »Gestalt« impliziert ja ganze Konfigurationen. Wir integrieren Phänomenologie und Behaviorismus, wenn wir einerseits auf die eigenen Erfahrungen der Gruppe achten und andererseits die Gruppe im gleichen Augenblick zum Handeln anspornen. Daneben integrieren wir zwei Arbeitsebenen; die massive und bezwingende Einzeltherapie erfährt eine Integration mit dem Gruppenprozeß, mit der Lebendigkeit und der Energie der Gruppe.

Die Gruppe ist eine lebendige organische Einheit. Sie ist größer als die Summe ihrer einzelnen Mitglieder. Diese große Figur, dieser Organismus befindet sich in einem Prozeß ständiger Veränderung. Abgesehen von ihrer anfänglichen Zusammenhanglosigkeit und ihrer späteren Kohärenz verwandelt sich die Gruppe auch sonst ständig. In jedem Augenblick ihres Lebens kann etwas anderes in den Vordergrund treten: ihre Farbigkeit, ihre Verspieltheit, ihre Trauer, ihr Familiengefühl, ihr gelassenes oder nervöses Schweigen, die Intensität ihres Kontakts oder auch ihre Kontaktunwilligkeit.

Auch die einzelnen Mitglieder verändern sich ständig. Sie bewegen sich durch die Zeit wie die einzelnen Aufnahmen eines Farbfilms, und dabei ändert sich sowohl ihr innerer Bezugsrahmen wie auch ihre äußere »Persona«. Sie befinden sich in einem ständigen Prozeß. Die Gestalt ihres Selbstkonzepts wird vielfältiger, reicher, voluminöser.[1]

Das eigene innere Konstrukt unseres »Selbst« wird durch jede neue Interaktion mit einem anderen Menschen verändert, modifi-

* Ich möchte meinen Kollegen und Freunden am Gestaltinstitut von Cleveland meinen Dank aussprechen, ohne die dieses Kapitel um vieles ärmer wäre.

[1] Eine meiner Lieblingsmetaphern, die ich von Sonia Nevis entlehnt habe.

ziert oder gefärbt. Die fortlaufende Gruppe wird zu einer Galerie sich wandelnder Porträts: Porträts, die ihre statische Qualität verloren haben, aus ihren Rahmen steigen, lebendiger werden und sich im Zusammenspiel mit den anderen rhythmisch bewegen. Das ist es, was wir unter Gemeinschaft verstehen – das Gefühl, daß ich mich öffne und von einem anderen anrühren lasse, indem ich ihm meine Schwächen und verletzlichen Seiten darbiete.

Da Wachstum und Entfaltung niemals enden, verhält sich die fortlaufende Gruppe so, als ob sie kein Ende hätte – sie fließt dahin wie das Leben selbst, ohne sich bewußtzumachen, daß die ihr angehörenden einzelnen Organismen vergänglich sind. Fortgang und Veränderung prägen jeden Aspekt des Lebens, und die Gestaltgruppe bildet dabei keine Ausnahme. Es ist gerade die fließende Qualität des Prozesses, die mich fasziniert. Das Selbst und sein Gegenüber sind in ständiger Expansion begriffen, werden zu Analogien ihrer selbst, nehmen zu an Bedeutung und Bewußtheit und werden im Rahmen der Gruppe ausgelebt.

Dieses Handeln, dieses Fortschreiten vom erweiterten Bewußtsein zum Kontakt ist es, was Gestaltgruppen einzigartig macht. Das verantwortete Handeln gegenüber dem anderen – sei es aus Mitgefühl, aus Zorn oder aus einer anderen Empfindung – ist ein wesentliches Kennzeichen der Gestaltgruppe. Handelnd verändern die Teilnehmer das eigentliche Gefüge ihres Wesens und des Wesens der anderen. Das erweiterte Bewußtsein als solches ist nicht genug, wenn wir nicht andere anrühren, anderen etwas geben, von anderen mit unseren Sinnen, unseren Muskeln etwas entgegennehmen. Gestaltgruppen sind das Gegenteil der kognitiven Überschwemmung, der sich konkurrierende analytische Gehirne in akademischen Seminaren unterziehen. Sie gleichen eher einem lebendig gewordenen »Guernica« von Picasso oder dem fleischgewordenen »Kuß« Rodins. Der Akzent liegt auf dem Prozeß, auf Energie, Bewegung, Kontakt, Ehrlichkeit und Authentizität der Präsenz.

Der Zyklus der Gestaltgruppe

Jedes Ereignis innerhalb einer Gestaltgruppe kann als Zyklus dargestellt werden: auf der Ebene der Wahrnehmung beginnend, entwickelt die Gruppe ihr eigenes Bewußtsein, ihre spezifische Energie, ihr spezielles dialektisches Handlungssystem, ihren Gipfel und ihre Vollendung, um dann wieder zu einem Gefühl des Ruhens in sich selbst und zum Schweigen zurückzukehren (siehe Abbildung I).

In der Phase der Wahrnehmung sehen und hören, »beschnuppern« und berühren die Mitglieder einander. Worte werden nur benutzt, um Wahrnehmungen mitzuteilen: »Du siehst angespannt aus«, »dein Gesicht ist verkrampft«, »du läßt die Schultern nach vorne hängen, du bist ja ganz zusammengesunken«, »deine Augen stehen voller Tränen«, »deine Hände sind kalt« oder »unser Gespräch klingt wie das Gackern von Hühnern.« Wenn eine Gruppe auf ihre Wahrnehmungen achtet, hat sie Kontakt zu ihren konkretesten und fundamentalsten Erfahrungen. Eine Gruppe, die vorschnell auf individuelle Bewußtseinszustände und Grübeleien eingeht, überspringt das Offenkundige, das, was unmittelbar vorhanden ist und konkrete Dringlichkeit hat.

Das Gruppenbewußtsein entwickelt sich aus dem, was im Hier und Jetzt erspürt wird: »Dein Gesicht ist verkrampft – es scheint, als wolltest du John gleich anbrüllen... stimmt es, daß du so empfindest?« Oder: »Du läßt dich ganz und gar hängen, du sitzt ja

Abbildung I:

Der Gestaltgruppenzyklus

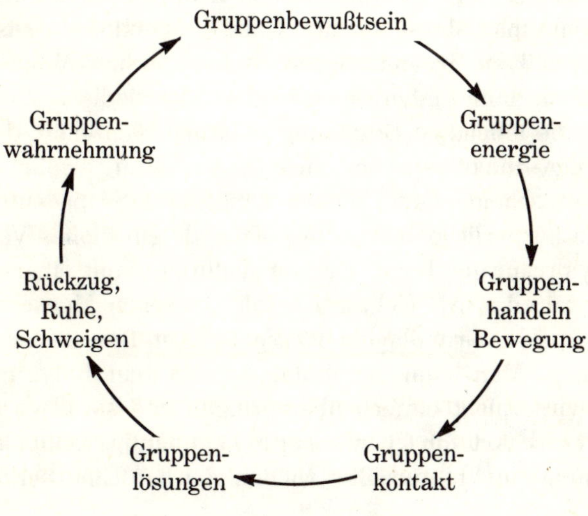

ganz zusammengefallen da, Judy.« Judy: »Ja, ich fühle mich wirklich traurig und zusammengesunken, so, als ob das Leben aus mir heraussickerte.« Um sinnvoll handeln zu können, brauchen die Menschen ausreichende Informationen über das Leben ihrer Mitmenschen und ein entsprechendes Verständnis. Dann kristallisiert sich ein Thema heraus und kann weiterentwickelt werden. Die Beachtung der Wahrnehmungen regt zur Suche nach der jeweiligen Bedeutung an, und die volle und dringliche Bedeutung weckt unser Interesse und unsere Bewußtheit von neuem. Die Gruppenenergie wird mobilisiert.

So regt Judys Traurigkeit über den plötzlichen Verlust eines Freundes die anderen an, sie nach weiteren Einzelheiten zu fragen und über ihre eigenen Verlusterlebnisse zu sprechen. Die Gruppe lädt sich mit Energie auf, indem sie sich als Gruppe die Tatsache bewußtmacht, daß es im Leben der einzelnen Mitglieder ständig Verluste und Gewinne gibt.

Die so gewonnene Energie führt zum Handeln: In diesem Fall kann »Handeln« die Form von Tröstungsversuchen durch körperliche Berührung annehmen, es kann in Überlegungen darüber bestehen, welche Schritte Judy jetzt tun sollte, und es kann schließlich ein Gruppenexperiment sein, durch das Judy eine intensivere Reise in ihre Verlusterfahrung unternimmt.

Der aktive Aspekt des Gruppenlebens ist überaus wichtig. Das Handeln in einer sicheren und vertrauenerweckenden Umgebung ist es, was ein Leben verändert und neue Lernerfahrungen bewirkt. Wenn man Menschen zum Handeln mobilisiert, anstatt zuzulassen, daß sie irgendwelchen hypothetischen Möglichkeiten nachgrübeln, dann fühlen sie sich zutiefst befriedigt.

Es ist die lebendige Beziehung zwischen Menschen, durch die der jeweilige Inhalt seine thematische Ausfaltung erfährt und den letztlich entscheidenden Kontakt ermöglicht. So bedeutet Trost durch die körperliche Berührung mehr als ein bloßes Verstehen von Judys trauriger Lage, weil ihr dadurch unmittelbare Unterstützung zuteil wird. Echter Kontakt zwischen Menschen kann aber nur auf der Grundlage der ausgeprägten Bewußtheit zustande kommen. Man kann die Stufe, auf der man Judys Situation gewahr wird, nicht einfach überspringen und sie etwa »sofort« trösten. Diese Art von Quantensprung hat häufig nur hohles Agieren zur Folge und hinterläßt etwa den gleichen Eindruck wie eine

Schüleraufführung des »Hamlet« nach einer einzigen Probe: Die Handlung hat wenig Sinn, sie ist ohne Pathos und vermittelt nur einen schwachen Eindruck von Realität. Das Ganze ist in ästhetischer und emotionaler Hinsicht peinlich. Ein Handeln ohne solide Basis im Bewußtsein bewirkt keinen Kontakt. In einem solchen Fall ist jede Ähnlichkeit mit echtem Kontakt rein zufällig und etwa so solide und dauerhaft wie ein Ölanstrich auf nassem Holz.

Der Gruppenkontakt vermittelt der Gemeinschaft ein Gefühl der Vollendung und Erfüllung. Alle trauern mit Judy; einige Teilnehmer sind so sehr von den Dingen angerührt, daß sie Judy trösten; der eine oder andere vergießt vielleicht sogar eine Träne mit ihr. Die Gemeinschaft erwacht zum Leben und lebt ihre mobilisierte Energie aus. Dann verlangt es alle nach einer Pause, nach Rückzug und Schweigen. Das Schweigen ist der Hintergrund, vor dem die Gruppe ihre bald größere, bald geringere Angst, ihre Verwunderung über das eigene Drama und schließlich auch ihre Abgeklärtheit erlebt und erkennt.

Wenn noch Zeit übrig ist, kann ein neues Thema auftauchen, so daß der Gruppenzyklus von Wahrnehmung über Bewußtheit zu Energie, Aktion, Kontakt, Vollendung und Ruhe ein weiteres Mal durchlaufen wird. Alle diese Geschehnisse füllen nacheinander den »phänomenologischen Raum« der Gruppe, um dann wieder »abzutreten« – manchmal geordnet, in linearer Reihenfolge, und manchmal wie die Instrumente eines Orchesters gleichzeitig am gleichen Thema zusammenwirkend. In den Anfangsstadien einer Gruppe können die Übergänge von einer Phase zur anderen abrupt und unharmonisch sein; die Gruppe kann in der Bewußtwerdung steckenbleiben, unfähig, sich zur Aktion aufzuraffen, oder außerstande, die Aktion abzuschließen und sich zurückzuziehen. Im Laufe der Zeit lernt die Gruppe, nicht in einer bestimmten Phase hängenzubleiben, sondern in einer aufsteigenden Spirale reibungslos von einem Zyklus zum nächsten überzugehen (siehe Zinker 1977).

Ziele, Werte und Rollendefinitionen

An dieser Stelle möchte ich mich mit einigen Grundkonzepten hinsichtlich der Gestaltgruppe auseinandersetzen. Welche Ziele verfolgt die Gestaltgruppe? Zunächst können wir die Ziele der einzelnen Gruppenmitglieder untersuchen. Das Spektrum der Zielsetzungen umfaßt die volle Bandbreite menschlicher Bedürfnisse: von dem Wunsch, sich auf dem gegebenen Niveau von schwächenden Symptomen zu befreien, bis zu höherrangigen Bedürfnissen, etwa dem Wunsch, die eigenen Kräfte umfassender zu nutzen, oder dem Streben nach Selbstverwirklichung. In Gestaltbegriffen ausgedrückt, strebt der einzelne Teilnehmer danach,

innerpsychische Widersprüche miteinander zu versöhnen;
sich seiner Sinnesvorgänge deutlicher bewußt zu werden;
sein Bewußtsein zu bereichern und zu erweitern;
sein Bewußtsein so weit auszudehnen, daß es in Engagement und Aktion umschlägt;
Kontakt zu sich selbst und zu anderen Menschen herzustellen;
gangbare Wege zu finden, sich zurückziehen, sich stärken und erneuern zu können;
zu lernen, sich mit seinem ganzen Wesen selbst zu stützen;
zu lernen, wie er reibungslos und ohne ernsthafte Blockade den Zyklus von Bewußtwerden – Engagement – Kontakt durchlaufen kann.

Auf der Gruppenebene lernen die Mitglieder, einander um das zu bitten, was sie sich wünschen oder brauchen – und sowohl mit dem Ja als auch mit dem Nein umzugehen, das sie als Antwort erhalten. Sie lernen, wirksam und kreativ mit interpersonalen Konflikten fertigzuwerden – so wird ihnen beispielsweise klar, daß sie ihre eigenen Gefühle, Vorurteile oder Handlungsweisen leugnen, indem sie sie auf andere Gruppenmitglieder projizieren. Sie lernen, einander mit Energie zu erfüllen und die Gruppe so zu handhaben, daß ein Gefühl der Gemeinschaft, der gegenseitigen Unterstützung und Achtung entsteht. Sie entdecken, daß sie von den anderen Teilnehmern und vom Gruppenleiter etwas über die eigene Identität erfahren können, und entwickeln Phantasie und Experimentiergeist, wenn es darum geht, Probleme gemeinsam zu lösen. Sie finden heraus, daß und wie sie zu gegenseitigem Vertrauen, zu Loyalität und Intimität gelangen und dabei sehr wohl ihr wechselseitiges Bedürfnis nach einer gewissen Distanz und die jeweiligen Vorlieben, Abneigungen und Wertvorstellungen respektieren können. Sie lernen, einander Rückmeldungen zu geben, ohne das hinwegzuinterpretieren, was sie sehen und empfinden. Sie lernen, miteinander zu arbeiten und einander zu helfen, ohne sich ständig auf den Gruppenleiter zu verlassen, und sie begreifen, daß der

Therapeut nicht etwa »Papa«, »Mama« oder »Guru« ist, sondern ein Mensch und Mitmensch, der über gewisse Kenntnisse und Kompetenzen verfügt und ihnen ihre gemeinsame Arbeit erleichtern kann.

Die Gestaltgruppe basiert auf bestimmten Wertvorstellungen, die den Gruppenmitgliedern (implizit oder explizit) durch den Leiter vermittelt werden. Diese Werte betreffen in erster Linie den Kontakt zur eigenen Person und zu den Mitmenschen, wobei die einzelnen Praktiker und die Gestalt-Institute in den verschiedenen Teilen der Welt natürlich nicht durchweg die gleichen Verhaltensweisen befürworten und anregen. Im allgemeinen werden Verhaltensweisen gefördert, die den Kontakt im Hier und Jetzt intensivieren. Am Gestaltinstitut von Cleveland legen wir auf folgende Verhaltensweisen in der Gruppe besonderen Wert:

Sprecht eine bestimmte Person an (versucht, nicht in den leeren Raum in der Mitte des Zimmers zu sprechen).

Wenn ihr mit jemandem sprecht, dann seht ihn dabei an und nennt ihn bei seinem Namen.

Achtet auf das, was ihr hier und jetzt empfindet, und teilt es mit.

Achtet auf eure augenblicklichen physischen Empfindungen und lernt, die Körpersprache der anderen zu beobachten und darauf zu reagieren.

Bemüht euch um direkte Kommunikation (sprecht also nicht mit Mary *über* Jack; wendet euch direkt an Jack).

Respektiert gegenseitig eure Bedürfnisse, eure individuellen Grenzen, euren Raum, eure Intimsphäre; lernt zugleich, euch wechselseitig zu wachstumsförderndem Handeln zu ermuntern.

Mischt euch nicht ein, wenn andere mitten in ihrer Arbeit sind; klammert eure Gefühle und/oder Handlungen für den Augenblick aus (schließlich müssen wir das auch in der wirklichen Welt oft tun; es bedeutet natürlich nicht, daß ihr nur passive, folgsame Beobachter sein solltet).

Bringt eure Beobachtungen, Reaktionen und Gefühle in den Gruppenprozeß ein und treibt ihn auf diese Weise voran.

Sprecht in der ersten Person: durch Aussagen in der ersten Person bekennt ihr euch stärker zu euren Gefühlen und Beobachtungen.

Wandelt eure Fragen in Aussagen um; Fragen sind oft ein bequemes Mittel, um sich nicht zu seinen Gefühlen zu bekennen: »Mary, glaubst du, daß das Bill gegenüber fair war?« kann bedeuten: »Mary, in meinen Augen bist du ein grausames Biest!«

Vermeidet es, Ratschläge zu geben; sie werden meist ignoriert und mobilisieren oft Widerstand (»Du verdammter Besserwisser!«); bringt den Betreffenden dazu, sein eigener Ratgeber zu werden.

Stellt ein Gleichgewicht zwischen euren Worten und Handlungen her: Handelt, anstatt lange herumzuphilosophieren, besonders wenn ihr dazu neigt, viel zu reden; lernt aber andererseits auch, die Dinge zu verbalisieren und zu erklären, wenn ihr stark zum Agieren neigt.

Was sind wünschenswerte Eigenschaften eines Gestaltgruppenleiters? Wie sieht die Rolle des Leiters aus? Es ist natürlich wichtig, daß der Leiter fähig ist, seine Beobachtungen und Interventionen nicht nur auf der physisch-intuitiven, sondern auch auf der theoretischen, der klinischen und der methodologischen Ebene einzuordnen. Er muß intensive Einzelarbeit leisten können und diese Befähigung auf die größeren Dimensionen der Gruppe übertragen.

Der Leiter muß die Gruppe als ein System und nicht als ein bloßes Konglomerat von Einzelpersonen sehen. An den einzelnen Teilnehmern wird er nicht nur ihre persönliche Einmaligkeit, sondern auch ihre jeweils ganz eigene Art und Weise des Zusammengehens und der Zusammenarbeit mit anderen beim Aufbau einer Gemeinschaft wahrnehmen. Der Leiter läßt die Gruppenmitglieder an seinem Verständnis des Gruppensystems teilhaben und fördert so den Gruppenprozeß, der zunächst aus fragmentarischen Einzelbegegnungen besteht, dann aber dazu führt, daß die Gruppe ein Bewußtsein ihrer selbst entwickelt, sich also als Gruppe-als-Ganzes fühlt. Dies ist eine Voraussetzung kooperativen Handelns und fördert das Gemeinschaftsgefühl. Der Gestaltgruppenleiter muß es verstehen, Beobachtungen des Gruppensystems in experimentelle Situationen umzuwandeln, in denen die Gruppe ihr eigenes Wesen ganz verstehen und es zugleich transzendieren lernt. Seine Präsenz bewirkt, daß die Gruppe sich ihrer Integrität bewußt wird und sich nun ernsthafter und gezielter ihrer eigentlichen Aufgabe zuwenden kann, nämlich der Selbstfindung und der Bereicherung aller ihrer Teilnehmer.

Der Leiter gestattet der Gruppe ihre organische Entwicklung, ohne sie zu hemmen, indem er sich zu stark auf seine Autorität stützt. Er verfolgt den Gruppenprozeß und konfrontiert die Gruppe mit seinen Beobachtungen.

Idealerweise sollte der Gestaltgruppenleiter über ein breites Erlebnis- und Gefühlsspektrum verfügen: vom »Felsen« und kompromißlosen Kerl bis zum sanftesten, liebevollsten Großvater. Er sollte zu Selbstoffenbarung und Großzügigkeit ebenso fähig sein wie zu Selbstschutz und »Geiz«. Der männliche Gruppenleiter braucht einen entsprechend ausgeprägten weiblichen Archetypus (Anima), die Gruppenleiterin einen entsprechenden Animus. Er/sie sollte über einen gewissen Hintergrund – eine »apperzeptive Masse« – in vielen Bereichen des Lebens, nicht nur in den Verhaltens- und Sozialwissenschaften, verfügen, so daß seine/ihre Interventionen aus eben dieser Seinsfülle, dieser Einfühlung in die *conditio humana* erwachsen und nicht bloß aus dem technischen Können als Gestalttherapeut.

Ich bin mir bewußt, daß ich hohe Ziele für mich und meine Kollegen setze; diese Qualitäten werden nicht unbedingt in Schulungsprogrammen vermittelt: man kann nur auf sie hinweisen. Man erwirbt sie, indem man ein erfülltes Leben lebt, kämpft, Irrtümer begeht und lernt – oft in sehr kleinen Schritten –, ein menschliches Wesen zu sein.

Entwicklungsstadien und Gruppenexperimente

Gestaltgruppen, seien es Wochenend-Workshops oder laufende Gruppen, weisen ein ähnliches Entwicklungsmuster auf wie andere Therapiegruppen. Unsere Gruppen beginnen mit einer ersten, noch oberflächlichen Kontaktaufnahme und Exploration sowie der vorsichtigen Erkundung des Vertrauensniveaus; dann bewegen sie sich auf Identitätskonflikte und Machtkämpfe zu. Dem Abschluß dieser Phase folgt oft die Fixierung auf stereotype Rollen; ». . . viel später erst kommt es zur vollentwickelten Gruppenarbeit . . . gekennzeichnet durch starke Kohärenz, eingehende inter- und intrapersonale Erkundungen und die volle Konzentration auf die Hauptaufgabe« (Yalom 1970, S. 232).

Oberflächliche Kontaktaufnahme und Exploration

Am Anfang erlebt die Gruppe Zusammenhanglosigkeit und Unbeholfenheit. Man hört halberstickte, vor Angst hochgeschraubte Stimmen. Alles, was auch nur entfernt komisch klingt, löst die Spannung und erfüllt den Raum mit Gelächter. Die Teilnehmer neigen dazu, ihre Bemerkungen ins Leere zu richten und einander nicht ins Gesicht zu sehen. Es wird nichts aufgebaut: die Gruppenmitglieder reagieren nicht wirklich auf die Fragen der anderen. Statt dessen wirft jeder seinen verbalen Kieselstein in die existentielle Leere einer noch ungeformten Gemeinschaft:

Teilnehmer 1: Also, wann beginnen wir denn nun mit der Arbeit?

Teilnehmer 2: (antwortet) Wie heißt du eigentlich?

Teilnehmer 3: Warum könnt ihr beiden nicht mal still sein?

Teilnehmer 4: Ich habe doch nicht hundert Dollar bezahlt, um hier still zu sein!

Später kommt es dann zur genaueren Erkundung der (expliziten und impliziten) Spielregeln: Was ist hier erlaubt? Kann ich dem Leiter/den Leitern trauen? Kann ich mich darauf verlassen, daß die Gruppe oder zumindest der eine oder andere Teilnehmer sich nicht über mich lustig macht oder mich angreift? Manche Teilnehmer verharren in befangenem Schweigen, bis ihnen die Atmosphäre soweit vertrauenerweckend erscheint, daß sie sich äußern können. Andere hüten sich davor, ihre vorherrschenden Gefühle zu offenbaren, was sie in eine verletzbare Position bringen könnte. Die Aufmerksamkeit richtet sich im wesentlichen auf den bzw. die Leiter. Von ihnen erhoffen sich die Gruppenmitglieder Aufschluß darüber, welche Themen in die Gruppe eingebracht werden dürfen und sollen und welche Ausdrucksweise dabei als vorbildlich gilt und belohnt wird.

Allmählich begreifen die Teilnehmer, daß sie – unabhängig davon, welches Verhalten als wünschenswert vorgeführt oder sogar ausdrücklich als wünschenswert bezeichnet wird – ihr Leben in der Gruppe selbst gestalten müssen. Die Gruppe muß sich ihre eigene, unverwechselbare Existenz schaffen, sie muß zu Authentizität und Konfrontation gelangen, sie muß selbst über ihr Tempo bestimmen, sie muß wissen, wie spielerisch oder wie ernsthaft sie an ihre Aufgabe heranzugehen hat. Die einzelnen Mitglieder testen das

»System«, indem sie sagen oder tun, was im Hier und Jetzt am dringendsten für sie ist. Sie entdecken, wie andere auf sie reagieren und welches Verhalten gebilligt, abgelehnt oder geschätzt wird, nicht nur seitens der Leiter, sondern auch seitens der anderen Teilnehmer.

Konflikt und Identität

Die individuelle Identität tritt oft in der Art zutage, daß die Menschen gegenseitig ihre Aussagen hinterfragen oder in Zweifel ziehen. Die Identität des Einzelnen in der Gemeinschaft wird durch seine Konflikte mit anderen geformt. Der Gruppenleiter regt vor dem Hintergrund dieser wechselseitigen Konfrontation zu selbständigen Aktionen innerhalb der Gruppe an, und zwar im Gedanken daran, daß alles, was uns an anderen mißfällt, Wasser auf die Mühle unserer eigenen intrapsychischen und interpersonalen Existenz ist.

Nehmen wir zum Beispiel die sechste Sitzung einer zeitlich begrenzten Therapiegruppe, die neun Monate dauern soll. Die Gruppe kommt einmal wöchentlich für zwei Stunden zusammen, gewöhnlich am Abend. Wir sind zwölf Teilnehmer.

Barbara, eine hübsche, 28jährige Sozialarbeiterin, spricht über ihre Verwirrung und Einsamkeit. »Ich werde häufig von Männern abgelehnt, weil . . . hm, ich weiß eigentlich nicht, warum.« Ihre merkwürdige Stimme übertönt den Inhalt. Durch jammernden Tonfall scheint sie die Gruppe mit ihrer individuellen Besonderheit und ihrem Bedürfnis nach Unterstützung beeindrucken zu wollen. Ihr Monolog nimmt kein Ende.

Alle Gruppenmitglieder, außer Roger, scheinen ihr mitfühlend zuzuhören. Greta nickt zustimmend. Der Therapeut studiert wohlwollend die anderen Gesichter. Barbara wirft ihm zwischendurch immer wieder einen prüfenden Blick zu, wie um sich seiner Zustimmung zu vergewissern, daß sie weiterredet.

Roger, im allgemeinen ein stiller und passiver Beobachter, platzt auf einmal dazwischen: »Weißt du, Barb, ich glaube dir nichts von dem, was du sagst! Nichts!«

Barbara sieht wie vor den Kopf geschlagen aus. Ihr Gesicht läuft dunkelrot an.

»Beispielsweise«, fährt Roger fort, »kommst du mir, wenn du redest, die halbe Zeit wie eine Schauspielerin vor. Du lächelst ja fast, während du über anscheinend recht schmerzhafte Dinge sprichst . . .«

Der Dialog geht weiter.

Stella: Moment mal, Roger. Barb . . .

Roger: Laß mich ausreden, Stella! Du lächelst und sagst dabei, du seist einsam. Was soll dieser Quatsch? Und noch etwas: Du sagst etwas, und dann schaust du, wie das auf die Leute wirkt, wie eine Schauspielerin, die ihr Publikum beeindrucken möchte.

Therapeut: Roger, ich habe dich noch nie so aufgeregt gesehen. Mein Gott, dir stinkt's aber.

Barbara: (zur Gruppe) Ich habe bloß versucht, meine Gefühle auszudrücken.

Stella: Ich wollte sagen, daß ich wirklich verstehen kann, Barb, was es heißt, einsam zu sein.

Margaret: Ja, aber du lächelst, während du über diese schmerzlichen Dinge redest. Das lenkt mich ab. Es fällt mir schwer, dich ernst zu nehmen, selbst wenn ich deinen Worten glaube.

Barbaras Augen füllen sich mit Tränen. Sie sitzt still da und hört zu.

Roger: Ich glaube dir nicht, Barb.

Therapeut: Ich frage mich, was ihr beide miteinander gemein habt.

Roger: Was? Barbara und ich?

Therapeut: Ja, genau.

Dick: Du, Roger, distanzierst dich von mir mit deiner schweigenden Wachsamkeit, während Barb mich mit ihrer Schauspielerei auf Distanz hält.

Barb: Ich halte niemanden *absichtlich* auf Distanz.

Roberta: Vielleicht hältst du auf diese Weise auch deine Freunde auf Distanz – mit deinem Lächeln und damit, daß du so auf Wirkung aus bist . . .

Roger: Die Sache ist die, Barb, ich fühle mich so lange zu dir *hingezogen,* bis du anfängst, auf diese Weise zu schauspielern . . .

Therapeut: Wie wäre es, wenn du nochmals von vorne anfängst, Barb. Sag Roger, was du empfindest, aber ohne dabei zu lächeln und immer danach zu schielen, wie es ankommt.

Barb rückt zu Roger hin, setzt sich ihm gegenüber und blickt ihn schweigend an. Sie läßt sich Zeit, bis sie zur Ruhe kommt. Ihr

Gesicht ist immer noch gerötet, aber das Lächeln ist verschwunden. Die Muskeln in ihrem Gesicht sind entspannt und lassen es länger, älter aussehen. Sie erzählt ihm von ihrer Einsamkeit und ihrem Schmerz. Ihre Stimme ist nicht mehr so hoch wie vorher. Sie ist ruhig und doch hörbar. Es liegt Fülle darin – das volle Timbre, dem man bei manchen älteren Menschen begegnet. Ihre Worte scheinen Roger tatsächlich zu erreichen. Sein Ärger ist verflogen. Er atmet tief. In der Gruppe herrscht respektvolles Schweigen. Stella lehnt sich nach vorn. Dick ist näher zu Barb hingerückt, wohl um ihr voll ins Gesicht sehen zu können. Dann verstummt Barb. Eine Zeitlang spricht niemand, alle warten auf Rogers Antwort. Roger rückt seine randlose Brille zurecht. Sein Gesicht ist ausdruckslos. »Barbara, ich kann dich jetzt hören. Ich kann deinen Schmerz ein bißchen spüren.«

Sie sprechen eine Weile miteinander. Ihre Stimmen werden weicher. Jetzt sind Rogers Augen voller Tränen.

Roger: Ich weiß, was es heißt, nicht gehört zu werden. Als Kind hat man mich in meiner Familie auch nie gehört, und ich habe mich durch mein Schweigen dagegen abgeschirmt. *(Roger erzählt, wie einsam er sich als Kind fühlte.)*

Therapeut: (zu Roger) Roger, du bist hier bei uns meistens still gewesen . . . hast in einer Art von selbstauferlegter Einsamkeit gelebt.

Roger: Ja, und deshalb tut es mir weh, Barb, wenn ich sehe, daß du dich mir und vielen anderen durch dein albernes Getue entfremdest; wenn du wenigstens mehr Erfolg damit hättest.

Barbara: Ich möchte wissen, wie du mich *jetzt* erlebst. Jetzt!

Roger: Ich höre dich, und ich mag dich. Ich glaube, wir haben beide das gleiche Problem auf verschiedene Weise zu lösen versucht.

Der Therapeut schlägt ein Experiment vor, wobei er von der Annahme ausgeht, daß das, was Roger an Barbara mißfällt, etwas ist, wozu er sich auch bei sich selbst bekennen müßte: »Roger, könntest du mal Schauspieler sein, ein besserer Schauspieler als Barbara – könntest du deine Gedanken und Gefühle mal dramatisieren?« Die Frage trifft Roger mit solcher Wucht, daß er ganz plötzlich aufsteht und in der Mitte des Kreises auf und ab geht.

Der Therapeut fährt fort: »Los, zeig uns, wieviel von einem Exhibitionisten in dir steckt. Vielleicht macht es dir sogar Spaß.«

(Zögerndes Lachen von Stella und Margaret – es drückt Erleichterung über die veränderte Atmosphäre im Raum aus.)

Roger beginnt, die Stimmen und die Gestik mehrerer Gruppenmitglieder einschließlich des Therapeuten zu imitieren, manchmal recht sarkastisch. Er hat ungeheuer komische Momente und nimmt uns alle mit seiner Darstellung gefangen. Gelächter erfüllt den Raum. Dies ist Rogers erster wirklicher Eintritt in die Gruppe, die sich bereits seit Wochen trifft. Von *dieser* Familie, *dieser* Gemeinschaft bekommt er, was er sich zu Hause immer wünschte: Beachtung und Anerkennung.

Nach einer etwa halbstündigen »Vorstellung« läßt sich Roger wieder auf die Kissen am Boden fallen. Es entsteht ein kurzes Schweigen. Sein Blick heftet sich schließlich auf Barbara: »Weißt du, Barb, ich möchte dir danken. Wenn ich will, daß mich die Leute beachten, muß ich vielleicht etwas mehr aus mir machen, so wie du!« Dröhnendes Gelächter erfüllt den Raum.

Barb antwortet bedächtig: »Und ich habe gelernt, daß ich vielleicht mehr von den Menschen bekomme, wenn ich meine Gefühle ganz einfach äußere, ohne sie durch Lächeln und Erröten herauszuputzen ...«

In diesem Fall hatte die Gruppe ihre Anfangsphase, in der »das System getestet« wird, bereits überwunden. Die Mitglieder waren fähig, von ihren Sinnen Gebrauch zu machen, ein Problem zu begreifen und Themen anzusprechen, die für ihr Leben wichtig waren. Dabei tauchte eine neue Wertvorstellung auf: zwischen den Worten und dem nonverbalen Verhalten eines Menschen muß Kongruenz bestehen. Die Inkongruenz wurde abgelehnt, weil sie die Ernsthaftigkeit von Barbaras Anliegen in Frage zog und den lebendigen Kontakt zu Roger und anderen Gruppenmitgliedern beeinträchtigte.

Im Gegensatz zur Einzelarbeit nahmen mehrere Personen an dem Gespräch mit Barbara teil. Obwohl der Einfluß des Therapeuten vorhanden war, lenkte er nicht ab. In diesem Fall sorgte er dafür, daß die Gruppe sich der Inkongruenz in Barbaras Verhalten annahm. Es bestand keine Notwendigkeit, sie zu beschützen oder zu verteidigen. Sie mußte selbst entdecken, wer sie in dieser Situation war. Sobald zwischen Barbara und Roger eine Lösung gefunden war, benutzte der Therapeut Rogers Abneigung gegenüber Barbs Schauspielerei, um Roger seine eigenen Rückzugstendenzen und seine mangelnde Aktivität in der Gruppe zum Bewußtsein zu bringen. Er schlug ein Experiment vor, bei dem Roger Barbs Schauspielerei imitierte; dadurch kam er in aktiven Kontakt mit einem verdrängten Teil seiner selbst und fand schließlich zu einer eigenen Identität in der Gruppe.

Der Therapeut betrachtete und behandelte Barbara und Roger als ein System, anstatt Partei zu ergreifen oder sich von Rogers Selbstgerechtigkeit einfangen zu lassen. Das System war so aufgeteilt, daß die eine beteiligte Person die »schlechte Schauspielerin« und die andere der »gerechte Richter« war, der mit seiner Selbstdarstellung zurückhielt. Die eine mußte lernen, zu einem in sich stimmigeren Verhalten zu finden und sich in dieser Hinsicht genauer zu beobachten, während der andere stärker aus sich herausgehen mußte. Die übrigen Mitglieder des größeren Systems, der Gesamtgruppe, wurden Zeugen, daß bei dem ganzen Vorgang niemand gedemütigt wurde, daß beide etwas voneinander lernen konnten und daß es jedem gestattet war, sich frei zu äußern und zu sagen, was er empfand. Die Gruppe erkannte auf diese Weise, daß jeder von uns die anderen etwas lehren kann und daß die wirksamsten und nachhaltigsten Lernerfolge dort zustande kommen, wo wir neue Verhaltensweisen erproben und mit Dingen experimentieren, die uns am Anfang unecht, »aufgesetzt« oder geschmacklos erscheinen mögen.

Konfluenz und Isolation

Wenn eine Gruppe lange genug besteht, kommt es unter Umständen zur »Konfluenz« und in ihrem Gefolge zur Isolation, das heißt, die einzelnen »Gestalten« haben ihre mehr oder weniger einstimmige Fixierung gefunden, und das Bild, das die Gemeinschaft von ihnen hat, ist gewissermaßen erstarrt. Die Würfel sind gefallen: Der einzelne Teilnehmer kann aus seiner Rolle nicht mehr heraus, obwohl er sich in seinem privaten Leben unter Umständen ganz erheblich geändert hat. Gelegentlich äußert sich das Phänomen der Konfluenz auch so, daß man einander pauschal zustimmt und sich scherzhaft (und im wahrsten Sinne des Wortes) auf die Schulter klopft, oder aber, daß man einander unterschiedslos angreift und herausfordert, ohne daß dabei ein echtes Interesse oder Engagement im Spiel wäre. Nachstehend ein Beispiel für dieses Entwicklungsstadium der Gruppe, in dem die Teilnehmer aus ihren eingefahrenen Ansichten in bezug auf alle übrigen Gruppenmitglieder nicht mehr herauskönnen.

Eine Gruppe, mit der ich vor kurzem arbeitete, war in mehrere Untergruppen aufgespalten. Ein kleiner Kern von Mitgliedern, die der Gruppe schon lange angehörten, hatte unter sich ständig Meinungsverschiedenheiten und Unstimmigkeiten über alle möglichen Dinge. Eine andere Fraktion, bestehend aus neueren und zugleich jüngeren Mitgliedern, war zum fügsamen Publikum dieser zentralen und tonangebenden älteren Untergruppe geworden. Mit der Zeit verlor die ganze Gruppe, zum Teil infolge ihrer zahlreichen inneren Ablenkungen und Konflikte, ihr Ziel aus den Augen.

Ich nahm an mehreren aufeinanderfolgenden Sitzungen dieser Gruppe als vorübergehend hinzugezogener Berater teil. Es fiel mir auf, daß jede Entscheidung ungeheuer viel Zeit in Anspruch nahm. Selbst Kleinigkeiten gaben Anlaß zu Diskussionen und sinnlosem, verbohrtem Streit. Während ich dabeisaß, wurde mir bewußt, daß die Teilnehmer sich in der Außenwelt anders verhielten als in der Gruppe. In der Gemeinschaft wurde jeder einzelne zu einer Karikatur seiner selbst. Irgendwie beteiligte sich die ganze Gemeinschaft an diesem Spiel, durch das jeder einzelne Teilnehmer als Karikatur seiner selbst noch bestätigt wurde. Das verzerrte Image jedes Einzelnen trug zu den Spaltungen in der Gruppe noch weiter bei. Mehrere neue Mitglieder nahmen eine äußerst indifferente, passive Rolle ein und gestatteten dadurch den Tyrannen und Jammerern, die Szene zu beherrschen. Die aggressiven und starken Gruppenmitglieder profitierten von ihrer Seniorität in der Gruppe, von der Macht, die ihnen die eher tatenlosen Mitglieder einräumten, und von der lauen Haltung der übrigen »altgedienten« Teilnehmer, die ihnen nicht deutlich entgegentreten wollten.

Ich teilte der Gruppe meinen Eindruck von den hier vorhandenen »Karikaturen« mit, und wir planten gemeinsam das folgende Experiment:[2]

Jedes Mitglied setzt sich der Reihe nach in die Mitte der Gruppe, beschreibt seine Karikatur und sagt, wie es zur Entstehung dieser

---

[2] Leser, die sich für die Planung von Einzel- und Gruppen-Experimenten interessieren, seien auf die beiden entsprechenden Kapitel bei Zinker (1977) verwiesen.

Karikatur beigetragen hat. Zweck des Experiments war: 1. die jeweilige Karikatur zu identifizieren; 2. herauszufinden, wodurch sie in der Gruppe aufrechterhalten wurde; 3. Wege zur Erweiterung der individuellen Identitäten innerhalb der Gruppe zu finden; 4. der Gruppe zu besserer Integration und größerer Kohäsion zu verhelfen.

Richard, ein großer, gutaussehender Mann, der hier eine zentrale Rolle innehat, geht in die Mitte und setzt sich nieder. Nach einer kurzen Pause beginnt er zu sprechen. »Ich bin hier der große Macher und der Supermann. Ich organisiere auch immer alles, wenn ich der Meinung bin, es müsse mal wieder etwas geschehen. Ich unterstütze diese Karikatur meiner selbst, indem ich auf die Ideen anderer nicht weiter eingehe. Ich werde leicht ungeduldig, und die anderen langweilen mich.«

Die Gruppe beschließt, daß jeder Teilnehmer einen Gegenspieler oder ein *Alter ego* haben sollte, das Rücken an Rücken zu ihm sitzt und einen Teil seiner Persönlichkeit enthüllt, der in der Gruppe nicht zutage tritt (und nicht gefördert wird). Marcia meldet sich und setzt sich Rücken an Rücken zu Richard. Sie spricht für sein *Alter ego:* »Ihr habt ja keine Ahnung, wie oft ich hier Angst habe oder sogar in Panik gerate. In solchen Augenblicken brauche ich eure Unterstützung und Zuwendung.« Im Hintergrund ist Zustimmung zu hören. Richard scheint überrascht von Marcias Einsicht, überrascht und fast erfreut, daß man ihn so kennt.

Um sicherzugehen, daß Richard und Marcia tatsächlich gehört werden, bieten ein oder zwei weitere Mitglieder an, ihnen Rückmeldungen über das zu geben, was sie sie sagen hörten. Nach dieser ersten Bestätigung von Richards Karikatur erzählt nun jedes Gruppenmitglied, wie es seinerseits zur Entstehung dieser Karikatur beigetragen hat.

Betty: Dick, ich trage dazu bei, indem ich von dir abrücke, wenn du deine Verletzbarkeit zeigst.

Joseph: Betty, könntest du konkreter sein, ein Beispiel, einen Vorfall erwähnen?

Betty: Dick, vor ein paar Tagen haben wir miteinander gesprochen, und du hast mir von deinen Halsschmerzen erzählt, und daß dir das Angst macht. Und erinnerst du dich, was ich gemacht habe? Ich bin von dir abgerückt, indem ich das Thema wechselte und dir von der Halsentzündung meines Onkels Max erzählte. Du hast mir höflich zugehört . . .

Ben: Dick, ich habe diese Karikatur von dir noch gefördert, indem ich dir meine Einfälle vorenthielt. Ich hatte Angst, du würdest sie uninteressant und langweilig finden. Damit habe ich mir das Vergnügen, dir zu imponieren und deine Reaktionen auf meine Vorstellungen und Gedanken zu erfahren, selbst vorenthalten.

Richard: Das tut mir leid, Ben. Es stimmt, daß ich dich manchmal etwas farblos finde. Und die Farben, die du innerlich hast, die hortest du für dich und gibst mir nichts davon ab. Auf diese Weise unterstützt du meine Karikatur, indem du dich selbst zur Karikatur machst.

Alle brechen in Gelächter aus. Es ist ein Lachen der Erleichterung. Das Experiment wird fortgesetzt, jedes Mitglied teilt mit, wie es zum Entstehen von Richards Karikatur in der Gruppe beigetragen hat. Am Ende erklärt Dick dann vor allen Teilnehmern, daß und wie er in der Gruppe wachsen und daß und wie er sein Verhalten in Zukunft ändern möchte. Schließlich bittet er mehrere Gruppenmitglieder, die sich bereit erklärt haben, ihm aus seiner Supermann-Fixierung herauszuhelfen, um ihre Unterstützung, wenn er sich von nun an anders verhalten will.

Richard: Wißt ihr was? Innerlich zittere ich. Ich habe eine Gänsehaut. Ich habe das Gefühl, ungeheuer viel bekommen zu haben. Es geht mir nahe.

Marcia (sein *Alter ego*): Ich habe diese Vibrationen in deinem Rücken gespürt, als ich mich an dich lehnte.

Ein Teilnehmer nach dem anderen setzte sich nun in die Mitte, und jeder sprach über seine Karikatur, wie er sie erlebte. Die Gruppe stimmte zu und bestätigte, am Zustandekommen der jeweiligen Karikatur mitgewirkt zu haben.

Mit diesem Wochenende hatte die Gruppe eine neue Stufe der Kooperation und des Zusammenhalts erreicht. Der neue Zusammenhalt war, wenn auch vielleicht nur vorübergehend, dadurch zustande gekommen, daß das stereotype Bild der einzelnen Teilnehmer auseinandergenommen worden war und die Energien der Teilnehmer sich darauf gerichtet hatten, einander neu zu betrachten und besser kennenzulernen. Wer sich durch die Gruppe auf ein Klischee festgelegt fühlte, übernahm die Verantwortung für seinen eigenen Anteil an dieser Festlegung. Am Ende fühlte er sich aus der entsprechenden Festlegung entlassen und konnte sich inmitten einer aufrichtigeren und hilfsbereiteren Gemeinschaft nun ganz anderen Aspekten seiner Persönlichkeit zuwenden.

Starker Zusammenhalt: Die Metapher von der Familie

Im Grunde hat keine Sache so etwas wie ein Endstadium, denn der Prozeß als solcher kennt ja kein Ende. Er fließt weiter, solange die jeweilige Gruppe besteht und als Forum für die fortlaufende Entwicklung ihrer Mitglieder dient. An der hohen Kohärenz einer Gestaltprozeßgruppe haben das wechselseitige Vertrauen ihrer Mitglieder, die Fähigkeit zur Zuwendung wie auch zur Konfrontation und schließlich der Umstand, daß die Teilnehmer einander auf der jeweils erreichten Stufe der Entwicklung und Individuierung respektieren, gleichermaßen Anteil. Es gibt keinen einzelnen Teilnehmer, der etwas höher geschätzt würde als ein anderer.

Jeder kann der Gruppe etwas Besonderes geben oder von ihr in Empfang nehmen. Geben und Nehmen sind zu einer funktionellen Einheit verschmolzen. Es ist ein ständiges Interesse vorhanden, sich geduldig und ernsthaft gegenseitig zu erforschen. Innerhalb der insgesamt vorhandenen zeitlichen Gegebenheiten dauert das im einen Fall kürzer, im anderen Fall länger. Es fällt den Teilnehmern verhältnismäßig leicht, sich gegenseitig ihre emotionalen Reaktionen auf das Verhalten des anderen mitzuteilen, anstatt einander Ratschläge zu erteilen oder Predigten zu halten. Die Arbeit der Gruppe zeichnet sich durch größere Klarheit, thematische Konzentration und Eleganz der Lösungen aus. Der Leiter versteht es, aus dem laufenden Geschehen relevante Themen herauszupräparieren, und bringt originelle Möglichkeiten in Vorschlag, wenn die Gruppe sich in einem Dilemma befindet, das sie lösen muß. Er präsentiert sich als Gruppenmitglied mit einer speziellen Aufgabe und nicht als abseits stehender, rollenverhafteter Guru.[3]

[3] Sonia Nevis (persönliche Mitteilung) weist darauf hin, daß ein Guru seine Anhänger in Bann schlägt, aber seine Arbeit nicht erklärt. Dadurch, daß er die Gründe für seine Handlungen verschweigt, bleibt er geheimnisvoll und mächtig und sichert sich Bewunderung und Verehrung. Die Gruppenmitglieder interessieren sich mehr für seine Kunstfertigkeit als für ihre eigenen Lernerfahrungen und Einsichten. Ich habe mir oft gedacht, das Ziel eines guten Lehrers sei es, das, was er so gut beherrscht, so zu erklären, daß seine ehemaligen Schüler ihn in Zukunft ersetzen können.

Der Leiter läßt die Gruppe an seiner eigenen Lebensthematik und seinen eigenen Gefühlen teilhaben und fühlt sich nicht unbehaglich, wenn die Gruppenmitglieder sein Denken und Verhalten in Frage stellen oder ihm helfen wollen, sie zu klären.

Nach meiner Erfahrung werden einer Gruppe, je weiter sie voranschreitet, immer mehr traumatische (oder glückliche) Kindheitserinnerungen zur Klärung oder Durcharbeitung vorgetragen. Das Material taucht in der Gegenwart auf, wenn die Gruppenmitglieder an Neuinszenierungen unbewältigter Ereignisse oder an kühnen Neukonstruktionen von Erfahrungen teilnehmen, die sich ein bestimmtes Mitglied in seinem künftigen Leben wünscht. Nachstehend ein Beispiel für einen solchen »in Szene gesetzten« Wunsch.

Miriam, eine 34jährige Frau, interessierte sich für das »Auftauchen« anderer Menschen. Sie war ein Adoptivkind gewesen, hatte nach ihrer leiblichen Mutter gesucht und sie auch tatsächlich gefunden. Miriam erzählte uns von dieser Suche. Beim Mittagessen sagte Steve zu Miriam, daß er sich mit ihrer Suche nach ihrer eigentlichen Mutter identifizieren könne, weil er seinen richtigen Vater auch erst vor kurzem, im Alter von 25 Jahren, kennengelernt habe. Wir sprachen über die ideale Situation, als Säugling erwünscht zu sein.

Als ich später innerhalb der Gruppe mit Jack arbeitete, bemerkte Miriam, daß der am Boden liegende Bob seinen Kopf an den Kissen rieb. Sie hatte den Eindruck, er »ringe darum, geboren zu werden«. Was dabei zutage trat, war Miriams Vorstellung der Verlassenheit nach der Geburt, ihre Furcht, allein gelassen zu werden, ausgesetzt, voller Angst und hilflos. Als Miriam ihre leibliche Mutter fand, war sie irgendwie erleichtert, daß »der Geist nun aus der Flasche«, das heißt das Geheimnis dieser idealisierten Figur gelüftet war. Aber sie war auch enttäuscht, denn die Mutter hatte ihr nicht viel zu sagen, außer daß sie die Tochter um Verzeihung bat, weil sie sie damals weggegeben hatte. Steve hatte etwas Ähnliches erlebt: auch er war enttäuscht über die Entdeckung, daß sein »wirklicher« Vater schwach war und seiner Mutter »immer nachgab«. Sein Stiefvater erschien ihm als eine sehr viel anziehendere Persönlichkeit. Sowohl Miriam als auch Steve freuten sich über die *Vorstellung*, ihre verlorenen wirklichen Eltern kennengelernt zu haben.

Miriam: (zu Steve) Ich wollte, ich könnte noch einmal zur Welt kommen und dieses Mal erwünscht sein und einen älteren Bruder haben, wie dich, Steve, der sich darauf freut, eine kleine Schwester zu bekommen . . .

Joseph: (zur Gruppe) Wir sind jetzt seit eineinhalb Tagen beisammen, und ich fühle mich euch allen nahe. Ich fände es schön, wenn wir dir, Miriam, ein besonderes Geschenk machen könnten: die Gelegenheit zu einem völlig neuen Geburtserlebnis . . . einer idealen Geburt.

Miriam wird aufgefordert, sich eine ideale Mutter und einen idealen Vater für diese ideale Geburt auszusuchen, bei der sie wirklich erwünscht ist. Sie findet keine Frau in der Gruppe, die ihrem Mutterbild entspricht. Außerdem ist sie gegenwärtig bei einer Therapeutin in Behandlung und möchte sich nicht durcheinanderbringen. Sie wählt Gregory als Mutter, weil er so sanft und fürsorglich ist, und Mike als Vater, weil sie in der Gruppe so liebevoll miteinander gearbeitet hatten.

Dann sucht sie sich einen Arzt aus: Jack, eine Krankenschwester: Loretta; die Mutter ihrer Mutter: Gretchen, einen Onkel: David, einen Freund der Familie: Julian, und jemanden, der ihre eigene Schubkraft, ihren Antrieb, geboren zu werden, repräsentiert: Jackie. Und sie bittet Steve, den neunjährigen Bruder des kleinen Mädchens zu spielen, das geboren werden soll. (Steve war ein ungewolltes und vernachlässigtes zweites Kind mit einer älteren Schwester gewesen.)

Miriam beschreibt das Bett, auf dem sie gezeugt werden wird, und wie ihre Geburt vor sich gehen soll. Sie hilft der Gruppe, sich die Umgebung vorzustellen, in der sie zur Welt kommen möchte.

Der Vater und die Mutter (Mike und Greg) liegen auf dem Bett und reden davon, daß sie sich eine Tochter wünschen, wie schön das wäre, wie sehr sie einander lieben und wie das Kind aussehen wird:

Mutter: Unser Sohn ist schon acht Jahre alt, Liebster, und ich finde, es wäre schön, noch ein Kind zu bekommen, bevor er älter wird. Es wäre wundervoll, eine Tochter zu haben.

Vater: Nun, ich habe mich lange dagegen gesträubt, aber ich glaube, du hast recht. Ich fände es auch wundervoll, wenn wir eine hübsche kleine Tochter hätten. (Gregory sieht Miriam an.)

Stell dir vor, eine Tochter zu haben! Ein Mädchen, so schön wie seine Mutter. Unsere eigene Tochter!

(An diesem Punkt beginnt Miriam leise zu weinen.)

Mutter: Meinst du, unsere Tochter wird rote Haare haben wie ich oder dunkle Haare wie du?

Vater: Im Grunde ist es mir gleich, wenn sie nur gesund ist, aber wenn ich es mir aussuchen könnte, würde ich mir ein Mädchen wünschen, das so schön ist wie du. Der Gedanke, ein kleines Mädchen zu haben, gefällt mir wirklich. Unser Sohn macht mir viel Spaß, aber eine Tochter wäre vielleicht noch anschmiegsamer.

Mutter: Und was ist, wenn wir noch einen Jungen bekommen?

Vater: Ich würde jedes Kind lieben, das wir bekommen, aber ich habe das merkwürdige Gefühl, daß es ein Mädchen sein wird. Ich fühle mich innerlich so weich und warm, ich glaube einfach, dieses Mal wird es eine Tochter sein.

Mutter: Ich habe dasselbe Gefühl.

Während sie sprechen, halten die beiden einander in den Armen und wirken stark beteiligt an dem Vorgang. In der Gruppe herrscht respektvolles Schweigen; im Hintergrund hört man Miriam leise weinen.

Gruppenmitglied: Ich glaube, ihr solltet den Bruder des Babys auf dieses Erlebnis vorbereiten.

Anderes Gruppenmitglied: Warum die Eile? Sie haben noch neun Monate oder mehr Zeit.

Vater: Ich glaube, wir sollten Steve sagen, daß er ein großer Bruder sein wird. Wir wollen, daß er sich darauf freut und daß er das Baby liebhat, wenn es kommt.

Mutter: Komm her, Steve. Komm, setz dich auf das Bett zu Vater und mir. (Sie legt den Arm um ihn, während der Vater seine Schulter tätschelt.)

Vater: Du bist wirklich ein großer Junge für dein Alter. Weißt du, deine Mutter und ich sind sehr stolz auf dich. Wir haben Glück, einen Sohn wie dich zu haben.

Mutter: Wir haben alle Glück, einander zu haben. Und weißt du, Steve, weil wir uns alle so sehr lieben, glauben wir, es wäre schön, noch einen Menschen in unserer Familie zu haben, den wir lieben könnten und der auch uns lieben würde. Wäre es nicht schön, eine kleine Schwester zu haben, mit der du spielen kannst und der du etwas beibringen kannst? Du könntest ihr so viel erzählen und erklären, und sie würde ihren großen Bruder sehr klug und wundervoll finden.

Steve: Das wäre einfach toll. Die meisten meiner Freunde haben Geschwister, das würde mir wirklich gefallen.

(Sie lächeln einander an und umarmen sich.)

Die Gruppe sitzt am Boden und bildet einen engen Kreis um die drei. Die beiden Männer, die die Eltern spielen, stellen eine Beziehung dar, die allem Anschein nach sehr liebevoll und zärtlich ist. Man hat das Gefühl einer tiefen Zuneigung zwischen den beiden. Eine Frau in der Gruppe flüstert einer anderen zu: »Wäre es nicht schön, wenn alle Männer so wären?«

Mutter und Vater setzen ihr Gespräch und ihren Austausch von Zärtlichkeiten fort. Sie liebkosen und streicheln sich an den Haaren und halten sich, am Boden sitzend und gegen einige Kissen gelehnt, fest umarmt, in einer Atmosphäre intensiver Zuwendung und Anteilnahme, die von dem sie umgebenden Kreis ausstrahlt. Symbolische Körperbewegungen deuten an, daß sie den Liebesakt vollziehen.

Die Mutter flüstert dem Vater ins Ohr: »Wir werden ein schönes kleines Mädchen bekommen.« Der Vater antwortet: »Ich liebe dich.«

Jemand schlägt vor, daß Miriam sich zusammenrollen und zwischen Mutter und Vater legen soll. Die Geburt soll darin bestehen, daß Miriam sich immer mehr ausstreckt. Miriam kauert zwischen Greg und Mike. Jack, der Arzt, und Loretta, die Krankenschwester, rücken näher. Die Mutter legt die Hand des Vaters auf ihren Bauch: »Spürst du, wie sich das Kind bewegt?«

Vater: Das strampelt ja ganz schön 'rum! Vielleicht wird es doch ein Junge.

Mutter: Die Mädchen sind heutzutage kräftig – sie strampeln genauso fest wie Jungen!

(Lachen in der Gruppe.)

Miriam: (zwischen den Eltern liegend) Ich bin mein ganzes Leben lang kräftig gewesen, und ich werde das hier bestimmt schaffen. *(Sie beginnt, sich zu strecken und zu bewegen. Jackie, ihre »Kraft«, rückt näher, um ihr beim Strecken zu helfen.)*

Krankenschwester: Herr Doktor, die Wehen scheinen stärker zu werden.

Joseph: (zur Gruppe) Dämpfen wir das Licht und sorgen wir für eine ruhige und friedliche Atmosphäre.

Eine der Frauen beginnt leise zu singen. Schließlich summt die ganze Gruppe eine Melodie: die Begleitung einer Geburt. Die Mutter stöhnt vor Schmerz und beginnt tatsächlich zu schwitzen, während der Vater ihr zuredet und über die Stirn streichelt. Die Gruppe ist von der Tatsache beeindruckt, daß dies zwischen zwei Männern geschieht, daß zwei Männer so sanft und liebevoll miteinander umgehen können. Nachdem die Geräusche und Bewegungen, die aus einem Entbindungsraum zu kommen scheinen, einige Minuten gedauert haben, beginnt Miriam sich zwischen dem aneinander geschmiegten Paar hervorzudrängen. Loretta und Jack ziehen behutsam an ihrem Kopf, während Greg lauter stöhnt.

Mutter: Unser Kind kommt!

Unterstützt von mehreren Helfern, bricht Miriam mit einem kräftigen Stoß zwischen den beiden hervor.

Krankenschwester: Sie haben eine hübsche, rothaarige Tochter!

Mutter: Ich möchte sie anschauen.

Vater: Ja.

Der Arzt (Jack) legt seine Arme um Miriam und präsentiert sie den Eltern (Greg und Mike), die ihr den Kopf streicheln, ihre Finger einzeln betrachten und einander liebevoll anblicken. Miriams Gesicht ist gerötet. Ihre Züge sind weich, ihre Haut ist schweißbedeckt. Ihre Augen leuchten. Sie ist völlig von den Dingen in Anspruch genommen. Sie sieht makellos aus, sauber, kindlich, schön.

Mutter: Ist sie nicht entzückend? Schau, sie hat alle Finger und Zehen – und sieh mal das lange rote Haar!

Vater: Sie ist genau so, wie ich es mir erhofft habe. Ich bin so glücklich.

Die anderen Mitglieder der Familie rücken enger an die Eltern und das Neugeborene heran.

Mutter: Steve, Liebling, das ist deine kleine Schwester. Ich hoffe, sie gefällt dir . . . da, du kannst sie anfassen . . . spür nur ihre Haare.

Steve: Sie ist so winzig und süß! Ich werde gut für sie sorgen. Es wird Spaß machen, ein großer Bruder zu sein. *(Er ergreift zart Miriams Hand.)*

Großmutter: (schaut das Neugeborene und die Mutter an) Sie ist bezaubernd. Sie sieht genauso aus wie du, als du zur Welt kamst – einfach schön!

Mit gedämpfter Stimme geben die anderen Familienmitglieder und Freunde ihrer Freude Ausdruck.

Jetzt entfernen sich Mike und die anderen. Mutter und Kind sind allein miteinander. Miriam sieht aus, als sei sie soeben einem Bad entstiegen. Ihr Gesicht ist entspannt und rosig. Sie atmet sanft. Ihre Augen sind feucht.

Miriam: Mein Gott, ich fühle mich wie ein neuer Mensch. Ich finde es wundervoll von euch, mir diesen zweiten Geburtstag zu schenken. Ich . . . ich . . . ich fühle mich nicht mehr allein.

Mike beginnt zu singen: »Happy birthday to you, happy birthday to you.« *(Wir stimmen alle ein.)*

Mehreren Gruppenmitgliedern sind die Tränen gekommen. Sie halten einander umarmt, und die Gruppe scheint noch fester miteinander verwachsen zu sein, so als ob sie zu einem einzigen Organismus geworden wäre. Es folgt ein langes Schweigen.

Eine Gruppe kann sich durch die szenische Darstellung einer Metapher gewissermaßen neu erschaffen. Ob Zirkus oder Zoo, »Wölfe im Schafspelz«, Konzertpublikum, gebaute Architektur oder Bilder einer Ausstellung – jede Metapher enthält das Potential für eine Kreation, durch die sich die Gruppe selbst transformieren und ihren Prozeß verändern kann.

In unserem Beispiel entwickelte sich eine Familie aus dem Drama der Geburt eines ihrer Mitglieder. Das Ritual war eine spontane Kreation des Leiters und der Mitglieder, und die Handlung erwuchs aus einem tiefen Gefühl des Vertrauens und aus der wechselseitigen Großmut und Liebenswürdigkeit. Daß sich für Miriam etwas Wichtiges ereignete, steht außer Frage. Ich glaube, daß es ihr dadurch möglich wurde, ihr Selbstkonzept des unerwünschten Kindes in das des durchaus erwünschten und gern gesehenen Erwachsenen umzuwandeln. Darüber hinaus konnte jeder einzelne Teilnehmer für sich an einem bestimmten Bereich arbeiten. Gregory beispielsweise, der Miriams ideale Mutter spielte, kam dadurch in Berührung mit seinem weiblichen Archetypus. Er konnte im übrigen, vielleicht zum ersten Mal in seinem Leben, ein Gefühl der intimen Vertrautheit mit einem anderen Mann empfinden, ohne in homosexuelle Panik zu geraten. Mike, der Vater, freute sich ebenfalls über seine neuentdeckte Zärtlichkeit gegenüber einem anderen Mann. Beide Männer sagten auch, welches Vergnügen ihnen die Elternschaft als ein nicht geschlechtsgebundenes Phänomen bereitet habe. Steve konnte seine aggressiven Gefühle gegenüber seiner eigenen Schwester und seinen Eltern zumindest teilweise durcharbeiten. Jedes Mitglied der Gruppe zog aus dieser Erfahrung einen Gewinn für sich.

Solche Experimente können allerdings nur in einer Gruppe gelingen, die sich durch einen engen Kontakt ihrer Mitglieder untereinander und durch einen ausgeprägten Zusammenhalt auszeichnet.

Einige abschließende Bemerkungen

Ich habe zunächst dargestellt, daß jedes Ereignis innerhalb des Gestaltgruppenprozesses einen Zyklus durchläuft: Wahrnehmung – Bewußtwerdung – Mobilisierung von Energie – Handlung – Kontakt – Lösung – Ruhe und Schweigen. Dann habe ich Yaloms Prämisse veranschaulicht, nach der eine Gruppe eine Reihe von Stadien durchläuft: Beginnend mit der oberflächlichen Kontaktaufnahme geht sie in das Stadium von Konflikt und Identitätsbildung über; dann versucht sie, die Probleme zu lösen, wie sie durch die inzwischen entstandenen Rollenklischees eingetreten sind; zuletzt entwickelt sie eine starke Kohärenz, wie sich in der Metapher der Geburt eines Kindes in der Familie zeigte.

In der Phase der oberflächlichen Kontaktaufnahme finden wir eine Gruppe vor, deren Wahrnehmungen und Kognitionen sich auf einer niedrigen Stufe befinden, die aber andererseits über ein hohes Energieniveau verfügt, wobei die Energie gewöhnlich als Angst erlebt wird. Der Kontakt ist noch oberflächlich, und so ist an eine Bewältigung der Angst noch kaum zu denken.

In der Konflikt- und Identitätsphase beginnen die Teilnehmer auf das zu achten, was sie hören und sehen, und entdecken allmählich auch die mehr oder weniger ausgeprägte Inkongruenz in ihrem wechselseitigen Verhalten. Die Folge ist, daß sich das Bewußtsein der Gruppenmitglieder verändert, erweitert und bereichert. Die Gruppenenergie wird dazu benutzt, ein bestimmtes Thema zu verfolgen. Das Thema wird entwickelt, und die begleitenden Experimente verstärken den Kontakt mit dem eigenen Innenleben wie auch den Kontakt der Gruppenmitglieder untereinander. Die Energie der Gruppe braucht sich in diesem Prozeß auf, und es kommt gewöhnlich zu einer Lösung und im Anschluß daran zu einer Phase der Ruhe.

Wenn die Gruppe dazu übergeht, die stereotype und karikaturenhafte Rollenfixierung ihrer Mitglieder aufzubrechen, hat sie eine hohe Bewußtseinsstufe erreicht und ist nun bereit, ihre eigenen Kreationen in Frage zu stellen. Der Energiepegel muß entsprechend hoch sein, und die Gruppe sieht sich im allgemeinen dadurch belohnt, daß sich ihr Gefühl der Nähe und des Kontaktes noch erhöht. Wenn die Arbeit schließlich bewältigt ist, sind die Teilnehmer zugleich angeregt und erschöpft und bedürfen zunächst einmal der Ruhe.

Im Stadium der hohen Kohärenz sind die Bewußtseinsinhalte reich und vielgestaltig, und die Gruppe ist bereit, zugunsten neuer Lernerfahrungen auch hohe Risiken einzugehen. In dieser wie auch in der vorhergehenden Phase benutzen die Gruppenmitglieder das Experiment als Werkzeug, um ein bestimmtes Thema zu klären und dabei bedeutsame Entdeckungen zu machen. Experimente sind nicht möglich ohne ein hohes Energieniveau und die Bereitschaft, sich auf hautnahe Konflikte und hautnahe Intimität einzulassen. Experimente modifizieren die Wahrnehmung, die die Gruppenmitglieder von ihrem eigenen Innenleben und vom Leben der anderen Teilnehmer haben. Wenn ein hoher Grad von Bewußtheit vorhanden ist und die Energie kontaktfreudig eingesetzt wird, dann lassen sich die Probleme der Gruppe lösen, und die Teilnehmer können sich zurücklehnen und sich eine Arbeitspause gönnen. In diesen besonderen Augenblicken zeugt das Schweigen der Gruppe von Ruhe und Frieden – als ob sich die Gruppe-als-Ganzes im Zustand der Meditation befände.

Yaloms Stadien der Gruppenentwicklung lassen sich demnach mit dem in Abbildung II dargestellten Gestaltgruppenprozeß integrieren.

Vom ersten Augenblick an, in dem die Beteiligten noch miteinander plaudern wie auf einer Cocktailparty, bis zu den fortgeschritteneren Stadien der Kohärenz hat der Gruppenprozeß seine innere Struktur, seine Geschlossenheit und eine gewisse Stringenz seiner Entwicklung. Verlauf und Qualität dieser Entwicklung werden immer durch die spezielle Konfiguration, die einzigartige Gestalt, bestimmt, die eine Gemeinschaft von Menschen sich zu geben vermag. Das kreative Potential der Gestaltgruppe ergibt sich aus der Spannweite der speziellen Talente, Begrenzungen und Kontaktsperren ihrer Mitglieder und Leiter.

Abbildung II: Gestaltgruppenprozeß

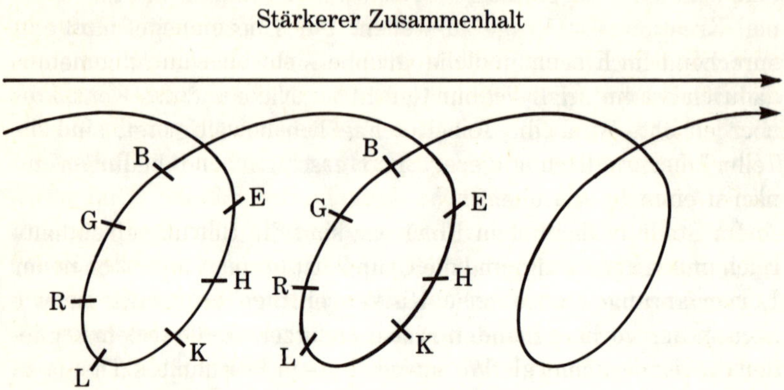

G = Gewahrsein
B = Bewußtheit
E = Energie
H = Handlung
K = Kontakt
L = Lösung
R = Rückzug, Ruhe, Schweigen

6 Gestalt-Familientherapie: Eine Fallstudie

Susan M. Campbell

Teil eines Familiensystems zu sein, gibt dem Einzelnen die Möglichkeit, sowohl seine Eigenständigkeit als auch seine Verbundenheit zu erleben. Jedes Familienmitglied ist sowohl ein »Teil« der Familie als auch von ihr »abge*teilt*«. Die Bewältigung dieser Spannung zwischen den Teilen und dem Ganzen ist die eigentliche Aufgabe der Familie. Und wenn eine Familie Hilfe braucht, dann an dieser Berührungsfläche von Individuum und Gruppe, wo der Gestalttherapeut ansetzen kann.

Der einzelne Mensch erlebt alle möglichen Störungen an der Kontaktgrenze (wie Projektion und Deflektion), die den Informations- oder den Energiefluß innerhalb und außerhalb seines leibseelischen Systems unterbrechen. In ähnlicher Weise benutzen Familien solche Prozesse, um den einen oder anderen Teil vom Ganzen zu entfremden; sie schaffen also Kontaktsperren. Das häufigste Beispiel einer solchen Entfremdung ist der Prozeß, der einen »Familien-Sündenbock« hervorbringt, das heißt, ein Familienmitglied wird als der »Patient«, der »Kranke« identifiziert, für den die Familie dann um Behandlung bittet. Häufig ist es diejenige Person, die am stärksten von den Normen oder »Regeln« der Familie abweicht bzw. sich am weitesten davon *entfernt* – ein Mensch, den die Angehörigen am liebsten nicht als Teil des Familiensystems anerkennen möchten und auf den sie ihre Projektionen richten.

Die Aufgabe des Therapeuten besteht also darin, den Dialog zwischen dem »verleugneten« Teil und dem Ganzen zu fördern, damit der Kontakt hergestellt bzw. wiederhergestellt werden kann. Kontakt zwischen dem identifizierten Patienten und den übrigen Mitgliedern der Familie kann sowohl die Erfahrung des Abgetrenntseins als auch das Erlebnis der Einheit und Zusammengehörigkeit umfassen (das heißt das Gefühl, daß »wir alle im gleichen Boot sitzen« und in gewissem Sinne wechselseitig verantwortlich für unsere gemeinsame Erfahrung sind).

Die Förderung des Dialogs ist also mit der Förderung einer Ich-Du-Beziehung vergleichbar (Buber 1977; Naranjo 1968). Das impliziert allerdings nicht notwendigerweise, daß die Familie um jeden Preis in ihrer gegenwärtigen Form intakt bleiben muß; unter Umständen kann die Integrität eines Individuums durch die Zugehörigkeit zu seiner Familie so gefährdet sein, daß der Therapeut diesem Menschen bei der Stärkung seiner individuellen Grenzen helfen muß, um ihn weniger anfällig gegenüber den Einflüssen der Gruppe (das heißt der Familie) zu machen. Dies ist oft der Fall, wenn das Familiensystem sich durch einen hohen Grad an interpersoneller Konfluenz (oder, um einen in der Familientherapie gängigen Ausdruck zu benutzen, an »Verstrickung« auszeichnet).

Gestalttherapie mit der Familie ist demnach eine Methode, um den Dialog innerhalb der Gruppe zu fördern, so daß die Bedürfnisse jedes Einzelnen gehört, empfunden und, falls möglich, befriedigt werden können. Wenn eine solche adäquate Reaktion nicht möglich ist, dann müssen die Grenzen des Systems erweitert werden, so daß die Reaktionsfähigkeit der Familie zunimmt oder aber den einzelnen Mitgliedern (bzw. einem bestimmten Mitglied) mehr Möglichkeiten der Selbstdifferenzierung offenstehen.

Wenn eines der Familienmitglieder zum Sündenbock geworden ist, dann ist das ein Zeichen dafür, daß es dem System an Reaktionsfähigkeit fehlt – an der Fähigkeit, angemessen auf die Bedürfnisse seiner Mitglieder einzugehen. Vielleicht besteht beispielsweise in der Familie eine »Regel« (vergleichbar einer Norm in der Gruppe oder einem Tabu in der Gesellschaft), die es verbietet, Ärger oder Zorn zu äußern. In einem solchen Fall werden sich die meisten Familienmitglieder an diese Regel halten und so ihre Aggressionen aus ihrem Bewußtsein fernhalten; ein einzelnes Familienmitglied kann dagegen dazu »ausersehen« sein, das verdrängte Gefühl auszuleben oder die Projektionen der anderen auf sich zu ziehen.

Um die durch dieses Sündenbock-Denken entstandene innere Spaltung oder Entfremdung zu heilen, muß jeder Einzelne sich zunächst mit dem entfremdeten Teil seiner eigenen Persönlichkeit aussöhnen, bevor ein echter Dialog mit dem entfremdeten Teil »da draußen«, nämlich mit dem Familien-Sündenbock, stattfinden kann. Jeder erfahrene Therapeut weiß allerdings, daß dieser Prozeß zunehmenden Gewahrseins und wachsender Verantwortung für die verleugneten, entfremdeten oder projizierten Aspekte der eigenen Person nicht künstlich beschleunigt werden kann. Wir müssen dort beginnen, wo der Klient (das zum Sündenbock gemachte Familienmitglied) steht – das heißt, bei dem, was uns bekannt ist –, und uns – stets im Einklang mit dem Rhythmus, in dem der Klient zwischen Kontaktaufnahme und Rückzug hin und her pendelt – immer weiter in unbekanntes Gelände vorwagen. Wenn also eine Familie um Behandlung bittet, weil eines ihrer Mitglieder Schwierigkeiten hat, dann vertrauen wir darauf, daß mit dem zunehmenden Dialog unter den Familienmitgliedern (und folglich der größeren Eindeutigkeit des zwischenmenschlichen Kontaktes) eben diese Schwierigkeiten nicht länger dem einzelnen Mitglied angelastet, sondern schließlich als Problem der ganzen Familie betrachtet werden. Dieser Einsicht muß in aller Regel ein beträchtliches Maß an Arbeit auf seiten der Familie vorausgehen – sei es als Individuen oder als Teile eines größeren Ganzen.

Um diese Arbeit, die die Familie unter Führung und Anleitung durch einen Gestalttherapeuten leisten muß, in einzelnen Aspekten etwas näher zu beleuchten, will ich im folgenden über meine Bemühungen mit der Familie Platt berichten. Obwohl ich insgesamt etwa sechs Monate lang mit den Platts arbeitete, werde ich hier nur jene Momente herausgreifen, an denen deutlich wird, daß und wie der Gestaltprozeß zur Klärung der Beziehung zwischen dem Teil und dem Ganzen beiträgt.

Verona Platt, Sozialarbeiterin, Anfang vierzig, rief mich an, um einen Termin für ihre fünfzehnjährige Tochter Joya auszumachen. Bei diesem Telefongespräch drückte Verona sich gewandt aus und wirkte ruhig und sachlich. Sie berichtete, daß Joya in der Schule und gegenüber ihren Altersgenossen »stark zum Agieren neige«. Ihre anderen beiden Töchter, so fügte sie ungefragt hinzu, seien ausgezeichnete Schülerinnen und bereiteten ihr und ihrem Mann Carl nichts als Freude. Sie könne deshalb nicht verstehen, warum dieses eine Kind, ihr ältestes, so anders sei. Obwohl sie sich dessen im Augenblick wohl nicht bewußt war, präsentierte Verona die Schwierigkeiten der Tochter im Grunde als ein Familienproblem. So erwähnte sie beispielsweise, daß Joyas Verhalten von allen Familienmitgliedern als belastend empfunden werde, sie zog mehrfach Vergleiche zwischen Joya und den anderen beiden Kindern und blieb insofern auch weiter bei diesem Vergleich, als sie darüber rätselte, warum Joya so »anders« als die anderen Familienmitglieder sei. Diese Gründe (und nicht so sehr der Gedanke, daß Familientherapie vielleicht besser sei als Einzelbehandlung) veranlaßten mich zu der Frage, ob sie etwa überlegt habe, daß die ganze Familie gemeinsam zu mir in die Sprechstunde kommen sollte. Sie sagte, sie habe daran gedacht, und wir unterhielten uns eine Weile über ihre Bedenken in diesem Zusammenhang. Am Ende beschloß sie, diese Frage mit ihrer Familie zu besprechen.

Eine Woche später war die Familie Platt zu einer ersten Besprechung in meiner Praxis versammelt. Die Atmosphäre war angespannt und reserviert, aber zuvorkommend. Alle Familienmitglieder hielten sich offensichtlich an ganz bestimmte Verhaltensregeln. Selbst Joya, das »Problemkind«, entsprach dem Leitbild der Zurückhaltung und Höflichkeit. Ich empfand angesichts dieser Situation so etwas wie ein entspanntes Interesse und knüpfte aus dieser Position heraus einen ersten Kontakt mit der Familie: Ich fragte jeden Einzelnen, was er im Augenblick bei dem Gedanken empfinde, ein Mitglied dieser Familie zu sein, und versprach, dann auch meinerseits zu sagen, wie ich die Situation empfand.

Verona antwortete sofort mit den Worten: »Erwartungsvoll ... ich fühle mich erwartungsvoll ... und auch hoffnungsvoll.« Dann sprach Carl. Er sagte, er sei müde und habe einen langen und anstrengenden Arbeitstag in dem Schuhgeschäft hinter sich, in dem er Filialleiter und Vorgesetzter von sechs Angestellten sei. Als nächste mischte sich Kate ins Gespräch, die jüngste, neunjährige Tochter, die zuerst auf die Antwort ihres Vaters einging, bevor sie auf sich selbst zu sprechen kam: »Ach, er ist immer müde ... und ich, hm, ich bin nicht sicher, wie ich mich fühle ... gut, glaube ich.« Dann sagte die mittlere Tochter, die dreizehnjährige Freda: »Ich bin neugierig, was geschehen wird ... und habe auch ein bißchen Angst ... aber nicht viel.« Joya bildete das Schlußlicht und wandte sich mit einer Herausforderung an mich: »Ich bin gespannt, was Sie mit uns machen werden.« Ich sah darin eher den Versuch, eine Verbindung zu mir herzustellen, und nicht das Bestreben, sich zu distanzieren.

Ich antwortete, indem ich der Familie sagte, was ich hinsichtlich dieses Zusammenseins mit ihnen allen empfand. Meinen zunächst sehr allgemein gehaltenen Worten ließ ich dann eine Art Rückmeldung an die Adresse jedes einzelnen Familienmitgliedes folgen: »Die Erwartung, Sie alle kennenzulernen, erfüllt mich mit Energie ... Sie haben mir schon eine ganze Menge darüber gesagt, wer Sie als Familie sind – Mitteilungen, die ich Ihnen gerne wieder zurückspielen möchte, damit Sie sehen können, wie Sie auf einen Außenstehenden wirken. Sie, Verona, haben als erste gesprochen und gesagt, Sie fühlten sich voll Erwartung und Hoffnung ... und als nächster haben Sie, Carl, über Ihre Müdigkeit gesprochen. Du, Kate, warst dir zuerst nicht sicher, und dann sagtest du: ›Gut, glaube ich‹ ... und Freda, du sagtest, du seist neugierig, was geschehen würde, und auch ein bißchen ängstlich, aber nicht sehr. Als letztes Mitglied der Familie hast du gesprochen, Joya, und dich gefragt, was ich wohl mit euch allen vorhabe. Das würde ich mich an deiner Stelle auch fragen.«

Dieses bloße »Zurückspielen des Bandes« unter Verzicht auf jede Interpretation fördert die Selbst-Bewußtheit der Teilnehmer und läßt sie zugleich wissen, daß ich die Dinge, »so wie sie sind«, akzeptiere. Ich bin darauf bedacht, meine Zuhörer nicht etwa in der Weise zu »programmieren«, daß sie irgend etwas von dem, was sie mir präsentiert haben, wieder verändern. Das Wichtige in diesem Stadium unserer Beziehung sind der *Kontakt* und das *Gewahrwerden*, nicht die *Veränderung*. Als gestaltorientierte Familientherapeutin habe ich gelernt, daß Veränderung die einzige Konstante im Leben ist, und daß meine Aufgabe zwar nicht darin besteht, Veränderungen einzuführen, wohl aber darin, jene Barrieren zu identifizieren und abzubauen, die der bewußten Erkenntnis der Veränderungen, die sich im Leben der Menschen ständig vollziehen, gerade im Wege stehen.

In dieser Phase der Bewußtwerdung geht es mir darum, einen Rahmen anzubieten, innerhalb dessen jedes einzelne Familienmitglied sich sowohl als ein Teil der Familie als auch als abge»teilt« von ihr erleben kann. Dies hilft allen Mitgliedern, sich einerseits des Einflusses der Familie auf sie selbst und andererseits ihrer eigenen und ganz einmaligen Wirkung auf die Familie bzw. ihrer jeweils eigenen und einmaligen Rolle in der Familie gewahr zu werden. Eines der besten Mittel, diese Ziele zu erreichen, ist der gestaltorientierte Dialog. Wenn wir es mit einer Familie zu tun haben, dann findet dieser Dialog oft gar nicht zwischen den »entgegengesetzten Polen des Kontinuums«, sondern eher unter einer ganzen Anzahl von »Teilen« des Systems statt. Das heißt, wir haben es nicht so sehr mit völlig entgegengesetzten, sondern eher mit sehr vielfältigen Ansichten zu tun; es handelt sich nicht um die Auseinandersetzung eines Überlegenen mit einem Unterlegenen oder um den Versuch der beiden, sich einander anzunähern, sondern es ist oft auch noch jemand vorhanden, der eine mittlere und vermittelnde Position einnimmt.

Auch in der Familie beginnt der gestaltorientierte Dialog gewöhnlich mit zwei Protagonisten (vgl. Perls 1969, S. 73 ff.). So kann er sich zunächst (nachdem die ganze Familie in den therapeutischen Prozeß einbezogen wurde) zwischen Mutter und Vater oder zwischen der Mutter und dem identifizierten Patienten (IP) abspielen. Bald nehmen jedoch auch andere Anwesende daran teil. Der Vater kann die Rolle eines Puffers zwischen der Mutter und dem IP übernehmen, der IP kann sich um eine Entschärfung des Konflikts zwischen den Eltern bemühen etc. Es kommt also ein ganzes System wechselseitig voneinander abhängiger Kräfte ins Spiel, wodurch sich zeigt, daß das Ganze in der Tat größer ist als die Summe seiner Teile.

Ein Verfahren, das ich in der Anfangsphase meiner Arbeit mit der Familie Platt anwandte und durch das dieser innerfamiliäre Dialog entschieden gefördert wurde, bestand in einer Abwandlung der sogenannten Familienskulptur. Es bietet Gelegenheit, im Rahmen eines Familiendramas die dynamischen Beziehungen zwischen den verschiedenen Teilen, die gerade miteinander interagieren, darzustellen.

Das Ganze erinnert an ein nonverbales Psychodrama; jeweils ein Mitglied hat in einem bestimmten Zeitpunkt die Rolle des Protagonisten übernommen.

Ich machte die Platts mit dieser Übung bekannt und forderte sie auf, der Reihe nach gemeinsam mit mir eine »experimentelle Inszenierung« (eine Kombination des »gestalttherapeutischen Experiments« und des Vorgangs der »Inszenierung«) durchzuführen. Das Experiment ergibt sich aus dem Kontext des jeweiligen Geschehens in der Sitzung. Es kann zur weiteren Auseinandersetzung mit einem Thema dienen, das bereits aufgekommen ist, es kann aber auch den Versuch darstellen, ein oder mehrere Themen zu identifizieren, die sich ankündigen, aber noch nicht deutlich geworden sind. In der zu beschreibenden Situation hatte sich das Thema »Zuhören« als zentrales Problem herauskristallisiert, illustriert durch Bemerkungen wie »In dieser Familie hört keiner dem anderen zu« und »Mama hört allen zu, aber niemand hört ihr zu«. Was das Thema »Zuhören« betraf, bestanden hier also ganz offenkundig gewisse Unterschiede in der Wahrnehmung. Um die Widersprüche in diesem Zusammenhang klären zu helfen, machte ich folgenden Vorschlag:

> Ich möchte, daß wir alle miteinander ein Experiment machen. Dieses Experiment soll zeigen, wie ganz und gar unterschiedlich die Mitglieder ein und derselben Familie eine Frage wie die eben aufgekommene, die Frage des Zuhörens, beurteilen. Natürlich *muß* niemand etwas tun. Aber wenn Sie Lust haben, dieses Experiment zu versuchen, dann werde ich einen von Ihnen auffordern, der ›Bildhauer‹ zu sein, während die anderen mit dem Bildhauer zusammenarbeiten, indem sie sich von ihm in jede gewünschte Stellung oder Haltung bringen lassen. Ich werde Sie dabei anleiten, und wenn wir fertig sind, werden wir eine Skulptur haben, die aus allen fünf Familienmitgliedern besteht und die uns zeigt, ob die Menschen in dieser Familie einander zuhören oder nicht. Die einzelnen Schritte werden Ihnen klarer werden, sobald wir damit angefangen haben. Ich werde demjenigen, der der Bildhauer sein möchte, natürlich helfen.
> Wer meldet sich als erster?

Joya war nahezu sofort zur Stelle. Ich bat sie, sich neben mich zu stellen, während die übrige Familie im Kreis um uns herumsaß. Dann forderte ich sie auf, sich eine Szene vorzustellen, bei der alle Mitglieder der Familie anwesend sind, und uns die Szene zu beschreiben: »Wo spielt sie sich ab? Wie ist die Stimmung bzw. die Atmosphäre? Wo und in welcher Gruppierung sitzen oder stehen die einzelnen Familienmitglieder zusammen?« Als uns allen die Szene, die ihr vorschwebte, klar war, forderte ich Joya auf, dieses Bild mit den Anwesenden nachzustellen, das heißt, sie getreu ihrer Vorstellung zu plazieren und ihnen dabei auch gleich die entsprechende Haltung und das zugehörige Minenspiel zu verleihen.

Als Joya ihre Vorstellung zu verwirklichen begann, war sie sichtlich angespannt und zögernd in ihren Bewegungen. Sie fing mit ihren beiden Schwestern an, die sie – nebeneinandersitzend, die Hände brav im Schoß gefaltet – in eine entfernte Zimmerecke plazierte. Ihren Vater setzte sie hinter eine imaginäre Zeitung in die Mitte des Zimmers, sie selbst nahm zu seiner Linken auf dem

Fußboden Platz. Als ihre Mutter an die Reihe kam, zögerte sie lange, so als stünde ihr ein gefährlicher Sprung in tiefes Wasser bevor. Schließlich zog sie ihre Mutter in die Mitte des Raumes, schien aber immer noch unentschlossen, wie sie sie darstellen sollte: Zuerst setzte sie ihre Mutter auf einen Sessel, den Kopf auf die Hände gestützt und weinend; dann ließ sie sie stehen und in stummer Enttäuschung mit den Armen und Händen gestikulieren; zuletzt, nach einer sehr langen Pause, schob sie ihre Mutter auf den Vater zu, ließ sie mit den Armen fuchteln und ihm schließlich mit einer heftigen Bewegung die Zeitung aus den Händen schlagen.

An diesem Punkt gerieten alle Familienmitglieder in große Erregung; sie holten tief Luft, und ihr Atem ging rascher. Damit die Spannung etwas abflauen konnte, fuhr ich fort, Joya bei ihrer Inszenierung anzuleiten. Ich forderte sie auf, im Rahmen ihrer Skulptur jetzt einmal selbst die Mutter »zu sein« (das heißt, die Projektion darzustellen) und das Bild durch bestimmte Worte oder Töne noch konkreter zu machen. Dann ersuchte ich sie, ihr Vater, anschließend erst die eine, dann die andere Schwester und schließlich sie selbst in der fünfteiligen Skulptur »zu sein«.

Jedesmal, wenn sie einer der anderen Anwesenden »war«, unternahm Joya einen echten Versuch, die Welt mit den Augen dieses anderen zu sehen. In der Rolle ihrer Mutter drückte sie beispielsweise echten Zorn aus und schien diesen auch zu empfinden; als »ihr Vater« zeigte sie Überraschung und Verärgerung; als »ihre Schwester Kate« heimlich Freude und »als Freda« schließlich Furcht.

Joya hatte mit ihrer dynamischen Familienskulptur das Eis gebrochen und so etwas wie eine summarische Diagnose des Kommunikationsprozesses in dieser Familie erstellt.[1]

Nun deutete Verona an, daß sie gerne als nächste mit der Skulptur arbeiten wolle. Sie konzentrierte sich sofort auf ihre Verärgerung gegenüber Carl, der sie ihrem Gefühl nach ignoriert hatte, indem er sich hinter seiner Zeitung versteckte. Auch Verona forderte ich auf, jedes einzelne Mitglied der Familie zu verkör-

---

[1] Es kommt häufig vor, daß der IP die Funktionsstörungen der Familie vollständiger (wenn auch oft unbewußt) »sieht« (erlebt) als andere Familienmitglieder, die sich in der Regel stärker mit ihrer Familienrolle identifizieren und daher weniger imstande sind, sich selbst »objektiv« zu sehen.

pern, wie es diese Konfrontation zwischen Verona und Carl als Beobachter empfand bzw. als unmittelbar beteiligt erlebte. »Als Verona« war sie bei ihrer bildhauerischen Tätigkeit mit ihrem Zorn uneingeschärnkt »präsent«. In der Rolle der anderen konnte sie dagegen kaum glauben, was sie sah. Als sie die Reaktionen ihrer Töchter auf ihren Ausbruch darstellte, schien sie geradezu entsetzt zu sein. Offensichtlich war ihr der Gedanke schrecklich, daß andere es sehen könnten, wenn sie zornig war; das heißt, sie fürchtete ihre Aggressionen hauptsächlich deshalb, weil sie der Meinung war, es sei »nicht gut, wenn die Kinder das sehen«. Nachdem sie das erkannt und mit der Tatsache in Verbindung gebracht hatte, daß ihre Kinder in Wahrheit sehr wohl wußten und bis zu einem gewissen Grade auch akzeptierten, daß sie zornig auf ihren Mann war, konnte sie in der Frage, ob die Zurschaustellung von Aggressionen gefährlich sei, einen neuen und anderen Standpunkt beziehen.

In den folgenden Sitzungen, in denen dann auch Carl und die anderen Kinder als »Bildhauer« fungierten, bedeutete die Tatsache, daß Verona zornig war, keine so große Bedrohung mehr. Das lag zum Teil daran, daß den Familienmitgliedern die Dinge mit jeder neuen Inszenierung vertrauter wurden, zum Teil aber auch daran, daß Joya sich mehr als einmal als sehr geschickte Helferin erwies. So schlug Joya beispielsweise während eines zornigen Wortwechsels zwischen ihren Eltern vor, daß die beiden ihre Rollen tauschen und dann ihren Streit fortsetzen sollten – eine Anregung, die sich nicht nur als hiflreich erwies, sondern, was noch wichtiger ist, auch zeigte, daß Joya imstande war, überlegt, rational und verantwortlich zu handeln.

Je stärker sich die übrigen Familienmitglieder ihrer »negativen« Emotionen bewußt wurden und die Verantwortung dafür übernahmen, desto seltener kam es vor, daß Joya dazu bestimmt wurde, diese Emotionen auszuagieren. Sobald Verona und die anderen mit den weniger rationalen Aspekten ihrer Persönlichkeit in Kontakt gekommen waren, konnte Joya sich zunehmend ihren eigenen, rationaleren Zügen zuwenden. Sie brauchte ihre Mutter nicht länger mit Dingen zu konfrontieren, die diese bei sich selbst verleugnet hatte.

Das Gestalt-Experiment mit der Familienskulptur förderte also die bewußte Kenntnis der Familienmitglieder von bestimmten

Aspekten ihrer selbst, zu denen sie sich bisher niemals bekannt hatten: Joya erkannte immer deutlicher, daß auch sie zu rationalem und konstruktivem Verhalten fähig war; die anderen, insbesondere Verona, stellten fest, daß sie gewisse »negative« Empfindungen hegten, von denen sie bisher gemeint hatten, sie verstießen gegen den »Familienkodex«, und übernahmen darüber hinaus auch die Verantwortung für diese Empfindungen.

Dieses Einstehen für die eigenen Empfindungen ist – ebenso wie die Möglichkeit der Wahl – eine logische Folge der neuen und erweiterten Bewußtheit, zumindest wenn dem Prozeß, der diese Erweiterung des Bewußtseins bewirkt, gestattet wird, sich selbst zu vollenden. Das war im geschilderten Beispiel der Fall. Verona bekannte sich zu ihrem Ärger auf Carl bzw. übernahm die Verantwortung dafür; zugleich bekannte sie sich insofern zu ihrer Verantwortung gegenüber der Familie als *System*, als Ganzes, als sie begriff, daß ihr blockiertes Gewahrsein in bezug auf negative Gefühle nicht nur in ihrer eigenen Psyche, sondern im ganzen *System* eine Art Sperre bewirkt hatte, wie sich an Joyas Hang zum Agieren zeigte. In dem Augenblick, als sie in dieser Beziehung die Verantwortung für sich selbst übernahm, wurde Energie im System freigesetzt. Damit hatten auch die übrigen Mitglieder des Systems die Möglichkeit, aus den bisher so starr beachteten Normen auszubrechen.

Auch daß Joya sich nun zu den rationalen Aspekten ihrer Persönlichkeit bekannte, wirkte sich auf das System als Ganzes aus. Die Familie gab sich beispielsweise von nun an nicht mehr so zwanghaft rational. In dem Maße also, in dem jeder Einzelne sich gestattete, mit den natürlichen, wechselnden Gefühlszuständen *in seinem Innern* in Kontakt zu kommen, wuchs auch seine Ansprechbarkeit und Echofähigkeit gegenüber den anderen. Die bewußte Erkenntnis dieser Zusammenhänge, wie sie durch das Erlebnis der »Inszenierung« bewirkt worden war, machte den Familienmitgliedern auch deutlich, daß Selbstverwirklichung und »Systemverwirklichung« wechselseitig voneinander abhängig sind: Je deutlicher der Einzelne sich zu allen Aspekten seiner Persönlichkeit bekennt und je vollständiger er sie akzeptiert, desto eher wird es auch den übrigen am System beteiligten Personen gelingen, zur Selbstverwirklichung sowohl als Individuen wie auch »in der Gruppe« zu gelangen.

7 Gestaltungstherapie in Gestaltgruppen

Elaine Rapp

> Kunst als fortlaufender Prozeß des Erlebens der eigenen Erfahrungen – nicht am Rande, sondern mittendrin im Strudel? Und es sind ja nicht nur die grandiosen Augenblicke, wenn man mit »grandios« Augenblicke der Ekstase meint... Aber was ist mit den Zeiten der Verzweiflung, wenn alles verloren und sinnlos erscheint? Ist das tätige Verherrlichen solcher Augenblicke nicht ebenfalls Kunst?
> Paulus Behrenson (1972, S. 150).

Im Brennpunkt der Gestaltungstherapie steht die Suche nach dem Selbst, nicht die Suche nach künstlerischen Talenten. Auf Leistung und Produktivität wird hier kein Wert gelegt. Eine etwa vorhandene künstlerische Ausbildung oder technisches Können sind irrelevant; viele Teilnehmer haben die Materialien und Werkzeuge, die wir ihnen zur Verfügung stellen, sogar noch niemals benutzt oder auch nur in Händen gehalten. Es kommt immer wieder vor, daß beim gleichen Workshop ausgebildete Künstler neben Teilnehmern arbeiten, die sich selbst bisher jegliche kreative Fähigkeit abgesprochen haben. Beide Gruppen haben dabei wertvolle Erfahrungen gemacht. Wo Anweisungen nötig sind – und das ist erstaunlich selten –, bilden sie einen ganz natürlichen Bestandteil des Gruppenerlebnisses.

Unter diesen Umständen greifen die Teilnehmer völlig unbefangen nach dem Material, an das sie sich sonst nur zögernd und ängstlich heranwagen würden. Die Gruppe als solche bietet eine Umgebung, die unterstützend wirkt und in der die Angst vor dem vielleicht gefährlichen Auftritt auf einem künstlerischen Gebiet, sei dieses unbekannt oder vertraut, in den Hintergrund rückt. Urteil und Vergleich sind nicht gefragt. Diese »Fallen« werden hier umgangen, und um so unbefangener können die Teilnehmer sich an ihr ureigenes Werk machen.

Kürzlich befand sich in einer solchen Gruppe eine junge Frau, die nie besonders gut hatte malen können. Hier nun stellte sie fest, daß ihr die Arbeit anfangs gut von der Hand ging und sie auf diesem Weg sehr wohl direkt kommunizieren konnte; nach einer Weile fühlte sie sich dann aber jedesmal blockiert. Mit Hilfe der Gruppe erkannte sie allmählich, daß sie an einem bestimmten Punkt in der Arbeit unter den Einfluß imaginärer »Meinungen« geriet, der introjizierten Stimmen ihrer Eltern, die das, was sie hier tat, in Frage stellten und mit den Gründen, die sie dafür hatte, nicht einverstanden waren. Sie schrieb diese »Meinungen von außen« ihrem Mann und ihrem Chef zu, die beide ständig Kritik an allem übten, was sie tat. Sie spiegelten wohl die (introjizierte) Stimme ihres Vaters, die ununterbrochene Aufforderung, »perfekt zu sein«. Sie sprach in der Gruppe von diesen »Meinungen«, die dann von den Gruppenmitgliedern ihrerseits zum Ausdruck gebracht wurden. Dadurch war die junge Frau in der Lage, zunächst gegenüber allen anderen und dann auch gegenüber sich selbst darauf zu bestehen, daß sie das Bedürfnis, das Recht und die Fähigkeit habe, ebendas hervorzubringen, was sie hervorbringen wollte. Diese Erkenntnis hatte zur Folge, daß sie sich ihrer Energien nun bewußt sein konnte, ohne zugleich ständig durch die »Meinungen von außen« in Anspruch genommen zu sein. Jetzt konnte sie an ihre Arbeit zurückkehren, und zwar mit einem neuen Gespür dafür, daß und wie sie sich bisher ständig selbst unterbrochen hatte.

Gestaltungstherapie nutzt die Beziehung zwischen dem Menschen (Organismus) und seiner Umgebung (Material) in der Form vielfältiger Experimente. Solche Experimente lassen sich in den folgenden Situationen durchführen: 1. Intensive Großgruppen-Workshops mit dem Ziel des persönlichen Wachstums und der kreativen Entfaltung; 2. Einzel- oder Gruppentiefentherapie; 3. Ausbildungsveranstaltungen für Studienabsolventen und fertige Therapeuten. Das Ziel dieser Experimente besteht in allen oben genannten Situationen darin, bis zu jener Stufe der Exploration vorzudringen, auf die Klient und Therapeut (bzw. Student oder Gruppenleiter) sich zuvor geeinigt haben. In einer Ausbildungssitzung vermitteln die Experimente beispielsweise den Gebrauch eines therapeutischen Instruments, ohne die Schwelle zur Therapie zu überschreiten. In der therapeutischen (Einzel- oder Gruppen-)Situation dagegen, also dort, woe eindeutig »Therapie« vereinbart worden ist, leisten diese Experimente unschätzbare Dienste im Zusammenhang mit der Erkundung der augenblicklichen psychischen Situation des Klienten und der immer vollständigeren Integration von bisher noch nicht assimiliertem Material unter gestalttherapeutischen Gesichtspunkten, also im Blick auf die Störungen an der Kontaktgrenze.

Wichtig ist dabei natürlich, daß die Stufe, auf der gearbeitet werden soll, und das Ziel des Workshops bzw. der Sitzung, in deren Verlauf ein derartiges Experiment durchgeführt werden soll, im vorhinein festgelegt werden. Der Kunsttherapeut bzw. Lehrer muß wissen, daß die Teilnehmer an dem Experiment nur allzu leicht versuchen, über die zuvor festgelegte Stufe hinauszugelangen; er ist also dafür verantwortlich, daß der Vertrag, so wie er geschlossen wurde, eingehalten wird.

Ich konzentriere mich bei gestaltungstherapeutischen Workshops auf die Sensibilisierung der Teilnehmer für ihre innere und äußere Umgebung. Anhand dieser Parameter weise ich den Gruppenmitgliedern den Weg zur Selbstentdeckung. Unterwegs schließen sie Bekanntschaft mit den verschiedensten Materialien, die nun in einer von mir intendierten Weise zur »Umgebung« werden.

Statt über ihre Umwelt zu reden, werden die Teilnehmer hier mit der Art und Weise konfrontiert, in der sie mit ihr umgehen. Die Materialien sind die Instrumente zur Durchführung des Experimentes, so wie in anderen gestalttherapeutischen Gruppen das Kissen oder der leere Stuhl die Hilfsmittel darstellen.[1]

Wir haben Wasserfarben, Filzstifte und Pastellkreiden zum Malen, Seidenpapier für Collagen, metamorphe Steine[2] zum Bearbeiten, Plastilin und Ton zum Modellieren, Stanniolpapier und Draht für abstrakte Skulpturen. Diese äußeren Objekte werden zum Mittel der Erforschung innerer Empfindungen und Gefühle. Durch dieses Erlebnis des Kontaktes mit der Umwelt in der Lebendigkeit des Augenblicks können die Teilnehmer bereits Veränderun-

---

[1] Bei der Planung von Experimenten mit Stein, Draht, Ton und allen möglichen anderen Materialien greife ich auf die Erfahrungen aus meiner eigenen langjährigen künstlerischen Tätigkeit zurück. Meine zweifache Ausbildung als Bildhauerin wie auch als Gestalttherapeutin befähigt mich, Experimente zu konzipieren, die sich ohne dieses doppelte Fundament unmöglich entwerfen ließen.

[2] Siehe Fußnote S. 130.

gen in Gang setzen, wobei sie sich nehmen, was sie brauchen, und alles übrige zurückweisen. Die Gruppe unterstützt den Einzelnen dabei, eben *nicht* mit allen vorhandenen Materialien umgehen zu müssen.

Es ist genügend Ton, Papier, Farbe etc. vorhanden, das heißt, die »Umwelt« bietet ein breites Spektrum an Möglichkeiten. Dies steht im Widerspruch zu den Erfahrungen, die die meisten von uns in der Vergangenheit gemacht haben. Als wir noch unmündige Kinder waren, hat man uns die Flasche und das Essen gegeben, ohne daß wir irgendeine Wahl gehabt hätten; man hat uns mit Leuten zusammengebracht, ohne zu fragen, ob sie uns entsprechen oder nicht; man hat uns vorgeschrieben, wie wir uns zu verhalten haben, und sich selten darum gekümmert, wie wir uns verhalten wollen. Je wichtiger der Gedanke der einmaligen und unverwechselbaren Äußerung in der Gruppe wird, desto sicherer wird der Einzelne sich bei der hier zu treffenden Auswahl auf seinen eigenen Tast-, Geruchs- und Geschmackssinn verlassen und es akzeptieren, daß seine Sinne und sein Urteil im Grunde die einzigen Maßstäbe für das sind, was hier »richtig« ist.

Vielen Menschen fällt es schwer, Phantasien heraufzubeschwören. Was sie hier produzieren, sind objektgewordene Phantasien und damit Hilfsmittel zur Erkundung ihrer inneren Wahrnehmungen und Gefühle. Die Gruppenmitglieder können also beginnen, ihre eigene innere Landschaft zu erkunden. Durch Gestalttherapie unter Heranziehung der Gruppe kann jeder Mensch dahin gelangen, Experimente anzustellen und jene Aspekte wirklich in sich aufzunehmen, deren er sich bis dahin nicht bewußt war. Beispielsweise kann ein Mensch durch die Beschreibung der Skulptur, an der er gerade arbeitet, selbst zu ebendieser Skulptur werden und so mit allen jenen Dingen in Berührung kommen, die er in den Stein projiziert. Hinter der Furcht, an einem Stein herumzumeißeln, kann die Furcht stehen, ihn zu zerbrechen. Bei näherer Betrachtung kann sich dies als Furcht vor der eigenen Zerbrechlichkeit erweisen – oder als Furcht vor der eigenen Fähigkeit oder dem eigenen Wunsch zu zerstören. Die nähere Beschäftigung mit der Abneigung gegen die Kälte eines Steines kann zur Entdeckung der eigenen Kälte führen, die man bisher verleugnet hat. Das Herausarbeiten einer schönen Form aus einer unschönen Vorlage kann uns die eigene innere Schönheit oder die innere Schönheit eines anderen Menschen gewahr werden lassen. Der kombinierte Einsatz solcher Materialien und bestimmter gestalttherapeutischer Techniken befähigt die Teilnehmer, einen Dialog mit jenen Aspekten ihrer Persönlichkeit zu beginnen, die sie projiziert haben, und macht es ihnen dann möglich, diese Aspekte in die eigene Persönlichkeit zu integrieren.

In sorgfältig geplanten Übungen hat jeder Einzelne Gelegenheit, sich sowohl mit seinem Verhalten als Mitglied der Gruppe als auch mit den aus seinem Innern kommenden und in sein Kunstwerk eingegangenen Einfällen auseinanderzusetzen. Ebenso wie andere Gestalttherapeuten konzentrieren sich auch die Leiter solcher »künstlerischen« Workshops auf das, was sich im Hier und Jetzt äußert. Fritz Perls schreibt in *Gestalt Approach and Eye Witness to Therapy* (1976, S. 63):

> »Ziel der Therapie muß somit sein, ihm (in diesem Fall dem Gruppenmitglied) die Mittel an die Hand zu geben, mit denen er seine gegenwärtigen Probleme und alle weiteren, die morgen oder nächstes Jahr entstehen könnten, zu lösen vermag. Es geht darum, daß er mit sich und seinen Problemen umzugehen lernt, und zwar mit allen Mitteln, die ihm jetzt, in diesem Augenblick, zur Verfügung stehen. Wenn er sich seiner selbst und seiner Handlungen in jedem Augenblick und auf jeder Ebene – der Phantasieebene, der verbalen oder der physischen Ebene – *wahrhaft bewußt* wird, dann wird er begreifen, daß und wie er sich seine Schwierigkeiten selbst schafft, er wird erkennen, worin sie im Augenblick bestehen, und er kann sich selbst helfen, sie in der Gegenwart, im Hier und Jetzt zu lösen. Die Lösung des einen Problems erleichtert dabei jeweils die Lösung des nächsten, denn jede solche Lösung erhöht seine Selbständigkeit.«

In den gestaltungstherapeutischen Gestaltgruppen geschieht dies auf bildnerische Weise, da die Materialien sich hier zu einer sichtbaren Botschaft konkretisieren, die nicht mehr ausgelöscht werden kann. Auf den momentanen Vorgang des perzeptiven Bewußtwerdens folgt die entscheidende Form der Einsicht; jetzt machen die Gruppenmitglieder nämlich enge und unmittelbare Bekanntschaft mit ihrem eigenen Selbst.

Der Gruppenleiter analysiert nicht, sondern ermutigt die Teilnehmer zur Exploration. Es gibt keinen geheimen Code, der nur dem Leiter bekannt ist und bestimmten Umrissen, Farben oder Formen eine spezifische analytische Bedeutung unterlegt. Die Erklärung der jeweiligen bildnerischen Äußerung muß vielmehr von dem einzelnen Gruppenmitglied selbst kommen. Die Frage lautet immer: »Was bedeutet dieses Werk für dich?« Insofern besteht kein Unterschied zu der Art und Weise, in der die Gestalttherapeuten mit Träumen umgehen. James Simkin (1974, S. 87) schreibt in diesem Zusammenhang:

> »Nach Auffassung der Gestalttherapie sind alle Trauminhalte Aspekte des eigenen Selbst. Wenn man träumt, verfaßt man gewissermaßen sein eigenes Drehbuch. Man macht Aussagen über sich selbst . . . Die meisten Therapeuten betrachten den Traum als eine verschlüsselte Botschaft. Der Gestalttherapie zufolge handelt es sich um eine existentielle Botschaft, eine Aussage über die Natur der eigenen Existenz.«

Auch die Botschaft des Kunstwerks ist eine existentielle Aussage. Jeder Teilnehmer eines Workshops ist anders als die anderen, und seine spontane Hervorbringung ist so individuell wie sein Fingerabdruck.

Der Leiter eines gestaltungstherapeutischen Workshops muß ständig darauf achten, daß die Gruppe gar nicht erst anfängt, Vergleiche anzustellen. Sobald die Teilnehmer nämlich beginnen, ihre Kreationen miteinander zu vergleichen, verlieren sie den Blick für das, was ist, sie verlieren den Blick für den inhärenten Wert der Dinge, die sie gestaltet haben, und sie erfahren durch den Vergleich mit anderen, die als bedeutender oder geringer angesehen werden, möglicherweise eine Herabsetzung. In dem Augenblick, in dem die Gruppenmitglieder anfangen, ihre Arbeiten miteinander zu vergleichen, ist mit Sicherheit der eine oder andere nicht phantasievoll oder nicht talentiert genug. Krishnamurti (1967, S. 8) schreibt:

> »Die meisten Menschen glauben, Lernen werde durch Vergleichen gefördert, während das Gegenteil richtig ist. Vergleiche führen zur Frustration und wecken bloß Neid und Konkurrenz. Ebenso wie andere Irrlehren hemmt das Vergleichsdenken das Lernen und züchtet Angst.«

Im Rahmen des Workshops wird höchster Wert auf Verschiedenheit gelegt. Dies setzt eine Sturzflut an kreativer Energie frei, die so mächtig ist, daß die Leiter oft Schwierigkeiten haben, die Gruppe zu einer Arbeitspause zu bewegen. Es gibt keine Gebote oder Verbote in den Workshops, keine »guten« oder »schlechten« Arbeiten, keine Urteile irgendwelcher Art. Es gibt nur das, was jeder Einzelne *aus* sich heraus und *für* sich schafft.

Die Teilnahme an einem Workshop, bei dem erwartet wird, daß man mit bestimmten Materialien umgeht, kann ein erschreckender Gedanke sein. Eine Stimme aus der Vergangenheit kann den Teilnehmer mit seinem begabteren Bruder oder dem Klassengenie vergleichen; die Stimme sagt ihm, daß er mit dem Ton oder dem Bildhauerwerkzeug oder dem Collage-Material nichts Gutes zustande bringen wird. Aus diesem Grund kommen viele Teilnehmer an einem derartigen Workshop mit mindestens zwei verschiedenen Erwartungen, wovon die eine die Bereitschaft ist, ihre eigenen schlimmsten Prophezeiungen über ihre fehlende Kreativität und ihr mangelndes Geschick zur manuellen Betätigung zu erfüllen.

Diese Angst vor dem Versagen läßt sich dadurch verringern, daß man die Gruppe nicht auffordert, irgend etwas zu *machen.* Statt dessen wird jede neue Kunsterfahrung als ein Happening behandelt. Die Gruppe wird in einer nichtbedrohlichen Situation, die ganz von selbst in den kreativen Prozeß hineinführt, mit dem Material bekanntgemacht.

Der Gruppenleiter kann beispielsweise eine Sitzung damit beginnen, daß er Hunderte von Bögen Seidenpapier in die Luft wirft, während ein geeigneter musikalischer Hintergrund zu der spielerischen Stimmung beiträgt. Das Papier wirkt unwiderstehlich, und bald beteiligen sich die Gruppenmitglieder daran, so viele der federleichten Bögen in der Luft zu halten wie möglich. In dem farbenüberfluteten Raum bricht nun ein höchst vergnügliches Spektakel los. Das Seidenpapier wird zu Kugeln zerknüllt und auf das nächstbeste menschliche Ziel abgefeuert. Die Hochstimmung des Augenblicks kann die Anwesenden beflügeln, irgendwelche bizarren Kostüme und Kopfbedeckungen anzufertigen. Einige verschwinden ganz unter bunten Bergen von Seidenpapier, oder sie legen sich einfach auf den Boden und schauen den auf sie niederschwebenden Bögen zu. Die Gruppe ist buchstäblich »in« ihrem Material. Die »Begegnung« mit dem Seidenpapier wird zu einer lebendigen Erfahrung für jeden Teilnehmer.

Dieser spielerische Umgang mit dem Material kann dreißig

oder vierzig Minuten andauern. Schließlich legt der Gruppenleiter große weiße Zeichenblätter mitten unter die Seidenpapierfetzen auf den Fußboden. Neben jedes Blatt (eines für jedes Gruppenmitglied) wird ein Pinsel und ein Gefäß mit verdünnter Acrylgelatine gestellt. Der Leiter führt vor, wie leicht das Seidenpapier in Stükke gerissen und mit Hilfe des durchsichtigen Gels an den Blättern befestigt werden kann. Dabei wird niemandem gesagt, wie man eine Collage *macht*. Die einfache Demonstration spricht für sich selbst, und die Gruppenmitglieder, die ja mit dem Seidenpapier schon in enge Berührung gekommen sind, gehen nun ganz selbstverständlich daran, ihre eigenen, individuellen Collagen zu gestalten.

Ein anderes Beispiel, wie man die Gruppe mit einem gestalterischen Material bekanntmachen kann, haben wir in der Arbeit mit Plastilin. Dieses wird benutzt, weil nur mit Hilfe menschlicher Körperwärme und Energie der zunächst feste Block eine Konsistenz erhält, die es erlaubt, ihn leicht in jede gewünschte Form zu bringen läßt.

Das Experiment beginnt damit, daß der Leiter alle Teilnehmer auffordert, sich einen Würfel Plastilin in der jeweils bevorzugten Farbe auszusuchen. Es wird nicht erwähnt, daß am Ende irgend etwas hervorgebracht werden soll. Die einzige Anweisung lautet, den Würfel auf irgendeine Weise weich zu machen – durch Drehen, Klopfen, Stampfen oder einfach durch Kneten, so daß die Körperwärme darauf einwirken kann. Bei diesem Vorgang wird in den Händen Energie erzeugt, ähnlich wie es bei der Massage der Fall ist. Dann werden die Teilnehmer aufgefordert, jeweils einen Partner zu wählen. Mit erhobenen Händen sollen sie nun einander gegenübersitzen, ohne daß sich die Handflächen gegenseitig berühren. Sie können jetzt das Energiefeld zwischen sich spüren, und damit wird ihnen ihre eigene Energie in höchst eindrucksvoller Weise bewußt. Schließlich legen sie die Hände auf die eigene nackte Haut und kommen so in Berührung mit dieser Energie. Menschen, die deprimiert sind oder die Verbindung zu ihrer Vitalität verloren haben, sind Menschen, die keinen Kontakt zu ihrer eigenen Energie herstellen können. Diese Übung vermittelt ihnen eine erste Ahnung, wie sie das tun könnten.

Nun werden die Teilnehmer aufgefordert, ihre Beschäftigung mit dem Plastilin durch Töne und Geräusche zu begleiten, wie sie ihnen eben einfallen. Sie können sich etwa vorstellen, der Klumpen sei ein Bruder, eine Schwester, ein Lehrer, ein Elternteil oder irgendeine andere brauchbare Zielscheibe für ihre Gefühle. Gebrüll, Geschrei und Flüche erfüllen nun den Raum, während die Teilnehmer mit dem zähen Plastilin arbeiten. Allmählich sinkt der Lärmpegel ab, da die Knetmasse auf die Wärme der Hände und das heftige Durchwalken reagiert.

Sobald das Plastilin geschmeidig ist, schlägt der Leiter vor, jedes Gruppenmitglied solle eine Form daraus entstehen lassen. Er ersucht die Teilnehmer gewissermaßen, ihren eigenen Händen bzw. ihrem eigenen Organismus zu vertrauen, daß etwas zustande kommen wird, ohne das Gefühl zu haben, etwas tun zu müssen. Jeder Teilnehmer steht voll zu seiner eigenen Verfügung und verschwendet seine Energien nicht auf die übliche Sorge, wie gut das, was dabei herauskommt, denn wohl sein werde.

Ob das Arbeitsmaterial nun aus Seidenpapier, Plastilin, Steinen, Draht oder irgendeiner anderen Substanz besteht – das Experiment beginnt immer damit, daß man die Teilnehmer dazu bringt, sich voll auf das Material einzulassen. Sobald das geschehen ist, wird die Gruppe ermutigt, mit dem Material auf eine Herausforderung von seiten des Leiters zu reagieren.

Der in den folgenden Experimenten skizzierte Prozeß ist weitgehend der gleiche wie in anderen Formen der Gestalttherapie. Die Techniken sind andere, aber die Überlegungen, die Ziele und die Resultate sind die gleichen. Der schöpferische Prozeß evoziert oft Ängste, etwa die Angst vor dem Unbekannten, die Angst vor dem Risiko, vor dem Eindringen in neues Gelände, vor dem unerwarteten Mißgeschick – kurz vor all den Introjekten, die uns am weiteren Wachstum hindern und uns davon abhalten, uns »aus der Ruhe bringen zu lassen«. Der Gruppenprozeß ermöglicht es den Mitgliedern, die introjizierten Stimmen zu erleben, so daß sie sich mit ihnen auseinandersetzen und sie durcharbeiten können.

1. Erfahrungen mit Stein

> Die Idee des Bildhauers muß dem Willen des Steines entgegenkommen, denn Stein kann man nicht zwingen; wird er gezwungen, dann rächt er sich am Bildhauer, indem er in viele Stücke zerbricht.

Die Herausforderung: Meißle deine eigene Steinskulptur.
Das Material: Verschiedenste Steine, Sicherheitsglas, Bossierhammer, Raspeln, Silikon, Sandpapier und Mineralöl.

Von allen künstlerischen Ausdrucksmitteln bietet die Bearbeitung von Stein das stärkste Erlebnis im Hier und Jetzt. Wenn wir dem Stein Gewalt antun, indem wir nicht auf das hören, was er sagt, dann erhalten wir das gleiche Resultat, wie wenn wir uns »dem Fluß entgegenstemmen«, statt mit unserem eigenen Lebensstrom mitzugehen.

Der Stein zieht uns immer wieder in die Gegenwart zurück. Wenn wir nichts riskieren, rührt er sich nicht. Während die Skulptur Gestalt annimmt, enthüllen sich ständig neue Möglichkeiten. Und es besteht immer die Möglichkeit, daß der nächste Schlag des Meißels auf eine Unreinheit im Stein treffen und den ganzen Block zertrümmern wird. Durch das Eingebundensein in den Workshop-Rahmen bietet die persönliche Erfahrung mit der Steinbearbeitung dem Teilnehmer eine Gelegenheit, sich bei der Begegnung mit einer ungewohnten Herausforderung selbst zu erleben und zugleich von anderen dabei erlebt zu werden. Jegliche automatisierte, programmierte Reaktion schließt sich von selbst aus, denn die immanenten Möglichkeiten des Steins und die Risiken bei seiner Bearbeitung wechseln ständig.

Das folgende Experiment mit Steinen ist für Menschen gedacht, die sich bisher künsterlisch nicht betätigt haben. Der Leiter beginnt, indem er mit der Gruppe (gewöhnlich 10 bis 12 Mitglieder) einen Kreis bildet. In die Mitte wird eine Anzahl von metamorphen Steinen gelegt.[2]

Im Idealfall stammen sie aus verschiedenen Teilen der Welt und

---

[2] Bei der Entstehung von metamorphem Gestein können die Mineralien im älteren Sediment- oder Eruptivgestein eine Rekristallisierung durchmachen, d. h. zu größeren Kristallen mit einer anderen chemischen Zusammensetzung anwachsen. Dieser chemische Vorgang wird durch Hitze, Druck und Bewegung ausgelöst.

repräsentieren so viele Gesteinsarten wie möglich. Jeder Stein ist klein genug, um in eine Handfläche zu passen. Diese kleinen Steine dienen nicht zur Bearbeitung, sondern sollen die Gruppe mit dem Formenreichtum der Steine bekanntmachen, die man in der Natur vorfindet. Jeder Stein ist eine Miniaturlandschaft von einzigartiger Gestalt, Oberflächenstruktur und Farbe.

Der Leiter erklärt nun der Gruppe, daß sie mit den Steinen ein Spiel machen werden. Zuerst werden alle Gruppenmitglieder Gelegenheit haben, die einzelnen Stücke zu untersuchen, sie zu befühlen, zu beriechen und zu schmecken, kurz, sich in jeder gewünschten Weise mit ihnen bekannt zu machen. Dann wird jeder einzelne Teilnehmer aufgefordert, den Stein zu wählen, der am ehesten seinem augenblicklichen Entwicklungsstadium entspricht.

Manche Teilnehmer treffen eine sofortige Wahl, während es anderen schwerfällt, sich zu entscheiden. Häufig fühlen die Menschen sich gleichzeitig von zwei Steinen angezogen, die sehr verschieden sind. Wenn das geschieht, kann der Leiter solchen Teilnehmern Gelegenheit geben, sich mit den Gegenpolen auseinanderzusetzen, die die beiden Steine für sie repräsentieren, und sich zu überlegen, was diese in ihnen wachrufen.

Wenn alle Gruppenmitglieder den Stein gefunden haben, den sie wollen, geht der Leiter zum nächsten Schritt über. Er fordert die Gruppe auf, der Reihe nach das von ihnen gewählte Mineral »zu sein«. Dies geschieht, indem sie den Stein beschreiben, wobei sie jeden Satz mit den Worten »ich bin« beginnen. Die Teilnehmer geben nun einer nach dem anderen ihre Beschreibung ab.

Gruppenmitglieder sind eher bereit, sich mitzuteilen, wenn sie Gelegenheit erhalten, auf ein außerhalb ihrer selbst befindliches Objekt zu projizieren. In einer Gruppe beschrieb beispielsweise ein junger Mann seinen Stein folgendermaßen: »Ich bin ein Wüstenstein. Ich bin rostig, trocken, porös, leblos. Ich habe irgendwo in der Mitte einen glänzenden Punkt, aber er ist schwer zu finden. Ich bin unregelmäßig, und ich kann nicht gut aufrecht stehen. Ich komme immer wieder auf den Punkt zurück. Er gefällt mir. Ich bin traurig (Tränen kommen ihm), daß ich so wenig Glänzendes an mir habe.«

Sooft ein Teilnehmer anfängt, *über* den Stein zu sprechen, bringt der Leiter ihn wieder zu sich selbst zurück. Die anderen werden aufgefordert, ihre Reaktionen auf das Gesagte zurückzuhalten, bis alle Gruppenmitglieder gesprochen haben. Dann folgt ein Gespräch von 20 oder 30 Minuten, bei dem sich die Gruppenmitglieder darüber austauschen, was sie bei der Auswahl ihrer Steine empfanden und wie sie einander bei ihrer jeweiligen Darstellung »als Steine« wahrgenommen haben.

Auf diese Weise lernen die Teilnehmer einander kennen und stellen eine Beziehung zu der Mineraliensammlung her, indem sie erleben, wie lebendig und faszinierend Steine sein können. Der Leiter fordert sie jetzt auf, sich in den anderen Teil des Raumes zu begeben, wo die zu bearbeitenden Steine auf einem Tisch plaziert sind. Es sind dies gewöhnlich kleine Felsbrocken in den verschiedensten Formen, Größen und Farben, die etwa fünf bis sieben Pfund wiegen, was ungefähr dem Gewicht eines neugeborenen Kindes entspricht. Es kann sich um italienischen Alabaster, pakistanischen Steatit, afrikanischen Wunderstein, rosa Alabaster aus Colorado und anderes metamorphes Gestein handeln, mit den speziellen Eigenschaften, die es für eine Bearbeitung prädestinieren.

Die Gruppenmitglieder werden nun aufgefordert, sich zunächst über den Umfang der Aufgabe klarzuwerden, die sie sich zumuten möchten, bevor sie entscheiden, wie groß der Stein sein muß, den sie bearbeiten wollen. Man ermutigt sie, bei der Auswahl eines Steines ihren Gefühlen zu folgen, statt sich von dem leiten zu lassen, was sie möglicherweise über seine geologische Beschaffenheit wissen. Wenn ein Teilnehmer, der einen widerspenstigen Stein mit scharfen Kanten wählt, mit ansieht, daß ein anderer einen weicheren, leichter zu bearbeitenden Stein vorzieht, dann veranlaßt ihn das vielleicht zum Nachdenken über die Frage, was er denn eigentlich grundsätzlich über den Weg des größten bzw. des geringsten Widerstandes denkt. Und der Umstand, daß sie *einen* Stein auswählen und die Arbeit an diesem einen Stein zu einem Ende bringen müssen, gibt den Teilnehmern auch Gelegenheit, ihre Gefühle hinsichtlich der Übernahme einer Verantwortung zu erforschen.

Als nächstes verschafft der Leiter der Gruppe das Vergnügen, die Steine in einen Eimer voll Wasser zu tauchen und zu sehen, wie dadurch die Farben und die natürliche Maserung des Steines an Leuchtkraft gewinnen. Was die Teilnehmer erblicken, ist das dem Stein innewohnende Leben, das durch ihre Energie nun bald zum

Vorschein kommen wird. Die Farbigkeit des nassen Steins gibt ihnen einen Vorgeschmack davon, wie das fertige Stück aussehen wird, nachdem es abgeschmirgelt und geölt ist. Zunächst sollen sie einander nun erzählen, welche Geheimnisse ans Licht gekommen sind, als ihr Stein naß wurde. Die Projektion dieser Geheimnisse auf den Stein ist ein integraler Bestandteil des Vorgangs der Selbsterforschung.

Sobald die Gruppenmitglieder die Steine gewählt haben, die sie bearbeiten wollen, erhält jeder eine Arbeitsfläche (gewöhnlich ein Stapel Telefonbücher), eine Schutzbrille und ein Werkzeug zur Steinbearbeitung, den sogenannten Bossierhammer. Dieser erfüllt einen doppelten Zweck: Die flache Seite dient zum Pulverisieren und Formen des Steines, die spitze Seite fungiert als Meißel. (Später werden nötigenfalls weitere Werkzeuge zur Verfügung gestellt.)

Der Leiter führt nun den Gebrauch des Bossierhammers vor und erklärt den Teilnehmern, daß die Sicherheitsregel das ständige Tragen der Schutzbrille vorschreibt. Er führt vor, daß die Pikkelseite des Bossierhammers dazu benutzt werden kann, negativen Raum zu erzeugen, und daß man mit der flachen Seite rauhe Kanten glätten und Mulden ausklopfen kann. Die Beziehung zwischen positivem und negativem Raum, die die Grundlage aller Bildhauerei darstellt, wird erklärt. »Willst du einen Berg hervorbringen, dann machst du ein Tal.« Dies kann zugleich dazu dienen, den Teilnehmern ein Bewußtsein der Gegensätze in ihrer eigenen Persönlichkeit zu vermitteln.

Im nächsten Augenblick wird man auch schon das metallische Klicke-di-Klack von einem Dutzend Bossierhämmern hören, die sich in den Stein hineinarbeiten. Das Erlebnis der Bildhauerei hat begonnen. In den folgenden sechs bis acht Stunden werden die meisten Gruppenmitglieder eine Erfahrung machen, die anders ist als alles, was sie in ihrem bisherigen Leben erlebt haben. Und am Ende werden sie als sichtbares Andenken an diese Erfahrung eine mit eigenen Händen geschaffene Skulptur besitzen.

Während die Bildhauer schweigend arbeiten, beginnt sich ihnen die Energie der Gruppe mitzuteilen. Dieses Phänomen gemeinsam arbeitender Menschen, die Geräusche, die Rhythmen und die Lebendigkeit der Gruppe-als-Ganzes hat schon manchen Teilnehmer veranlaßt, ein Lied anzustimmen – vielleicht aber auch zu weinen.

Wenn die Energie der Gemeinschaft sich den Teilnehmern mitteilt, erleben sie ein ganz neues Gefühl des Kontaktes mit ihrer Umwelt, und sie haben den Eindruck, daß ihre schöpferischen Bemühungen unterstützt werden.

Man kann dies mit dem sehr frühen Entwicklungsstadium des Kindes vergleichen, das die Energie seiner Mutter in seiner Nähe spürt, durch ihre Anwesenheit beruhigt ist und sich daher sicher fühlt zu »schaffen«, die Dinge zu erforschen und zu lernen. Manchen Teilnehmern wird hier zum ersten Mal bewußt, daß ein wichtiger Entwicklungsprozeß unabgeschlossen geblieben ist. Der schöpferische Akt hat für sie bisher immer Isolierung bedeutet; die Gruppe wird auf diese Weise oft das Sprungbrett zur Erkundung neuer Aspekte der Kreativität.

Der Leiter geht jetzt von einem zum anderen und steht ihnen sowohl mit Anleitungen wie auch als eine Art Moderator zur Verfügung, wenn der eine oder andere Teilnehmer den Wunsch hat, über das zu sprechen, was in ihm und in seinem Stein ans Licht kommt. Obwohl jeder »seine eigene Reise unternimmt«, sind doch die folgenden fünf Aspekte dieser Erfahrung für die meisten Menschen von besonderer Bedeutung.

a) Die Erfahrung, in einer Situation zu sein, die sich nicht programmieren läßt

Während eine Steinschicht nach der anderen weggeschält wird, offenbart sich das Innere des Steines. Da es sich um metamorphes Gestein in einem lebendigen Stadium des Übergangs handelt, kann man nicht im voraus wissen, was man vorfinden wird. Der Alabaster kann eine Marmorader haben, im Steatit kann eine Ablagerung von Eisenoxyd eingebettet sein, der tiefschwarze afrikanische Wunderstein kann ein wirbelartiges Muster enthalten, das dem Astansatz eines Baumes gleicht. Und es besteht immer die Möglichkeit, auf einen unerwarteten Riß zu stoßen, der vorher nicht sichtbar gewesen war.

Bildhauer lernen, das Gute wie auch das Schlechte zu schätzen, das der Stein über sich offenbart, und sie müssen erkennen, daß es einfach nicht möglich ist, den Stein zu etwas zwingen zu wollen, was er nicht ist. Sie stellen fest, daß der Stein sich nun einmal nicht programmieren läßt und daß sie die Möglichkeiten dieses Stückes, das sie ja selbst ausgesucht haben, am besten nützen können, wenn sie die Überraschungen hinnehmen, die da auftauchen.

b) Das Erlebnis, Teil einer kraftspendenden Gemeinschaft zu sein

Die Gruppe sitzt im Kreis auf dem Boden, ähnlich wie die Angehörigen einer urtümlichen Gemeinschaft bei ihrer Arbeit. Es gibt kein Gefühl des Wettbewerbs zwischen den Teilnehmern. Vielmehr erhält jeder eine Menge Zuspruch, wie sich zeigt, wenn Einzelne von Zeit zu Zeit eine Pause machen, um den anderen zu erzählen, wie weit sie mit ihrem Stein sind und was ihnen alles passiert ist. Das starke Gefühl der Zusammengehörigkeit und der spontane Austausch sind die Kraftquellen, die das Energieniveau der Gruppe auf einem hohen Stand halten. Der Gruppenprozeß am Ende so intimer Erfahrungen grenzt oft an das Religiöse. Den eigenen Stein im Kreis herumgehen zu lassen und mit den Händen die Reise eines anderen zu verfolgen, ist ein neuer Weg der Kontaktaufnahme, der sich dem einzelnen Teilnehmer nur durch gemeinsame Arbeit in der Gruppe öffnet.

c) Das Erlebnis, männliche bzw. weibliche Qualitäten zu erkennen

Das Klopfen des Steines mit dem Bossierhammer ermöglicht es, aggressive und feindselige Gefühle zu äußern. Im Gegensatz dazu gibt das Stadium des Glättens und Polierens den Gruppenmitgliedern Gelegenheit, mit zärtlichen und sinnlichen Gefühlen in Berührung zu kommen. Diese Arbeitsgänge lassen sich also nützen, um ihnen die direkte Kommunikation mit ihren androgynen Gefühlen und mit ihren kontrastierenden Empfindungen von Liebe und Haß zu ermöglichen. Männer und Frauen sitzen stundenlang da und bearbeiten den Stein mit immer feiner gekörntem Sandpapier. Zuletzt wird der Stein liebevoll mit Mineralöl eingerieben, er wird gleichsam gesalbt und mit den Fingerspitzen massiert, bis er den gewünschten Glanz aufweist.

d) Das Erlebnis, auf eine Weise kreativ zu sein, die man nie für möglich gehalten hätte

Die Mitglieder einer Gruppe bemerken häufig, wie angenehm es für sie gewesen sei, all die Werkzeuge und Anweisungen zu erhalten, die sie brauchten, ohne die Bedingung, etwas richtig machen zu müssen. Im Rahmen des Workshops ist der Leiter eine Autorität, die sinngemäß folgendes sagt: »Geht ans Werk und probiert Dinge aus. Ich traue euch zu, was ihr euch vorgenommen habt, und ihr seid mir wichtig genug, um mir die Mühe zu machen, euch die notwendigen Anleitungen und Hilfen zu geben. *Und ich hege keine Erwartungen, die ihr erfüllen müßt.*«

Was dann in dieser sicheren und unterstützenden Atmosphäre geschieht, grenzt gelegentlich an ein Wunder. Obwohl die Ziele des Workshops keinesfalls ästhetische Vollkommenheit einschließen, sind die Ergebnisse von einem Niveau, wie man es von professionellen Künstlern mit jahrelanger Erfahrung erwarten würde. Wenn man bedenkt, daß dies die ersten Steinskulpturen von Männern und Frauen sind, die nie zuvor Kunstunterricht hatten, ist die Qualität der Arbeiten in ihrem Phantasiereichtum und ihrer technischen Kompetenz oft erstaunlich.

Dies mag der einzige Stein sein, den ein Teilnehmer je bearbeiten wird, aber er hat dann erfahren, was ihm möglich ist, wenn die eigenen schöpferischen Energien nicht durch Ängste und Hemmungen blockiert sind. Es ist eine Entdeckung des Selbst, deren Implikationen weit über die begrenzte Workshop-Erfahrung hinausgehen.

e) Die Erfahrung, etwas erschaffen zu können, das man sehen, anfassen und mit nach Hause nehmen kann

Die Teilnehmer verlassen den Workshop mit ihrer eigenen Skulptur – der persönlichen Aussage, die sie in Stein gemeißelt haben. Oft berichten Teilnehmer, daß ihr Produkt in den folgenden Monaten eine neue Bedeutung für sie angenommen habe. Der Stein, der sich jetzt auf dem Kaminsims oder dem Nachttisch befindet, wird immer wieder betrachtet, und der im Workshop begonnene Dialog geht weiter.

Für manche Menschen ist allein die Tatsache, eine Arbeit abgeschlossen zu haben, von therapeutischer Wirkung. »Da ist er – von meinen eigenen Händen gestaltet. So dauerhaft wie die Skulpturen der alten Griechen und Römer. Und ich habe das vollbracht!« Die fertige Skulptur stellt eine Aussage dar, die sie anfassen und sehen können – voll gespeicherter Erinnerungen aus dem Workshop und aus ihrem Innern. Hier ist ein bleibender Beweis ihrer Fähigkeit, sich in eine Richtung auszudehnen, von der sie bisher meinten, daß sie ihnen verschlossen sei.

2. Erfahrungen mit Filzstiften

Die Herausforderung: Ergreife von einem Raum Besitz, und gib dir alles, was du willst.
Das Material: Mehrere Dutzend Filzstifte, Abdeckstoff (oder zusammengenähte Bettücher), Miniaturhäuser, wie man sie gewöhnlich um die Weihnachtszeit in Billigläden findet (mindestens zwei für jedes Gruppenmitglied).

Dieses Experiment beginnt damit, daß man ein mehrere Quadratmeter großes Stück weißen Abdeckstoff (wie er von Anstreichern zum Schutz von Fußböden und Möbeln benutzt wird) in der Mitte des Raumes auf dem Fußboden ausbreitet. Die Gruppe wird aufgefordert, sich mit dem Leiter zu einem in der Nähe befindlichen Tisch zu begeben, auf dem sich eine Sammlung von Miniaturhäusern befindet.

Jedes Haus ist anders. Manche sind einfache, eingeschossige strohgedeckte Hütten, während andere mehrere Stockwerke hoch und mit schlanken Türmchen geschmückt sind. Die Gruppenmitglieder werden aufgefordert, sich ein oder zwei Häuser auszusuchen, die bestimmte Aspekte ihrer selbst, so wie sie jetzt sind, repräsentieren. Bald ist die Gruppe völlig damit beschäftigt, die kleinen Häuser zu untersuchen und jene unterschwelligen Verbindungen herzustellen, die einen schließlich veranlassen zu sagen: »Dieses Haus bin ich.«

Nachdem die Häuser gewählt worden sind, werden die Teilnehmer aufgefordert, ihre Schuhe auszuziehen und das ausgebreitete Tuch zu betreten: »In der nächsten Stunde wird dieser Raum eure Welt sein. Geht umher und macht euch damit vertraut. Sucht euch ein Plätzchen, wo ihr euch am wohlsten fühlt, und sobald ihr sicher seid, daß es der richtige Platz für euch ist, setzt euch nieder.«

Es dauert gewöhnlich mehrere Minuten, bis sich jeder auf »seinem« Platz niedergelassen hat. Dann wird eine Handvoll Filzstifte in verschiedenen Farben in Reichweite eines jeden auf dem Tuch sitzenden Teilnehmers hingelegt. (Mit diesen Filzstiften kann man auf Stoff zeichnen, ohne zu klecksen, und ihre leuchtenden Farben trocknen sofort.) Wenn alle bereit sind, sagt der Leiter: »Ergreift von dem Platz Besitz, den ihr für euch haben wollt. Grenzt euer Territorium mit einem Filzstift ab. Nehmt euch so viel Platz, wie ihr wollt, und stellt eure Häuser, wo ihr wollt, auf eurem Gebiet auf. Wenn ihr eurem Nachbarn ins Gehege kommt, dann müßt ihr das mit ihm abmachen. Es gibt nur eine Regel: Bitte nicht sprechen. Sobald ihr euer Gebiet abgegrenzt habt, nehmt die Filzstifte und schenkt euch alles, was ihr wollt – einen Vorgarten für euer Haus, ein Gebirge, eure eigene Skipiste, Menschen, einen Baum, auf dem Geld wächst, einen Hubschrauber-Landeplatz – alles, von dem sich eure Phantasie vorstellen kann, daß ihr euch damit beschenken könntet.«

In der nächsten Stunde verliert sich ein Dutzend erwachsener Männer und Frauen völlig in den Welten, die sie erschaffen. Das Tuch verwandelt sich in ein farbenfrohes Panorama, wenn sich die weißen Flächen nach und nach mit Zeichnungen von Zäunen, Autos, Hühnern, Hunden, Seen, Flüssen, Geliebten, Armeen, Wachtürmen und was sich die Leute sonst noch wünschen, füllen. Männer und Frauen, die seit ihrer frühesten Kindheit nicht mehr auf dem Boden gesessen haben, um Bilder zu malen, geben sich mit kindlicher Selbstvergessenheit dieser Aufgabe hin.

Wenn jeder mit der Gestaltung seines Gebiets fertig ist, fordert man die Gruppe auf, sich an einer Ecke des Tuches zu versammeln. Der Reihe nach erklären sie nun den anderen, was sie mit ihrem Gebiet gemacht haben. Ein Teilnehmer hat sein Haus mit einem Wassergraben umgeben, ein anderer mit einem Zaun, ein dritter hat auf eine Einfriedung verzichtet. Von Zeit zu Zeit wird der Leiter vielleicht mit dem einen oder anderen einzeln arbeiten wollen. Indem er ihnen hilft, die Verantwortung für den Raum zu übernehmen, den sie geschaffen haben und für das, was sie in diesen Raum hineingestellt haben, hilft er ihnen zugleich, sich jener Teile ihrer selbst, die in ihrem Gebiet sichtbar sind, stärker bewußt zu werden. Was auch immer sich auf dem Tuch befindet, einschließlich des Faktums, wo sie sich selbst plaziert haben und wieviel Raum sie für sich selbst beanspruchten, ist im »Jetzt« und relevant.

Nach der Besprechung sagt man den Teilnehmern, daß sie ihr »Gebiet« mit nach Hause nehmen können, wenn sie wollen. Scheren werden verteilt, und alle gehen daran, sich ihr Gebiet aus dem Tuch auszuschneiden. In der Regel nehmen die meisten Teilnehmer ihr Gebiet mit, wenn sie am Ende des Workshops nach Hause fahren.

3. Das Erlebnis kreativen Wachstums: Erfahrungen mit Stützdraht

Die Herausforderung: Interaktion mit einem anderen.

Das Material: Stützdraht, der auf einem Holzblock befestigt ist (je ein Block für zwei Teilnehmer).

Stützdraht dient Bildhauern zur Errichtung des Skeletts, dem ersten Schritt bei der Gestaltung einer Gipsplastik. Der Draht ist stark genug, um ohne Unterstützung aufrecht stehen zu können, aber auch biegsam genug, um sich leicht in jede gewünschte Form bringen zu lassen. Für dieses Experiment wird ein drei Meter langes Drahtstück in eine U-Form gebogen und in der Mitte fest auf einen etwa 15 mal 15 Zentimeter großen Holzblock montiert. Das Resultat ist eine Montageplatte, von der zwei separate, knapp eineinhalb Meter lange Drahtstücke hochragen.

Zu Beginn der Übung werden die Gruppenmitglieder aufgefordert, Paare zu bilden. Sobald das geschehen ist, stellt der Leiter je eines dieser Drahtgebilde zwischen jedes Paar und sagt: »Nehmt unter Verwendung der Drähte, die ihr vor euch seht, mit eurem Partner Kontakt auf, ohne zu sprechen.«

In den nächsten fünf Minuten arbeitet jeder Teilnehmer mit seinem eigenen Drahtstück und erlebt gleichzeitig seinen Partner bei der Arbeit. Die Partner können getrennte Wege gehen, oder sie können miteinander in Beziehung treten. Zu einem geeigneten Zeitpunkt schlägt der Leiter vor, die Übung zu beenden. Er eröffnet das Gruppengespräch mit den Teilnehmern, indem er sich nach ihren Erfahrungen erkundigt. Er stellt Fragen wie: »Wie seid ihr in Kontakt miteinander getreten? Wie habt ihr Raum in Anspruch genommen bzw. ihn dem andern überlassen? Wer hat geführt, und wer ist gefolgt? Wolltet ihr getrennt oder verbunden sein?«

Dann schlägt der Leiter vor, die Partner zu wechseln. Nach fünf Minuten schließt sich wieder ein Gruppengespräch an. »Inwiefern war es diesmal anders? Was hat euch an eurem neuen Partner veranlaßt, euch anders zu verhalten? In welcher Hinsicht habt ihr euch in beiden Übungen gleich verhalten?«

Die Drahtskulpturen, die durch diese Übung entstehen, liefern eine graphische Darstellung der Art, wie jeder einzelne mit anderen interagiert. Wer das Experiment vier- oder fünfmal mit verschiedenen Gruppenmitgliedern gemacht hat und seinen Draht (sich selbst) immer in derselben charakteristischen Position vorfindet, erkennt nicht nur, wo er ist, sondern auch, daß und wie er sich jedes Mal in dieselbe Position gebracht hat. Die Teilnehmer entdecken nun ihre Art, Kontakt aufzunehmen – beispielsweise, indem sie ihren Partner umfangen oder von ihm abrücken oder indem sie sich zusammenkrümmen. Zu entdecken und anzuerkennen, »wo man ist«, macht es einem möglich, mit neuen Arten des Umgangs mit dem Material zu experimentieren und andere Dimensionen des eigenen Selbst zu erkunden.

4. Erfahrungen mit Buntstiften und einer Tortenschachtel

Die Herausforderung: Erlebe deine innere/äußere Umwelt als ein Kontinuum.

Das Material: Buntstifte in verschiedenen Farben, zusammengeklappte weiße Tortenschachteln, Scheren.

Der Leiter beginnt, indem er die weißen Tortenkartons an die Gruppe verteilt. Eine Tortenschachtel ist, bevor sie zusammengesteckt wird, ein flaches Stück Karton mit Klappen an allen vier Seiten.

Der Leiter erklärt, welche Seite der Schachtel die Innenseite und welche die Außenseite sein wird, wenn die Schachtel zusammengesteckt ist. Dann sagt er zu der Gruppe: »Die Innenseite ist das, was in euch vorgeht. Die Außenseite ist das, was die Welt sieht. Beginnt auf der Innenseite der Schachtel zu malen, und betrachtet die verschiedenen Segmente als verschiedene Teile von euch selbst. Beginnt mit den kindlichen Teilen. Wenn ihr an der Innenseite arbeitet und Dinge hochkommen, die nach außen durchscheinen, dann dreht den Karton um und malt das, was nach außen durchdringt. Wenn etwas innen beginnt und sich außen in etwas anderes verwandelt, laßt es geschehen. Ihr habt Scheren, um nach außen durchzuschneiden, wenn ihr wollt.«

Das sind die Anweisungen. Was nun folgt, ist eine intensive Erfahrung in bewußter Wahrnehmung. Alle Teilnehmer vertiefen sich in die bildliche, vielschichtige Vergegenwärtigung ihrer inneren und äußeren Lebenssituation.

Der Karton kann zu einer Schachtel zusammengefügt werden oder auch nicht. Für manche Leute wird die Schachtel zu einem Haus mit Türen und Fenstern. Manche verschließen ihre Schachtel fest. Andere bedecken jeden Fingerbreit der Innen- und Außenseite mit Bildern und Symbolen. Wieder andere lassen große Flächen frei und unvollendet.

Ein Mann bedeckte beispielsweise die Innenseite seiner Schachtel mit pornographischen Bildern und machte dann ein Guckloch zum Hineinschauen. Er kam in Kontakt mit seinem Voyeurismus, seiner Neigung, sich zu verbergen, und anderen geheimen Aspekten seiner selbst.

Eine Frau schmückte die Außenseite ihrer Schachtel mit den bunten Mustern von Weihnachtspapier, während all die häßlichen Dinge, die sie über sich dachte, auf der Innenseite waren.

Eine andere Frau erinnerte sich, was für ein ungezogenes Kind sie gewesen war, das der Welt die Zunge herausstreckte. Sie zeichnete die große rote Zunge auf die Innenseite der Schachtel und setzte sie dann einfach außen fort. Sie versah ihre Schachtel mit einem großen Fenster, damit sie »hineinschauen und das schlimme Kind sehen konnte«. Was sie erblickte, wenn sie in ihre Schachtel schaute, war nicht nur ein ungezogener Fratz, sondern auch ein ausgelassenes Kind. Sie spürte, daß sie, indem sie den Fratz herausließ, so daß er für andere sichtbar wurde, in direkten Kontakt mit ihrem Vergnügen über die eigene Ungezogenheit gekommen war. »Ich brauche nicht die ganze Zeit so ernst zu sein«, stellte sie mit beträchtlicher Erleichterung fest.

Sobald alle fertig sind, zieht der Leiter in der Mitte des Raumes einen Kreidekreis auf dem Fußboden. Wer Lust hat, das Gestalt-Kunsterlebnis fortzusetzen, wird aufgefordert, seine Schachtel in die Mitte des Kreises zu stellen. Die Schachtel hat viele Teile und bietet dadurch endlose Möglichkeiten, damit zu arbeiten. Die Gruppenmitglieder werden ermuntert, diese verschiedenen Teile zu verkörpern (ähnlich wie in der Gestalt-Traumarbeit). Jedem Teilnehmer wird bewußt, wenn er den anderen zusieht und etwas über ihre Arbeit erfährt, daß das, was er mit seiner Schachtel gemacht hat, einzigartig ist – so einzigartig wie jedes einzelne Mitglied.

Wenn die Mitglieder der Reihe nach über ihre Arbeit sprechen, lernt jeder einzelne, was auch der Kreis der Beobachter immer wieder lernt: »Ich bin, wer ich bin. Meine Hervorbringungen sind anders als die der anderen, und ich bin ich und nehme Kontakt mit meiner Umwelt auf, wie nur ich es kann.« Immer wieder dringt einem diese Einsicht ins Bewußtsein, wie ein Traum, der vor unseren Augen abläuft.

Jede künstlerische Hervorbringung ist ein persönliches Symbol und zugleich eine Kommunikation mit dem anderen. Kreatives Wachstum findet dann statt, wenn diese Kommunikation spontan aus dem Individuum entspringt und genügend Spielraum vorhanden ist, um diese Manifestationen des Selbst in sinnvoller Weise zu verarbeiten. H. M. Morse, der Mathematiker, hat einmal gesagt: »Nur als Künstler lernt der Mensch die Realität kennen« (1958, S. 381).

Sich selbst im schöpferischen Akt zu erleben, heißt, seine eigene Lebendigkeit zu erleben. Statt darüber zu reden, was sie *nicht können*, entdecken die Mitglieder einer Gruppe, was sie alles *können*. Sie lernen, wie leicht Fertigkeiten erworben werden können, wenn die entsprechende Anleitung in einer unterstützenden, nicht auf Konkurrenz ausgerichteten Umwelt angeboten wird. Sie erleben *den Stolz, der das schöpferische Handeln begleitet*.

Ein weiterer Aspekt der Arbeit mit gestaltbaren Materialien ist der: Die Teilnehmer entdecken, daß es ja in ihrer Macht steht, sich auch anders zu entscheiden und das, was sie geschaffen haben – wenn es ihren Wünschen nicht entspricht – in etwas umzuwandeln, was ihnen besser gefällt. Ob sie nun mit Ton, Collagen oder selbst mit Stein arbeiten, es besteht immer die Möglichkeit, das Geschaffene zurückzunehmen und sich auf das Unbekannte einzulassen, indem man neue und andere Möglichkeiten erkundet.

Eine neunzehnjährige Frau hatte in einem Workshop eine Lage Seidenpapier nach der anderen auf die Unterlage geklebt, in einer geradezu zwanghaften Furcht, daß in der fertigen Arbeit ein Stück des weißen Kartons durchscheinen könnte. Später, als die Teilnehmer über ihre Collagen sprachen, fragte ich sie, wieviel von dem Seidenpapier sie wagen würde, von ihrer Collage zu entfernen. Vorsichtig, langsam und wie gepeinigt zupfte sie einen Schnipsel nach dem anderen wieder ab. Schließlich kam sie zur untersten Schicht und riskierte es, das Seidenpapier ganz abzuziehen, so daß die weiße, verletzliche »Unterhaut« sichtbar werden mußte. Was sie statt des erwarteten Weiß vorfand, war jedoch ein orangefarbener Fleck, den das aufgeklebte Seidenpapier auf dem weißen Karton hinterlassen hatte und der das ganze »Loch« ausfüllte. Ihre katastrophale Erwartung schrecklicher Leere erfüllte sich nicht; in Wirklichkeit gab es keine Leere, sondern sie fand etwas Unerwartetes. Um ihr Gelegenheit zu geben, ihre durch Angst blockierte Energie freizusetzen, forderte ich sie nun auf, sich mit diesem orangefarbenen Fleck zu identifizieren. Durch diesen Vorgang der Identifizierung mit dem Orange war sie imstande, das Freudige dieser Farbe zu empfinden, und dabei kam ihr etwas von ihrer eigenen Farbigkeit zu Bewußtsein.

Die Skulpturen, Malereien, Collagen und anderen künstlerischen Produkte können auch die Gruppe stimulieren; in diesem Stadium ist allerdings sehr viel Initiative nötig, um die eigene Phantasie durch die Produkte eines anderen anzureizen. In einer Gruppe hatte beispielsweise eine junge Frau ihre Zeichnungen auf dem Boden ausgebreitet. Ein junger Mann, dem die Formen und Farben gefielen, begann, seine eigenen Phantasien dazu zu erläutern, die jedoch kleine Änderungen der Zeichnungen nötig machten. Die junge Frau war wütend; sie hatte das Gefühl, daß ihr durch seine Phantasien Gewalt angetan wurde. Dies öffnete ihr die Tür zur Erforschung ganz wesentlicher Gefühle, die sonst vielleicht unerweckt geblieben wären.

Bei der Arbeit mit gestaltbaren Materialien können die Gruppenmitglieder einer Zeichnung etwas hinzufügen, von einer Collage etwas wegnehmen, ein Plastilin-Gebilde umformen, in einer Steinplastik eine Höhlung anbringen, kurz, endlose Möglichkeiten der Veränderung erproben. Sie sind durchaus imstande, unfertige Teile zu vollenden, aus Vorgefundenem eine eigene neue Welt zu schaffen, an eine Arbeit nochmals heranzugehen und zu verändern, was vorher da war. Bei der Erforschung der Alternativen, die sich ihnen bieten, haben die Teilnehmer Gelegenheit zu erleben, wie wohl oder unwohl sie sich mit den neuen Erfahrungen fühlen, die sie sich selbst bereiten.

Welches Material auch verwendet wird, ich begegne immer wieder dem sichtbaren Ausdruck der individuellen Polaritäten. Da ist die helle und die dunkle Seite, die schwache und die starke, die Seite des Todes und die des Lebens, die Seite des Kindes und die des Erwachsenen.

Die in das »Kunstwerk« projizierten Polaritäten legen Zeugnis ab von den zwei verschiedenen Seiten des betreffenden Menschen, die im Augenblick in Konflikt miteinander liegen. Die kindliche Seite möchte umsorgt werden, und die erwachsene Seite hat »Kinder«, die der Fürsorge bedürfen. Der Mann, an den sich alle anlehnen wollen, weil er so stark ist, befindet sich in einem inneren Konflikt, denn er ist zugleich auch schwach und möchte sich auf andere stützen. Wenn diese Polaritäten im Workshop bildhaft zutage treten, gebe ich dem betreffenden Menschen die Gelegenheit, einen Dialog zwischen seinen jeweiligen Polen zu entwickeln. Oft kommen dabei gemischte oder ambivalente Gefühle ans Licht und können durchgearbeitet werden.

Ein Gruppenmitglied, ein fast zwei Meter großes »Kraftwerk« von Mann, wählte sich einen kleinen zerbrechlichen Stein zur Bearbeitung. Der Stein wurde zum Ausdruck des kleinen zarten Jungen in diesem Kraftprotz. Als der Stein Gestalt annahm, war der Mann erstaunt, daß seine großen, hart zupackenden Hände ein so anmutiges und vielsagendes Werk hervorbringen konnten. Die anderen Teilnehmer des Workshops kamen herbei, um seinen liebevoll polierten kleinen Stein zu befühlen. Er vermochte schließlich, sich zu seiner Zartheit ebenso zu bekennen wie zu seiner Kraft. In diesem Augenblick personifizierten die anderen Gruppenmitglieder eben jene Zartheit, die er bei sich immer verleugnet hatte, und ermutigten ihn dadurch, auch diese Seite seines Selbst anzuerkennen und zu integrieren. Für die anderen bedeutete dies auch eine Kontaktaufnahme mit ihrer eigenen Zartheit und die Gelegenheit, diesen Aspekt ihrer selbst anzuerkennen oder von neuem anzuerkennen.

Bei dem Drahtexperiment schlage ich manchmal vor, daß die Gruppenmitglieder allein mit beiden Drähten arbeiten sollen, statt sich einen Partner zur Interaktion zu suchen. Ich erinnere mich an eine Frau, deren Skulptur aus einem Draht bestand, der in einem sanft geschwungenen Bogen in die Ferne wies, während der andere Draht umgebogen war und sich um die Basis und den unteren Teil des freischwingenden Drahtes schlang. Es stellte sich heraus, daß der freistehende Draht den Teil ihres Wesens repräsentierte, der sich danach sehnte, auf andere Menschen zuzugehen, während der andere Draht symbolisierte, wie sie ihr ganzes Leben lang gewesen war – einsam, ängstlich, den Teil niederhaltend, der frei sein wollte. Im folgenden Dialog verlangte der fortstrebende Teil (hier kamen der Frau die Tränen), von dem anderen Draht befreit zu werden, »damit ich endlich auf andere Menschen zugehen kann«. Die Frau wickelte den Draht dann langsam ab und berichtete, sie spüre, wie sich gleichzeitig der Krampf in ihrem Magen löse. Nachdem sie den freischwingenden Draht befreit hatte, wandte sie sich von der Skulptur ab und streckte die Hand nach dem ihr zunächst sitzenden Gruppenmitglied aus. Von einem zum anderen gehend, umarmte sie alle der Reihe nach und gestattete sich auf diese Weise, den extravertierten Teil ihrer selbst zu erleben.

Die Kunsterfahrung des Menschen ist, ebenso wie sein Leben überhaupt, seine Realität und zugleich seine »Erfindung«. Der phänomenologische Ansatz bringt einen sichtbaren Inhalt hervor, der die eigene Erfahrung validiert. Ich glaube, daß jeder von uns über das Potential verfügt, sich Vergrabenes wieder zu eigen zu machen, Erfrorenes aufzutauen, die Erregung des Spiels, des Abenteuers, der Sexualität und der Kreativität wiederzufinden.

Kunsterfahrungen zu fördern und zu »erfinden« und mich selbst als Künstlerin und als Gestalttherapeutin einzubringen, ist für mich außerordentlich belohnend und im Grunde auch selbst ein »Kunstwerk«. Als ich als Studentin der Bildhauerei in der Akademie von Florenz zum ersten Mal Michelangelos »Sklaven« sah, spürte ich eine spirituelle Energie, die in der Tat profund war: eingeschlossen in diesen kompakten Stein war eine Vitalität und Lebenskraft, die seine Form transzendierte. Dieses Erlebnis kommt mir immer und immer wieder ins Gedächtnis. Ich glaube, daß jeder von uns die Fähigkeit besitzt, sich eine innere und äußere Realität zu schaffen, die mit ihm selbst und mit der Welt in Einklang steht, und daß wir imstande sind, uns immer weiter zu entwickeln und zu verändern.

8 Bewegungstherapie in Gestaltgruppen

Deldon McNeely Tyler

> Ich würde nur an einen Gott glauben, der zu tanzen verstünde . . .
> Ich habe gehen gelernt: seitdem lasse ich mich laufen. Ich habe fliegen gelernt: seitdem will ich nicht erst gestoßen sein, um von der Stelle zu kommen. Jetzt bin ich leicht, jetzt fliege ich, jetzt sehe ich mich unter mir, jetzt tanzt ein Gott durch mich.
> Friedrich Nietzsche, Also sprach Zarathustra

In der gesamten Menschheitsgeschichte ist die Kunst des Tanzes immer mit Schöpfung und Heilung verbunden worden. Die meisten Kulturen weisen Formen ritueller Tänze auf, die dazu dienen, neue Unternehmungen einzuleiten, Meilensteine des Wachstums zu feiern oder religiöse Verehrung auszudrücken. Im Unterschied zu kleineren, kohärenteren Kulturen wird der Tanz in unseren heutigen westlichen Gesellschaften nicht offiziell als Heilungsprozeß anerkannt. Dennoch benutzen viele Menschen den Tanz, um Gefühle der Niedergeschlagenheit, Frustration und Feindseligkeit, aber auch der Freude, der Sexualität und der Menschenliebe auszudrücken.

Das Erlebnis, unseren Körper auf neue Weise zu gebrauchen, kann unsere Fähigkeit zum Gewahrsein schneller und energischer fördern als rein verbale Erfahrungen. Seitdem im Wortsinn »Bewegung« in die Therapie- und Ausbildungsgruppen gekommen ist, habe ich oft eine neue Aufgeschlossenheit bei Menschen beobachtet, die bis dahin krampfhaft an einer charakteristischen Pose festgehalten hatten. Diese Erfahrungen haben mich ermutigt, Bewegungs- und Tanztechniken zu entwickeln und sie zu verschiedenen Zwecken bei der Arbeit mit Gruppen einzusetzen: als Quelle des Vergnügens, als Stimulans des Selbst-Gewahrseins und als Mittel zur Beseitigung von Barrieren, die weiteren Experimenten im Wege stehen. Meine Theorien, Ideen und Techniken in bezug auf den therapeutischen Einsatz der körperlichen Bewegung entstammen den vier wichtigsten Einflüssen in meiner eigenen Ausbildung: der Schule Freuds, Jungs und Reichs sowie den gestalttheoretischen Ansätzen in der Psychotherapie.

Bewegung und Musik wurden auch wegen ihrer therapeutischen Wirkung auf mich zu einem integralen Bestandteil meiner Arbeit. Viele Psychotherapeuten wissen von den Vorzügen aktiver sinnlicher Erfahrungen als Gegengewicht zu ihrer Arbeit, die gewöhnlich intuitiver und rezeptiver Art ist.[1]

Denken wir etwa an Carl G. Jungs Erfahrungen mit dem Sandspiel, dessen beruhigende, ausgleichende Wirkung ihm in Zeiten der Belastung half, die Dinge wieder in der richtigen Perspektive zu sehen.

Für mich verschmilzt und steigert der Tanz die Funktionen des Fühlens und Spürens, so wie ich diese Funktionen nach der Jungschen Theorie der Persönlichkeitstypen verstehe; wenn ich eine Zeitlang nur eben tanze und mich nicht darin unterbreche, kommt meine Fähigkeit zur Intuition ganz automatisch ins Spiel. Dies wirkt sich so auf mich aus, daß das, was als eine angenehme Empfindung und als ein Ausdruck von Energie begann, auf einer Ebene Bedeutung gewinnt, die etwas mit der Kommunikation meiner Gefühle, mit dem Leben selbst und religiöser Andacht zu tun hat.

In gestalttherapeutischen Begriffen bedeutet das, daß ich die Musik als Unterstützung durch die Umgebung akzeptiere, die es mir ermöglicht, mich sicher genug zu fühlen, um auf eine fixierte Gestalt verzichten zu können, und mich dadurch zu lockern, meiner ständigen Bedürfnisse gewahr zu werden und das Kontinuum meines Gewahrseins wiederherzustellen. Wenn die Denkfunktion an diesem Prozeß teilhaben soll, muß sie durch bewußte Bemühung und in voller Absicht angesprochen werden; im anderen Fall besteht gar keine Tendenz, zu verstehen oder darüber nachzudenken, wie oder warum ich tanze. Es genügt, *daß* ich tanze, daß ich »im Es« bin. Wird der Denkvorgang zu abrupt stimuliert, dann kann das den Rhythmus dieser Erfahrung insgesamt blockieren.

Wenn es andererseits zu einer Integration kommen soll, muß die Denkfunktion hinzugezogen werden. Dadurch, daß ich diese

---

[1] Siehe Carl G. Jungs »Psychologische Typen« (1958) mit der Erörterung der vier Persönlichkeitsfunktionen, wie sie sich in jedem Menschen entwickeln und zeitlebens miteinander interagieren: Intuition, Wahrnehmung, Fühlen und Denken.

Aussage hier soeben niederschreibe, hoffe ich, der zugrundeliegenden Überlegung Form und Dauer zu verleihen. Bewegung und Tanz können von großem Nutzen sein, ohne analysiert zu werden, aber die zusätzliche Arbeit des Durchdenkens der Bedeutung dieser »Erfahrung durch Bewegung« vertieft das Gewahrsein der Teilnehmer. Es ist deshalb wichtig, im Rahmen der Therapie einen gewissen Raum für diese Arbeit vorzusehen. Wir werden das später noch im einzelnen darlegen.

Jede Therapie, die dem Körper spezielle Beachtung schenkt, muß dem Beitrag der Körpertherapeuten, vor allem dem von Wilhelm Reich, Anerkennung zollen. Die Körperarbeit in der Bewegungstherapie reicht je nach den Zielen und der Belastbarkeit des Teilnehmers von ganz vordergründigen, leicht stimulierenden Übungen bis zu intensiver bioenergetischer Arbeit. Da die Bewegungstherapie sich für die Arbeit auf vielen Ebenen eignet, werden bei den verschiedenen Teilnehmern unterschiedliche Schwerpunkte gesetzt. Psychotherapeuten beispielsweise, die sich über die Bewegungsarbeit mit Gruppen informieren wollen, brauchen einen gewissen Einblick in handfeste bioenergetische Erfahrungen. Für die kurzfristige Psychotherapie oder die Arbeit mit einer auf Wachstum ausgerichteten Gruppe würde man dagegen Übungen auswählen, die speziell auf den Umgang mit der »Gruppengestalt« vorbereiten.

In meinem Einsatz der Bewegungstherapie und in meiner Methodik der Exploration des zutage tretenden Phantasiematerials sind gewisse Jungsche Vorstellungen und gestaltpsychologische Konzepte so weitgehend miteinander integriert, daß es mir unmöglich ist, sie hier etwa getrennt darzustellen. Sowohl in der Jungschen als auch in der Gestalttherapie tritt man in einen Dialog mit verschiedenen Manifestationen des Selbst ein[2], setzt sich unmittelbar mit der Spannung zwischen entgegengesetzten Polen auseinander, wobei man sich zugleich der Polaritäten im eigenen Selbst bewußt ist, und ist im Hier und Jetzt bestimmten archetypischen Bildern konfrontiert. Die Erweiterung unbewußter Prozes-

[2] Der Begriff »Selbst« wird hier im Sinne der Jungschen Formulierung verwendet und nicht entsprechend seiner gestalttheoretischen Definition, also nicht als »das komplexe System der Kontakte, wie es für die Anpassung in einem schwierigen Umfeld nötig ist...« (Perls, Hefferline und Goodman 1951, S. 373.)

se durch die von Jung so genannte »aktive Imagination« ist der gestalttherapeutischen Behandlung von Träumen und Phantasiematerial im Grunde sehr ähnlich. Der ganz spezielle Beitrag der Gestalttherapie ist in der nachdrücklichen Forderung zu sehen, solche integrativen Prozesse in Anwesenheit und, was sehr wichtig ist, unter Beteiligung des Therapeuten zu erleben. Ohne die Beteiligung des Therapeuten besteht immer die Gefahr, daß die Therapie zur Berichterstattung über ein Leben wird, das sich irgendwo anders abspielt, eine unfruchtbare Situation, in der man sich verstecken und mit der unausgesprochenen Einwilligung des Therapeuten bequem seine neurotische Position beibehalten kann. Für mich ist die Quintessenz der Gestalttherapie das Integrationserlebnis während der therapeutischen Sitzung, und auf diesen Aspekt der Bewegungstherapie möchte ich mich auch hier konzentrieren.

In der Bewegungstherapie mit *Gruppen* gewinnt der dyadische Prozeß eine weitere Dimension. In der Einzeltherapie kann man Bewegung und Musik entweder gelegentlich oder regelmäßig verwenden, oder aber man kann die Einzeltherapie auf einen primär körperorientierten Ansatz aufbauen. Die optimalen Voraussetzungen für Bewegungstherapie sind jedoch nach meiner Erfahrung in einer Gruppe gegeben, deren Mitglieder auch an Einzeltherapie teilnehmen. In der Gruppe wird die Bewegung zum »Megaphon« für die subtilsten inneren Erlebnisse, und der Zustrom aus schöpferischen Quellen fließt viel ungehinderter. Natürlich lassen sich in einer einzigen Gruppensitzung nicht alle Möglichkeiten der Exploration der neuentdeckten Aspekte jedes Teilnehmers ausschöpfen; diese können in der Einzeltherapie weiterverfolgt werden. Aber die Gruppe ist – abgesehen davon, daß sie mehr Anregungen bietet – ein Rahmen, in dem Familien- und Peer-Gruppenerfahrungen zu Experimentierzwecken simuliert werden können. Dies wird später anhand von Beispielen noch deutlicher werden.

Für mich ist der schwierigste und riskanteste Teil der Bewegungstherapie die Frage nach der Bedeutung körperlichen Schmerzes, insbesondere in kurzfristigen Gruppen. Die Teilnehmer werden aufgefordert, gleich zu Beginn etwaige alte Verletzungen und körperliche Behinderungen, durch die sie in ihrer Bewegungsfreiheit vielleicht eingeschränkt sind, mitzuteilen, damit diese Einschränkungen in unserer Arbeit berücksichtigt werden können. Es kommt jedoch auch vor, daß Teilnehmer ohne offenkundige oder erinnerte körperliche Behinderungen bei der ersten Gruppenarbeit Schmerzen haben. Solche Schmerzen stellen zweifellos eine Warnung für den Teilnehmer und den Therapeuten dar und verdienen sorgfältige Beachtung. Gewöhnlich verschwinden sie, wenn man darüber spricht und allmählich zu den schmerzerzeugenden Bewegungen und Phantasien übergeht. In einer Kurzzeitgruppe empfehle ich hingegen, wenn der Schmerz anhält oder der Widerstand gegen die Arbeit mehrere Sitzungen lang fortdauert, daß das Mitglied die Gruppe verläßt und den Widerstand in einem anderen therapeutischen Rahmen exploriert. Dies geschieht in erster Linie im Interesse der anderen Mitglieder und der Gruppe-als-Ganzes, denn bei genügendem Zeitaufwand könnte letztlich jeder Widerstand durch Bewegung und Verbalisierung in der Gruppe aufgearbeitet werden.

Die Bewegungsgruppe kann auf jeder Ebene der Psychotherapie und mit den verschiedensten Zielen eingesetzt werden. Ich werde kurz zwei solche Ebenen skizzieren, um einige Verwendungsmöglichkeiten der Bewegungstherapie zu illustrieren.

Die Bewegungstherapiegruppe mit schlecht integrierten Teilnehmern

Wie können wir uns auf der elementarsten Ebene der Psychotherapie, wenn der Klient sich gegen die Verführung überwältigender psychotischer Inhalte zur Wehr setzen muß, als Therapeuten einbringen? Nach dem medizinischen Modell wahren wir eine gewisse Distanz, beobachten das Verhalten des Betreffenden und verschreiben eine entsprechende Behandlung, sei es durch Medikamente oder Milieutherapie. Nach dem gestalttherapeutischen Modell nehmen wir mit solchen Personen so Kontakt auf, wie sie sich selbst erleben, und werden zu einem Teil ihres Erlebens. In der gestaltorientierten Bewegungstherapie verfahren wir nicht nur direktiv, sondern wir präsentieren uns dem Klienten zur Nachahmung, zur Erkundung seiner Körpergrenzen und zur Entwicklung seiner Körpervorstellung. Wir ermutigen ihn, herauszufinden, was er empfindet und wie er aussieht, und zu erklären, wie er sich selbst im Verhältnis zu seinem Therapeuten sieht. Wir wollen, daß die Teilnehmer mit uns in Berührung kommen und wenigstens für kurze Zeit zur integrierten Erfahrung ihrer inneren und äußeren Welt gelangen. Dies kann durch die verschiedensten bewegungstherapeutischen Techniken geschehen, aber auf dieser Stufe erweisen sich die stärker strukturierten, repetitiven und kreisförmigen Bewegungen gewöhnlich als besonders wirksam. Der einfache Kreis ist eine Quelle des Trostes und der Kraft. Deshalb spielt sich meine Gruppenarbeit mit psychotischen Klienten meistens in einem Gruppenkreis ab.

Bei der Arbeit mit einem einzelnen psychotischen Klienten verwende ich Massage und Ausdruckstanz, aber nur nach sorgfältiger Einschätzung, wieviel physischen Kontakt der Betreffende will oder tolerieren kann. Einfache Übungen mit Musikbegleitung, Spiele und gemeinsames Singen sind überaus wertvoll. Die wesentliche Erfahrung ist die des emotionalen und kognitiven Kontakts zwischen uns als einer Brücke von der Egozentrik zur Sphäre der zwischenmenschlichen Beziehungen. In der Bewegungstherapie vollzieht sich dieser Kontakt vorwiegend im sinnlichen Bereich. In einer Gruppe, in der ja mehr Beziehungen möglich sind und die Abhängigkeit vom Therapeuten geringer ist, erleben die Teilnehmer, daß auch beunruhigende Gefühle von der Gruppe akzeptiert werden; sie lernen, daß sie diese Gefühle nicht zu verleugnen brauchen. Je größer die Sicherheit, desto rascher die Heilung; deshalb sind im Idealfall Co-Therapeuten oder Assistenten vorhanden, die zur Sicherheit der Umgebung beitragen und durch deren Anwesenheit die Anzahl der Gruppenmitglieder »verkraftbar« bleibt. Die Therapeuten tanzen mit, berichten über ihre Phantasien und bringen sich aktiv ein.

Die Bewegungstherapiegruppe mit besser integrierten Personen

Wenn die Teilnehmer ein klares Identitätsgefühl haben und es darum geht, blockierte kreative Energie aus dem Unbewußten freizusetzen, dann ist die Bewegungstherapie ein Mittel, um ihre physische und psychische Energie in neue Bahnen zu lenken. In unserer körperlichen Entwicklung und bei der Bildung unseres Selbstkonzepts folgen wir gewissen Neigungen, die zu spannungsreduzierenden Gewohnheiten, bequemen ausgetretenen Pfaden und schließlich zur supersicheren Routine werden. Von solchen eingefleischten Gewohnheiten, die sich in der physischen und psychischen Haltung äußern, trennt man sich nicht kampflos. In der Bewegungstherapie ist es möglich, diesen Kampf in einer spielerischen Art aufzunehmen.

Ich führe Bewegungsgruppen mit besser integrierten Personen ungeachtet ihrer zeitlichen Begrenzung und ihrer Zielsetzung im wesentlichen in derselben Weise durch. Nach einer anfänglichen Periode der Befangenheit, in der ich die Gruppeninteraktion einschränke, ermutige ich dann die Mitglieder gewöhnlich, sich nach und nach immer aktiver einzubringen und einander ihre Gefühle, Phantasien und Reaktionen zu enthüllen. Am Beginn einer Bewegungsstunde bin ich sehr aktiv; nach und nach verringere ich meine Initiative, bleibe jedoch verfügbar – hauptsächlich zur Leitung der Bewegungsübungen –, während die Gruppe sich selber in Gang hält. Um die Sache für mich selbst zu vereinfachen, halte ich mir vor Augen, daß jedes Gruppentreffen drei Phasen aufweisen sollte: *1. Aufwärmen, 2. kreative Bewegung* und *3. Integration*. In der ersten Phase rege ich zur körperlichen Lockerung und zur Selbstvergessenheit an; in der zweiten fördere ich die kreative, spontane Körperbewegung; und in der dritten helfe ich, Selbstbewußtsein zu entwickeln, wenn wir gemeinsam unsere Erfahrungen untersuchen, analysieren und durch Handlungen und Worte integrieren. In der Praxis überschneiden sich diese Phasen, so daß ständig entschieden werden muß, ob die körperliche Bewegung oder aber das verbale Material in den Vordergrund rücken soll.

Die folgende Beschreibung dieser Phasen gilt für Gruppen verschiedenster Art, also etwa für die wachstumsorientierte Gruppe, die sich auf ein Wochenende beschränkt, die fortlaufende Therapiegruppe oder den Workshop für Fachleute. Die Intensität der Arbeit kann auf die Bedürfnisse und Ziele der betreffenden Gruppe zugeschnitten werden.

Erste Phase: Körperliches und seelisches Aufwärmen

Auch bei sehr gesunden und selbstsicheren Personen sind Ermutigung und eine gewisse Struktur nötig, um in der Gruppe ein Gefühl der Sicherheit zu erzeugen. Die meisten von uns haben Verbote gegen das öffentliche Vorzeigen unseres Körpers so stark verinnerlicht, daß eine gewisse Vorbereitungsarbeit nötig ist, bis der

Körper spontan auf Bewegungsimpulse reagiert. Sobald das anfängliche Lampenfieber überwunden ist, stellt sich jedoch ein wundervolles Gefühl der Freiheit und Lebensfreude ein.

Ich ermutige die Gruppenmitglieder auf verschiedene Weise, ihre Bewegungen und ihre Gefühle nicht zurückzuhalten. Die Stimulierung der Skelettmuskulatur durch anstrengende Bewegung und Tiefenatmung löst Verspannungen und produziert Schwitzen, Rülpsen, Husten, Furzen, Niesen, Weinen, Kichern, Schwindel etc. Ich ermutige die Teilnehmer, sich hemmungslos diesen Äußerungen des Spannungsabbaus hinzugeben, selbst wenn sich andere in der Gruppe dadurch gestört fühlen. Ich appelliere auch an jeden einzelnen, sich zunächst ausschließlich auf seine inneren Erlebnisse zu konzentrieren, ohne darauf zu achten, was die anderen tun. Später, jedoch nicht am Anfang, ist es wichtig, daß die Teilnehmer einander beobachten, imitieren, kritisieren und zusammenarbeiten. In dieser Hinsicht unterscheidet sich die Bewegungsgruppe von vielen verbalen Therapiegruppen.

Nach meiner Auffassung ist richtiges Atmen das wesentlichste Element jeglicher Therapie. Die Atemübungen, mit denen jede Sitzung beginnt, variieren je nachdem, wie tief die Therapie gehen soll. In einer typischen Gruppe mit unerfahrenen Teilnehmern verbringen wir gewöhnlich zu Beginn und am Ende jeder Sitzung einige Minuten damit, eine rhythmische tiefe Bauchatmung herbeizuführen. Die Teilnehmer werden auch angewiesen, bei den Übungen oder beim Tanzen während der Streckbewegungen einzuatmen und in der Beugungsphase auszuatmen. In Gruppen mit erfahrenen Teilnehmern, die sich für intensive bioenergetische Arbeit interessieren, wird oft ziemlich viel Zeit für Atemübungen nach Reichschen und Yoga-Techniken aufgewendet.

Nach der Tiefenatmung und einigen Übungen zum Aufwärmen, Streckübungen oder Yoga-Positionen, beginnen wir mit Übungen, die ganz gezielt bestimmte Körperregionen ansprechen: Begleitet von anregender, stark rhythmischer Musik führe ich mit der Gruppe eine Reihe von Bewegungen aus, die einzelne Muskelgruppen ansprechen, wobei wir mit dem Kopf beginnen und dann zum Hals, zu den Armen und Schultern und so weiter übergehen. Durch diesen Vorgang werden die Gruppenmitglieder gewahr, wo und wie ihr Körper abblockt und Energie festhält; durch Bewegungswiederholung und sanfte Massage, entweder paarweise oder durch den (die) Therapeuten, beginnen wir den Lockerungsprozeß. In jeder einzelnen Gruppenstunde sorge ich dafür, daß nach und nach der ganze Körper einbezogen wird, so daß die freigesetzten Energien ausgeglichen werden und Belastungen vor dem Ende der Stunde in freieren Körperzonen kompensiert werden können; wir wollen nicht riskieren, Muskeln durch wiederholten Streß oder automatisierte Reaktionen zu schädigen.

Phantasien, die durch diese Übungen angeregt wurden, werden dann sowohl verbal als auch tänzerisch weiterverfolgt. Wenn beispielsweise ein Mann besonderes Vergnügen an einer bestimmten Armbewegung findet, fordere ich ihn auf, seine Erfahrung mit uns zu teilen. Ich rücke ihn vorübergehend in den Mittelpunkt der Gruppe und verstärke seine Erfahrung, indem ich ihn die Bewegung so lange wiederholen lasse, bis sich eine Phantasie dazu einstellt. Um die Erfahrung durch die Gruppe zu steigern, ersuche ich die anderen, uns mitzuteilen, welche Phantasien diese Bewegung bei ihnen auslöst. Dieselbe Bewegung kann bei den Gruppenmitgliedern Phantasien des Grabens, Suchens, Arbeitens, Bauens, Begrabens und so weiter wachrufen; für die Person im Vordergrund wird sie jedoch zweifellos eine signifikante emotionale Bedeutung haben. Sobald die Emotion identifiziert ist, kann die Bewegung durch den betreffenden Teilnehmer und durch die Gruppe wiederaufgenommen und in kathartischer und strukturierter Weise rhythmisch wiederholt werden.

Die Gruppenteilnehmer helfen einander bei der Ausführung dieser Übungen oft durch Ratschläge und Ermutigung. Beispielsweise kann jemand, dem Bewegungen des Oberkörpers besonders leichtfallen, geradezu prädestiniert sein, einen anderen Teilnehmer zu mobilisieren, der in diesem Bereich Schwierigkeiten hat. Der Therapeut hat keinen exklusiven Anspruch auf das Talent, anderen dabei zu helfen, ihre gefühllosen Körperteile zu spüren; schließlich sind auch Therapeuten keinesfalls frei von blinden Flekken und sollten anderen Gelegenheit geben, ihre eigenen Lücken zu füllen.

In der Aufwärmphase singen wir gewöhnlich, um die tiefer liegenden Organe in Vibration zu versetzen, und machen kindliche und tierische Geräusche, um tiefere Assoziationen zu wecken. Alles ist erlaubt: Jaulen, Knurren, Brüllen, Heulen, Zischen, jede nur denkbare Geräuschentfaltung. Menschen, die jahrelang ihr

Wimmern und Schreien unterdrückt haben, genießen es oft, solche Laute ausstoßen zu dürfen. Andere fürchten hingegen, daß dadurch unsere tierische Natur hervorbrechen könnte, sie haben Angst, die Kontrolle über sich zu verlieren, und sehen unsere höchsten menschlichen Werte in Gefahr. In solchen Fällen erkläre ich, durch die Kontaktaufnahme mit unseren primitivsten Regungen verringere sich die Wahrscheinlichkeit, daß diese sich unkontrolliert äußern; wir werden mit diesen archaischen Teilen unserer selbst vertraut und haben dadurch die Wahl, wie wir sie äußern wollen. Unser Ziel ist nicht, für immer zum primitiven Verhalten zurückzukehren, sondern uns dieses Potentials bewußt zu werden, seinen Wert zu sehen und konstruktiv damit umzugehen. Wir werden dann eine bessere Fähigkeit entwickeln, Kinder, Tiere und weniger entwickelte Menschen zu verstehen und einfühlsam zu behandeln. Ich empfehle es, sich zu diesen verleugneten Aspekten unserer selbst zu bekennen und sie auf eine Weise auszudrücken, die das Wohlbefinden der anderen nicht beeinträchtigt.

Entweder paarweise oder in Gruppen experimentieren wir häufig mit Mimik und Spiegelübungen, um unserer Ausdrucksmöglichkeiten gewahr zu werden und um zu sehen, wie wir dieses Spektrum um eines bestimmten Charakterbildes willen einengen. Wenn wir uns beispielsweise selbst als sanft und rational definiert haben, wird es uns schwerfallen, die Muskulatur zu aktivieren, die Wut ausdrückt; wenn wir uns als keusch verstehen, wird uns die Körpersprache, die der Kunst der sexuellen Verführung dient, nicht zur Verfügung stehen. Die Gruppe wird somit zu einem Labor für Experimente mit den Möglichkeiten der Selbstäußerung.

Zweite Phase: Schöpferisches Bewegen

In der Aufwärmphase wird oft spontan getanzt, oder es stellen sich Phantasien ein, so daß es nötig wird, zu erklären oder zu analysieren. Im allgemeinen steht jedoch das Auslösen von Phantasien erst in der zweiten Phase im Vordergrund. Durch Spielen, Tanzen und Übernehmen von Rollen können wir uns Teile unserer selbst ins Bewußtsein zurückrufen, die wir vor vielen Jahren abgelehnt, aufgegeben oder verdrängt haben, und wir können dadurch unsere Persönlichkeit bereichern und unseren Körper wieder lebendiger machen. Es gibt viele Phantasieübungen, die die Einbildungskraft anregen und zu spontanem Tanzen verleiten. Ich nenne einige Beispiele: eine Traumfigur tanzen lassen; eine Bewegung oder ein Gefühl übertreiben; in Haltung und Bewegungen eine archetypische Figur oder eine Person darstellen, die einen interessiert; tanzen, als gehöre man dem anderen Geschlecht an, oder in vielen verschiedenen Geschlechtsrollen; eine Person verkörpern, die man fürchtet, haßt oder liebt; Arbeit und Spiel, Verführung, Andacht und so weiter darstellen. Musik kann helfen, Phantasiematerial freizusetzen, da sie Stimmungen auslöst. Die Teilnehmer können sich in ihrer Phantasie oder wirklich tanzend zur Musik bewegen. Wir können uns sanft dahinfließende Musik anhören und uns davon in eine rezeptive, passive Stimmung versetzen lassen; dann können wir mit den Bildern und Bewegungen arbeiten, die in dieser Stimmung auftauchen. Lebhafte, laute Musik löst im Gegensatz dazu aktive Phantasien und Bewegungen aus. Ganze Gruppenstunden können auf Themen wie das Säuglingsalter, das kindliche Spiel, die weibliche und die männliche Identität, Geburt und Tod orientiert werden. Was auch immer das Thema ist, ich stelle die Struktur in den Dienst der Spontaneität, nicht umgekehrt. Musik, Übungen und Vorschläge sollen den Gruppenmitgliedern helfen, ihre eigenen fließenden Bewegungen aufzugreifen; je mehr Freiheit sie sich dann herausnehmen, desto besser.

Es kann nicht genügend betont werden, wie wichtig es ist, sich genau zu überlegen, wie weit man mit den Teilnehmern gehen will. Bei der Exploration ihrer Phantasien sind sich die Teilnehmer ebenso wie bei den Atem- und Aufwärmübungen der verfügbaren Zeit bewußt, und die jeweiligen Gruppenziele setzen der Intensität der geleisteten Arbeit Grenzen. Selbst ohne Sondierung können spontan signifikante Einsichten auftreten, und die Teilnehmer können bei einem gut strukturierten, sorgfältig begrenzten Vorgehen schöne und wichtige Erfahrungen machen.

Die unerhört tiefschürfende Arbeit des Wachrufens von Phantasiematerial und Erinnerungen erfordert hingegen relativ erfahrene Teilnehmer, genügend Zeit zum Durcharbeiten und die ehrliche Bereitschaft des Therapeuten, bei der Sache zu bleiben, bis die Protagonisten imstande sind, allein oder mit einem anderen Therapeuten weiterzumachen. Kein verantwortungsvoller Therapeut wird jedoch Arbeit in Gang setzen, solange er die Teilnehmer nicht einigermaßen kennt und solange die Gruppe nicht eine ausreichende Kohärenz entwickelt hat, um eine genügend sichere Umgebung zu bieten.

Phantasiearbeit, deren Material leicht an die Oberfläche kommt, wird oft als ein angenehmes Erlebnis empfunden und vermittelt gleichzeitig eine Menge Einsichten. Wenn eine Frau beispielsweise die durch das Wort »Mutter« evozierten Phantasien in Bewegung umsetzt, wird sie vielleicht bewußtseinsnahe Gefühle in bezug auf ihr Verhältnis zu ihrer Mutter oder in bezug auf sich selbst als Mutter »austanzen«. Obwohl diese Erfahrung vielleicht keine neuen oder unbekannten Inhalte zutage fördert, schärft sie vielleicht ihr Bewußtsein für diese Gefühle und sensibilisiert sie für neue Facetten ihrer Beziehung zu ihrer Mutter, zu ihren Kindern und zu sich selbst. Andererseits können dieselben Bewegungen auch Reaktionen anderer Art auslösen, wie etwa eine bisher verdrängte, plötzlich kristallklare frühe Erinnerung an die Mutter, die mit Schuldgefühlen oder Aggressionen befrachtet ist, oder unerwartete Zärtlichkeit und Sehnsucht nach der Mutter oder das plötzliche Gewahrwerden einer möglichen Beziehung zu einer Göttlichen Mutter.

Wie bereits erwähnt, müssen wir, wenn wir uns entschließen, neue oder belastende Vorstellungen, Emotionen, Erinnerungen oder Identitäten mit einem Mitglied tiefergehend zu explorieren, genügend Zeit für eine entsprechende Durcharbeitung in der jeweiligen Sitzung zur Verfügung haben, um ein Gefühl der Vollendung und des Abschlusses zu erreichen.

Außerdem muß der Therapeut, während er mit einem Teilnehmer einzeln arbeitet, die übrigen Gruppenmitglieder im Auge behalten und in Kontakt mit ihnen bleiben. Sie können entweder als Zuhörer im Hintergrund bleiben, oder man kann sie auffordern, sich an dem Prozeß zu beteiligen, indem sie beispielsweise dasselbe Gefühl aufgreifen und darstellen. In beiden Fällen ist es möglich, daß durch die Arbeit des Protagonisten bei einem oder mehreren Gruppenmitgliedern eine wichtige Erinnerung oder Phantasie ausgelöst wird. Diese Personen brauchen dann in der Gruppe Zeit und Raum, um ihre Erfahrungen durchzuarbeiten.

»Schwieriges« Phantasiematerial hängt gewöhnlich mit blokkierten Körperteilen zusammen, so daß die Umsetzung der Phantasie in Bewegung linkisch wirkt und die verspanntesten Körperteile einbezieht. So hatte beispielsweise ein junger Mann, dessen

Körperhaltung und Bewegungen Muskelverkrampfungen in der Schulter- und Nackenregion verrieten, die Phantasievorstellung, ein väterlicher Freund lehre ihn einen Tanz. Als er die Phantasie später demonstrierte, fielen uns die kräftigen Arm- und Schulterbewegungen auf, die dieser Tanz erforderte – der ihm von heilenden Kräften in seinem Innern suggeriert worden war. Um dieses Material durchzuarbeiten, mußte sich dieser Mann mit den problematischen Muskelpartien auseinandersetzen. Er entdeckte einige Gründe für seine Starrheit und Unbeweglichkeit in früher Konditionierung und Streß. Als er mit der Gruppe über seine Kindheitsängste sprach, wurde er gewahr, daß er sich damals vor diesen Ängsten geschützt hatte, indem er sich panzerte, und daß er sich auch heute noch so hielt und verhielt, als müsse er sich immer noch schützen. Indem er zunächst sich selbst als Kind und dann die gefürchteten Personen seiner Kindheit ausagierte, gelang es ihm, seine eigene Kraft zu entdecken und zu integrieren.

Dritte Phase: Bewußte Integration

In dieser Phase reflektieren wir das, was in der kreativen Phase geschehen ist, und entdecken dabei verschiedene wertvolle Aspekte dieser Erfahrung. Vielleicht der wertvollste Aspekt ist die Erkenntnis, daß die verwundbaren und abgelehnten Teile unserer selbst, die wir hier offenbart haben, von anderen durchaus anerkannt und akzeptiert werden. Durch die Einzigartigkeit der Reaktion jedes einzelnen auf die Stimuli ist auch eine Fülle von Material für die Kommunikation zusammengekommen, das zur Exploration der erlebten Bewegungen, Gedanken und Gefühle einlädt.

In dieser Phase wird es erstaunlich leicht, Kindheitserinnerungen wiederzuerwecken und die Gelegenheit zu schaffen, wieder ein Kind zu sein, und zwar auf eine Weise, die es gestattet, Polaritäten zu erleben und auszudrücken: Wer immer schüchtern war, kann jetzt ein Führer sein; der ehemals so »wüste Kerl« stellt fest, daß er der Schwarm der ganzen Gruppe ist; der Tolpatsch ist ein geradezu begnadeter Tänzer geworden und so weiter. Es ist erstaunlich leicht, zu Verständnis und Mitgefühl für Menschen zu gelangen, die einem bisher unbegreiflich waren, einfach indem man eine Zeitlang in ihre Fußstapfen tritt und ihre Haltung übernimmt. Einer Frau kann es unerwartet leichtfallen, sich in einen Mann einzufühlen, wenn sie eine Zeitlang ein Mann »gewesen« ist, einem Mann fällt es überhaupt nicht mehr schwer, seine mütterlichen Gefühle zu entdecken, nachdem er sich vorgestellt hat, eine Schwangerschaft und Entbindung zu durchleben. Die Kommunikation zwischen Ehepartnern wird durch solches Rollenspiel ebenso gefördert wie die zwischen Lehrern und Schülern und zwischen Vorgesetzten und ihren Mitarbeitern.

In dieser Abschlußphase analysieren wir nicht nur, sondern hier vollzieht sich der größte Teil des Austauschs und des Ausprobierens von Bewegungen. Die Kreativität der Gruppe offenbart sich jetzt in den Anregungen und anderen Hilfestellungen, die angeboten werden, wie auch in der Erfindung neuer Formen der Bewegung. In diesem Stadium halte ich es für wichtig, dafür zu sorgen, daß jeder einzelne, insbesondere die eher zurückhaltenden Mitglieder, zu Wort kommt. Manche Teilnehmer haben Schwierigkeiten mit der Integration von Denken und Fühlen, so daß der Therapeut sie damit konfrontieren und ihnen helfen muß.

Dies ist auch die Zeit, um Arbeiten abzuschließen, die aus dem einen oder anderen Grund in der kreativen Phase unvollendet blieben – ein oder mehrere Gruppenmitglieder können jetzt Gelegenheit erhalten, das Neugeborene der Gruppe oder der Medizinmann, der Star und so weiter zu sein. Für ein Mitglied, das sich immer zurückgehalten hat und nie anerkannt oder gar privilegiert gewesen ist, kann es eine wertvolle Erfahrung sein und seine Selbstsicherheit steigern, wenn es der Gruppe lautstark Befehle erteilt oder eine Prozession choreographiert und anführt. Umgekehrt kann es für einen energiegeladenen Machertyp eine ausgleichende Erfahrung sein, von der Gruppe »geboren« und genährt zu werden, so daß sich für ihn die Bandbreite »akzeptablen« Verhaltens erweitert. (Auf eine besonders erfreuliche Version dieser Erfahrung kam ich, nachdem ich einen afrikanischen Fruchtbarkeitstanz gesehen hatte. Das »Baby« kriecht durch die gespreizten Beine der Gruppenmitglieder hindurch, die dicht hintereinander stehen; das Ganze wird von rhythmischer Musik und wiegenden Bewegungen mit viel Körperkontakt begleitet und gipfelt im Augenblick der Geburt in einem großen, freudigen Tumult. Dieses Erlebnis fördert immer wichtiges Material in bezug auf enges Beisammensein, Trennung und Kontaktgrenzen zutage, das dann weiter exploriert werden kann.)

In dieser Phase besprechen wir, wo die einzelnen Panzerungen und Belastungspunkte im Körper sitzen und mit welchen physischen Inhalten sie wohl assoziiert sind, und gehen der Frage nach, wie wir die Bewegung an ihrem fließenden Ablauf hindern. Diese Beobachtungen beginnen praktisch schon bei den Isolierungsübungen und treten im Laufe der Gruppenstunden immer offenkundiger zutage. Jemand wird sich verspannter Körperzonen bewußt, weil er nämlich an bestimmten Stellen Schmerzen verspürt, eine mangelnde Ansprechbarkeit für eine gewünschte Bewegung bemerkt oder aber unfähig ist, die Bewegung eines anderen Gruppenmitgliedes nachzuahmen. Und obwohl es niemals mein Ziel ist, daß alle sich gleichermaßen geschmeidig oder graziös bewegen sollen, ermuntere ich doch jeden Teilnehmer, sich zu bemühen, sein gegenwärtiges Bewegungsrepertoire etwas zu erweitern.

Schließlich ist dies der Zeitpunkt, um sich darüber klarzuwerden, daß keiner von uns statisch ist, daß wir uns in einem ständigen Veränderungsprozeß befinden und daß wir durch Vorsorge und Beachtung der von uns eingeschlagenen Richtung in jedem Alter und auf jeder Stufe der Flexibilität ein gewisses Maß an Entscheidungsfreiheit über unsere Zukunft erlangen können.

9 Der Gestalttherapie-Marathon

Elizabeth E. Mintz

Wir sind inmitten eines Gestalttherapie-Marathons. Diese spezielle Gruppe, bestehend aus zwölf Teilnehmern, etwa gleichviele Männer und Frauen, verbringt drei Tage zusammen, auch die Unterkunft ist gemeinsam. Wir sind in der Mitte des zweiten Tages; eine Atmosphäre des Vertrauens und der gegenseitigen Anteilnahme hat sich entwickelt. Ich werde von zwei Episoden berichten, die ich ausgewählt habe, weil sie die besonderen Vorzüge veranschaulichen, die dieser zeitliche Rahmen meines Erachtens bietet: Die Teilnehmer haben Gelegenheit, neue Verhaltensweisen sofort auszuprobieren, statt warten zu müssen, bis sie in das Leben außerhalb der Gruppe zurückkehren, mit dem Risiko, daß sie wieder in alte Verhaltensmuster der Abwehr und des mangelnden Gewahrseins zurückfallen.

Susan, Anfang dreißig, möchte arbeiten. Ihre Schwierigkeit besteht in ihren Augen darin, daß sie ein starkes Bedürfnis hat, für andere Leute zu sorgen, was nicht nur sie selbst belastet, sondern, wie sie selbst einsieht, manchmal auch für ihre Schützlinge inakzeptabel und ärgerlich ist. Mehrere andere Teilnehmer, die sich durch Susans Besorgtheit um ihr Wohlergehen etwas belästigt gefühlt haben, bestätigen ihre Darstellung ihres Problems. Entsprechend dem Gestaltprinzip der Polaritäten, wonach jedes extreme Persönlichkeitsmerkmal fast immer von dem mangelnden Gewahrsein begleitet wird, daß auch der entgegengesetzte Charakterzug vorhanden ist, wird Susan aufgefordert, im Kreis herumzugehen und die anderen Gruppenmitglieder zu bitten, ihr einen Gefallen zu tun, ihr etwas zu geben oder in irgendeiner anderen Weise für sie zu sorgen.[1]

[1] Dieser Kunstgriff, den Klienten aufzufordern, das *Gegenteil* eines ausgeprägten Charakterzuges zu spielen – ein Verfahren, das ich zum ersten Mal in den Esalen-Workshops von Perls sah –, ist natürlich auch in psychoanalytischen Begriffen zu verstehen als Exploration von Material, das durch Abwehrmechanismen wie Verdrängung und Reaktionsbildung unbewußt gemacht wurde.

Mit einem Manöver, das jedem Gruppentherapeuten vertraut sein dürfte, versucht Susan zunächst, die Anweisung zu sabotieren, indem sie so tut, als bitte sie um etwas, *de facto* aber fortfährt, ihr pathologisches Bedürfnis, zu geben und zu dominieren, auszuagieren. Sie sagt Dinge wie: »Tu mir den Gefallen und hör auf, dich selbst herabzusetzen« oder: »Du würdest mir eine Freude machen, indem du dich gerade hinsetzt.« Die Gruppe durchschaut (nicht unerwarteterweise) ihre Tricks sehr schnell und schlägt ihr ohne mein Eingreifen vor, nochmals von vorn zu beginnen und sich an die ursprüngliche Anweisung zu halten.

Die Intensität von Susans Reaktion würde jeden erstaunen, der noch nie die Panik erlebt hat, die auftreten kann, wenn jemand sein Rollenspiel aufgibt und die Erlebnisebene erreicht, auf der er entweder handlungsunfähig bleiben oder eine authentischere Stufe des Selbstausdrucks erklimmen muß – den Punkt, den Gestalttherapeuten als »Sackgasse«, auch »Engpaß« *(impasse)*, bezeichnen. Susan ist buchstäblich unfähig zu sprechen. Ihr Selbstkonzept, ihre ganze Art und Weise, mit Menschen umzugehen, war von Kindheit an darauf aufgebaut, für andere zu sorgen. Die Gruppe beobachtet sie in einfühlsamem Schweigen, wie sie nach Luft ringend und am ganzen Körper leicht zitternd dasteht. Es ist eine ungeheure Erleichterung für alle, als sie schließlich mit hoher, quäkender Stimme sagt: »Würdest du ... würdest du ... mir einen Kaffee holen, bitte?« Alle brechen in freundliches Gelächter aus, und das von Susan angesprochene Gruppenmitglied geht sofort und bringt ihr den Kaffee.

Danach ist es etwas leichter für Susan, die Runde fortzusetzen, obwohl es ihr schwerfällt, sich Bitten auszudenken. Das freundliche Lachen ist eine enorme Unterstützung für sie, denn es hilft ihr zu verstehen, daß es für die anderen durchaus annehmbar ist, wenn sie Abhängigkeit als Teil ihrer Gesamtpersönlichkeit äußert. Wie es oft geschieht, wenn ein Ausweg aus der Sackgasse gefunden wird, beendet sie die Runde mit einem Freudenausbruch und bringt es nun wirklich fertig, von zwei oder drei Teilnehmern liebevolle Umarmungen zu erbitten und zu empfangen.

Bis zu diesem Punkt unterscheidet sich diese Episode nicht von anderen erfolgreichen Episoden in der Gestalttherapie. Sie illustriert die therapeutische Technik, den Protagonisten aufzufordern, er solle die andere Seite eines bipolaren Charakterzuges spielen, die bisher außerhalb des Gewahrseins gehalten worden ist; dabei wird die Gruppe als therapeutischer Partner benutzt. Der Protagonist wird aus der rollenspielenden Persönlichkeitsschicht in die Sackgasse geführt (die »tote« Schicht) und aus der Sackgasse heraus zu einer Wiederaneignung jenes Charakterzuges – in diesem Fall Abhängigkeit –, der verleugnet worden war. Die Unterstützung der Gruppe war wichtig. Ich halte Lachen (einfühlsames Lachen, niemals Auslachen) für ein hochwirksames therapeutisches Mittel, da es dem betroffenen Gruppenmitglied zeigt, daß seine Angst vor Gewahrsein und Authentizität unrealistisch ist.

Der zeitliche Rahmen des Marathons gab Susan jedoch Gelegenheit, ihre Erfahrungen noch einen Schritt weiterzutreiben. Da die Gruppe die ganze Zeit, einschließlich der Mahlzeiten und der Erholungspausen, zusammenblieb, wurde Susan aufgefordert, während des restlichen Wochenendes »Hausaufgaben« zu machen: Sie durfte sich nie selbst Kaffee holen, sondern mußte jemanden bitten, ihr den Kaffee zu bringen, sie mußte um ein Sitzkissen bitten, wenn sie eines wollte. Sie mußte jemand anderen auffordern, ein Holzscheit aufs Feuer zu legen, wenn es nötig war. Und sie durfte unter keinen Umständen anderen Gefälligkeiten anbieten. Sie wurde wegen dieser Aufgabe natürlich ständig aufgezogen, aber diese hatte einen wirklichen Wert für sie. Susan wurde dadurch vor Augen geführt, wie eingefleischt ihre Haltung des Unabhängigseins-um-jeden-Preis inzwischen war, und sie konnte neue Arten des Umgangs mit anderen in den verschiedensten zwischenmenschlichen Situationen ausprobieren. Natürlich handelte es sich hier um eine humoristische Übertreibung von Susans Problem, aber der Humor half, Susans Angst zu verringern, und er half ihr auch, sich mit dem abgelehnten Aspekt ihrer Persönlichkeit näher anzufreunden.

Die zweite Episode aus demselben Marathon betrifft die Überwindung einer spezifischen Phobie, der Furcht vor Wasser. Marylin, eine in jeder Hinsicht tüchtige Sozialarbeiterin mittleren Alters, geht am Nachmittag nicht mit der Gruppe zum gemeinsamen Schwimmen in einem nahe gelegenen See. Ziemlich schamvoll erzählt sie uns später, daß es ihr niemals gelungen sei, ihre Furcht, den Kopf unter Wasser zu tauchen und in tieferes Wasser zu gehen, zu überwinden; deshalb habe sie nie schwimmen gelernt. Ihr

College-Examen sei tatsächlich gefährdet gewesen, weil sie außerstande gewesen sei, eine der Mindestanforderungen in Körpererziehung zu erfüllen, nämlich ein Hallenbecken der Breite nach zu durchschwimmen.

Marylin wird aufgefordert, einen Dialog zwischen ihr selbst und dem Wasser zu spielen. Als das Wasser ist sie sehr bedrohlich. Sie sagt: »Ich werde dich überwältigen... ich werde dich erwürgen... ich werde dich verschlingen.« Als Marylin drückt sie ihre panische Angst aus. Nachdem sie sowohl die Angst als auch die Bedrohung verkörpert hat, wird sie aufgefordert, im Kreis herumzugehen, als das Wasser, und den anderen Gruppenmitgliedern zu drohen, sie werde sie erwürgen und überwältigen. Sie bringt das auch fertig, zunächst mit Angst, dann mit spielerischem Vergnügen.

Marylins Furcht, erwürgt und überwältigt zu werden, wurde intensiv geäußert, obwohl deren Ursprung nicht zutage trat. Als die Gruppe jedoch am nächsten Tag wieder an den See ging, gelang es Marylin mit Hilfe eines anderen Gruppenmitglieds, ihren Kopf mehrmals unter Wasser zu tauchen. Am nächsten Tag schaffte sie es, in tieferem Wasser, das ihr bis über den Kopf ging, mehrere Züge zu schwimmen, und einige Wochen später schrieb sie mir stolz, daß sie jetzt jede Woche schwimmen gehe.

Diese Episode verdankte ihren erfolgreichen Abschluß natürlich zum Teil dem zufälligen Umstand, daß der Marathon in der Nähe eines Sees stattfand. Bemerkenswert ist jedoch, daß Marylin, wie aus ihrem Brief hervorging, bereits viele Versuche unternommen hatte, schwimmen zu lernen, mit kompetenten Lehrern und in Gesellschaft ermutigender Freunde, daß es ihr aber bis zu diesem Marathon niemals gelungen war, ihre Phobie zu überwinden.

Abgesehen davon, daß Marathon-Gruppen Gelegenheit bieten, neue Formen des Fühlens und Verhaltens sofort in einem Gruppenrahmen auszuprobieren, liegt der besondere Wert solcher Gruppen in den folgenden Punkten:[2]

[2] Der Begriff *Marathon* bezieht sich hier einfach auf eine zeitlich ausgedehntere Gruppe, die zwei bis fünf Tage oder länger zu therapeutischen Zwecken zusammenbleibt. Ich persönlich ziehe es vor, genügend Zeit zum Schlafen zu lassen, da ich glaube, daß die Abwehrhaltungen freiwillig in einer Atmosphäre des Vertrauens und der Sicherheit aufgegeben werden sollten (Mintz, 1971), statt durch Gruppendruck und körperliche Erschöpfung zusammenzubrechen (Bach, 1966).

1. Entwicklung eines Sicherheitsgefühls in der Gruppe, teils aufgrund des wachsenden Gewahrseins der Gemeinsamkeit menschlicher Erfahrungen und teils aufgrund des Gefühls gegenseitiger Wärme und Zuwendung, das diese Gruppen fast immer auszeichnet.

2. Intensivierung des bewußten Erlebens im Hier und Jetzt, weil die Gruppenmitglieder nicht innerhalb von ein oder zwei Stunden zu den Anforderungen des täglichen Lebens zurückkehren müssen, wie dies bei der konventionellen ein- oder zweimal wöchentlich stattfindenden Therapie der Fall ist.

3. Es besteht Gelegenheit, dieselbe emotionale Schwierigkeit mehrmals während des Marathons zu behandeln, sie auf verschiedene Weise zu erleben und, wie zu hoffen ist, wenigstens die Energie, die durch den Konflikt gebunden war, zurückzugewinnen und sie im Hier und Jetzt zu nutzen.

Dies sind gewaltige therapeutische Kräfte, und der Gestalt-Marathon ist ein hochwirksames therapeutisches Instrument. Sein Prototyp ist natürlich Fritz Perls' berühmter ein- oder zweiwöchiger Workshop in Esalen und anderswo. Viele der heutigen Marathon-Therapeuten halten sich jedoch nicht genau an Perls' Verfahren, sondern ziehen es statt dessen vor, der Gruppe Zeit für freie Interaktionen zu lassen und die Teilnehmer gelegentlich in Rollenspielen und Encounter-Übungen direkt miteinander in Kontakt treten zu lassen.

Der zeitliche Rahmen des Marathons reduziert auch zwei der Nachteile auf ein Mindestmaß, die Kritiker des Ansatzes von Perls zu Recht oder zu Unrecht manchmal anführen: daß erstens episodisch vorgegangen werde und man sich nur stückweise mit emotionalen Problemen beschäftige, statt dem Klienten zu helfen, den Zusammenhang zwischen spezifischen Problemen und seinem allgemeinen Lebensstil zu sehen (Mintz, 1973), und daß zweitens dem Klienten kein längerfristiger emotionaler Kontakt mit dem Therapeuten geboten werde (Bergantino, 1977).

Diese Generalisierungen gelten für die meisten Marathons, aber jede Gruppe ist anders. In den 15 Jahren, in denen ich Gestalt-Marathons leite, habe ich nie vorhersagen können, wie die Gruppenmitglieder interagieren oder mit welchem spezifischen Material die einzelnen Teilnehmer arbeiten wollten – ich versuche auch nicht, diese Wahl zu beeinflussen. Das Gestaltprinzip – daß psychotherapeutische »Arbeit« vom Klienten selbst kommen muß und nicht vom Therapeuten vorherbestimmt wird – ist auch für Marathons relevant. Ein Marathon ist deshalb immer eine Überraschung. Obwohl ich insgesamt vielleicht schon etwa 200 Marathons geleitet habe, ist es mir immer noch unmöglich, vorauszusagen, was eine spezifische Gruppe von Leuten tun wird, sei es gemeinsam oder jeder für sich allein.

Psychoanalytischer Theorie zufolge sind der Beginn und das Ende einer individuellen Psychoanalyse ziemlich klar vorhersagbar, während das Mittelstück bei jedem Einzelnen anders verläuft. Dies gilt auch für Marathons. Den Anfang bildet fast immer eine Periode, in der die erste Persönlichkeitsschicht, wie es die Gestalttherapeuten nennen, dominiert, die oberflächliche Schicht höflichen und bedeutungslosen Geplauders über das Wetter, die Verkehrsmittel und so weiter; es ist ein Teil der Verantwortung des Leiters, dafür zu sorgen, daß diese Phase so kurz wie möglich ist, vielleicht nur zwei oder drei Minuten. Am Ende herrscht, wenn der Marathon erfolgreich war, eine Atmosphäre großer gegenseitiger Wärme und Wertschätzung, die den anderen Gruppenteilnehmern zumindest ebensosehr gilt wie dem Leiter. Die mittlere Phase, das eigentliche Arbeitsstadium, ist immer einzigartig.

Es folgt die Beschreibung eines Gestalt-Marathons, wobei ich mich auf die Erfahrungen einer Teilnehmerin, Janet, konzentriere, einer sympathischen Frau Anfang fünfzig, unverheiratet, Leiterin einer Schule für emotional gestörte Kinder. Diese Gruppe bestand aus 13 Männern und Frauen, die in ländlicher Umgebung von Freitag bis Sonntagnachmittag zusammenwaren.[3]

Die erste Aufgabe der Leiter[4] besteht meines Erachtens darin, der Gruppe zu helfen, von der Oberflächenschicht der Persönlichkeit in eine Atmosphäre größerer Authentizität vorzustoßen, wodurch sich allmählich ein Gefühl der Sicherheit einstellen kann, das

[3] Die Frage, ob Marathon-Teilnehmer vorher überprüft werden sollten oder nicht, wird oft gestellt. Ich persönlich lege Wert darauf, die Teilnehmer vorher etwas kennenzulernen und gegebenenfalls zu »sieben«, sei es durch ein kurzes Gespräch, einen ausführlichen Brief oder die Empfehlung eines Kollegen (Mintz, 1971). Janet nahm an dem Marathon auf Empfehlung eines Therapeuten teil, bei dem sie in Einzeltherapie gewesen war.

[4] Mein Co-Therapeut bei diesem Marathon war John Brinley.

sinnvolle therapeutische Arbeit ermöglicht. Meine bevorzugte Form der Eröffnung, zu der ich immer wieder zurückgekehrt bin, nachdem ich es gelegentlich anders probiert hatte, besteht in der einfachen Anweisung an die Teilnehmer: »Erzählt der Gruppe der Reihe nach etwas über euch selbst, etwas, das euch wirklich wichtig ist. Nicht unbedingt euer schmerzhaftestes Problem oder euer tiefstes Geheimnis, sondern etwas, das ihr der Gruppe wirklich über euch mitteilen wollt.«

Die unspezifische Natur dieser Aufforderung löst fast immer ziemlich gefühlsbeladene Reaktionen aus. Als Antwort schildern die meisten Gruppenmitglieder ihre Angst im Hier und Jetzt, sie erklären, was sie sich von dem Marathon erhoffen, oder sie sprechen ein gewichtiges emotionales Problem an.

Janets Beitrag zu dieser ersten Runde erschien oberflächlich, obwohl sich später herausstellte, daß es sich um ein wirklich signifikantes Symbol handelte. Mit einer ziemlich koketten Unverbindlichkeit sagte sie: »Hm, ich weiß nicht ... ich bin mir nicht sicher, warum ich hier bin, außer, daß ich vielleicht dachte, es könnte unterhaltsam sein ... aber ich habe mich gefragt, woran ich arbeiten will, und ich dachte mir, Schlangen. Ich habe mich immer vor Schlangen gefürchtet. Deshalb dachte ich mir, vielleicht möchte ich daran arbeiten.«

In dieser ersten Runde werden die Teilnehmer aufgefordert, keine Fragen zu stellen oder Bemerkungen zu machen, bis jeder sich geäußert hat; erst danach folgt ein freies Gespräch, das den Gruppenmitgliedern Gelegenheit gibt, einander besser kennenzulernen und ihre Gefühle zueinander zu äußern. Diese Anfangsphase der freien Begegnung führt gewöhnlich zu intensiver Arbeit mit einem der Teilnehmer. Derjenige, der gerade arbeitet, wird aufgefordert, in die Mitte des Kreises zu kommen (die Gruppenmitglieder sitzen nicht auf Stühlen, sondern auf Kissen am Boden), in einer Position, die dem berühmten »heißen Stuhl« entspricht, dem leeren Stuhl, der neben Perls' Stuhl in Esalen stand und auf den sich jeweils das Gruppenmitglied setzte, das signalisieren wollte, daß es bereit war zu arbeiten. Die Kreismitte-Position, die heute von vielen Gestaltgruppentherapeuten benutzt wird, hat eine andere symbolische Implikation. Sie bedeutet, daß die Gruppe selbst eine ebenso wichtige therapeutische Instanz ist wie der Leiter, und sie gibt dem Teilnehmer im Mittelpunkt das Gefühl, rundherum von unterstützender und wohlwollender Energie umgeben zu sein.

Das eigentliche therapeutische Verfahren mag von mir und vielen anderen Gestaltgruppenleitern unterschiedlich gehandhabt werden, obwohl es sich immer darauf konzentriert, Gefühle, Erinnerungen, Konflikte und habituelle charakterliche Haltungen im Hier und Jetzt erlebbar zu machen. Meiner Überzeugung entsprechend, daß ein Grundprinzip des gestalttherapeutischen Ansatzes die *Flexibilität* ist, benutze ich gern auch Techniken, die dem Psychodrama, der Bioenergetik, der Encounter-Therapie und der Transaktionsanalyse entlehnt sind, wobei ich mich bemühe, jeweils die Methode zu wählen, die für *diesen* Teilnehmer zu *diesem* Zeitpunkt angebracht erscheint. Manchmal mache ich eine intensive *One-to-one*-Therapie, die sich kaum von dem Verfahren unterscheidet, das in einer Einzelsitzung angewandt werden könnte; ich bemühe mich jedoch immer, die therapeutische Episode dadurch zu beenden, daß ich den Teilnehmer wieder in Kontakt mit der Gruppe-als-Ganzes bringe. Manchmal wird die Gruppe selbst zur primären therapeutischen Instanz, die dem Klienten Rückmeldungen, Konfrontation und Geborgenheit bietet. Im allgemeinen kann man sagen, daß die Gruppe die äußere Realität repräsentiert, während die Einzelarbeit dem Teilnehmer Gelegenheit gibt, Gefühle zu explorieren, die normalerweise jenseits der Schwelle voller Bewußtheit liegen.

Bei dem speziellen Marathon, an dem Janet teilnahm, äußerte sie erst nach mehreren Stunden die Bereitschaft zu arbeiten, obwohl sie sich von Anfang an einfühlsam zeigte und das Geschehen in der Gruppe aufmerksam verfolgte. Schließlich trat eine Flaute ein, und in diesem Augenblick schaute eine andere Teilnehmerin zu Janet hinüber und sagte: »Sag mal, was ist eigentlich aus deiner Schlange geworden?« Und daraufhin begab sich Janet in die Mitte des Kreises.

Ich begann die Exploration damit, daß ich ein Gruppenmitglied um einen Gürtel bat, der die Schlange darstellen sollte; ich hätte Janet auch einfach bitten können, sich eine Schlange vorzustellen, aber ich habe die Erfahrung gemacht, daß »Requisiten« dem Protagonisten oft helfen, Gefühle zu fokussieren. Janet wurde nunmehr aufgefordert, mit der Schlange zu reden.

Janet: Ich mag dich nicht . . . du hast keine Knochen. Du wirst dich um mich schlingen . . . wirst dich um meinen Körper winden . . .brrrr! Ich mag dich nicht, du machst mir Angst, du bist so anklammernd . . .

Als Janet dann aufgefordert wurde, die Schlange zu spielen und Janet zu antworten, blieb ihre Stimme unverändert, ziemlich leblos und passiv, und der Inhalt dessen, was sie sagte, war ebenfalls derselbe.

Janet: Ich werde mich an dir festklammern . . . ich werde mich um deinen Körper winden . . . ich werde dich umschlingen . . . du wirst dich nicht bewegen können . . .

Janet identifizierte sich eindeutig mit der Schlange, was auch immer das für sie bedeuten mochte. Es hatte sich noch keine Polarität zwischen der sich anklammernden Schlange und dem Teil von Janet entwickelt, der noch nicht in ihr Bewußtsein getreten war. Der traditionellen Gestalttechnik entsprechend wird der Protagonist angewiesen, mit anderen das zu machen, wovon er fürchtet, sie könnten es ihm antun; Janet wurde also aufgefordert, von einem zum anderen zu gehen und die »Schlange« zu spielen. Sie mimte nun, mit einigem Vergnügen an der spielerischen Situation, aber ohne viel Energie, Schlangenbewegungen und wiederholte: »Ich werde mich an dir festklammern . . . ich werde mich um dich schlingen . . . bis du dich nicht mehr rühren kannst.« Immer noch keine Polarität.

»Ist jemand bereit, für Janet eine Schlange zu spielen, bitte?« Es entzückt und erstaunt mich jedesmal aufs neue, daß sich fast immer, wenn ein Freiwilliger für eine Rolle gesucht wird, jemand findet, der genau richtig dafür ist – nicht in bezug auf die schauspielerischen Fähigkeiten, sondern in bezug auf die Verzahnung der unbewußten Bedürfnisse des Helfers mit denen des Protagonisten. In diesem Fall meldete sich Pedro, der bis dahin still und reserviert gewesen war, sich nun aber plötzlich als äußerst hellsichtig erwies. Als Schlange näherte er sich Janet verstohlen und umschlang sie mit einer Sinnlichkeit, die an der Grenze dessen war, was in der Gruppensituation angemessen erschien. Janet lachte erfreut und etwas peinlich berührt, und die Gruppe applaudierte.

Obwohl ich persönlich die klassische Gestaltposition nicht teile, daß Deutung durch den Therapeuten *niemals* nützlich sei (eine Position, die nach meiner Beobachtung gelegentlich nicht nur von mir, sondern auch von vielen anderen Gestalttherapeuten ignoriert wird), habe ich oft bemerkt, daß die *Gruppen*-Reaktion auf eine therapeutische Episode oft das Äquivalent einer Deutung darstellt und einen noch stärkeren Eindruck macht. Pedros »Schlange« löste bei Janet ein erfreutes und verlegenes Lachen aus, bei der Gruppe Applaus und ein paar Bemerkungen wie »Die Schlange ist aber sexy!«. In der psychoanalytischen Theorie wird die Schlange bekanntlich oft als Sexualsymbol betrachtet, und diese Deutung wurde auch ganz klar von Pedro suggeriert, wenn auch ohne bewußte Absicht seinerseits. Sehr häufig stellt die spontane Gruppeninteraktion als solche die Dramatisierung einer Deutung dar, wie sie orthodoxer psychoanalytischer Tradition gemäß kaum anders hätte geliefert werden können (Mintz, 1974), und dies kann überaus wirksam sein. Offensichtlich war Janet nun auf irgendeiner Ebene bewußtgeworden, daß ihre Schlange eine gewisse sexuelle Bedeutung hatte.

Wir hatten die Polarität noch nicht herausgeschält und die Sackgasse noch nicht erreicht, aber als Janet sagte: »Ich möchte für jetzt aufhören«, wurde ihr Wunsch akzeptiert. Dies ist ein weiterer Vorzug einer länger dauernden Gruppe; ein Teilnehmer, der in einem Bereich des Konflikts oder des mangelnden Gewahrseins Fortschritte gemacht hat, sich aber nicht in der Lage fühlt, im Augenblick weiterzumachen, kann vorübergehend aufhören und später zu demselben Problem zurückkehren.

Theoretisch kann dieser Entschluß, die Arbeit zu unterbrechen, als Widerstand betrachtet werden, in welchem Fall der Teilnehmer gewöhnlich Anzeichen von Spannung oder Angst zeigt; ich bemühe mich dann, dem Protagonisten zu helfen, sich seiner Spannungen bewußtzuwerden. Der Entschluß kann aber auch von einem gesunden Bedürfnis zeugen, eine Pause einzulegen und die neuen Bewußtseinsinhalte zu integrieren oder neue Energie zu sammeln; in diesem Fall wirkt der Protagonist entspannt und scheint sich wohl zu fühlen. Janet schien entspannt, und wir waren sicher, daß sie wieder zu ihrer symbolischen Schlange zurückkehren würde. Es lagen noch zwei volle Tage vor uns.

In der nächsten Arbeitssitzung tauchte ein Gruppenthema auf, das zunächst die Erwartungen der Eltern in bezug auf ihre Kinder betraf. Die Teilnehmer äußerten ihren Ärger über Forderungen, die sie als übertrieben oder einengend empfunden hatten, aber auch ihre Schuldgefühle, weil sie diese Ansprüche nicht erfüllt hatten, und ihre Hoffnung, diesen Erwartungen eines Tages noch gerecht zu werden. Obwohl manche Gestalttherapeuten Berichte über Kindheitserfahrungen und andere Erlebnisse außerhalb des Hier und Jetzt als unproduktiven »Klatsch« betrachten, bin ich überzeugt, daß es besonders in einer länger dauernden Gruppe überaus lohnend für die Gruppenmitglieder ist, signifikante Lebenserfahrungen mitzuteilen; es hilft dem Einzelnen, eine Perspektive gegenüber seinem eigenen Leben zu gewinnen, es verringert die Angst durch die Erkenntnis, daß andere ähnliche Erfahrungen und Gefühle haben, und es bringt die Gruppenmitglieder einander näher. Als Leiterin suche ich natürlich nach Gelegenheiten, diese verbale Mitteilung von Erlebnissen in unmittelbare therapeutische Erfahrungen umzusetzen, sei es durch Gestalt-Dialog, Psychodrama oder jede andere geeignete Methode.

In dieser Sitzung erzählte uns Janet, daß ihre Mutter sie gütig, wenn auch in übermäßig beschützender Weise behandelt habe und daß sie immer davon auszugehen schien, Kinder seien vernünftig und könnten durch rationale Appelle kontrolliert werden. Jemand fragte, wie ihre Mutter mit der Schlangenphobie umgegangen sei, die sehr früh eingesetzt hatte, und ich forderte Janet auf, diese Frage durch einen Gestaltdialog zu beantworten, wobei sie sowohl die Rolle ihrer Mutter als auch sich selbst spielen sollte.

Janet: Mami, ich fürchte mich vor Schlangen.

»Mutter«: Liebling, im Haus und im Garten gibt es keine Schlangen, und außerdem würden sie dir nichts tun.

Janet: Aber ich träume von ihnen.

»Mutter«: Dann träume nicht davon, Liebling.

Janets Tonfall als Mutter wie als Kind war fast identisch. Wieder hatten wir keine Polarität zutage gefördert; psychoanalytisch gesprochen wurde die introjizierte Mutter nicht als ichfremd wahrgenommen. Wir versuchten es mit verschiedenen Abwandlungen. Janet wurde aufgefordert, die Mutter in ihren besten und in ihren schlechtesten Augenblicken zu spielen (gute und schlechte Mutter), aber diese beiden Rollen wirkten sehr ähnlich in ihrer Freundlichkeit, Rationalität und Distanziertheit, und wieder waren Janets Stimme und Gehabe als Mutter wie als Kind sehr ähnlich.

Um eine gewisse Distanz zu dem Introjekt herzustellen, forderten wir ein Gruppenmitglied auf, als Janets Gegenspieler zu agieren, zuerst als ihre Mutter und dann, die Rollen tauschend, als Janet selbst. Es wiederholte sich dasselbe wie zuvor. Als Mutter und als Kind sprach Janet mit derselben gedämpften Stimme. Durch Gesten und Körperkontakt trat jedoch ein neuer Aspekt ihrer inneren Situation zutage: Als sie sich selbst spielte und ihre Mutter von einer anderen Person dargestellt wurde, rückte Janet immer enger an die ihr auf dem Boden gegenübersitzende Frau heran, und zwar mit einer Verstohlenheit, die an die Art erinnerte, wie sie sich als Schlange bewegt hatte. Sollte ich ihr schildern, was ich sah? Noch nicht, beschloß ich; sie würde den Gedanken wahrscheinlich sehr interessant finden, aber da immer noch keine Polarität vorhanden war, würde meine Beschreibung nur eine interessante Idee für sie sein.

In der Therapie, vor allem wenn man gestalttherapeutisch arbeitet, ist immer damit zu rechnen, daß das Unerwartete geschieht, und jetzt brach plötzlich eine Erinnerung aus Janets Kindheit durch. Ihr fünfjähriger Bruder hatte sich, um sie zu necken, unter ihrem Bett versteckt, dann packte er sie am Knöchel und ließ sie nicht mehr los. Die dreijährige Janet war zuerst erschrokken, dann erfreut und erregt durch die kleine Balgerei. Wieder spielten wir die Kindheitsszene, wobei ein Gruppenteilnehmer Janets Bruder verkörperte. Jetzt war mehr Gefühl da, mehr Lebendigkeit, ein Ausdruck der Zuneigung, und die Episode endete in einer Umarmung. Janet war entzückt über die wiedergefundene Erinnerung und erzählte uns, daß ihre Beziehung zu ihrem Bruder wegen der Distanziertheit ihrer Eltern zum glücklichsten Teil ihrer Kindheit gehört habe. Sie hätten sich aneinander festgeklammert, sagte Janet. Da war wieder das Schlangenthema, das Thema des Anklammerns, aber wieder erschien es mir günstiger, Janet nicht darauf hinzuweisen. Da wir bei dem Marathon soviel Zeit hatten, bestand Hoffnung, daß die Bedeutung des Schlangensymbols früher oder später von selbst in ihr Bewußtsein durchbrechen würde und integriert werden konnte.

Hier ist es angebracht zu überlegen, unter welchen Umständen es am besten erscheint, den Protagonisten beide Rollen spielen zu lassen, wenn wir uns mit einem nicht assimilierten Teil der Persönlichkeit oder einem toxischen Introjekt befassen, das sich als das »schlechte Ich«, der *top-dog* (Überlegene), die »schlechte Mutter«, der »schlechte Vater« und so weiter erweisen kann. Es geht hier natürlich um die bekannte Gestalttechnik des leeren Stuhls; sie stellt gewöhnlich dann die optimale Wahl dar, wenn bereits ein gewisses Bewußtsein der inneren Spaltung vorhanden ist; das heißt, wenn der Protagonist eine gewisse Polarität erkannt hat. Wenn er beide Rollen spielt, kann das pure Introjekt unbeeinflußt von äußeren Stimuli zutage treten.

Es bietet jedoch andere Vorteile, die Rolle des Introjekts von einem Gruppenmitglied (oder in manchen Fällen vom Gruppenleiter selbst) spielen zu lassen. Ein äußeres Symbol des Introjekts, ein anderer Mensch, kann dazu beitragen, eine Distanz zwischen dem identifizierten, bewußten Selbst und dem fremden, nicht assimilierten Teil herzustellen. Das rollenspielende Mitglied kann auch intuitiv Aspekte des nicht assimilierten Teil-Selbst aufgreifen, deren sich der Protagonist nicht bewußt ist, so wie Pedro die latente Sinnlichkeit von Janets Schlangensymbol erfaßt hatte. Und außerdem kommt es oft vor, daß bestimmte Einstellungen zur Elternfigur oder zu dem nicht assimilierten »schlechten« Teil der Persönlichkeit durch die physische Interaktion zwischen Protagonist und Rollenspieler offenbar werden. Wenn der Protagonist zum Beispiel mit dem bewußten, verbalisierten Wunsch arbeitet, sich von einem dominierenden oder besitzergreifenden Elternteil zu lösen, geschieht es sehr häufig, daß er, wenn jemand anders die Elternfigur spielt, durch körperliche Gesten wie Ausstrecken der Hände und Näherrücken unmißverständlich zeigt, daß er selbst an der Elternfigur festhält. Das war auch bei Janet der Fall, deren Bewegungen im Rollenspiel mit einer Bruderfigur und einer Mutterfigur starke Anklammerungs- und Abhängigkeitstendenzen verraten hatten.

Häufig oft ergibt sich auch für das Gruppenmitglied, das die Rolle des Gegenspielers übernimmt, ein bedeutsamer zusätzlicher Gewinn. Ich habe sehr oft erlebt, daß Teilnehmer durch das Spielen einer signifikanten Bezugsperson im Leben eines anderen in Kontakt mit wichtigen eigenen Gefühlen kamen. In diesem Marathon zum Beispiel wurde der Mann, der Janets Bruder gespielt hatte, an eine für ihn überaus bedeutsame Episode erinnert, die mit der Verdrängung seines Schmerzes und seiner Schuldgefühle über den Tod einer jüngeren Schwester zu tun hatte, die starb, als er noch ein Kind war.

Wir waren nun am Abend des zweiten Tages unseres Marathons. In diesen Gruppen stellt sich fast immer ein natürlicher Rhythmus zwischen intensiven therapeutischen Episoden und der spontanen, natürlichen Erörterung von Lebenssituationen her. Janet enthüllte nun zum ersten Mal einen Lebensumstand, der von ungeheurer Bedeutung für sie war. Sie war seit vielen Jahren in eine Beziehung zu einem Mann verstrickt, der aus Gründen, die mit ihm zu tun hatten, nicht fähig oder bereit war, seine Frau zu verlassen. Einmal hatte Janet sogar das Angebot einer besseren Position in einem anderen Teil des Landes abgelehnt, weil es die Trennung von ihm bedeutet hätte. Gleichzeitig war sie überaus unzufrieden mit der Beziehung, nicht nur wegen seiner Bindung an seine Frau, sondern auch, weil sie die Beziehung als solche nicht als befriedigend empfand. Der Mann war abhängig, passiv und unfähig zu geben.

Ihrer Realitätsfunktion entsprechend arbeitete die Gruppe hart mit Janet. Ob sie sich frei gefühlt habe, mit anderen Männern auszugehen? Ja, manchmal habe sie es versucht, aber ihr Freund sei so verletzbar und so besitzergreifend! Was ihr diese Beziehung gebe? Nun, eigentlich sei es so, daß *er* vor allem *sie* brauche. Und wie lange das schon so gehe? Die Antwort auf diese Frage kam wie ein Schock. Janet fiel es schwer, darauf zu antworten. Schließlich gab sie zu, daß diese Beziehung schon bestand, seit sie Anfang dreißig war – volle zwanzig Jahre!

Die Gruppe stellte Fragen, argumentierte, redete ihr zu und ermutigte sie. Ob Janet nicht wisse, daß sie eine attraktive Frau sei, eine vitale Frau, daß ihr andere Interessen offenstünden? Ob sie nicht sehen könne, daß sie emotional ausgebeutet werde? Vielleicht vergeudete sie ihr Leben? All dies war vermutlich nützlich; Janet erhielt Unterstützung und wollte vielleicht auch von der Gruppe hören, was sie sich insgeheim schon selbst gesagt hatte, ohne sich dessen voll bewußt zu sein.

»Warum bleibst du eigentlich bei ihm?« fragte jemand.

Janets Stimme war inzwischen nicht mehr so gedämpft und zögernd. Sie sagte: »Ich dachte immer, weil ich ihn liebe. Jetzt bin ich mir nicht mehr so sicher. Er – nun, er *klammert* sich an mich!«

Jetzt war es also heraus. Über Janets Gesicht ging das Aufleuchten des »Aha«-Erlebnisses, das nicht nur für den Betroffenen eine Wonne ist (selbst wenn die Einsicht weh tut), sondern auch für die ganze Gruppe und ihre Leiter.

»...wie eine Schlange!« rief Janet übermütig aus. Die einzelnen Teile des Puzzles hatten sich dank unserer zweitägigen, immer wieder aufs neue aufgenommenen Arbeit spontan zusammengefügt. Jetzt brach es förmlich aus Janet heraus, und es waren eine Menge neue Enthüllungen dabei. Sie habe mehrmals versucht, mit ihm Schluß zu machen, aber seinem Flehen und seinen Beschwörungen, daß er sie brauche, immer wieder nachgegeben. Eben jetzt, erzählte sie uns, sei sie mal wieder in einer Trennungsphase. Sie habe ihm Lebewohl gesagt. Aber ihr sei durchaus klar, was geschehen werde. Er werde sie anrufen, und sie werde wieder nachgeben.

»Ich habe kein Rückgrat«, sagte Janet, und zwei der Gruppenmitglieder beendeten ihren Satz:

»... wie eine Schlange!«

»Was wirst du jetzt tun?«

»Nun, ich werde mit ihm Schluß machen. Endgültig.« Aber weder mein Co-Therapeut noch ich, noch die Gruppe waren davon überzeugt. Es war Zeit für einen Dialog, der am Telefon geführt werden mußte, da ihr Freund die Versöhnung immer telefonisch herbeizuführen suchte.

Zu Beginn spielte Janet beide Rollen. Als ihr Freund war sie anklammernd, bettelnd und abhängig. Als sie selbst schien sie zunächst einigermaßen fest in ihrem Entschluß, wurde aber allmählich schwach, als »er« sie zu überreden suchte. Es unterlief ihr jedoch ein wunderbarer unbewußter Versprecher. Als ihr Freund wollte sie eigentlich sagen: »Versteh mich bitte«, statt dessen sagte sie: »Versteh mich nicht.« Die Gruppe brach in freundliches Gelächter aus, aber es stellte sich nicht das Gefühl einer Lösung ein. Janets Stimme und Benehmen blieben fast unverändert, wenn sie ihren Freund und wenn sie sich selbst spielte. Es war immer noch kein echtes Gewahrsein ihrer eigenen inneren Polarität vorhanden, keine bewußte Trennung zwischen dem gesunden Teil von Janet, der zur Selbstverwirklichung drängte, und ihrer anklammernden, passiven Seite, repräsentiert durch ihren Freund und auch durch das Symbol der Schlange.

»Steh auf und zertrample die Schlange«, sagte mein Co-Therapeut. Janet folgte dieser Aufforderung, sie trampelte auf einer imaginären Schlange herum. Anfangs noch etwas zaghaft, aber dann stampfte sie den Boden mit immer mehr Energie. Als sie sich setzte, war ihr Gesicht gerötet, und sie wirkte sehr vital. Wir konnten jetzt zu dem Telefongespräch mit ihrem Freund zurückkehren, wobei Janet wieder beide Rollen spielte.

Diesmal war sie imstande, als ihr Freund das Passive, Jammernde, Klettenhafte zu übertreiben, und zum ersten Mal erstreckte sich Janets Humor – der sich bei der freien Gruppeninteraktion schon öfter gezeigt hatte – auch auf ihre eigene Situation. Die Worte, mit denen sie den imaginären Anruf ihres Freundes eröffnete, waren eine Karikatur ihrer Schilderung des Mannes:

»Ich bin's nur«, sagte Janet in selbstabwertendem Tonfall.

Als Janet klang sie jetzt entschiedener und energischer.

»Ach, du bist es! Warum rufst du mich an?«

Der Dialog ging weiter. Diesmal war es anders. Als ihr Freund wurde Janet immer klettenhafter, immer weniger attraktiv, als sie selbst blieb sie fest. Ihre letzten Worte: »Leb wohl, ruf nicht mehr an«, wurden von der Gruppe mit Beifall quittiert, als sie auflegte.

Die Gruppe gab Janet nunmehr die äußere Unterstützung, die sie brauchte, um ihr Leben neu zu gestalten. Sie wurde gefragt, welche Pläne für neue Aktivitäten sie habe, ob sie jetzt längere Urlaubsreisen machen könne, wie sie neue Freunde finden wolle. Das war nicht schwierig, da Janet nie zurückgezogen gelebt hatte und ihr offenbar weit mehr soziale und berufliche Möglichkeiten zur Verfügung standen, als sie bisher genutzt hatte. Sie war euphorisch und energiegeladen, aber sie akzeptierte die Warnung, daß sie in den nächsten Wochen und vielleicht Monaten mit gelegentlichen Depressionen und Reueanfällen rechnen müsse. Wie es meist der Fall ist, funktionierte die Gruppe hervorragend als Repräsentanz der Realität.

Auf der kognitiven und theoretischen Ebene war es meinem Co-Therapeuten und mir klar, was die Schlange für Janet in Zusammenhang mit ihrer langen, unbefriedigenden Liebesbeziehung bedeutete. Als sie uns zu Beginn der Gruppe mitteilte, daß sie ihre Schlangenphobie bearbeiten wolle, hatte sie uns im Grunde den Schlüssel zu ihrem Problem gegeben, obwohl sie widerstrebend und ausweichend gewirkt hatte.

Wenn man Janets Fallgeschichte theoretisch darstellen will, kann man sehen, daß ihre Abhängigkeitsbedürfnisse angesichts der rationalen Distanziertheit ihrer Mutter in der Kindheit nie befriedigt wurden; sie hatte ohne Erfolg versucht, sich an ihre

Mutter zu klammern, und statt dessen bei ihrem Bruder eine gewisse Befriedigung gefunden. Der klammernde und abhängige Teil ihrer Persönlichkeit blieb jedoch unbefriedigt.

Als sie einen besitzergreifenden und von ihr abhängigen Geliebten fand, erfüllte dieser einen doppelten Zweck: Nicht nur befriedigte er ihre »kranken« Bedürfnisse unmittelbar, sondern er repräsentierte auch den abgespaltenen Teil von ihr selbst, der anklammernd und abhängig war.

All dies war klar, und da ich kognitive Integration nicht unbedingt für »Bockmist« halte, wenn sie auf eine echte emotionale Erfahrung folgt, faßten mein Co-Therapeut und ich unsere Wahrnehmung ihrer Situation für Janet kurz zusammen. Was noch unklar blieb, war die Bedeutung der anfänglichen Episode mit Pedro, in der er die implizite Sinnlichkeit des Schlangensymbols zutage gefördert hatte und wonach Janet gelöster und entspannter gewirkt hatte. Auf Befragen der Gruppe erzählte sie uns, daß ihre Beziehung zu ihrem Freund anfangs sexuell befriedigend gewesen sei, daß dies aber schon lange nicht mehr der Fall sei. Ich persönlich vermutete, daß Janets Sinnlichkeit aus diesem Grund ebenfalls abgespalten worden war und daß Pedros intuitives Rollenspiel sie nicht nur daran erinnert hatte, daß sie immer noch eine sinnliche Frau war, sondern daß es für sie auch bedeutete, ein attraktiver Mann könne Genuß an ihrer Sinnlichkeit finden. Dies war jedoch nur eine Mutmaßung, und ich behielt meine Spekulation für mich.

Als der Marathon am nächsten Tag zu Ende ging, schien Janet immer noch voller Lebensfreude und Energie zu sein. Sie tauschte mit einigen Gruppenmitgliedern Telefonnummern aus und freute sich auf neue Unternehmungen. Mehrere Mitglieder bestärkten sie in ihrem Entschluß, den Bitten ihres Freundes nicht mehr nachzugeben, und sie schien auch weiterhin dazu zu stehen. Viele Monate später schrieb sie meinem Co-Therapeuten und mir, es sei ihr gelungen, ihre neugewonnene Unabhängigkeit aufrechtzuerhalten, und sie sei froh darüber, wenn es ihr auch nicht leichtfalle.

Trotz seiner außerordentlichen Wirksamkeit hat der zeitliche Rahmen des Marathons seine Grenzen und ist keineswegs ein Ersatz für die längerfristige therapeutische Erfahrung, die eine fortlaufende Gruppe oder eine Einzeltherapie bietet, Therapieformen, die dem Klienten Gelegenheit geben, über eine längere Zeitspanne hinweg, unterstützt durch eine therapeutische Beziehung, zu wachsen und sich zu verändern. Marathongruppen wird manchmal vorgeworfen, es handle sich dabei um eine Art emotionales »Ausflippen«, ohne daß sie eine dauerhafte emotionale und verhaltensmäßige Anpassung bewirkten. Diese Kritik ist meiner Ansicht nach nur gegenüber ungeschulten Leitern gerechtfertigt, die Encounter-Techniken in den Vordergrund stellen, welche darauf abzielen, intensive emotionale Erfahrungen zu vermitteln, ohne den Gruppenmitgliedern als Individuen genügend Beachtung zu schenken.

Ich persönlich bin fest davon überzeugt, daß der Ansatz, den ich hier zu beschreiben versucht habe, wenn er optimal gehandhabt wird, ein flexibles Eingehen auf die einzelnen Teilnehmer erfordert wie auch das Einsetzen der Gruppe selbst als therapeutische Kraft – in erster Linie als Repräsentanz der Realität, aber auch als unterstützende und nährende Umgebung. In diesem Punkt unterscheide ich mich von manchen Gestalttherapeuten, die Perls' Position so interpretieren, als sei er für einen totalen Entzug äußerer Unterstützung eingetreten. Dies ist eine interessante technische und philosophische Frage. Weil ich die einmalige und großartige Chance hatte, mit Fritz Perls zu arbeiten und das von ihm Gelernte in meiner eigenen Praxis anzuwenden, glaube ich, daß sich der Entzug äußerer Unterstützung nur auf die rollenspielende Schicht der Persönlichkeit bezieht, die unechte Fassade, das Ausagieren der Gebote des toxischen Introjekts. Wenn am Ende einer erfolgreichen Gestalt-Episode der authentische und bewußte Teil der Persönlichkeit zutage trat, kam es fast immer zu einer freundlichen, sinnlichen und feierlichen Umarmung zwischen Fritz und dem Protagonisten. Auch in Marathongruppen endet der Durchbruch authentischen Gewahrseins, die erfolgreiche Durchquerung einer Sackgasse, oft mit einer Umarmung zwischen dem Protagonisten und den Gruppenmitgliedern. Wer sich auf den schmerzhaften Weg durch die Sackgasse begibt, erhält Unterstützung durch die Umgebung; wer ihn erfolgreich hinter sich gebracht hat, wird von seiner Umgebung belohnt.

Der Abschluß eines Gestaltmarathons ist wichtig. Die meisten Gruppen beginnen einen halben Tag vor dem Ende Anzeichen von Trennungsangst zu zeigen. Dies kann die Form eines plötzlichen Abgleitens in oberflächliche Konversation annehmen (»Ich habe einen Film gesehen, der mich an . . . erinnerte«) oder sich freimütiger äußern in dem Wunsch, daß die Offenheit und Wärme eines Marathons unmittelbar in das Leben draußen mitgenommen werden könnten, oder in dem Bedürfnis, Telefonnummern auszutauschen und engeren Kontakt mit den anderen Teilnehmern herzustellen.

Es gibt bestimmte Techniken, wie man mit dieser Trennungsphase umgehen kann. Ich pflege die letzten zwei oder drei Stunden eines Marathons der Frage zu widmen: »Was werde ich heute abend und morgen vormittag tun?« Diese Frage baut den Teilnehmern eine Brücke zwischen dem Ende der Gruppe und ihrer Rückkehr in den Alltag.

In der letzten Runde, die ich von Perls' Workshops in Esalen übernahm, stelle ich jedem Teilnehmer die Frage: »Was hat dir an dieser Erfahrung, die wir gemeinsam gemacht haben, gefallen, und was hat dir mißfallen?« Diese Frage gibt den Teilnehmern eine letzte Chance, Irritation oder Unzufriedenheit mit anderen Gruppenmitgliedern, den Leitern oder den Arbeitsbedingungen zu äußern. Sie gibt ihnen auch Gelegenheit, Zuneigung auszudrücken und manchmal auf einer kognitiven Ebene zu formulieren, was ihnen die Erfahrungen des Marathons gebracht haben.

Der Marathon endet. Da Trennung ein Teil des Lebens ist und da es möglicherweise zu den schwierigsten menschlichen Erfahrungen zählt, einer Trennung entgegenzusehen, bin ich fest überzeugt, daß ein Marathon pünktlich zur vorher festgesetzten Zeit enden sollte. Wenn die Teilnehmer auf das Ende vorbereitet worden sind, ist es ein bedeutsamer Teil der gesamten therapeutischen Erfahrung.

III Anwendungen in der Pädagogik

10 Erziehung zur Autonomie: Ein Gestalt-Ansatz für die Hochschuldidaktik

John David Flynn

Ich stelle die folgende allgemeine Behauptung zur Diskussion: Ein wichtiges und nötiges Ziel der Hochschulbildung sollte es sein, die Autonomie eines jeden Studenten zu fördern. Diese Auffassung impliziert, daß ein Großteil dessen, was als »pädagogische Praxis« bezeichnet wird, in Wirklichkeit antipädagogisch ist. Da sind noch eine Reihe weiterer unmittelbar interessanter Implikationen. Der Unterricht wäre demnach dann nicht pädagogisch, wenn der Lehrende sich nicht wenigstens darum bemüht, die Autonomie jedes einzelnen Studenten zu fördern. Darüber hinaus wären die Bemühungen des Lehrenden auch dann nicht als erfolgreich zu bezeichnen, wenn sich nicht jeder einzelne Student, als direktes oder indirektes Resultat der Intentionen des Lehrers, tatsächlich entschließt, in irgendeiner Weise autonomer zu werden.

Ich glaube, Hochschulpädagogen sind dafür verantwortlich, daß die Autonomie einer jeden Studentin und eines jeden Studenten gefördert wird; viele Lehrende jedoch definieren ihre Rolle nicht in dieser Weise, und selbst jene, die das tun, wissen zu wenig von dem Prozeß, wie man jemanden zur Autonomie erzieht, als daß sie eine große Hilfe sein könnten.

Vor allem im Blick auf dieses letztgenannte Problem kann eine Erörterung des Gestaltgruppenprozesses gerade für Lehrende besonders nützlich sein. In meinen Seminaren werde ich auf Autonomie hauptsächlich durch deren Fehlen aufmerksam. Meine Studenten sind nicht schon von Anfang an autonome Leser, Schreiber, Diskutanten, Interpreten und Experimentatoren, und sie verspüren selten den Wunsch, es zu sein. Doch ich möchte, daß sie in diesen Punkten autonomer werden. Meine Arbeit besteht also darin, Mittel zu finden oder zu erfinden, die ihnen ein Stück weit bewußter machen, was auf dem Spiel steht und wie sie sich diese Fähigkeiten aneignen können. Die Gestaltgruppentherapie bietet ein Modell an, wie dies erreicht werden kann. Gestalttherapeuten haben einen wirksamen, »autonomogenen« Gruppenprozeß entwickelt.

Mit »autonomogenem Prozeß« meine ich ein Verfahren, das darauf abzielt, sowohl das Gewahrsein eines autonomen Potentials zu fördern, wo dieses Gewahrsein fehlt, als auch eine Bewegung in Richtung auf dieses Stück Autonomie zu ermutigen. Gestalttherapeuten planen relevante autonomogene Experimente für Einzelne wie auch für die Gruppe-als-Ganzes, die vor dem sicheren Hintergrund der Geborgenheit durch die Gruppe stattfinden. Diese Geborgenheit muß selbst erst entwickelt werden; sie bietet eine optimale Voraussetzung für autonomogene Experimente. Eine Gruppe von Menschen, die sich anfangs relativ fremd sind, wird stärkere Bereitschaft zeigen, gemeinsam auf größere Autonomie hinzuarbeiten, wenn Vertrauen vorhanden ist. Sobald eine Atmosphäre des Vertrauens auf den Prozeß entstanden ist, kann die Bewegung hin zur Unterstützung sowohl des Einzelnen als auch der Gruppe-als-Ganzes in den Vordergrund des therapeutischen Prozesses rücken.

Ich habe festgestellt, daß dieser gestalttherapeutische Ansatz des Unterrichtens ein effektiver Rahmen ist, in dem der Wunsch, autonom zu lernen, bei jedem Studenten geweckt und unterstützt werden kann. Und weil einfallsreiche Experimente und Gruppenbeteiligung bei dieser Arbeitsmethode eine zentrale Rolle spielen, ist die Bewegung hin zu mehr Autonomie für die Studenten und für die Lehrer ein relativ angenehmes Unterfangen.

Dieses Kapitel besteht aus zwei Teilen. Im ersten Teil bekenne ich mich zu denjenigen, die die Erziehung von Studenten zur Autonomie nicht nur als an sich wichtig, sondern als ein Gegenmittel gegen die im allgemeinen verdummenden Effekte der Sozialisation betrachten. Ich erkläre auch ganz allgemein, was es bedeuten kann, jemanden zur Autonomie zu erziehen. Im zweiten Teil führe ich einige Beispiele an, wie die autonomogene Struktur des Gestaltgruppenprozesses in Hochschulseminaren von Nutzen sein könnte. Ich wähle einige typische pädagogische Fragen aus, skizziere ein systematisches gestalttherapeutisches Herangehen und erörtere dann einige der Mittel und Wege, wie man Studenten durch Einzel- und Gruppenexperimente motivieren kann, nach mehr Autonomie zu streben.

1. Erziehung zur Autonomie

Obwohl meine ersten Aussagen darüber, was Autonomie bedeutet, später eingeschränkt bzw. näher erläutert werden müssen, versuche ich damit eine partielle Antwort auf die in meinen Augen zentrale Frage der Erziehungsphilosophie und Erziehungspraxis zu geben: Welches sind die wünschenswertesten Anlagen oder Geisteshaltungen, die ein Erzieher bei seinem Schüler fördern sollte?

In der Praxis wird diese Frage von all denen, die als Erzieher auftreten und die dann bis zu einem gewissen Grad das Leben der Menschen über Generationen hin beeinflussen, täglich gut oder schlecht, reflektiert oder unreflektiert beantwortet. Wir wollen diese Frage explizit und reflektiert beantworten, weil wir ein klareres und gefestigteres Bild davon haben möchten, was pädagogisch wünschenswert ist und was wir wissen müssen, um dies zu erreichen.

Erziehung findet in der menschlichen Kultur immer und auf jeder Entwicklungsstufe statt. Erziehung im Sinne der relativ unorganisierten Prozesse der Sozialisation ist zunächst einmal eine nackte Tatsache der menschlichen Existenz. Jede neue Generation wird, oft auf fürchterliche, unreflektierte und haßerfüllte Weise, in die Bahnen gebracht, die von den vorangegangenen Generationen geschaffen wurden. Jede neue Generation wird geschult, die Welt auf eine Weise zu definieren und sich in dieser Welt auf eine Weise zu verhalten, die ihre Vorgänger als wünschenswert betrachten, auf eine Weise, die auch sie wünschenswert finden sollen. Jeder von uns ist in seinem sozialen und persönlichen Leben in größerem oder geringerem Maß das Produkt des Produkts vorangegangener Generationen. Unsere Sozialisation bewirkt im allgemeinen ein unreflektiertes Getriebenwerden durch die Geschichte. Eine sich selbst reflektierende Erziehung stellt einen Versuch dar, dieses unheimliche Dahintreiben in den Griff zu bekommen und es von innen her zu steuern.

Es gibt Denker, die das Streben nach Autonomie nicht für den besten Weg halten, die menschliche Geschichte zu steuern. Plato meinte in *Die Republik*, die Mehrzahl der Menschen seien von ihrer Anlage her für ein Leben in Autonomie ungeeignet, und Dostojewski präsentiert in der dämonischen Figur des Großinquisitors ein charakteristisch ironisches und ambivalentes Plädoyer für den unreflektierten und unfreien Willen. Der Inquisitor sagt zu Jesus, der während der Zeit der Inquisition unwillkommenerweise in Spanien auftaucht:

> »Vergaßest du denn, daß der Mensch Ohnmacht, ja den Tod vorzieht der freien Wahl in der Erkenntnis von Gut und Böse? Nichts ist verführerischer für den Menschen als Gewissensfreiheit, nichts aber auch qualvoller für ihn! . . .«[1]
>
> ». . . Denn du hast sie stolz gemacht, da du sie zu hoch erhobst. Wir werden ihnen beweisen, daß Schwäche ihr Teil ist, daß sie nur elende Kinder sind, daß aber der Kinder Glück süßer ist als jedes andere.«
>
> ». . . Die allerquälendsten Geheimnisse ihres Gewissens, alles, alles werden sie uns darbringen, und alles werden wir entscheiden, und sie werden uns mit Freuden glauben deshalb, weil wir sie so der quälenden Sorge entheben, in Freiheit selber zu wählen.«[2]

Der Großinquisitor hat nicht ganz unrecht. Wenn Menschen zur Abhängigkeit »erzogen« wurden, ist die Autonomie eine Last und die Annäherung an sie zutiefst angsterregend.

Gerade die Erziehung und Ermutigung zu freien und authentischen Entscheidungen, welche der Inquisitor verächtlich macht, war es jedoch, was John Stuart Mill in seinem Essay *Die Freiheit* (dt. 1967) als die moralische Basis der Demokratie bezeichnete. Mill argumentierte, daß die Förderung dieser komplexen Disposition (er nannte es »Individualität«) alles in allem genommen eher ein sinnvolles Leben ermögliche als irgendein Kodex juristischer oder sozialer Normen, an dem die Entscheidungen eines Menschen ausgerichtet werden könnten. Er beharrte darauf, daß es in der Erziehung und anderswo wünschenswert sei, ». . . ungebräuchlichen Verhaltensweisen den weitestmöglichen Spielraum einzuräumen, damit sich mit der Zeit herausstellen kann, welche davon geeignet sind, in Bräuche umgewandelt zu werden«.

Der soziale Fortschritt hängt nach Mills Überzeugung von der Entwicklung individueller Autonomie ab. Das Streben nach Autonomie biete die Chance nicht nur für das beste Leben, dessen das Individuum fähig ist, sondern auch für das beste Leben, dessen die

---

[1] *Die Brüder Karamasoff.* München (Piper) 1964, S. 339 f.

[2] Ebd., S. 345 f.

Gesellschaft fähig ist. Der freie Wettbewerb der Ideen autonomer Menschen werde die Wahrheit stärken und den Irrtum ausrotten helfen.

Grob gesprochen ist die Idee der Autonomie also identisch mit der Idee, frei für sich selbst entscheiden zu können, was man tun oder sein will. Die etymologische Bedeutung von »autonom« ist »nach eigenen Gesetzen lebend«, selbstbestimmend, unabhängig. Nehmen wir nun einmal an, daß ich ein unwiderstehliches Verlangen nach Schokoladeneiscreme habe, dem ich nachgebe. Das war mein Bedürfnis, und ich handelte danach. War das nicht eine »selbstbestimmende« und daher autonome Handlung? Nein. Wenn mein Verlangen unwiderstehlich war, hatte ich keine freie Wahl. Dies beleuchtet einen weiteren Aspekt der Autonomie: Nicht alle meine Entscheidungen sind schon deshalb autonom, weil ich sie treffe. Selbstbestimmung bedeutet nicht nur die Abwesenheit offenkundiger äußerer Zwänge (eine Pistole an meiner Schläfe, Handschellen, versperrte Türen und so weiter), sondern auch das Fehlen offensichtlicher innerer Zwänge (wie etwa zwanghafter Wünsche und Gedanken).

Läuft unsere Vorstellung von Autonomie darauf hinaus? Bin ich autonom, wenn ich frei von offenkundigen äußeren und inneren Zwängen bin? Wenn das alles wäre, dann wäre die Autonomie weit verbreitet. Die meisten von uns wären die meiste Zeit über »autonom«. Doch das erscheint falsch oder mindestens zu einfach: Das unreflektierte Dahintreiben eines großen Teils unseres täglichen Lebens ist nicht-autonom, obwohl man uns nicht daran hindert zu tun, was wir wollen, und obwohl wir nicht pathologisch zwanghaft sind. Wir müssen also tiefer schürfen.

Der Philosoph Harry Frankfort hat einige Differenzierungen herausgearbeitet, die uns weiterbringen werden. Sie lassen die Komplexität des Autonomiestrebens klarer zutage treten. Frankfort weist darauf hin, daß ich neben zwanghaften Wünschen, wie meinem Verlangen nach Schokoladeneis, noch viele andere Arten von Wünschen erster Ordnung haben kann. Außerdem besitze ich zwei verwandte Fähigkeiten zweiter Ordnung, die mich als Menschen auszeichnen: 1. Ich habe die Fähigkeit, Wünsche zweiter Ordnung zu bilden – ich kann mir wünschen, bestimmte Handlungswünsche zu haben oder von ihnen angetrieben zu werden; und 2. habe ich die noch wichtigere Fähigkeit, Willensakte zweiter

Ordnung zu bilden – das heißt, ich kann wollen, daß bestimmte Wünsche erster Ordnung mein *Wille* sind, mich also tatsächlich zum Handeln motivieren.

> »Abgesehen davon, daß Menschen dies oder jenes *tun* wollen, es wählen oder sich dazu getrieben fühlen, können sie sich auch wünschen, bestimmte Wünsche und Motive zu haben (oder nicht zu haben). Sie sind fähig zu wünschen, anders zu sein in ihren Vorlieben und Zielen, als sie sind. Viele Tiere scheinen die Fähigkeit zu dem zu haben, was ich als ›Wünsche erster Ordnung‹ bezeichne, nämlich einfach Wünsche, das eine oder andere zu tun oder nicht zu tun. Außer dem Menschen scheint jedoch kein Tier die Fähigkeit zur reflektierenden Selbsteinschätzung zu haben, die sich in der Bildung von ›Wünschen zweiter Ordnung‹ manifestiert« (Frankfort, 1971, S. 7).
>
> ». . . wenn er möchte, daß ein bestimmter Wunsch sein Wille sei, . . . werde ich seine Wünsche zweiter Ordnung als ›Willensakte zweiter Ordnung‹ bezeichnen« (1971, S. 10).

Wir können diese Differenzierungen sowohl dazu benutzen, meinen Mangel an Autonomie in einer bestimmten Sorte gewöhnlicher Fälle zu erklären, als auch dazu, den Gedanken weiterzuentwickeln. Nehmen wir an, ich bin ein Student, der dazu neigt, seine Arbeit zu vernachlässigen. Die Folge ist, daß ich beim Examen durchfalle oder schlecht abschneide. Ich nehme mir daraufhin ernsthaft vor, meine Arbeit nie wieder zu ignorieren. Ich möchte den Willen eines pflichtbewußten Studenten haben. Aber in der Praxis ändere ich mich nicht. Dies ist ein typischer Fall – und nicht nur im Bildungsbereich. Mein Wille zweiter Ordnung ist, fleißig zu sein, aber mein tatsächlicher Wunsch, mein Wollen, ist es, die Arbeit nach wie vor schleifen zu lassen.

Dieser Fall offenbart verschiedene Dinge, die für unser Verständnis des Strebens nach Autonomie relevant sind. Er zeigt, daß ein Willensakt zweiter Ordnung, sich ein bestimmtes Wollen zu eigen zu machen, nicht allein schon deshalb wirksam wird, weil wir uns dazu entschließen oder dafür entscheiden. In manchen Fällen muß ich vielleicht einen langen Prozeß durchmachen, in dessen Verlauf ich ständig versuche, mich zu überreden, mir Anreize und Bestechungen anzubieten, mir Strafen anzudrohen und so weiter, bevor ich wirklich ein neues Wollen will. Für die Erziehung bedeutet das, daß man den Studenten viele Gelegenheiten geben muß, sich selbst immer wieder aufs neue zu überreden, daß das, was sie tun, auch das ist, was sie wollen wollen.

Dieser Fall zeigt auch, was noch wichtiger ist, daß ich keinen freien Willen habe. Ich habe einen Willen, den ich nicht will, und ich habe den Willen nicht, den ich mir inständig wünsche. Ich bin nicht imstande gewesen, mich selbst zu steuern. Über einen freien Willen zu verfügen, bedeutet für Frankfort, fähig zu sein, den Willen zu haben, den man haben will. Dies ist eine Stufe der Selbststeuerung. Mein Handeln und Nichthandeln in diesem Fall beweisen, daß ich diese Fähigkeit nicht habe.[3]

Wir können jetzt versuchen, unsere ursprünglichen Mutmaßungen in bezug auf Autonomie mit einem positiveren Inhalt zu füllen. Es scheint, daß ich autonomer bin oder autonomer werde, wenn ich fähig bin, einen Prozeß der reflektierenden Selbsteinschätzung zu durchlaufen, um die Macht eines freien Willens zu erwerben. Frankfort meint, dies sei alles an Freiheit, was sich ein Mensch erhoffen könne:

> »Angenommen . . ., ein Mensch verfügt sowohl über Handlungsfreiheit als auch über Willensfreiheit. Dann ist er nicht nur frei zu tun, was er tun will; er ist auch frei, das zu wollen, was er wollen will. Mir scheint, daß er in diesem Fall all die Freiheit hat, die zu wünschen oder sich vorzustellen möglich ist. In bezug auf Freiheit gibt es nichts mehr, was ihm fehlt« (Frankfort, 1971, S. 17).

Dieser Gedanke – einen freien Willen haben heißt, ich habe die Freiheit, den Willen zu haben, den ich haben will – kommt dem Kern unserer Mutmaßungen in bezug auf Autonomie sehr nahe. Aber er ist auch mehrdeutig und potentiell irreführend. Je nach Interpretation könnte ich die Freiheit besitzen, den Willen zu haben, den ich haben will, und dennoch nicht autonom sein. Anders interpretiert, nähere ich mich der Autonomie an, wenn ich über einen freien Willen verfüge. Dieser Unterschied ist entscheidend, um zu verstehen, was es bedeuten könnte, jemanden zur Autonomie zu erziehen. Ich werde versuchen, dies zu verdeutlichen.

Wie ich bereits andeutete, wird jeder in eine bestimmte Position innerhalb des sozialen Geflechts hineingeboren und mit einer

[3] Ich muß auf den Versuch verzichten, Frankforts interessanter Analyse des freien Willens hier voll gerecht zu werden.

Sprache, mit Denkgewohnheiten, Gefühlen und Motivationen ausgestattet, die er/sie nicht gemacht oder bewußt gewählt hat.

Doch meine und deine Position in dieser Welt sind niemals neutral. Obwohl ich es vielleicht nicht reflektiere, haben mein Wille, dieses oder jenes zu tun (oder zu lassen), und meine Handlungen Konsequenzen. Zum Beispiel habe ich nicht die *Absicht*, opportunistisch zu sein – es ist einfach das unreflektierte Verhaltensmuster meines Lebens. Vielleicht ist es ein Zug, der schon immer in meiner Familie vorhanden war. Vielleicht ist mir nicht einmal bewußt, daß mein Benehmen so interpretiert werden kann. Dennoch könnten andere mein Verhalten so erleben.

Man würde kaum sagen, daß ich in bezug auf meinen Opportunismus über einen freien Willen verfüge. Ich habe nicht wirklich die Freiheit, einen anderen Willen zu haben. Da mir die gegenwärtige Tendenz meines Willens nicht einmal *als Opportunismus* bewußt wird, ist nicht von mir zu erwarten, daß ich sie in Frage stelle. In diesem Fall bedeutet mein Mangel an freiem Willen auch einen Mangel an einer gewissen geistigen Freiheit.

In einem anderen Sinn kann ich in meinem Opportunismus dahintreiben und trotzdem einen freien Willen genießen. Das ist die wichtige Ambiguität. Es stimmt, daß meine expliziten und bewußten Entscheidungen, meine Willensakte zweiter Ordnung, in einem weiteren Rahmen gesehen als unreflektiert bezeichnet werden können. Aber das ist jetzt nicht meine Perspektive. Ich habe meinen Opportunismus ursprünglich nicht aufgrund reflektierender Selbsteinschätzung gewählt, aber ich entscheide bewußt, wo, wann und wie ich mich opportunistisch verhalten werde. Ich habe die Wahl, diese oder jene Spielart eines opportunistischen Willens zu haben, wenn ich es will. Ich kann über freien Willen verfügen und dennoch unreflektiert opportunistisch sein.

Offensichtlich stimmt hier etwas nicht. Intuitiv vermuten wir, daß das Gefangensein in irgendwelchen Verhaltensmustern aus zweiter Hand das Kennzeichen eines nicht-autonomen Menschen sein muß. Wir sind auch darauf gekommen, daß die Quintessenz der Autonomie vielleicht darin besteht, über einen freien Willen zu verfügen. Hier aber haben wir es mit dem Fall zu tun, daß eine Willensentscheidung sowohl selbstbestimmt als auch in einer unreflektierten Tendenz gefangen sein kann.

Der Ausweg besteht darin, zwischen »inneren« und »äußeren«

Willensakten zweiter Ordnung zu unterscheiden. Meine Wahl zweiter Ordnung kann, wie bereits dargelegt, innerhalb eines Rahmens unreflektierter Verhaltensmuster erfolgen, oder sie kann diesen Rahmen von außen in Frage stellen. Nur im zweiten Fall bewege ich mich in Richtung auf Autonomie, denn nur dann wird meine Wahl echt oder erster Hand sein.

Was ich damit sagen will, ist, daß ich mich der Autonomie erst dann nähere, wenn ich den gegebenen Rahmen von außen her in Frage stelle und von außen her Entscheidungen gegenüber irgendeinem beherrschenden und unreflektierten Bezugsrahmen oder Willenssystem treffe. Zum Beispiel bewege ich mich bezüglich meines Opportunismus in Richtung auf Autonomie, wenn ich mich vor eine bewußte Wahl zweiter Ordnung zwischen dieser Haltung und irgendeinem anderen allgemeinen Motivationsmuster stelle, wie zum Beispiel die Anerkennung der Rechte anderer. Erst wenn ich den Entscheidungs- oder Denkstil, der das Spektrum meiner bewußten Entscheidungen in ein nicht-authentisches Schema zwängt, erkenne und in Frage stelle, beginne ich, eine tiefere und echtere Fähigkeit zu entwickeln, den Willen zu haben, den ich haben will. In dem Maße, wie wir der realen Möglichkeit von Alternativen zu unseren gewohnten Seinsweisen nicht gewahr werden, sind wir gar nicht fähig, uns wirklich selbst zu steuern, d. h. die volle Verantwortung für unser Leben zu übernehmen.

Können wir nun sagen, daß ich, je authentischer mein Wille wird, desto freier *von* gewohnten Denk- und Verhaltensmustern werde, sofern ich das will, daß ich desto autonomer werde? Leider sind wir noch nicht aus dem philosophischen Dickicht heraus. Da ist noch eine letzte Überlegung: Autonomie zieht nicht nur die zentrale Idee der Authentizität nach sich, sondern sie hängt auch mit dem Begriff der Rationalität zusammen. Mein Wollen mag authentischer geworden sein, wenn ich eine meiner augenblicklichen Willensäußerungen von außen in Frage stelle, aber das garantiert mir nicht, daß meine Herausforderung an mich selbst rational sein wird. Ein freier Wille ist nicht notwendigerweise ein rationaler Wille. Jeder Schritt in Richtung auf vollständigere Authentizität versetzt uns in die Lage, umfassendere Verantwortung für unser Leben zu übernehmen, aber das garantiert nicht, daß wir von dem neuen Gefühl, mehrere Möglichkeiten zu haben, auf eine bestimmte Weise Gebrauch machen werden.

»... ein Mensch kann bei der Formierung seiner Willensakte zweiter Ordnung frivol und unverantwortlich sein und dem, was auf dem Spiel steht, keinerlei ernsthafte Erwägung widmen. Willensakte zweiter Ordnung sind nur insofern Ausdruck von Bewertungen, als es sich um Präferenzen handelt. *Die Art der Grundlage, falls es eine gibt, auf der sie gebildet werden, unterliegt keiner essentiellen Einschränkung«* (Frankfort, 1971, S. 13).

Es ist nicht unvorstellbar, daß ich mit der unreflektierten Gewohnheit der Menschenfreundlichkeit aufwachse und eines Morgens beschließe, künftig ein Leben voll Grausamkeit zu führen – ganz einfach, weil auch das eine meiner freien Möglichkeiten ist. Ebensowenig ist es unvorstellbar, daß jemand die Prinzipien, die der »Therapeut« in John Barth's *End of the Road* (1969) vertritt, sich als Lebensregel zu eigen macht. Der »Doktor« in diesem Roman rät dem Helden, nach dem Grundsatz der Reihenfolge, der alphabethischen Priorität und der Linksseitigkeit zu handeln: Wenn er die Wahl zwischen zwei Möglichkeiten habe, solle er immer das wählen, was zuerst kommt, oder jene Möglichkeit, die mit dem Buchstaben beginnt, der im Alphabet früher kommt, oder jene zu seiner Linken.

Falls Sie vermuten, daß ein Mensch, der die authentische Wahl trifft, in dieser frivolen und willkürlichen Weise zu leben, dennoch autonom sei, wüßte ich nicht, wie ich Sie zwingend widerlegen sollte. Ich bin selbst nicht sicher, ob es mit der Idee der Autonomie über den zentralen Gedanken der Authentizität hinaus, den ich hier entwickelt habe, noch etwas anderes auf sich hat. Ich glaube jedoch, daß solche Menschen nicht sehr rational handeln; daß es wahrscheinlich andere Möglichkeiten gibt, die dem, was sie ohnehin schon wollen, eher entsprechen, oder alternative Denk- und Entscheidungsweisen, die sie vorziehen würden, wenn sie mit ihnen bekannt wären. Ich verstehe nicht, wie wir behaupten können, uns auf volle Selbstbestimmung hinzubewegen, wenn wir nicht wenigstens fest entschlossen sind, eine gewisse Vereinbarkeit unserer Überzeugungen und Prinzipien anzustreben und, falls sie sich bieten, jene Alternativen unserer gegenwärtigen Perspektiven und Entscheidungen zu wählen, die eine relevante Verbesserung bedeuten. Nach meinem Verständnis werden Menschen in dem Maße autonomer, wie sie fähig sind, nicht nur authentischer zu urteilen, zu denken, zu wählen und zu handeln, sondern auch rationaler. Kurz, diese Analyse legt eine Reihe wichtiger Fakten in bezug auf Autonomie offen:

1. Es ist möglich, daß jemand in einer gewissen Hinsicht autonomer wird und in einer anderen nicht. Zum Beispiel kann ich so weit kommen, hinsichtlich des Einflusses meiner Familie auf mich Fragen zweiter Ordnung von außen zu stellen, nicht aber hinsichtlich des Einflusses meiner Gesellschaftsklasse oder meiner Partnerin.
2. Auf dem Weg zur Autonomie gibt es verschiedene Entwicklungsstufen. Ich kann meine ursprünglich unreflektierten Entscheidungen von außen in Frage gestellt haben, nicht aber Entscheidungen, die ich daraufhin getroffen habe; doch auch authentische Entscheidungen können unreflektiert und automatisiert getroffen werden, und es steht uns immer offen, auch in bezug auf das Spektrum von Wahlmöglichkeiten, das nun wiederum durch meine neuen Entscheidungen eingeengt wird, Fragen zu stellen.
3. Die Entwicklung zu größerer Autonomie in gewissen Punkten und/oder auf einer bestimmten Stufe setzt einen Willensakt zweiter Ordnung voraus und auch, daß dieser Willensakt durch rationale Unabhängigkeit in diesen Punkten oder auf dieser Ebene motiviert ist. Dies ist die Mindestvoraussetzung des Strebens nach einem gewissen Grad von Konsistenz und echtem Fortschritt.

Was bedeutet es also, generell gesprochen, autonomer zu werden? Ich muß mehr haben als eine Freiheit von inneren Obsessionen und Zwängen. Ich muß mehr haben als die Fähigkeit zu freien Entscheidungen in bezug auf Dinge, die meinem gegenwärtigen Identitätsstil immanent sind. Wenn ich mich wirklich selbst bestimmen will, in dem Sinne, daß ich mich der Entwicklung eines wirklich rationalen Selbst nähere, muß ich 1. die Fähigkeit haben, Fragen zu stellen und Entscheidungen zu treffen, die außerhalb dessen liegen, was ich gegenwärtig glaube oder will, und 2. bereit sein, mich aufgrund logischer und faktischer Gegebenheiten selbst in Frage zu stellen.

Wir nähern uns dem Gedanken der Autonomie immer vor dem Hintergrund unreflektierter Verhaltensmuster. Darauf hinzuarbeiten wird also immer nur eine relative, niemals eine absolute

Veränderung bedeuten. Das Streben nach authentischer Rationalität wird schwierig und asymptotisch, das heißt, nur annähernd sein.

> »Rationalität und die Wahl zwischen zwei Möglichkeiten, die eine echte eigene Wahl ist, setzt eine volle Erkenntnis der bisher unerkannten Ursachen für die Beschränkung der eigenen Wahlmöglichkeiten auf ein bestimmtes Spektrum von Möglichkeiten voraus. *Vollständige* Rationalität und *umfassende* Kenntnis jeder uns offenstehenden Möglichkeit sind ein Ideal, das wir niemals ... erreichen können. Da sind immer die Begrenzungen unserer eigenen Sprache und Kultur und unserer eigenen, durch die gesellschaftlichen Umstände gebildeten Interessen ... Selbst-Bewußtsein muß immer mit einem gegebenen Material arbeiten ... Aber wir alle haben es schon erlebt, daß wir manche unserer Interessen, die wir früher für zwangsläufig gehalten haben, mit einer neuen Distanziertheit betrachten können, als Material, von dem ausgehend wir unsere eigenen bewußten Entscheidungen treffen. Sobald wir die Quellen dieser Interessen erkennen und sie zum ersten Mal klar identifizieren, stehen wir vor einer neuen Situation und haben nun die Möglichkeit zu entscheiden, ob wir sie akzeptieren oder, falls möglich, ablehnen wollen« (Hampshire, 1967, S. 256).

Es gilt als eines der vornehmsten Ziele des höheren Bildungswesens, bis zu dieser Art von relativer Autonomie vorzustoßen. Erziehung kann der Prozeß sein, durch den wir Menschen zu neuen Lebensmöglichkeiten erwecken. Ist sie erfolgreich, so gelangen wir zu einer kritischen Distanzierung; wir sehen nunmehr unsere Überzeugungen, Einstellungen und Dispositionen im Lichte anderer und gewöhnlich besserer Perspektiven. Und wir erwerben die Fähigkeit zu jener Art von rationaler Reflexion und Kritik, die sowohl zu konsistenten und wohlinformierten als auch zu authentischen Entscheidungen darüber, was wir denken und tun wollen, führen.

Dies ist das Ideal einer Erziehung zur Autonomie. Die Realität ist, daß Studenten nicht konsequent und systematisch herausgefordert werden, authentische und rationale Bildungsentscheidungen zu treffen – Entscheidungen über den Erwerb von Fähigkeiten, das Erproben verschiedener geistiger Verfassungen und die Entwicklung von Neigungen und Anlagen, die Pädagogen schon immer für notwendig hielten, wenn verschiedene Arten autonomer Aktivität zur Entfaltung kommen sollten. Die Realität ist auch, daß die meisten Studenten ihre Autonomie nicht entwickeln wollen. Sie sind nicht bereit, ihrerseits die volle Verantwortung für ihren Anteil am Streben nach Autonomie zu übernehmen. Dies ist gewöhnlich keine aktive und äußerlich reflektierte Weigerung; es ist keine authentische Wahl, sondern vielmehr eine unreflektierte, adaptive Tendenz, in die Richtung nicht-autonomer Haltungen zu treiben, wenn sich eine gute Gelegenheit bietet. Dies sollte uns nicht überraschen. Den meisten von uns wird von Anfang an beigebracht, Zustimmung zu suchen und Mißbilligung zu meiden und andere und uns selbst zu manipulieren, um das zu bekommen, was wir für Belohnungen halten. Schüler lernen früh, daß Eltern und Lehrer gewöhnlich nicht wollen, daß sie autonom werden; sie erfahren, daß man sie de facto bestraft, wenn sie sich der Autorität nicht unterwerfen, und daß jene Art authentischen Wählens, die nötig ist, um Autonomie zu erlangen, im Kontext der Erziehung zu große Risiken mit sich bringt.

Die Folge ist, daß viele Studenten starken Widerstand leisten werden gegen Appelle und Forderungen, aktive Gestalter ihrer eigenen Bildung zu sein. Wenn sie es auch anfänglich verlockend finden, werden sie doch leicht frustriert und fallen in alte, manipulierte Muster zurück, weil der Prozeß nicht interessant genug gemacht wird, um sie zu faszinieren, und man ihnen nicht adäquate Unterstützung bietet, damit sie die Risiken und Frustrationen ertragen können, die ihnen bevorstehen. Tiefsitzender Widerstand der Studenten dagegen, ihre Bildung selbst in die Hand zu nehmen, ist eines der Haupthindernisse einer Erziehung zur Autonomie.

Gewöhnlich wird nicht wirklich erkannt, daß eine der ersten Aufgaben eines Pädagogen, der die Autonomie seiner Schüler und Studenten fördern will, darin besteht, sich mit diesem Problem, mit dem Willen der Studenten auseinanderzusetzen. Solange der Unterrichtsrahmen – die Sitzordnung, die Art der Unterrichtsdiskussion und der Kommunikation bei der Bewertung von Gelesenem, Geschriebenem oder was auch immer – nicht ganz bewußt so arrangiert wird, daß die typische Nicht-Autonomie studentischen Lernens dadurch in Frage gestellt und entmutigt wird, wird diese faktisch *gefördert*. Unsere unreflektierten Handlungsgewohnheiten als Pädagogen wirken sich nicht neutral aus. Auch *unser* Dahintreiben hat eine Richtung. In unseren Erziehungspraktiken ergreifen wir zwangsläufig für oder gegen die Autonomie unserer Schüler und Studenten Partei.

2. Ein Gestalt-Ansatz in der Hochschuldidaktik

Ein Gestaltgruppenprozeß dient dem Ziel, die Autonomie zu fördern. Ich möchte hier darlegen, wie ein solcher Ansatz, auf die Unterrichtssituation zugeschnitten, Teil eines allgemeinen Lehrplanes zur Ermutigung von autonomem Lernen werden kann. Insbesondere möchte ich zeigen, wie Gestaltexperimente zur Entwicklung einer systematischen Alternative zu unserer traditionellen Praxis selbst innerhalb des üblichen Kurs- und Seminar-Rahmens benutzt werden können. Gestalttherapeutische Experimente wecken die Leute aus ihrer Unreflektiertheit auf und führen ihnen nicht-manipulative Alternativen vor Augen. Es sind Situationen, die die Chance zur Steigerung des Gewahrseins und zu verantwortlicher Entscheidung bieten. Sie schaffen das, was wir anfangs als »autonomogene« Gelegenheiten bezeichnet haben – Gelegenheiten, eine authentische und rationale Wahl zu treffen.

Da ich autonomes Lernen fördern will, weiß ich, daß ich meinen Studenten gleich von Beginn des Kurses an »autonomogene Gelegenheiten« innerhalb einer sicheren Situation schaffen muß. Ich führe meinen Studenten vor Augen, daß ich von ihnen erwarte, echte, eigene Entscheidungen darüber zu treffen, wie und was sie lernen wollen, und ich fordere sie auf zu überlegen, was sie zu tun bereit sind, um das zu erreichen.

Am Anfang können wir über ihre Erwartungen sprechen. In kleinen Klassen ist es leicht, eine Umfrage in der gesamten Runde zu machen, so daß sich jeder namentlich vorstellen und seine Ziele für diesen Kurs mitteilen kann.[4]

[4] In großen Klassen kann dies durch Aufteilen in Gruppen und/oder durch Aufschreibenlassen der Erwartungen und spätere Diskussion geschehen. Auch eine Umfrage in der gesamten Runde ist ein allgemein brauchbares autonomogenes Mittel. Es kann immer dann verwendet werden, wenn man etwas mit der Gruppe klären will.

Wenn wir »die Runde machen« und die Reihe an mich kommt, formuliere ich meine Absicht, meine Studenten auf verschiedene Weise zur Autonomie zu ermutigen, so deutlich wie möglich. Da sich die Erwartungen verändern, fordere ich meine Studenten auf, sich in unzensierten Tagebüchern über ihre Ziele klarzuwerden und aufzuschreiben, wie sie sie erreichen wollen.

Ein Lehrer hat viele Optionen zu Beginn eines Kurses, um ein Klima zu schaffen, in dem Autonomie gefördert wird. Es sind dies Experimente, die »das Eis brechen«, und Übungen im Zuhören, die die persönliche Beteiligung und das Gewahrsein des Gruppenprozesses fördern (vgl. Pfeiffer und Jones, 1975). Da es in der Literatur viele Darstellungen gibt, wie man das machen kann, möchte ich mich hier nicht darüber verbreiten. Das Ergebnis dieser Experimente und Übungen ist, daß aus der Klasse eine Gruppe wird.

Es gibt eine Reihe von Experimenten, die ich benutzt, über die ich aber noch nichts geschrieben gesehen habe, deshalb möchte ich sie hier erwähnen. Ich fordere eine Klasse auf, sich verschiedene Möglichkeiten zu überlegen, wie wir uns als Gruppe organisieren könnten:

1. Stellt euch vor, daß dies eine sehr strenge Unterrichtssituation ist. Ich werde ein übertrieben autoritäter Lehrer sein, der hereinkommt und ganz einfach eine Vorlesung hält. Versucht euch über eure Reaktion dieser Situation gegenüber klarzuwerden. Jetzt setzt euch in Reihen hintereinander und denkt daran, daß ihr nicht reden dürft, außer wenn ihr eine gute Frage habt. Und das werde *ich* beurteilen!

Nach einer fünfzehnminütigen Erfahrung mit autoritärem Unterricht gehen wir zu einer permissiven Lernsituation über.

2. In dieser Situation bestimmt ihr die Regeln. Ich werde auf Fragen reagieren, aber ihr werdet sehen, daß ich die Fragen fast immer an euch zurückverweisen werde. Worüber *wollt* ihr diskutieren? Wie sollte die Benotung nach *eurer* Meinung gehandhabt werden? Was würdet *ihr* tun, wenn schriftliche Arbeiten verspätet abgegeben werden? Und so weiter.

Durch dieses Experiment und durch Vergleiche mit dem, was wir bereits vor dem Experiment gemacht haben, gelingt es uns zu klären, wie wir den Kurs, zumindest für den Augenblick, organisieren wollen. Wir sind fähig, einen großen Teil unseres bisher unreflektierten Verhaltens als Angehörige dieser und anderer Schülergruppen von außen her gemeinsam in Frage zu stellen. Der Erfolg, der in erhöhter Autonomie besteht, rechtfertigt die investierte Zeit.

Das obenerwähnte unzensierte Tagebuch spielt in verschiedenen meiner Kurse eine zentrale Rolle; es dient dazu, individuelle Experimente verschiedener Art zu koordinieren und sie in die Gruppenaktivitäten einzubeziehen.

Zu Beginn eines Kurses wird ein bestimmtes Klima, eine bestimmte Atmosphäre geschaffen. Ich möchte meine Studenten zu einer Reaktion animieren, die so persönlich ist wie nur immer möglich. Ein Weg dahin führt über die Phantasie. Nachstehend das Beispiel eines Tagebuchthemas, das eine ethische Frage aufwirft: Werde ich das, was recht ist, auch tun, wenn mir niemand zusieht? Ist Gerechtigkeit nichts anderes als eine gesellschaftliche Konvention?

Schreibt eine Geschichte, in der ihr die folgende Phantasie zu Ende spinnt:

> Du hast soeben einen goldenen Ring gefunden. Du steckst ihn an den Finger und drehst ihn nach links. Plötzlich merkst du, daß du verschwindest! Du bist unsichtbar geworden. Du drehst den Ring nach rechts und erscheinst wieder. Jetzt weißt du, daß du die Macht hast, unsichtbar zu werden, wann immer du willst.
>
> Welches sind deine ersten Gedanken, Gefühle und Impulse in dem Moment, da du dir deiner Macht bewußt wirst? Was wirst du mit deiner Macht anfangen? Beschreibe, ohne dich zu wiederholen, kurz einige der typischen Abenteuer, die du nun erlebst. Wie löst du die Frage, ob und wie du dein Geheimnis vor anderen Menschen bewahren sollst? Was beschließt du zuletzt, mit dem Ring zu tun, und warum?

Das Phantasieexperiment zu Beginn des Semesters dient verschiedenen Zwecken. Es ist nahezu unwiderstehlich. Fast jeder ist von der Frage fasziniert und läßt seiner Phantasie freien Lauf. Eine gute Phantasieübung erinnert die Leute daran, daß sie Vorstellungskraft besitzen. In der Aufgabenstellung heißt es: »Ihr könnt eure Phantasie hier ins Kraut schießen lassen.« Mir hilft es, die Diskussion in Gang zu bringen und den persönlichen Kontakt zu verstärken, der in der ersten Runde, in der alle ihre Namen genannt haben, geknüpft worden ist. Ich teile die Klasse gewöhnlich in kleine kooperierende Gruppen von je fünf Leuten auf. Diese Gruppen bleiben zusammen, wenn ich das Gruppengefühl fördern will; manchmal lasse ich die Teilnehmer auch wechseln, damit mehr Leute einander kennenlernen können. Die Phantasien werden in den Gruppen besprochen. Ich lenke die Diskussionen durch vorbereitete Fragen, die ich jeder Gruppe als Aufgabe stelle, zu einem klaren Verständnis des Themas hin. Der pädagogische Grund, weshalb wir soviel persönliche Beteiligung wie möglich fördern, ist: Unsere Studenten sollen sich authentisch mit den Themen, die wir aufbringen, auseinandersetzen, oder mit dem Denksystem, das wir zur Diskussion stellen, oder mit dem Lernexperiment, das wir vorschlagen. Auf diese Weise hat das, was sie damit machen, was sie darüber denken und tun, eine Bedeutung für sie. Wenn ihnen Gelegenheit gegeben wird, sich persönlich einzubringen, entwickeln sie auch den Wunsch, selbst über diese Dinge zu entscheiden.

Ich habe eine Reihe von Experimenten erwähnt, die ich benutze, um zur Gruppenbeteiligung und zur Diskussion zu animieren. Dabei ging es in erster Linie um Fragen des Prozesses. Aber man kann gestalttherapeutische Experimente konzipieren, die zu einer authentischen Entscheidungsbildung sowohl in bezug auf die Unterrichtsinhalte wie auch in bezug auf den Verstehensprozeß dieser Inhalte führen. Es können Sequenzen von Einzel- und Gruppenexperimenten in den Unterricht eingeflochten werden, welche die authentische und rationale Entscheidung fördern, eine grundlegende Fähigkeit zu entwickeln.

Interpretation eines Textes: Ein Gestalt-Ansatz

Die meisten Studenten verstehen nicht zu lesen, insbesondere nicht die schwierigen Texte, die in der Philosophie zu finden sind. Sie versuchen, diese Art von Lektüre zu umgehen, wenn sie sich das, was sie wissen müssen, auch aus meinen Vorträgen oder auf andere Weise »holen« können. Sie werden auch zu Recht von Texten frustriert, zu denen sie keinen Zugang finden. Es fehlt ihnen eine wichtige Fertigkeit. Das pädagogische Problem hat immer zwei Seiten, das Wollen und das Können. Ich möchte, daß meine Studenten Lust bekommen, sich auf die Gedankengänge und Perspektiven in philosophischen Texten einzulassen, und ich möchte, daß sie den Wunsch entwickeln, das auch allein tun zu können. Bei meinem Bemühen, dieses Problem zu lösen, habe ich eine lange

Kette von Versuchen und Irrtümern durchlaufen. Nachstehend einige Beispiele, wie ich bisher vorgegangen bin.

Um die wenig effiziente Gewohnheit passiven und oberflächlichen Lesens zu durchbrechen, verändere ich von Beginn des Kurses an die üblichen Regeln und Erwartungen in bezug auf das Lesen. Ich betone, daß wir nicht Bücher lesen, sondern Autoren kennenlernen, und daß diese Autoren Menschen sind, mit denen wir eine Zeitlang zusammenleben werden. Wir fänden hier Gelegenheit, einige sehr begabte Menschen kennenzulernen, Menschen, die uns etwas zu sagen haben – aber wir könnten sie nur dann kennen und verstehen lernen, wenn wir uns der speziellen Art von Mühe unterziehen, deren es beim aktiven Lesen bedarf.

> »... der Vorgang des Schreibens, impliziert den des Lesens als sein dialektisches Korrelat, und diese beiden miteinander verbundenen Akte erfordern zwei gesonderte Instanzen ... Da das Schaffen von etwas Neuem seine Vollendung nur im Lesen finden kann, da der Künstler einem anderen die Aufgabe anvertrauen muß, das, was er begonnen hat, zu Ende zu führen, da er sich nur durch das Bewußtsein des Lesers als essentiell für sein Werk betrachten kann, stellt jedes literarische Werk einen Appell dar. Schreiben heißt, an den Leser zu appellieren, die Entdeckung, die ich mit den Mitteln der Sprache vollbracht habe, zur objektiven Existenz zu erwecken ... der Schriftsteller appelliert an die Freiheit des Lesers, mit ihm an der Produktion seines Werkes zu arbeiten ...« (Cumming, 1965, S. 374).

Obwohl ich meine Studenten auffordere, ihr Lesen auf diese Weise zu sehen, ist mir klar, daß sie für ihren Teil der gemeinsamen Arbeit ein gewisses Maß an Unterstützung brauchen. An diesem Punkt weise ich sie darauf hin, daß das unzensierte Tagebuch das Kernstück des Kurses bilden wird:

> Der Zweck des Tagebuchs ist es, euch zu helfen, einen Überblick über die Botschaften zu bekommen, die euch die Lektüre vermittelt, und euch über eure verschiedenen Reaktionen auf den Kurs Rechenschaft zu geben. Ich werde euch auffordern, bestimmte Fragen über die Lektüre und unsere Diskussionen ehrlich zu beantworten. Ich werde euch auch kurze Aufgaben stellen, die den Zweck haben, euch durch das Schreiben zu befähigen, die Bedeutung des Gelesenen besser zu verstehen – zum Beispiel durch Phantasiethemen.

Eure Tagebucheintragungen werden die Grundlage von Diskussionen in kleinen Gruppen vor Beginn der Vorlesungen bilden. Die Tagebücher werden alle paar Wochen eingesammelt und mit Kommentaren versehen; die Kommentare sollen euch helfen, effektiver lesen und denken zu lernen. Ich werde euch auffordern, auf meine Kommentare zu antworten, so daß eine Korrespondenz mit mir über eure Erfahrungen mit dem Stoff entsteht. Die Tagebücher werden nicht benotet. Sie sollen ein Ort sein, an dem ihr euch wohl fühlen und neue Ideen ausprobieren könnt. Das einzige Erfordernis ist, daß ihr das Tagebuch vollständig und pünktlich führt.

Das Tagebuch soll der sichere Ort sein, an dem Experimente ohne größeres Risiko durchgeführt werden können. In großen Klassen kann es eine ähnliche Funktion haben wie die Sicherheit vermittelnden, unterstützenden Kleingruppen.

Manche Experimente haben den Zweck, einen persönlichen Zugang zu dem Material zu fördern, wie das »Phantasie-Schreiben«. Die Studenten werden aufgefordert, bei der Beantwortung bestimmter Fragen ihrer Phantasie freien Lauf laufen zu lassen oder zur Vorbereitung jeder Diskussionssitzung bestimmten Anweisungen zu folgen.

Was hat euch bei der heutigen Lektüre am meisten fasziniert und interessiert? Welche Fenster oder Türen haben sich für euch geöffnet? Inwiefern helfen euch diese Ideen, eure Erfahrungen anders oder besser zu begreifen? In welchen Punkten stimmt ihr mit dem Gesagten überein oder nicht überein?

Vielleicht könnt ihr eure Gefühle und Gedanken zu diesen Fragen am besten in den Griff bekommen, wenn ihr sie in Form eines Briefes an einen engen und verständnisvollen Freund formuliert. Oder vielleicht möchtet ihr einen Brief an den Autor/ die Autorin selbst schreiben.

Es geht hier darum, die Studenten unmittelbar mit der Frage zu konfrontieren, was diese Ideen mit ihnen selbst, mit ihrem eigenen Leben zu tun haben. In der Gruppe besteht immer die Möglichkeit, Rückmeldungen zu erhalten. In meinen Reaktionen ermutige ich die Studenten dann, bestimmte Fragen in der Klasse aufzuwerfen oder ein Referat darüber zu halten oder eine andere Lektüre vorzuschlagen, die sie interessieren könnte. Die Reaktionen können auch in kleinen Gruppen besprochen werden, um den Studenten

Gelegenheit zu geben, unterstützende Gruppendiskussionen zu führen.

Sobald die Studenten innerlich beteiligt sind, wächst die Wahrscheinlichkeit, daß sie verstehen wollen, was der Autor sagt. Aber ein solches Verständnis kommt nur durch sorgfältiges Lesen zustande, und die meisten Studenten wissen nicht, wie man das macht. Man kann strukturierte Experimente durchführen, um diese Fertigkeit zu entwickeln.

1. Was ist die Hauptaussage oder Behauptung des Autors/der Autorin? Worum geht es ihm/ihr vor allem?

a) Zitiere eine oder mehrere Stellen, die für dieses Anliegen oder diese Behauptung sprechen.

2. Wie untermauert der Autor/die Autorin seinen/ihren Standpunkt (den du unter 1. dargestellt hast)? Welches sind die Hauptgründe, die er/sie für sein/ihr Anliegen anführt, und wie sucht er/sie uns von diesen Gründen zu überzeugen?

b) Zitiere eine oder mehrere Stellen, die für deine Lesart der Gründe oder Argumente des Autors sprechen.

3. Stelle dir jetzt vor, daß du der Autor bist und dir die Antworten ansiehst, die auf Punkt 1 und 2 gegeben wurden. Hältst du das für ein faires und tiefschürfendes Resümee deiner Ansichten? Was fehlt nach deiner Vermutung, deinem Dafürhalten, deiner Vorstellung oder deinem Wissen? Was, meinst du, könnte verzerrt gesehen sein? Was findest du andererseits sehr gut getroffen oder deinen eigenen Formulierungen sehr nahekommend?

Die Reihenfolge dieser Anweisungen führt zu einem System effizienten Lesens. Ich versuche, meine Studenten dazu anzuspornen, sich dieses System zu eigen zu machen oder ein besseres zu entwickeln. Die letzte Aufgabe mag etwas verfrüht erscheinen. Wie können Studenten ihre eigenen Interpretationen kritisieren, bevor sie sie mit jemandem geprüft haben, der etwas davon versteht? Bis zu einem gewissen Grad können sie es. Die Anweisung setzt einen Maßstab. Sie wirft jene Art von Frage auf, die das eigene Denken transzendiert und zum Erreichen von Autonomie nötig ist. Sie fragt: »Hast du dich dieser Lektüre wirklich voll und ganz geöffnet?« Wir wissen, vermuten, spüren es, wenn wir etwas nicht wirklich verstanden haben, obwohl wir vielleicht nicht genau wissen, was uns entgangen ist oder wie wir weiter vorgehen sollen.

Durch diese Anweisung wird die Perspektive des anderen, in diesem Falle des Autors, eingeführt gegenüber dem, was ich, der Student, geschrieben habe; eine Perspektive, die für die Identifizierung und die Übernahme von Verantwortung für meine bisher unreflektierten Handlungen und Entscheidungen wesentlich ist. Auch fordere ich die Studenten meistens *nach* meinem Vortrag bzw. nach der Diskussion auf, diese Frage zu beantworten und zu erklären, was sie aus dem Vergleich gelernt haben, bzw. zu versuchen, die Sache das nächste Mal anders anzupacken. Wenn ich keine Veränderung feststelle, provoziere ich eine, indem ich das nächste Mal in dem Tagebuch die Frage stelle, ob der Student selbst eine Veränderung in seinem Leseverhalten bemerkt. Die Gelegenheit, diese Art von »Entwicklungskorrespondenz« zu führen, zählt zu den Vorzügen der Tagebuchmethode.

Lassen Sie mich diesen Prozeß der Entwicklung zur Autonomie näher verdeutlichen. Nehmen wir zum Beispiel das ständig auftretende Problem, daß Studenten sich schriftlich sehr vage ausdrükken. In vielen Fällen würden die Studenten selbst gern etwas daran ändern, sie sind aber in einer Gewohnheit gefangen, die von ihren früheren Lehrern niemals wirklich in Frage gestellt wurde. Die typische Reaktion des Lehrers auf eine vage Ausdrucksweise besteht, falls er überhaupt darauf eingeht, darin, an den Rand »zu vage«, »ziemlich unklar« oder »schwammig« zu kritzeln. Derartige Gesten bewirken selten etwas. Zum einen sind sie selbst zu vage, als daß das Problem des Studenten klar ins Blickfeld treten würde. (Ich erinnere mich an einen Lehrer, der eine mit »gut« benotete Arbeit mit den dürren Worten kommentierte: »Nicht das, was ich erwartet habe.«)

Aber, was noch wichtiger ist, solche Kommentare sind nicht Teil einer strukturierten Situation, die darauf abzielt, die pädagogisch unerwünschte Gewohnheit zu durchbrechen und das authentische Erlernen einer Alternative zu fördern. Unklarheit im schriftlichen Ausdruck und in Diskussionen ist ein chronisches Problem der Pädagogik. Doch die Experimente, mit denen wir an das Problem herangehen, sind ineffektiv. Dies ist zum Teil deshalb so, weil wir uns unsere typischen pädagogischen Praktiken nicht reflektierend *als Experimente* bewußtmachen. Sie sind zu Gewohnheiten geworden. Wir vergessen oft zu fragen, ob sie ihren Zweck erfüllen, oder auch, ob wir den Zweck, den sie erfüllen, überhaupt noch verfolgen wollen. Wir vergessen, daß sie unseren eigenen Entscheidungen entspringen und verändert werden können. In diesem Fall besteht der Zweck unserer kritischen Randbemerkungen darin, den Studenten zu größerer Spezifität im schriftlichen Ausdruck anzuspornen. Als Experiment funktioniert es nicht; es läßt dem Studenten zuviel Spielraum, an seiner gewohnten Tendenz festzuhalten. Da die Randbemerkungen keine entwicklungsbezogene Reaktion erfordern, können sie in der Regel gefahrlos ignoriert werden. Und selbst wenn sie als ein Signal, daß da ein Mangel vorhanden ist, ernstgenommen werden, fehlt die stützende Struktur, die dem Studenten konkret vermitteln könnte, inwiefern sein schriftlicher Ausdruck vage ist, was durch diese Verschwommenheit verlorengeht, was durch größere Genauigkeit gewonnen würde, und wie er es anders machen kann. Dieses Experiment gibt dem Studenten keine Gelegenheit, über seine Gewohnheit hinauszugehen und seine Verschwommenheit in Frage zu stellen, sich mit seinem schwachen Punkt auseinanderzusetzen und eine Willensentscheidung zweiter Ordnung zu treffen, nämlich die, künftig genauer sein zu wollen, es mit einem anderen Wollen zu versuchen.

Ich möchte eine pädagogische Situation herbeiführen, die den Studenten Gelegenheit gibt, sich mit der Verschwommenheit ihrer Ausdrucksweise und anderen Fragen des Verstehens bzw. der Entwicklung von Fertigkeiten auseinanderzusetzen. Mir ist klar, daß ich, wenn ich autonomogene Situationen herbeiführen will, die üblichen Bewertungskriterien und die damit verbundenen Erwartungen verändern muß. Ich möchte nicht, daß meine kritischen Anmerkungen als unilaterales, unpersönliches Signal verstanden werden, daß etwas schlecht gemacht wurde, sondern ich möchte, daß sie dialogisch behandelt werden. Ich möchte nicht, daß meine kritischen Bemühungen ignoriert werden. Ich betrachte meine Kommentare als ein Stück Korrespondenz, etwa wie einen Brief. Ich erwarte eine Antwort. Das ist der Gedanke, der hinter der neuen Regel steht, daß meine Studenten ein Tagebuch führen sollen, in dem sie auf meine Fragen und Anweisungen antworten, selbst wenn diese Antwort nicht zustimmend ist. Das Tagebuch soll ein sicherer Ort sein. Wie bereits bemerkt, wird es in bezug auf Vollständigkeit überprüft, bleibt aber im übrigen unbenotet. Es dient dazu, das für den Kurs nötige Verständnis und die entsprechenden Fertigkeiten zu erarbeiten. Aber überlegen wir einmal, wie es benutzt werden könnte, um das spezifische Problem chronischer Unklarheit anzugehen.

Nehmen wir einmal an, daß mir das Tagebuch als Grundlage der Beurteilung zur Verfügung steht und daß mir eine Studentin namens Pam eine Reihe verschwommener Texte vorlegt. Auf einfache Anregungen hat sie nicht reagiert. Ich habe jetzt die Option, die Einschätzung ihres Textes zum Anlaß zu nehmen, mit ihr nach dem Gestaltansatz zu arbeiten. Ich möchte ihr ihre Tendenz, sich unklar auszudrücken, deutlicher vor Augen führen und sie zu dem authentischen Entschluß motivieren, sich klarer zu fassen. Zunächst weise ich auf bestimmte Konsequenzen ihres Verhaltens hin; ich bemerke, daß mich ihre vagen Formulierungen zweifeln ließen, ob sie den Stoff verstanden habe. Ich greife einen Abschnitt ihres Aufsatzes heraus und ersetze vage Begriffe und Wendungen durch konkretere, um ihr eine Vorstellung zu geben, worauf es ankommt. Ich fordere sie auf, die beiden Aussagen, ihre Version und meine, zusammenzufassen und sie miteinander zu vergleichen. Vielleicht fordere ich sie auch auf, einen anderen Abschnitt des Textes zu nehmen, die vagen Stellen zu unterstreichen und selbst durch andere Formulierungen zu ersetzen. Oder ich schlage ihr vor, bestimmte Textstellen des Autors zu zitieren und anhand dieser Stellen einen imaginären Dialog mit dem Autor zu führen. Damit will ich erreichen, daß sie zu einem genaueren Verständnis eines bestimmten Themas ermutigt wird. Dann fordere ich sie auf, eine Reihe von Experimenten wie die folgenden durchzuarbeiten:

1. Schreibe einen zweiseitigen Aufsatz über X, in dem du alles so vage wie möglich zu formulieren suchst. (Durch Übertreibung wird einem oft klarer, was man tut und wie man es tut.)
2. Versetze dich in meine Lage als Leser dieses Aufsatzes. Stell dir vor, du seist der Lehrer, der diese Arbeit zu bewerten hat. Kommentiere sie eingehend und benote sie. (Dies ist das Stadium der Reflexion und Evaluation von einem fremden Standpunkt aus, und es ist zugleich eine weitere Übung im Hinblick auf andere Denk- und Schreibweisen.)
3. Du wirst danach bewertet werden, wie klar und präzise du die Mängel des Aufsatzes herausarbeitest. Versäume es nicht, die Anregungen, die du der Verfasserin gibst, zu begründen.

(Dies gibt Gelegenheit, sich mit dem Problem auseinanderzusetzen und es durchzuarbeiten.)

Da die Verschwommenheit des schriftlichen Ausdrucks ein verbreitetes studentisches Problem ist, können diese Anweisungen oder eine Variante von ihnen zum geeigneten Zeitpunkt fast jedem Studenten als Tagebuchaufgabe gestellt werden. Man kann die Studenten auffordern, kleine kooperierende Lerngruppen zu bilden und ihre bewußt vage formulierten Aufsätze und Bewertungen zur Bewertung durch die anderen auszutauschen. Die Bewertungen und die Gründe dafür können verglichen und von der Gruppe diskutiert werden, und der Lehrer kann daran die Kriterien für einen klaren schriftlichen Ausdruck erläutern. Die Studenten lernen durch einen solchen Austausch gewöhnlich eine Menge. Sie entdecken oft Möglichkeiten des Beurteilens, der Perspektive und der Wahl, auf die der Lehrer nicht kommen würde.

Der Grundgedanke der »sicheren« Situation einer Tagebuchkorrespondenz und der damit verbundenen Gruppenarbeit ist es, den Studenten zu helfen, daß sie in bezug auf ihre eigene Interpretationsarbeit versierter und selbstkritischer werden. Jedes Experiment fördert diese ihre Möglichkeiten, ihre eigene Interpretationsfähigkeit und deren Resultate von außen her in Frage zu stellen.

Eine Durchsicht der Tagebuchreaktionen und der Kleingruppenberichte macht mich auch auf verbreitete Mißverständnisse und Mißdeutungen des Themas aufmerksam. Diese können dann mit der gesamten Gruppe bearbeitet werden. Zu diesem Zweck finde ich Rollenspiel und Rollenumkehrung sehr nützlich, insbesondere, sobald wir bereit sind, das, was uns der Autor zu sagen hat, zu integrieren. Das folgende Experiment erweist sich oft als hilfreich:

Ich kündige an, daß der betreffende Autor (Sartre, Kant oder wer auch immer) nächste Woche in unser Seminar kommen werde, und daß sie sich Fragen überlegen sollten, die sie ihm gern stellen würden. Die Fragen brauchen sich nicht auf den Inhalt des Textes zu beschränken, sondern können sich auch auf andere Themen erstrecken, für die diese Philosophie relevant sein könnte, sogar persönliche Fragen. Der Philosoph behält sich natürlich das Recht vor, nicht zu antworten oder die Frage zurückzugeben.

Die Erfahrung mit dem Rollenspiel ist gewöhnlich sehr lebendig. Ich benutze es zur Aufklärung vieler Mißverständnisse, die ich in den Tagebüchern vorfinde, indem ich die Studenten auffordere, eine Zeitlang mit mir die Rollen zu tauschen. Sie (einige oder alle) sind der Philosoph, und ich spiele den Fragesteller. Ich kann dann genau die Fragen stellen, die ihnen sichtlich unklar geblieben sind. Als Einstieg kann man die Klasse in kleinere Arbeitsgruppen aufteilen und diese anweisen, sich eine Zeitlang mit den Fragen auseinanderzusetzen und dann Bericht zu erstatten.

Die Dramatisierung eines Autors im Seminar (»Jetzt bist du Sartre«) versetzt jeden in die Lage, das Auftreten in der Klasse mit den Ansichten des Autors, wie sie sich in einem Text darstellen, zu vergleichen. Hat es dem Text entsprochen? Wir können zwischen unserem Spiel und den Worten des Autors hin und her pendeln, um das nachzuprüfen.

Eine weitere wirksame Methode der Dramatisierung einer philosophischen Auffassung besteht darin zu fragen, inwiefern sie im Hier und Jetzt Gültigkeit hat. Die Gruppe und ihre Aktivitäten exemplifizieren oft genau das, worüber der Autor spricht.

Die Tagebücher dienen den Studenten auch dazu, die einzelnen Seminarstunden, den Kurs als Ganzes und die Tagebuchaufgaben selbst zu beurteilen. Dies ist ein systematisches Mittel, den Wert der Gruppe als individuellen Prozeß zu unterstreichen. Ich fordere die Studenten auf, solche Bewertungen jederzeit spontan einzubringen, aber ich frage auch während des Seminars ausdrücklich danach. Es ist mir immer merkwürdig vorgekommen, daß so viele Pädagogen am Ende eines Kurses um ein Feedback bitten, wenn es zu spät ist, Konsequenzen daraus zu ziehen. Die Bewertungen können, wie auch alle übrigen Tagebucheintragungen, eine fruchtbare Quelle von Korrespondenz, Klassendiskussionen oder Gruppenexperimenten sein, und sie können zu individuellen Experimenten Anlaß geben.

Obwohl die tatsächliche Durchführung eines pädagogischen Experiments durch nichts zu ersetzen ist, wenn man sehen will, was dabei herauskommt, finde ich es nützlich, das, was ich vorhabe, in gewisser Weise vorwegzunehmen und möglicherweise zu revidieren, indem ich es zuerst selbst durchspiele. Ich habe mir und meinen Studenten viel vergeudete Mühe erspart, indem ich die Aufgaben, die ich ihnen stellen wollte, erst einmal selbst machte. Ebenso wie ich meine Studenten auffordere, sich in meine Lage zu versetzen, um ihre Unabhängigkeit zu fördern, kann auch ich durch Rollenspiel ihre Stelle einnehmen, um die nötige Distanz zu meinen eigenen vorgefaßten Meinungen und Lieblingsideen zu bekommen. Dies kann mit einem guten Freund oder Kollegen geschehen. Wir spielen ein neues pädagogisches Experiment durch, wobei wir ständig die Rollen von Student und Lehrer wechseln, schauen uns die Lebensform an, die wir soeben geschaffen haben, und überlegen dann, was wir tun wollen. Wir durchlaufen einen bestimmten Schaltkreis des Bewußtseins, um zu sehen, ob er die Studenten wirklich zur Konfrontation mit einer authentischen Wahl führen wird.

Schlußbemerkung

Obwohl wir nicht immer einen zuverlässigen Menschen haben, der uns hilft, unsere pädagogischen Entscheidungen zu reflektieren und durchzuarbeiten, ist es oft nützlich, so zu tun, als wäre er vorhanden. Lassen Sie mich mit einem Phantasieexperiment für Pädagogen schließen. Das Experiment soll zur pädagogischen Reflexion und zu Gestalt-Experimenten anregen.

Nehmen wir an, Sie haben Zugang zum neuesten pädagogischen Computer, dem »idealen Interpreten« (I.I.). Sie sind mit dem Computer durch eine raffinierte Elektrodenschaltung verbunden, so daß Ihnen der I.I. jederzeit zur Verfügung steht. Der Computer funktioniert als der ideale Beobachter und Interpret all Ihrer mit dem Kurs zusammenhängenden Aktivitäten. Er hat die Fähigkeit zu sehen, was Sie tun, er sieht die wahrscheinliche Wirkung auf die Studenten voraus, und er kann Ihnen jede faktische und mögliche bessere oder schlechtere Alternative aus jeder heute vorstellbaren pädagogischen Perspektive nennen. Wenn Sie also wissen wollen, was Sokrates oder ein Zen-Meister oder die besten Leute Ihres Faches an Ihrer Stelle tun würden, könnte der I.I. es Ihnen sagen. Der I.I. könnte mit Ihnen explorieren, was vor sich geht, wenn Sie in Hochform sind, und er könnte Ihnen sagen, welche Alternativen es gibt zu der Art, wie Sie gewöhnlich ein Thema einführen oder eine Fertigkeit zu entwickeln suchen. Kurz, Sie können ihn alles fragen, was Sie in bezug auf Einzel- oder Gruppenunterricht wissen wollen.

Nehmen wir nun an, daß Sie über genügend Zeit verfügen, um

sich auf Ihre Lehrtätigkeit zu konzentrieren. Führen Sie eine Reihe von Dialogen mit I.I. vom Stadium der Kursplanung bis zum Ende eines Kurses, in denen Sie die Fragen stellen, die Sie am meisten beschäftigen, und warten Sie auf die Antworten des Computers. Erinnern Sie sich daran, daß Sie aus jeder nur vorstellbaren Perspektive Fragen stellen können. Führen Sie diese Dialoge in schriftlicher Form.

Meine Erfahrung mit solchen Experimenten ist, daß sie wie Aufwärmübungen beim Yoga funktionieren. Sie fangen an, meine pädagogische Phantasie zu erweitern. Sie zeigen mir, wo ich als Pädagoge verspannt und verkrampft bin und in welcher Hinsicht ich mich gut fühle. Da die Fragen um soviel leichter kommen als die Antworten, verspüre ich nach dem Experiment den Wunsch, meinen Radius noch mehr zu erweitern. Ich merke, daß ich nach Lösungen für die unbewältigten Situationen suche, die ich geschaffen habe. Ich beginne neue Bezugsrahmen zu finden, mit deren Hilfe ich meine gegenwärtige Praxis interpretieren kann, und ich beginne die Sackgasse zu ahnen zwischen dem, was ich jetzt tue, und dem, was ich tun könnte. Ich fühle mich motiviert, neue Dinge auszuprobieren. Eine experimentelle Einstellung zu entwickeln, ist fast so etwas wie ein religiöses Erlebnis; es löst Begeisterung aus.

Ich habe behauptet, es sei wesentlich, experimentell vorzugehen, wenn die Studenten die systematische Unterstützung erhalten sollen, die sie brauchen, um autonomer zu werden. Die gestalttherapeutische Tradition ist eine reiche Quelle von Experimenten und experimentellen Strategien, sowohl für die pädagogische Einzel- als auch für die Gruppenarbeit. Die Tatsache, daß es Lehrer gibt, die nicht wissen, wie man Gruppen führt, denen keine regelmäßige Supervision zuteil wird oder die sich nicht mit Kollegengruppen austauschen können und sich dementsprechend der Prozesse, die sie in Gang setzen, sowohl in der Gruppe als auch bei Einzelnen, kaum bewußt sind, diese Tatsache hat zur Folge, daß das Bildungspotential der Studenten blockiert wird. Bestenfalls handelt es sich um einen einfachen Kreislauf verlorener Potentiale, schlimmstenfalls um eine negative Spirale, wobei diejenigen, die von vornherein durch einen Mangel an echter Erziehung unterdrückt und benachteiligt sind, am meisten zu leiden haben, weil ihre Chance, in das Gewahrsein des Lehrers zu treten, am geringsten ist. Aber dies braucht nicht so zu sein. Pädagogik kann so praktiziert werden, daß Lehrer und Schüler das Faszinosum des Erwachens miteinander teilen.

11 Kontakt und Grenze: Die Schaffung eines nicht-traditionellen Unterrichtsrahmens an Hochschulen*

Rona Gross Laves

> Jeder verfügt über seine Energie so, daß er einen guten Kontakt zu seiner Umgebung herstellt oder den Kontakt vermeidet. Wenn er spürt, daß seine Bemühungen Erfolg haben – daß er fähig ist, sich einzubringen, und daß seine Umgebung imstande ist, ihm etwas zurückzugeben, das ihn stärkt –, dann wird er seiner Umgebung mit Neigung, Zuversicht und sogar Kühnheit entgegentreten (Polster und Polster, 1973, S. 70).

Als Lehrerin, die sich für die Anwendung von Gestaltprinzipien im Unterricht interessiert, frage ich mich zunächst: Unterstützt die traditionelle Lernumgebung das Streben der Studenten nach Kontakt und Autonomie beim Lernen in ausreichendem Maß, oder unterdrückt sie möglicherweise diese Bestrebungen? Und wenn sie es unterdrückt, woher kommt das? Der Prozeß liefert den Schlüssel zur Veränderung.

Was ich im traditionellen Unterrichtsraum sehe, höre und fühle, ist der dumpfe Anprall des Widerstands, die verschlossene Tür, der verschlossene Geist. Die Studenten berichten, daß sie sich verwirrt und verloren fühlen, daß der Stoff sie überfordert, langweilt, daß er ihnen unverständlich, obskur oder irrelevant erscheint. Der Lehrer wird häufig als willkürlich und wenig einfühlsam, distanziert, desinteressiert, am häufigsten als langweilig bezeichnet. Ich nehme die Klagen meiner Studenten ernst, als eine Beschreibung ihrer Erfahrung des Unterrichtsraums als einer unsicheren, sterilen Umgebung, in der Autonomie nicht gefördert wird.

Langeweile ist in der Tat das hervorstechende Merkmal der

* Ich danke John Flynn, der an der Formulierung dieses Kapitels beteiligt war und mir half, es zu konzipieren.

Erfahrungen vieler College-Studenten, die vier oder mehr Jahre im offiziellen Bildungssystem zubringen, ohne auf einen guten Kontakt auch nur zu hoffen. Diese Studenten leben in einer Art erstarrter, entfremdeter Beziehung zu dem Wissen, das sie sich irgendwie aneignen, und mit einer vagen, unausrottbaren Furcht vor den Ansprüchen des Lehrers, die sie irgendwie erfüllen müssen. Die Bemühungen der Studenten sind darauf gerichtet zu entdecken, was der Lehrer eigentlich will, und führen (bei Prüfungen oder schriftlichen Arbeiten) zu der ritualisierten Demonstration dessen, was der Student gelernt hat. Am Ende des Semesters hat der erfolgreiche Student die Einstellung oder Perspektive des Lehrers mehr oder weniger unkritisch geschluckt in ähnlicher Weise, wie das kleine Kind diejenige der Eltern verinnerlicht hat. Während diese Verinnerlichung für das Kind jedoch, das die Fähigkeit zu kritischen Differenzierungen noch nicht hat, nötig und sogar wünschenswert sein mag, ist sie für den Erwachsenen zweifellos abtötend.

Selbst die glühendsten Verfechter des Gestalt-Ansatzes in der Therapie wie im Leben insgesamt entwerfen ein wenig inspirierendes Bild der Lernsituation, wenn sie dem Lernenden, der in einer fixierten, schöpferischen und kontaktlosen Beziehung zum Unterrichtsinhalt gesehen wird, eine passive Rolle zuweisen:

> »Die Einverleibung des langweiligen und unwichtigen Stoffes eines vorgeschriebenen Kurses kann gesund sein, wenn man die Chance hat, ihn bei der Abschlußprüfung wieder auszuspucken und sich davon zu befreien« (Perls, Hefferline und Goodman, 1981).

Aber die Einverleibung erfolgt durch Fütterung mit dem Löffel oder gar gewaltsames Hineinstopfen, und dies ist als Form der Kontaktnahme mit neuen Inhalten viel ungünstiger als die Assimilierung. Das Neue, andere (ein anderer Mensch, eine neue Idee, eine Perspektive oder Einstellung), das man *assimiliert,* wird zu einem Teil des Lernenden. Von introjiziertem Stoff hingegen trennt man sich in der Abschlußprüfung leicht und gerne wieder (man kotzt ihn heraus, wie die Studenten treffend sagen), *gerade weil* er nie wirklich zu einem Teil des Lernenden geworden ist. Introjektion ist nicht nur eine unangenehme Erfahrung für den Lernenden, sondern auch eine ineffiziente und vergeudende Methode der Wissensvermittlung.

Introjektion, welche die Reaktion der Studenten auf die begrenzten Möglichkeiten im Unterricht darstellt, was Autonomie, Kontakt und Assimilierung betrifft, führt zu erzwungener Abhängigkeit und zu Ressentiments. Die Erregung wird umgewandelt. Jetzt verstehen wir, daß die chronische Angst, mit der die Studenten den Unterrichtsraum betreten, Erregung ist, die sich auf sich selbst zurückgewendet hat, also retroflektierte Erregung. Diese Umwandlung von Erregung wird im traditionellen Unterrichtsraum bei jeder Gelegenheit erzeugt und gefördert, insbesondere durch die Vorlesungen, die den Studenten von der Beteiligung ausschließen, Kontakt verhindern und Assimilierung schwierig, wenn nicht unmöglich machen.

Abgesehen von der passiven Haltung, zu der die Studenten dadurch verleitet werden, tragen die folgenden, der Unterrichtssituation inhärenten Regeln zu Ungeborgenheit und Entfremdung bei.

Erstens, die persönliche Erfahrung wird nicht beachtet und findet in der Definition dessen, was zum offiziellen Wissenskodex gehört, keinen Platz. Objektivität ist die Regel: Reaktionen sind irrelevant. Zweitens, die Konkurrenz unter den Studenten wird durch den künstlich erzeugten Mangel an erfolgreichen Resultaten gefördert, wobei der Erfolg eines Studenten die Erfolgsmöglichkeiten jedes anderen Gruppenmitglieds proportional reduziert. Auf diese Weise wird die Energie der Gruppe auf sich selbst zurückgelenkt, so daß sich eine potentiell unterstützende Umgebung in eine spaltende verwandelt. Dieses spezielle Faktum der Unterrichtssituation beschränkt die Möglichkeiten, die Gruppe und die interaktiven Erfahrungen ihrer Mitglieder (Gruppenprozeß) konstruktiv zur Unterstützung der individuellen Lernerfahrungen zu nutzen.

Folgendes Bild zeichnet sich ab: Die Studenten werden ermutigt, passiv zu sein, sind mit dieser Position aber wahrscheinlich unzufrieden. Die von mir beschriebene Unterrichtssituation macht Unterstützung durch andere ebenso unwahrscheinlich wie Selbstunterstützung. Jede Erregung, die der Student verspürt, muß rasch gezügelt werden, weil die Umgebung des Unterrichtsraums nicht angstfrei genug ist, um Experimente zu gestatten oder Assimilierung zu unterstützen. Einige der typischsten Symptome der Verknöcherung des Lernens im traditionellen Unterricht sind eine

Folge der Distanzierung und Entfremdung der Studenten – voneinander, vom Lehrer und vom eigentlichen Lerninhalt. Aus der Perspektive der Studenten *passiert nichts* im Unterricht. Studenten berichten zum Beispiel oft über das merkwürdige Gefühl, daß ihnen ihre im Unterricht gemachten Aufzeichnungen, wenn sie sie vor der Prüfung zum erstenmal lesen, so vorkommen, als ob sie von jemand anderem geschrieben worden wären. Studenten, die sich für einen Kurs eine Unmenge an Stoff einverleibt haben, erinnern sich nach der schriftlichen Arbeit oder der Prüfung selten an ihn. Wenn die Angst vor der Bewertung sehr heftig und verunsichernd ist, sind die Studenten bei der Prüfung, oder wenn sie vor den Mitstudenten sprechen sollen, oft völlig blockiert. Im Extremfall brechen die Studenten ihr Studium entweder offiziell ab oder, was noch häufiger vorkommt, entziehen sich, indem sie unter Drogenwirkung in den Unterricht kommen, einschlafen oder auf alle möglichen anderen Arten Zuflucht suchen vor der Angst, die durch Kontaktlosigkeit und fehlende Unterstützung entsteht.

Die Tatsache, daß die Studenten den Stoff eines Kurses nicht assimiliert haben, zeigt sich – abgesehen davon, daß sie alles schnell wieder vergessen – in den verschiedensten Formen. Die Studenten sind oft nicht imstande, mit dem Stoff schöpferisch umzugehen. Fragen oder Aufgaben, die von ihnen verlangen, das Material aus einer neuen Perspektive zu betrachten, lösen Verwirrung aus. Schlimmstenfalls sind die Studenten nicht einmal fähig, die Perspektive oder den Gedanken, den sie artikulieren, in ihren eigenen Worten auszudrücken. Sie verlangen, daß man ihnen alles eintrichtert, und sind wütend, wenn das nicht geschieht. Wir haben es mit einem sich selbst perpetuierenden System zu tun, das die persönliche Autonomie wirksam untergräbt und durch Konformismus und Introjektion ersetzt. Diese Lehrstrategie kann kein Lernen bewirken, weil Kontakt und Assimilierung notwendige Bestandteile jeder Lernerfahrung sind. Nichts, was darunterbleibt, kann funktionieren.

Die Lehrerin oder der Lehrer, die selbst eine traditionelle Ausbildung hinter sich haben, können sich oft nicht erklären, wieso oder warum viele Studenten nicht damit zurechtkommen; sie haben deshalb oft auch wenig Einsicht, wie die Entfremdung und das Versagen im Unterricht zu verhindern wären. Wenn sie jedoch auf die Qualität der Interaktion zwischen sich und den Studenten achten, bemerken sie vielleicht, daß der Kontakt zögernd, sporadisch, gedämpft und unklar ist. Hinter den Fragen der Studenten verbergen sich oft andere Anliegen und Manipulationen. Die Aktivitäten des Studenten haben (im Gegensatz zu seiner scheinbaren Beschäftigung mit dem Lernen) tatsächlich oft weniger mit der Assimilierung der jeweiligen Gegenwart zu tun als mit einer Vielzahl innerer Vorgänge, wie gedankliches Durchspielen, Tagträume, Projektionen und Ausagieren oder Vermeiden von Versagen und Ablehnung.

Gestalt im Unterricht: Prozeß und Selbstunterstützung

Die Unterrichtssituation besteht ebenso wie die Therapie aus einer Reihe potentiell kontaktreicher Interaktionen, in denen der Lehrer den/die anderen dazu anspornt, sich mehr oder weniger schrittweise von dem Angewiesensein auf Unterstützung durch die Umgebung zur Selbstunterstützung hin zu entwickeln. Das Gestaltexperiment beschreibt und bietet ein Modell für diese Entwicklung von der Unbewußtheit zur Bewußtheit und weiter zur Entscheidung oder Neuentscheidung. Das Resultat des erfolgreichen Gestaltexperiments sind erhöhte Autonomie und Selbstunterstützung. Der Unterrichtsraum im College kann zum Forum des Experimentierens und des inneren Wachstums werden. Die Haltung der Lehrer ist insofern wichtig, als sie die positive Erwartung reflektiert, daß diese Entwicklung tatsächlich eintreten kann und wünschenswert ist. Ohne Störung von außen hat der Organismus die Tendenz, in jeder aktuellen Situation eine gute Gestalt zu bilden, in Kontakt mit dem Neuen zu kommen und es zu assimilieren. Das Erleben der Kontaktgrenze ist das Erleben des Selbst-in-Aktion, das heißt »ein aufregendes, zur Entscheidung zwingendes Erlebnis«, bei dem ». . . das Übliche und Gewohnte nicht gefragt ist und originelle Entscheidungen zur Notwendigkeit werden« (Polster und Polster, 1973, S. 103).

Lehren ist eine Tätigkeit an der Kontaktgrenze. Der Lehrer präsentiert das Neue, andere in einer Weise, die zur Assimilierung anspornt. Als Lehrerin geht es mir darum, eine bestimmte Wirkung auf die Kontaktgrenze meiner Studenten auszuüben. In der

Sprache der Pädagogik: Ich möchte, daß meine Studenten ihren Horizont erweitern, bestimmte Fähigkeiten verfeinern und ihre Unabhängigkeit beim Lernen erhöhen. Ich möchte den Lernprozeß zur Sache des Studenten machen. Ein Teil der Aufgabe des Lehrens besteht deshalb darin, etwas über Prozesse zu lehren und ein Prozeßbewußtsein zu vermitteln.

Wenn ich als das Ziel meines Lehrens persönliche Autonomie oder Selbstunterstützung nenne, so heißt das: Ich arbeite darauf hin, daß mich die Studenten am Ende des Semesters nicht mehr brauchen. Das heißt, die Studenten, welche die Kursziele erreicht haben, werden mit dem Lernstoff autonom umgehen und, wenn er sie interessiert, in der Lage sein, auch in Zukunft in dieser Weise damit zu arbeiten. Sie werden fähig sein, neue Informationen zu assimilieren, wirksam zu argumentieren und sich in schöpferischer Weise mit dem Stoff auseinanderzusetzen. Ich versuche also, meine Studenten von der passiven Einverleibung des Wissensstoffes weg- und zu aktiver Konfrontation, Assimilierung und einer klaren Wahrnehmung hinzuführen.

Zu Beginn des Seminars ist jedoch nur zu offenkundig, daß meine Studenten bereit und sogar überaus gewillt sind, alles, was ich sage, zu schlucken und alles Erforderliche zu tun, um eine gute Note zu bekommen. Es kommt selten vor, daß Studenten die Relevanz oder den Sinn einer Aufgabe, eines Textes oder eines Benotungsverfahrens, das ich einführe, in Frage stellen. Ich vermute, daß dies eher auf Passivität als auf Vertrauen zu mir zurückzuführen ist. Ich sehe in dieser Passivität ein Symptom mangelnder Beteiligung und der Entfremdung vom Lernprozeß. Meine Studenten kommen nicht mit einer klaren Vorstellung davon, was sie lernen wollen, in den Kurs; auch haben sie sich nicht etwa selbst ein akzeptables Mindestmaß dessen, was gelernt werden soll, vorgenommen. Sie erwarten, daß diese Maßstäbe wie in der Vergangenheit ausschließlich durch den Lehrer bestimmt werden.

Ich versuche, diese Gewohnheit, die die meisten Studenten in unserem Bildungssystem angenommen haben, zu durchbrechen. Zu diesem Zweck bringe ich ihnen diese Gewohnheit zunächst zu Bewußtsein, indem ich sie auffordere, ihre Erwartungen hinsichtlich ihrer Rolle im Lernprozeß zu artikulieren. Auf diese Weise kann das gewohnheitsmäßige Verhalten zum Gegenstand von Entscheidungen und Veränderungen werden. Sobald meinen Studenten ihre Passivität in bezug auf das Lernen bewußt geworden ist, beginnen sie die Möglichkeit der Veränderung zu sehen. Manchmal empfiehlt es sich, die Frage aus einem etwas anderen Blickwinkel zu stellen:

> Welche Erwartungen hast du in bezug auf meine Rolle im Unterricht? Welche Kriterien würdest du benützen, um mir als Lehrer Noten zu geben? Gib an, was ich tun müßte, um eine »Eins«, eine »Zwei«, eine »Drei«, eine »Vier« oder eine »Fünf« zu erhalten. Inwiefern unterscheidet sich ein Lehrer, der eine »Eins« bekommen hat, von dem, der eine »Fünf« bekommen hat? Erkläre im einzelnen deine Maßstäbe dafür, was ein akzeptabler Unterricht in diesem Kurs ist.

Ich versuche, im Unterrichtsraum eine Atmosphäre der Angstfreiheit und ein Klima des Überflusses zu schaffen. Ich sage meinen Studenten, daß in meinem Seminar nicht einige von ihnen einzig und allein aufgrund des Vergleichs mit ihren Mitstudenten durchfallen müssen. Mein Lehransatz ist »schülerbezogen«, um Rogers' (1973) Begriff zu verwenden, und ich sporne die Studenten an, sich selbst und einander Unterstützung und Rückmeldung zu geben. Ich biete mich selbst als jemand an, der ihre Fähigkeiten fördert und sie unterstützt. Ich biete meinen Studenten Partnerschaft im Lernprozeß an.

Ich anerkenne und schätze die Erfahrungen meiner Studenten ebenso wie meine eigenen. Ich setze mich und meine Erfahrungen bewußt im Unterricht ein. Ich teile meine Ansichten mit und äußere meine Reaktionen; dadurch gebe ich ein Beispiel und bekräftige die Bedeutsamkeit persönlicher Erfahrungen im Unterricht. Gewöhnlich reagieren meine Studenten darauf in entsprechender Weise.

Weil ich versuche, ein möglichst hohes Maß an Erregung, Experimentierfreude und Unterstützung zu erreichen und Entfremdung und Konkurrenzdenken möglichst auszuschalten, arbeite ich so oft wie möglich mit Gruppen statt mit einzelnen. Ich betrachte die Teilnehmer am Unterricht als eine potentiell unterstützende Gemeinschaft; wie Polster und Polster (1973) bemerken, »werden in einer Gemeinschaft, in der großer Wert auf guten Kontakt gelegt wird, wahrscheinlich mehr Menschen lernen, diesen herbeizuführen«. Die Unterstützung der Gruppe, die Freude an gutem Kontakt und die Gelegenheit zu Experimenten und Feedback fördern das Lernen ebenso wie die Gelegenheit, durch die Erfahrungen anderer zu lernen und durch ein unterstützendes Gruppenverhalten divergierende oder widersprechende Interessen aufzulösen oder miteinander zu vereinbaren.

Üblicherweise geht man davon aus, daß der Kontakt zwischen den Studenten eine Zeitverschwendung sei und die Ziele des Lehrers nicht fördere, sondern mit diesen konkurriere. Ich glaube jedoch, daß das natürliche Interesse und die spontane Erregung, die Studenten im Kontakt miteinander erleben, für den Unterricht nützlich sein können. Das Lernen geschieht in einem sozialen Kontext und kann durch ihn gefördert werden. Natürlich ist es unmöglich, den sozialen Kontext des Lernens im Unterrichtsraum durch Vorschriften zu eliminieren, welche die Interaktion zwischen den Studenten einschränken. Unter solchen Umständen wird der Lehrer zum Objekt einer erzwungenen Aufmerksamkeit, die mit der Zeit in Langeweile umschlägt und dem Lernen diametral entgegensteht. Statt die Gelegenheiten zur Interaktion in meinen Kursen einzuschränken, eröffne ich Möglichkeiten der Kontaktaufnahme. Zum Beispiel so:

> Der Sitzplan, den ich zirkulieren lasse, ist für euch zum Gebrauch gedacht. Schreibt euren Namen und eure Telefonnummer hinein. Diese Liste wird allen Kursteilnehmern zugänglich gemacht und am Schwarzen Brett angeschlagen. Betrachtet die anderen Studenten als Informationsquellen, mit denen ihr Kontakt aufnehmen könnt, wenn ihr eine Frage oder eine Idee habt, die ihr mit jemandem besprechen wollt.

Der Austausch von Ideen, die Arbeit an Gruppenprojekten und Referate vor der Klasse – all dies sind traditionelle Mittel, um die Erregung, die durch den Kontakt entsteht, zu normalisieren. Weniger üblich ist es wohl, den Studenten die Erlaubnis zu geben, einander zu helfen. Arbeitsgruppen, in denen die Studenten über ihre Gedanken, Probleme, Fragen und ihre Reaktionen auf den Stoff diskutieren, schöpfen alle Reserven der Kursteilnehmer aus und bringen zum Ausdruck, daß andere Studenten Hilfe und Unterstützung geben können.

Widerstand

Besonders wenn eine Lehrerin versucht, gewohnheitsmäßig passive Einstellungen zum Lernen zu überwinden, wird sie auf Widerstand stoßen. Studenten, die daran gewöhnt sind, daß ihnen alles löffelweise eingetrichtert wird, sträuben sich oft, wenn man sie auffordert, sich am Lernprozeß zu beteiligen. Sie beklagen sich dann, daß die Lehrerin ihrer Aufgabe nicht nachkomme, daß sie von ihr nichts hätten, und so weiter. Die Lehrerin muß es sich angelegen sein lassen, den Studenten ihre Erwartungen bewußtzumachen und sie wenn möglich zu einer Revidierung zu veranlassen, und zwar in einer Weise, die die Studenten motiviert, sich aktiv an ihrer Ausbildung zu beteiligen.

Am ersten Tag eines Kurses kann man die Studenten nach ihren Erwartungen hinsichtlich des Kurses befragen und danach, wie sie es sich vorstellen, diese Erwartungen in Realität umzusetzen. Häufig werden die Studenten nur vage Pläne oder Ziele haben und noch vagere Vorstellungen davon, wie sie sie erreichen könnten. Schon dies ist eine gute Übung, um einen höheren Grad an Bewußtheit zu erreichen.

Man kann die Studenten auffordern, sich bis zur nächsten Stunde konkrete Pläne zu machen und sich auch Mittel zu überlegen, wie diese Pläne durchzuführen sind. Dabei können Phantasie und Einbildungskraft zu Hilfe genommen werden:

Stell dir vor, du seiest der Lehrer in diesem Kurs. Welchen Stoff würdest du behandeln wollen? Wie würdest du dabei vorgehen? Wie könntest du die Studenten an dieser Aufgabe beteiligen? Würdest du das gern tun und, wenn ja, warum?

Zu Beginn des Semesters kann man zusammen mit dem ganzen Kurs oder mit einigen Untergruppen darangehen, den Unterrichtsplan aufzustellen, eine Bewertungsmethode zu erarbeiten oder Lern-Verträge zu entwerfen, die das gesamte Potential der Kursteilnehmer ausschöpfen.

> Arbeite heute mit deiner Gruppe einen Lern-Vertrag aus. Sprich mit den anderen über deine Lernziele, und höre dir an, welche Ziele die anderen haben. Entscheide dann, was du zu den Lernerfahrungen deiner Gruppe beitragen willst. (Sobald diese Phase abgeschlossen ist, kann man die Studenten auffordern, ihre Pläne und Beiträge mit denen anderer Gruppenmit-

glieder unter dem Gesichtspunkt zu vergleichen, was der Lern-Vertrag jedes einzelnen über sie/ihn aussagt.)

Konkurrierende Gestalten: Anforderungen und Bewertung

Ich bin mir bewußt, daß die Studenten von ziemlich vielen Fragen bedrückt sind, wenn sie neu in einen Kurs kommen, und viele davon haben etwas mit der Benotung zu tun. Ich habe es nützlich gefunden, mich möglichst gleich zu Beginn mit diesem Thema zu befassen und mich so eindeutig wie möglich über meine Erwartungen und Bewertungsmethoden, die Anforderungen, Ziele, den Arbeitsanfall usw. zu äußern. Man muß sich darüber im klaren sein, daß die Frage der Bewertung für die Studenten sehr wesentlich ist. Wenn man sie nicht gleich zu Beginn offen anspricht, wird sie ständig gegenwärtig sein und während des ganzen Kurses als konkurrierende Gestalt immer wieder auftauchen. Ich hebe die Eigenverantwortung der Studenten für die Ergebnisse hervor und versuche, sie dahin zu bringen, daß sie selbst eine bestimmte Note anstreben, statt ängstlich darauf zu warten, eine zu erhalten:

> Welche Note möchtest du in diesem Kurs erreichen? Welche Note erwartest du? Falls eine Diskrepanz zwischen diesen beiden Vorstellungen besteht: Gibt es etwas, das *du* dagegen tun könntest? Stell dir so konkret wie möglich vor und halte fest, was du tun wirst, um die gewünschte Note zu erhalten.

Mein Ziel ist es, den Studenten die Erfahrung zu vermitteln, daß sie von ihren Mitstudenten Unterstützung bekommen, und sie auch selbst zu ermutigen, anderen zu helfen:

> Enthält dein Lernplan Ziele, bei deren Erreichung dir ein Mitstudent helfen könnte? Wende dich an drei Mitglieder deiner Gruppe und bitte jedes von ihnen, für die nächste Stunde eine Aufgabe für dich zu übernehmen. Die anderen Teilnehmer werden entweder versprechen, dir zu helfen, oder es ablehnen. (Die Art und Weise, wie Leute Aufgaben ausführen bzw. welche Aufgaben erledigt werden und für wen, kann sich für die Gruppe als aufschlußreich erweisen.)

Neuheit, Faszination und die attraktive Figur

Ein kontaktreicher Unterricht macht sich die Erregung zunutze, die mit der Assimilierung des Neuen verbunden ist. Jede pädagogische Methode oder Haltung, die schöpferisch, ungewöhnlich oder neu ist, hat eine größere Chance, Aufmerksamkeit zu erregen und Beteiligung zu bewirken, als traditionellere, bekannte Verfahren, die bei den Studenten gewohnheitsmäßige, passive Reaktionen auslösen. Ich versuche, mir darüber klar zu werden, wie die Erregung meiner Studenten sich für die Assimilierung des präsentierten Stoffes nutzbar machen läßt und wie die Erregung an der Kontaktgrenze dazu dienen kann, die Studenten Schritt für Schritt vom Angewiesensein auf Unterstützung durch die Umgebung zur Selbstunterstützung hinzuführen. Dabei geht es oft darum, Experimente zu finden oder zu entwerfen, die das subjektive Bindeglied zu dem abstrakten Stoff eines Kurses liefern.

Jede Technik oder Methode, die die Studenten zu einer persönlichen Auseinandersetzung mit dem Stoff veranlaßt, wird die Wahrscheinlichkeit, daß ein guter Kontakt zustande kommt, erhöhen und eher eine Chance haben, gegen andere Gestalten und Probleme, die die Studenten in den Kurs mitbringen, anzukommen. Erlebnisbezogene Übungen sind im allgemeinen eher geeignet, eine lebendige Figur zu schaffen, als abstrakte Erörterungen. Statt den Begriff Angst zu definieren, würde ich ihn eher anhand einer von Stevens vorgeschlagenen Übung demonstrieren:

> Schließt die Augen und haltet sie geschlossen, bis ich euch auffordere, sie zu öffnen. In etwa drei Minuten werde ich einen von euch auffordern, aufzustehen und dieser Gruppe von fremden Leuten etwas über sich zu erzählen, ehrlich und einigermaßen detailliert ... Stellt euch jetzt vor, daß ihr die- oder derjenige seid, die oder den ich aufrufen werde. Ich gebe euch jetzt Gelegenheit, in Gedanken durchzuspielen und zu entscheiden, was ihr sagen wollt ... Stellt euch genau vor, wie es ist, vor der Gruppe zu stehen ... Was werdet ihr über euch erzählen? ... Achtet jetzt auf eure körperlichen Reaktionen. Was geht in eurem Körper vor sich? ... Welche Spannungen, Nervosität oder Erregung empfindet ihr? ...
>
> Achtet jetzt weiter auf eure körperlichen Reaktionen und stellt

fest, welche Veränderungen eintreten, jetzt, wo ich euch sage, daß ich niemanden auffordern werde, aufzustehen und der Gruppe etwas über sich zu erzählen . . . Macht euch bewußt, was jetzt in eurem Körper vor sich geht (Stevens, 1977).

Ein anderes Mittel, den Studenten in persönliche Berührung mit dem Kursinhalt zu bringen, besteht in der Mobilisierung seiner Phantasie und seiner Vorstellungskraft. Ich kann die Studenten zum Beispiel auffordern, in der Phantasie mit derjenigen Persönlichkeit zu kommunizieren oder sie zu verkörpern, mit deren Theorien oder Ideen wir uns gerade auseinandersetzen:

Schreibe einen Brief an Sigmund Freud. Teile ihm deine Reaktionen auf seine Persönlichkeitstheorie mit, schreibe ihm, was du daran gut oder weniger gut findest, wie sich die Dinge inzwischen verändert haben, oder schreibe ihm über dich selbst. Das ist deine Chance, mit dieser wichtigen Persönlichkeit in Verbindung zu treten – bringe also wirklich das zum Ausdruck, was dich beschäftigt. Gib deinen Brief dann einem anderen Studenten, der ihn im Namen von Dr. Freud beantworten wird.

Stell dir vor, du könntest den letzten Satz in Viktor Frankls Tagebuch lesen. Wie lautet dieser Satz? Wie würde der letzte Satz deines Tagebuchs im Konzentrationslager lauten? Hat er Ähnlichkeit mit dem von Dr. Frankl? Inwiefern reflektiert dieser Satz deine Lebensauffassung?

Mach eine Bandaufzeichnung eines imaginären Telefongesprächs mit Carl Rogers. Dein Geld reicht nur für einen zehnminütigen Anruf, bemühe dich also, das zu sagen, was dir wichtig ist. Ein anderer Student wird die Rolle von Dr. Rogers übernehmen. Versucht, seine Reaktion so zu gestalten, wie ihr es von ihm erwarten würdet.

Über die Auswirkungen von Konkurrenz und Kooperation kann man diskutieren, oder man kann sie anhand einer Übung demonstrieren, die zur Bewertung von Strategien, mit Risiken umzugehen, entwickelt wurde. Pfeiffer und Jones (1975) schlagen zum Beispiel als Gruppenübung ein Nullsummenspiel mit dem Titel »Dilemma des Gefangenen« vor, das dazu dient, ». . . die relativen Vorzüge von Kooperation und Konkurrenz und die Auswirkungen von großem oder geringem Vertrauen in persönlichen Beziehungen« zu erforschen (S. 53). Als Nullsummenspiel bezeichnet man ein Spiel, bei dem der Gewinn eines Teams (oder einer Person) auf Kosten des anderen Teams (der anderen Person) erzielt wird. In dieser Hinsicht gleicht es vielen Aspekten unseres täglichen sozialen Funktionierens in einer Konkurrenzgesellschaft. Nullsummenspiele können zur empirischen Demonstration verschiedener Aspekte des Problemlösens, der Suche nach einem Konsens, der Polarisierung, Diskriminierung, des Informationsaustauschs sowie von Managementstilen usw. in Gruppen benutzt werden.

Aufgabenstellungen, die zu einer kritischen, schöpferischen und kontaktreichen Auseinandersetzung mit dem Stoff anspornen, werden die Assimilierung fördern. Das folgende Beispiel veranschaulicht eine Innovation der hergebrachten Diskussionstechnik im Unterricht. In diesem Beispiel wird durch Zuhören, Rollentausch und dadurch, daß man von anderen gehört bzw. durch sie verkörpert wird, Gelegenheit zum Kontakt mit anderen Studenten gegeben und eine kritische Haltung gefördert:

> Eine festgesetzte Zahl von Studenten beteiligt sich an einer Diskussion über ein bestimmtes Thema. Die Studenten werden dann aufgefordert, die Positionen zu tauschen, so daß Student A jetzt Student B repräsentieren muß, und so weiter. Wenn nur genügend Zeit vorhanden ist, können beliebig viele Perspektiven auf diese Weise vertreten werden.

Eine Variation dieser Übung besteht darin, daß mehrere Studenten im Rahmen eines Rollenspiels von verschiedenen Standpunkten aus argumentieren, wobei »Doubles« die Dinge äußern, die ihrer Ansicht nach ungesagt blieben, unvollendete Gedanken zu Ende führen, das Gesagte erweitern oder Licht auf blinde Flecken werfen. Bei dieser Übung kann der Lehrer verschiedenste psychodramatische Techniken benutzen, zum Beispiel den Kunstgriff, das Handeln der beteiligten Personen auf einem bestimmten Punkt einzufrieren, Rückmeldungen seitens der Gruppe oder den Einsatz von Regisseuren.

Das Rollenspiel ist eine wertvolle Methode, um die Studenten persönlich zu beteiligen und den Stoff auf Personen zu beziehen. Die Tatsache, daß das Rollenspiel als Unterrichtsmethode etwas so Neues ist, und die Dramatik des spontanen In-Szene-Setzens abstrakter Zusammenhänge machen die Rollenspielsituation zu einer lebendigen und attraktiven Figur. Die Studenten können eine

Situation zunächst aus der einen und dann aus der anderen Perspektive spielen. In Situationen, in denen die Studenten eine Fertigkeit üben, die zu einem späteren Zeitpunkt angewandt werden soll, hat das Rollenspiel zudem den Vorteil, daß es einen Rahmen bietet, in dem Rückmeldungen angstfrei aufgenommen werden können und die Entwicklung bestimmter Fähigkeiten sicher vonstatten geht.

Gekonnte Frustration

Das Prinzip der unabgeschlossenen Situation, die nach Vollendung drängt, kann im Unterricht mit Gewinn angewandt werden. Lehrer schaffen in der Regel im Unterrichtsprozeß eine Menge unerledigter Situationen. Ein Großteil der Frustrationen, die Studenten in Unterrichtssituationen erleben, kann und sollte vermieden werden, Frustrationen können vom Lehrer aber auch gezielt angewandt werden, um die Studenten zu einer selbständigeren Haltung zu motivieren. Wenn der Lehrer selbst ein Problem vorbringt, dessen Lösung noch aussteht, so ist dies ein gutes Beispiel dafür, wie das sogar im traditionellen Unterricht geschieht. Wenn weder Angst noch andere »Gestalten« um die Aufmerksamkeit der Studenten konkurrieren, kann die unabgeschlossene Situation, auf diese Weise präsentiert, eine zwingende und lebendige Figur sein.

Ich möchte in bezug auf gekonnte Frustration *(skillful frustration)* zwei Dinge hervorheben. Erstens: Was einen frustriert, muß nicht notwendigerweise schmerzhaft oder angstauslösend sein. Zweitens: Die gekonnte Frustration muß immer ein Element von Überraschung enthalten, sonst wird der ganze Schwung des Unternehmens durch Vorhersagbarkeit zunichte gemacht. Studenten können auf verschiedenartigste Weise so frustriert werden, daß sie dadurch eine selbständigere Position erreichen; die Methoden sind nicht annähernd so wichtig wie das Ziel: Unabhängigkeit im Lernen. Um das zu erreichen, fordere ich meine Studenten manchmal auf, ihre Prüfungsarbeiten selbst zu benoten, während sie die ganze Zeit von mir erwarten, daß ich ihnen die richtigen Antworten *gebe.* Ihre Note kann schließlich mehr von ihrer Fähigkeit abhängen, ihre Prüfungsarbeiten selbst zu bewerten, als von den Prüfungsantworten *als solchen.* In der Semesterabschlußarbeit fordere ich die Studenten vielleicht auf, mir die Antworten zu geben, die Freud seinen Kritikern gegeben haben könnte – statt sie einfach aufzufordern, die Kritik an Freuds Theorie zu wiederholen. Eine chronische Fragenstellerin bitte ich vielleicht, die nächste Stunde selbst zu halten, wobei ich von ihr verlange, daß sie damit beginnt, Fragen zu beantworten, statt immer bloß Fragen zu stellen. Worauf es hier ankommt, ist, daß die Lehrerin, wann immer sie bei den Studenten abhängiges oder passives Verhalten wahrnimmt, beginnen muß, dieses Verhalten auf jede mögliche Weise zu frustrieren.

Wenn gar nichts nützt: Gewahrsein der Kontaktlosigkeit

Stevens (1977) schreibt, daß »alles mit oder ohne Gewahrsein getan werden« kann. Ich bin der Auffassung, daß Gewahrsein und Kontakt Prozesse sind, die die Lernsituation lebendig und faszinierend machen und die Grenzen dessen, was gelernt und wie gelernt werden kann, erweitern. Aber das Erkennen oder Gewahrsein menschlicher Empfindungen und Erfahrungen beim Lernen kann auch das Eingeständnis von Langeweile, Schwierigkeiten oder Unbehagen einschließen. Wenn ich der Langeweile meiner Studenten gewahr werde, trotz meines gewissenhaften Bemühens und meines innigen Wunsches, sie am Unterricht zu beteiligen und zur Eigeninitiative anzuregen, kann ich mich zumindest mit dem, was ist, auseinandersetzen. Bestätigen die Studenten meine Beobachtung, daß sie sich langweilen oder sich überfordert fühlen, so können wir eine »Langeweile«-Pause machen:

> Erzähle zwei anderen Studentinnen/Studenten, was du im Augenblick lieber tun würdest. Versuche den anderen ein Bild davon zu geben, was du jetzt gern machen möchtest und wie du dich dabei fühlen würdest. Höre darauf, was deine Mitstudenten im Augenblick lieber tun würden. Gib den anderen Rückmeldungen, und höre deinerseits auf die Rückmeldungen der anderen.

Fünfzehn Minuten einer Unterrichtsstunde für eine solche »Langeweile«-Pause aufzuwenden, ist wahrscheinlich produktiver, als die Langeweile der Studenten durch die Fortsetzung eines kontaktlosen Unterrichts zu verstärken. Auf jeden Fall ist es eine Verschwendung meiner Energie und untergräbt es die Lernfreude, wenn ich darauf bestehe, daß die Studenten mir zuhören, obwohl andere Dinge sie beschäftigen.

Schluß

Ich habe einige Beispiele angeführt, wie ich Gestaltkonzepte und das Gestaltexperiment im Unterricht verwendet habe. Dieser Ansatz hat mich davon überzeugt, daß Langeweile und Entfremdung nicht nur unnötige Begleiterscheinungen des Unterrichts sind, sondern geradezu im Gegensatz dazu stehen. Man sagt, der erste Schritt zur Revolution sei die Fähigkeit, sich dic Rcvolution vorzustellen. Wenn ich mich als Unterrichtende(r) dafür entscheide, mich nicht mit dem üblichen Maß an Passivität bei den Studenten zufriedenzugeben, da ja Erregung und Faszination an ihre Stelle treten können, dann habe ich den ersten Schritt in Richtung auf Veränderung getan. Was ich infolge dieses Entschlusses gemacht habe, hat zu einem guten Kontakt geführt, ist erregend und in psychologischem Sinne »wirklich« für mich gewesen, und es ist durch Beispiel, Ansteckung und Kontakt auch für meine Studenten erregend und »wirklich« geworden.

12 Gestalttherapie-Ausbildung in der Gruppe

Bud Feder

Die Pine Barrens sind ein friedliches, stilles, von kleinen Kiefernwäldern bewachsenes, fast menschenleeres Gebiet im Süden von New Jersey, bekannt für seine stillgelegten Erzbergwerke und seine gewundenen, schattigen, zum Kanufahren geeigneten Flüßchen – eine sanft gewellte und wegen der vermoderten Föhrennadeln rostfarbene Landschaft. Als ich 1971 in New York City bei Laura Perls meine Ausbildung in Gestalttherapie begann, war ganz New Jersey, was die Kenntnis dieser Therapieform betraf, ähnlich still und unberührt wie die Pine Barrens. Ich war der einzige Ausbildungskandidat am New Yorker Gestalttherapie-Institut, der in New Jersey lebte und arbeitete. Gestalttherapie war im Kreis der etablierten Therapeuten noch relativ unbekannt und mit einem Stigma von Quacksalberei und Oberflächlichkeit behaftet. (Mit der Zeit sollte ich allerdings entdecken, daß bereits viele jüngere Therapeuten und Studenten mit der Gestalttherapie vertraut und von ihr begeistert waren, auch wenn sie lediglich minimale eigene Erfahrungen damit hatten.)

Als ich meine Ausbildung drei Jahre später abschloß und als vollwertiges Mitglied in das New Yorker Institut für Gestalttherapie aufgenommen wurde, hatte sich die Situation nur wenig verändert. Damals beschloß ich, in dieser Gegend Angehörigen der sozialen und psychiatrischen Berufe eine einmal wöchentlich stattfindende Selbsterfahrungs- und Ausbildungsgruppe anzubieten. Diese besondere Ausbildungsgruppe dauerte vier Jahre, bis zum Juni 1978, und meine Erfahrungen mit dieser Gruppe möchte ich in diesem Kapitel schildern.

Ich habe den Kontext beschrieben, in dem ich diese Ausbildung anbiete, weil er *ein* Faktor war, der mich dazu brachte, das gegenwärtig von mir benutzte Modell zu entwickeln. Dieses im wesentlichen pragmatische Modell paßte zu mir, da ich ein im wesentlichen pragmatischer Mensch bin. In meinen Augen stellt das Modell also eine Verbindung aus den Bedürfnissen der lokalen Situation und meinem eigenen Stil dar.

Doch welche Ziele habe ich verfolgt, als ich diese Ausbildung anbot, und welchen Nutzen habe ich für mich selbst und meine Ausbildungskandidaten davon erwartet – und daraus gezogen? Warum habe ich eine Ausbildungs*gruppe* angeboten? Welches spezifische Ausbildungsmodell verwende ich, und welche besonderen Gefahren birgt es? Welche Verantwortung übernehme ich innerhalb dieses Modells, und welche überlasse ich den Ausbildungskandidaten? Nach der Beantwortung dieser Fragen werde ich als Beispiel eine Gruppensitzung vorführen, um meinen Ansatz und meine Erfahrungen zu verdeutlichen.

Die Ziele

Für mich, den einsam in den Pine Barrens hausenden und Kanu fahrenden Gestalttherapeuten, hatte diese Ausbildung die folgenden expliziten und impliziten Zwecke:

die Ausbildungskandidaten, ob nun gestalttherapeutisch orientiert oder nicht, zu befähigen, ihre Fertigkeiten in einem bestimmten örtlichen Kontext zu entwickeln;

am Beginn ihrer Laufbahn stehenden Therapeuten die Gelegenheit zu intensiver erfahrungsmäßiger und theoretischer Auseinandersetzung mit der Gestalttherapie zu geben;

den Ausbildungskandidaten therapeutische Erfahrungen zu ermöglichen, was für ihre berufliche Entwicklung unerläßlich ist;

ihnen die Möglichkeit zu bieten, unter Supervision und mit sofortigem Feedback zu arbeiten;

mir eine interessante und herausfordernde Aufgabe zu stellen;

und schließlich: mir die Gelegenheit zu geben, die Gestalttherapie weiterzuverbreiten.

Gewinn

Während der vier Jahre, in denen ich diese Gruppe leitete, zogen wir, sowohl die Ausbildungskandidaten als auch ich, aus dieser Arbeit Gewinn, an den ich zunächst nicht gedacht hatte:

Entwicklung persönlicher Kontakte (Freunde, Kollegen, Liebespartner) sowohl für die Teilnehmer als auch für mich;

Entwicklung eines aus Einzelnen und aus Untergruppen bestehenden Netzwerks, das verschiedene Gruppenmitglieder und auch ich selbst in Beruf und Freizeit sowie in Augenblicken persönlicher Krisen benutzt haben;
Gründung einer Gestalt-Gesellschaft von New Jersey, die ich nicht zuletzt wegen der positiven Erfahrungen bei der Leitung von Ausbildungsgruppen initiiert habe.

Warum Gruppenausbildung?

Die Ausbildung in Gestalttherapie wird in Kursen, Seminaren und in Gruppen angeboten; warum also habe ich entschlossen, die Ausbildung in und mit einer Gruppe durchzuführen? Dafür gab es zunächst folgende Gründe:

1. Vorgehen und Methodik lassen sich in einer Gruppe wegen der unterschiedlichen Persönlichkeiten und der Vielfalt der Interaktionen besser variieren.
2. Die Gruppe bietet den Ausbildungskandidaten die Gelegenheit, ihre Fähigkeiten als Therapeuten zu üben.

Im nachhinein lassen sich noch weitere Gründe anführen:

3. In der Gruppe kann ich zeigen, wie der Gestaltgruppenprozeß abläuft, und ich kann sowohl Gestalt-Gruppentherapie als auch Gestalt-Einzeltherapie lehren.[1]
4. Durch den Gruppenprozeß kommt es leichter zur Bildung wichtiger Subsysteme und zu spontanen Wendungen.

Das Modell

Mein Ausbildungsmodell ist ein sehr einfaches: Ich gehe während des größten Teils der Sitzung so vor, als ob die Teilnehmer ganz einfach Klienten wären, die sich zu ihrer regelmäßig stattfindenden therapeutischen Sitzung zusammengefunden haben; der letzte

[1] Da der Gruppenprozeß weder von Fritz noch von Laura Perls besonders betont wurde, war mir anfangs nicht klar, wie wichtig dieser Aspekt für mich werden würde. Erst allmählich erkannte ich im Laufe meiner Entwicklung als Gestalttherapeut, daß das Wissen über Gruppenprozesse, das ich mir vorher in meiner Arbeit als Gruppentherapeut angeeignet hatte, mit meinem Gestaltansatz integriert werden konnte, und daß dies auch notwendig war.

Abschnitt der Sitzung ist jedoch einer Besprechung der therapeutischen Interventionen vorbehalten. Für eine einmal wöchentlich stattfindende Gruppensitzung bedeutet dies, daß eindreiviertel Stunden der Sitzung der Therapie gewidmet werden; die letzten fünfzehn Minuten dienen der kognitiven Aufarbeitung und Diskussion, theoretischen Überlegungen und dem Feedback. Ich verlasse mich darauf, daß der natürliche Verlauf der Gruppenentwicklung den Ausbildungskandidaten Gelegenheit gibt, die wesentlichen Aspekte einer Gestalttherapiegruppe selbst zu erfahren und kognitiv zu erforschen: den Gruppencharakter, die Gruppenenergie, die verschiedenen Stadien der Gruppe, die Sicherheit, die sie bietet, und die Gefahren, Subgruppen, Kontaktstörungen sowie jene Faktoren, welche die Exploration an der Kontaktgrenze fördern. Idealerweise sind all jene Elemente, Aspekte und Eigenschaften einer Gestaltgruppe, die in den vorangegangenen Kapiteln dieses Buches bereits beschrieben worden sind, in unseren Gruppensitzungen vorhanden, beobachtbar und erlebbar. In den letzten fünfzehn Minuten ermutige ich die Teilnehmer, das, was sie in den vergangenen eineinhalb Stunden erlebt haben, zu erörtern und zu hinterfragen und es in Gestaltbegriffe zu fassen.

Gefahren

Dieses Modell birgt jedoch auch einige Schwierigkeiten und Gefahren:

1. *Fachsimpelei:* Zu Beginn der Sitzungen besteht bei den Teilnehmern die Neigung, über berufsspezifische Dinge wie Stellenangebote oder Workshops, die man vor kurzem besucht hat, zu plaudern. Wie in jeder Gruppe, kann man diese Themen als Möglichkeit ansehen, Kontakt herzustellen und Sicherheit zu schaffen, aber in einer homogenen Gruppe von Fachleuten scheint diese Tendenz besonders ausgeprägt zu sein.
2. *Verfrühte kognitive Verarbeitung:* Es kommt vor, daß ein Teilnehmer die Gruppe im Verlauf des therapeutischen Prozesses unterbricht, indem er eine bestimmte Technik theoretisch erörtert oder Fragen zu ihr stellt; auch hierbei spielen häufig Kontakt und Sicherheit eine Rolle, aber auch andere Dinge wie etwa Konkurrenz.
3. *Überbetonung der Therapie:* Die Teilnehmer und der Leiter

werden von den persönlichen Problemen, die sie bearbeiten, oft so stark gefangengenommen, daß sie sich diesen empathisch zuwenden und am Ende der Stunde oft zögern, die Zeit mit »Intellektualisieren« zu »verschwenden«. Gelegentlich, wenn mir Flexibilität angebracht erscheint, lasse ich zu, daß der therapeutische Prozeß die ganze Sitzung in Anspruch nimmt, und verzichte auf die kognitive Arbeit im letzten Abschnitt. Dies ist jedoch nur dann berechtigt, wenn jemand besonders schmerzliche Empfindungen hat oder wenn es so aussieht, als ob ein Durchbruch unmittelbar bevorstünde. Es gibt immer eine Menge an wichtiger therapeutischer Arbeit, und wenn man die Ausnahmen nicht wirklich auf ein Minimum beschränkt, kann der kognitive Aspekt der Erfahrungen leicht zu kurz kommen. In ihrem Enthusiasmus, persönliche Probleme zu bearbeiten, schauen die Gruppenmitglieder meiner Erfahrung nach kaum einmal auf die Uhr, um dann vorzuschlagen, die Therapie zu beenden und mit dem kognitiven Teil zu beginnen. Diese Aufgabe fällt verständlicherweise dem Leiter zu.

Therapeutische Verantwortung

Weil zur Konzeption dieses Ausbildungsmodells Lernen durch persönliche Therapie gehört, akzeptiere ich die Verantwortung, die zu übernehmen mir in meiner Rolle als Therapeut geboten erscheint (Feder, 1978). Das heißt, ich unterscheide hier zwischen meiner Rolle als Hochschullehrer oder Seminarleiter und meiner Rolle als Therapeut. Um ein Beispiel zu nehmen: Wenn ich in einem Kurs oder Seminar das Zuspätkommen eines Teilnehmers übersehen würde, so fühle ich mich in dieser Situation verpflichtet, es als therapeutisches Problem zu behandeln. Und ein weiteres, eher praktisches Beispiel: Ich halte es bei diesen Sitzungen für angebracht, daß alle gemeinsam zu einer Haftpflichtversicherung einen Beitrag leisten, was ich bei Einzel- oder Gruppen-Supervision nicht mache.[2]

[2] Ich sollte hier vielleicht hinzufügen: In Broschüren, in denen ich diese Gruppen ankündige, weise ich klar darauf hin, daß die Gruppen auf Lernen durch persönliche Therapie basieren.

Beteiligung der Mitglieder

Abgesehen von der Grundstruktur der Gruppe, wozu die Gruppengröße (ich bevorzuge acht Mitglieder), die Zeitdauer und die zeitliche Einteilung in therapeutischen und theoretischen Teil gehören, überlasse ich fast alles an Strukturierung den Teilnehmern. Dies ist ihre Ausbildungsgruppe, und ich betrachte es als ihre Verantwortung, sich das »herauszuholen«, was sie können und wollen. Wenn also ein Teilnehmer den Wunsch hat, einmal eine Sitzung zu leiten oder mit einem anderen Mitglied Traumarbeit oder irgendeine andere Art von Arbeit zu leisten, dann liegt es an ihm, diesen Wunsch zu äußern und sich für seine Verwirklichung einzusetzen. Damit ist die Verantwortung für Wachstum dort, wo sie hingehört, und dies ist ganz in Einklang mit dem Gestalt-Ansatz. Manchmal führt dies natürlich unmittelbar in die therapeutische Arbeit, etwa wenn dieses Problem bei einem Teilnehmer Angst oder Ärger hervorruft oder wenn mich ein Teilnehmer zu manipulieren versucht, um sich dieser Verantwortung zu entziehen. Beispielsweise habe ich oft festgestellt, daß die Teilnehmer Angst davor haben, öffentlich zu arbeiten, sei es, daß sie selbst die Gruppe leiten, sei es, daß sie allein und herausgehoben aus der Gruppe arbeiten. Dies führt fast immer zu produktiver Arbeit, zum Beispiel im Blick auf alte familiäre Erwartungen wie auch auf gegenwärtige Selbsterwartungen.

Verlauf einer Gruppensitzung

Im Laufe einer Ausbildungsgruppe, ob diese nun Jahre dauert oder nur eine begrenzte Zeit (manchmal leite ich Gruppen, die sich etwa über ein Semester hinziehen), kommt vieles in Gang, entwickelt sich und kommt zum Abschluß. Ich möchte hier eine Sitzung beschreiben, um meinen Ansatz zu verdeutlichen, mit der Betonung auf der Ausgewogenheit zwischen Einzelarbeit und Arbeit mit der Gruppe-als-Ganzem, der zeitlichen Einteilung (Therapie und theoretische Verarbeitung), der Verantwortung der Teilnehmer für die Nutzung der vorhandenen Zeit und dem Gewahrwerden der Gruppenatmosphäre. Diese Sitzung zerfällt, wie die meisten meiner Gruppensitzungen mit Ausbildungskandidaten, in vier augenfällige Phasen: Sich-Versammeln, Eröffnungsrunde, Arbeitsphase und theoretische Phase. Jede Phase hat ihren eigenen Wert für das einzelne Mitglied und für die Gruppe-als-Ganzes.

Sich-Versammeln

Die Gruppe trifft sich am späten Nachmittag. Alle haben den ganzen Tag über gearbeitet, und alle sind ein bißchen müde und ein bißchen hungrig. In der Regel arbeite ich unmittelbar vor der Sitzung in dem Praxisraum, in dem auch die Gruppe tagt, mit einem Klienten. Teilnehmer, die etwas zu früh kommen, wissen jedoch, daß sie dennoch willkommen sind. Sie verziehen sich in dem großen gemütlichen Haus dann nach hinten in die Küche. Heißes Wasser und alles Notwendige für Kaffee und Tee sind vorhanden. Zu dem Zeitpunkt, da die Gruppe beginnen soll, sitzen etwa die Hälfte der Mitglieder bei Tee oder Kaffee zusammen und unterhalten sich. Ich beende meine Einzelstunde, wir bringen den Kaffee und Tee sowie etwas zum Knabbern in den Gruppenraum, und allmählich ist auch der Rest der Gruppe eingetroffen. Alle haben sich begrüßt und auf dem Boden niedergelassen, um die Sitzung zu beginnen. Wir haben uns allmählich zusammengefunden, und ein Gruppengefühl – nach dem Motto »Das Ganze ist mehr als seine Teile« – hat sich eingestellt. Auch die Offenheit des Hauses und das Angebot an Erfrischungen sollen dazu beitragen, eine positive Atmosphäre und das Gefühl einer sicheren Umgebung hervorzurufen.[3]

Eröffnungsrunde

Wir beginnen mit einer Eröffnungsrunde, bei der jeder der Reihe nach das Wort erhält. Oft spreche ich als erster; manchmal drängt es jemand anderen – dann ergreift diese Person die Initiative. Wir sagen kurz, was uns beschäftigt: wie wir uns fühlen, was in der Zwischenzeit geschehen ist und was wir der Gruppe mitteilen möchten und/oder ob wir in dieser Sitzung arbeiten wollen. Wie bereits erwähnt, ist dies manchmal eine unfruchtbare Phase, in der sich die Teilnehmer recht distanziert verhalten, indem sie

[3] Fragen von Sicherheit und Gefahr in der Gestaltgruppe werden ausführlicher in Kapitel I dieses Bandes behandelt.

weitschweifig über berufliche Dinge reden. Marc erzählt uns beispielsweise heute zuviel über seine neue Klinikstelle, über die Politik und Probleme der Klinik, usw. Ich unterbreche ihn und bringe so die Runde wieder in Gang. Die gute alte, immer verläßliche und engagierte Celia kündigt an, daß sie an einem Traum arbeiten möchte; wir wissen deshalb alle, daß uns eine besondere Stunde bevorsteht: ergiebig, spannend, bewegend. Dann sagt Paul, daß er ein vages Gefühl des Unbehagens empfinde. Er möchte arbeiten, obwohl er nicht sicher ist, »woran«. (Die Teilnehmer haben in der Regel das Gefühl, sie brauchten ein »Problem«, an dem sie arbeiten können, und lernen erst allmählich, daß wir, wie Pogo sagt, »den Gegner schon kennen und daß wir das selbst sind«.)

Ansonsten besteht heute wenig Neigung zu arbeiten. Mir fällt das auf, aber ich beschließe, meine Beobachtung im Augenblick für mich zu behalten. Ich bin heute selbst müde und ein bißchen »down«. Ich habe eine Vermutung, nehme aber an, daß das Problem schon ans Tageslicht kommen wird, falls sie richtig ist. Meine Vermutung betrifft eine beginnende Rivalität und Reizbarkeit in der Gruppe, seit vor einigen Wochen Sam hinzugekommen ist. Ich behalte das jedoch für mich, damit es von selbst an die Oberfläche dringt, und auch, um den Teilnehmern Gelegenheit zu geben, ihre eigenen Störungen selbst zu spüren und zu behandeln. Die geringe Nachfrage nach »Arbeitszeit« deutet stark auf die Möglichkeit hin, daß die Gruppe nicht mehr als sicherer Ort zum Arbeiten angesehen wird.

Obwohl ich eine direkte Konfrontation in dieser Frage erwäge, möglicherweise unter Heranziehung des »Sicherheitsgradindexes« (siehe Kapitel 4 dieses Buches), beschließe ich, abzuwarten.

Auf jeden Fall haben wir Kontakt miteinander aufgenommen und sind bereit für Celias Traum, nachdem sich Paul und Celia geeinigt haben, daß der Traum zuerst behandelt werden soll, da Celia weiß, was sie tun will, und Paul nicht. In Sitzungen, in denen die Gruppenatmosphäre als sicher empfunden wird, ist die Nachfrage nach Arbeitszeit oft größer, und die arbeitswilligen Teilnehmer handeln gewöhnlich unter sich aus, wer beginnt. Manchmal legen sie sogar eine Reihenfolge und eine bestimmte Zeitspanne für jeden Einzelnen fest. Ich mische mich da nicht ein, und ich sorge auch nicht dafür, daß die Reihenfolge oder die festgesetzten Zeiten eingehalten werden. Ich lasse die Mitglieder selbst die Verantwortung dafür übernehmen. Manchmal nutze ich jedoch diese Verhandlungen, um gleich mitten in therapeutische Fragen einzusteigen, beispielsweise, wenn ein Mitglied die Tendenz hat, sich aus der Reihe der Arbeitswilligen zurückzuziehen, oder im Gegenteil darauf besteht, zuerst dranzukommen.

Arbeitsphase

Celia erzählt ihren Traum. Wie erwartet, ist es ein »Leckerbissen«, voll lebendiger Details, einschließlich gewisser homosexueller Aspekte. Celia ist motiviert, aus ihrer Arbeit Gewinn zu ziehen; sie erzählt den Traum in der Gegenwart, und dabei werden gewisse Gefühle in ihr wach. Marc (insofern Celias »Zwilling« in der Gruppe, als er gleichzeitig mit ihr eingetreten ist und seither ihr gegenüber so etwas wie geschwisterliche Wärme und Verwandtschaft empfindet) beginnt, mit Celia auf sensible, produktive und unterstützend-konfrontierende Weise an ihrem Traum zu arbeiten. Noch immer müde, aber befriedigt, daß Marcs Interventionen gut sind, schaue ich zu. Es wird solide Arbeit geleistet, und Celia gelingt es, mit beiden Seiten des homosexuellen Duos in Kontakt zu kommen. Die Familienverhältnisse werden exploriert und treten deutlicher zutage. Celia geht in ihre Gefühle hinein, Marc hilft ihr dabei – und Sam zeigt Anzeichen von Unruhe.

Nach einer Weile hat Celia das Gefühl, fertig zu sein. Celias Arbeit hat bei Paul Schwingungen ausgelöst, und zu unserem Vergnügen (weil das selten geschieht) sagt er uns klar und direkt, was bei ihm los ist. Er teilt uns etwas von seinen Gefühlen und Gedanken mit. Durch Celias Arbeit und Pauls Offenheit mit neuer Energie gestärkt, nehme ich den Interventionsball auf und beginne den Therapie-Tanz mit Paul. Meine Aufmerksamkeit konzentriert sich vorübergehend ganz auf ihn; eine Zeitlang achte ich kaum auf den Rest der Gruppe. Anders Paul. Sam spielt mit dem Gürtel von Celias Mantel und neckt sie – und lenkt Paul dadurch ab. Paul wird wütend und hält Sam sein Verhalten vor. Sam reagiert defensiv, er macht Paul und mich für seine Langeweile verantwortlich, kritisiert meine Intervention und tritt statt dessen für ein transaktionsanalytisches Vorgehen ein, das seiner Ansicht nach besser gewesen wäre. Marc beißt auf diesen Köder an und versucht, mit Sam über diesen Punkt eine intellektuelle Diskussion zu führen.

Sam behandelt ihn herablassend; Marc wird wütend. Sie zanken und streiten sich. Als sie aufhören – immer noch wütend und ohne etwas gelöst zu haben –, sagt Tom, er könne der Gruppe nicht mehr vertrauen und werde vielleicht ausscheiden. Die Gruppe ist völlig vor den Kopf geschlagen, verletzt und beunruhigt, und einige Minuten lang äußern alle ihre Reaktionen auf diese Sequenz Paul-Sam-Marc-Tom.

Theoretische Phase

An diesem Punkt sagt mir ein Blick auf die Uhr, daß es an der Zeit ist, die persönliche Arbeit zu beenden und in die theoretische Phase einzusteigen, und trotz der großen Anteilnahme aller an dem Disput zwischen Marc und Sam und der heftigen Reaktionen auf Paul und Tom bringe ich das zum Ausdruck. Es regt sich starker Widerstand; die Teilnehmer wissen, daß ich manchmal, wenn gute Arbeit geleistet wird, die meiner Auffassung nach nur noch einige Minuten braucht, um abgeschlossen zu werden, nachgebe und die theoretische Phase ausfallen lasse oder bis zum Beginn der nächsten Sitzung vertage. Heute bin ich jedoch überzeugt, daß dieses Problem nicht so rasch gelöst werden kann. Auch nach weiteren fünfzehn Minuten Arbeit werden wir immer noch weit von unserem Ziel entfernt sein, aber die Chance zur theoretischen Aufarbeitung ist dann vertan. Ich halte deshalb an meinem Entschluß fest, wenn auch zögernd (da auch ich mich durch diesen Konflikt in der Gruppe verunsichert fühle), und lege dar, warum wir meines Erachtens mit der Interpretation beginnen sollten. Die Gruppe fügt sich.

Doch eine sachliche Diskussion ist jetzt nicht leicht. Sam gibt (und nun ist es angemessen) erneut seiner Meinung Ausdruck, daß eine bestimmte TA-Methode viel ergiebiger gewesen wäre als meine Gestalt-Intervention bei Paul. Marc fährt Sam wieder an und wirft ihm Rücksichtslosigkeit und Unaufrichtigkeit vor. Ich fordere beide auf, die Person aus dem Spiel zu lassen und zum Thema zurückzukehren, und bitte die Gruppe, darüber nachzudenken, was eigentlich in bezug auf die Gruppe-als-Ganzes wie auch auf die an dem Disput beteiligten Personen geschehen ist. In den nächsten Minuten agiere ich als Diskussionsleiter. Meine Art und Weise der Diskussionsführung soll zum Denken und zur Integration anspornen; nachdem die Gruppe ihre Meinung geäußert hat und nur noch sehr wenig Zeit bleibt, gebe ich meine Deutung des Vorgefallenen. Bei den Teilnehmern bleibt, wie ich hoffe, der Eindruck zurück, daß es an ihnen liegt, für sich selbst zu klären, was geschehen ist. Meine Interpretation – daß die Aufregung über Sam-Paul-Marc-Tom eine Folge der in letzter Zeit aufgetretenen Rivalität und des Mißtrauens in der Gruppe war – ist nur eine von mehreren und wird nicht als *die* Deutung präsentiert. Ich gehe kurz auf das Gestaltkonzept des Arbeitens an der Kontaktgrenze ein, auf die Bedeutung des Gruppenklimas für diese Arbeit und darauf, was mit der Bezeichnung »geschützte Notsituation« in bezug auf die Gruppensituation gemeint ist. Da diese Arbeit völlig unabgeschlossen bleibt und die Gruppe sich in den nächsten Sitzungen noch eingehend damit wird beschäftigen müssen, lasse ich mich nicht tiefer auf persönliche Details ein, denn dies würde nur auf unproduktive Deutungen hinauslaufen.

Die Sitzung endet einige Minuten später. Für die Gruppe hat eine schwierige Phase begonnen, deren Bearbeitung einige Zeit in Anspruch nehmen wird, die sich aber, wenn sie gründlich gemacht wird und eine Integration von persönlichen Erfahrungen und didaktischen Überlegungen gelingt, sowohl therapeutisch (emotional) wie auch kognitiv als wertvoll erweisen wird. Wir trennen uns einigermaßen beunruhigt über das, was geschehen ist, und schon im voraus besorgt über unser nächstes Treffen; aber ich freue mich auch, daß die Gruppe lebendig ist und »brodelt«, denn diese Lebendigkeit ist unerläßlich, wenn wir aus dem Training Gewinn ziehen wollen.

Epilog

Bei nochmaliger Lektüre der oben gemachten Ausführungen wird mir bewußt, daß ich einen wichtigen affektiven Aspekt der Trainingsgruppen nicht vermittelt habe: meine eigene emotionale Beteiligung an der Gruppe. Diese meine erste Ausbildungsgruppe begann mit vier Teilnehmern, wuchs im zweiten Jahr auf zwölf an, schrumpfte dann wieder und stabilisierte sich schließlich bei acht Mitgliedern. Diese Gruppe mit wechselnden Teilnehmern, deren einzige Konstante ich war (allerdings nahm noch ein »Gründungsmitglied« von den insgesamt vier Jahren dreieinviertel Jahre lang daran teil), hatte eine »Ganzheit« und eine Energie, die sie oft zum Höhepunkt meiner Woche machte. Diese Energie, diese Ganzheit, diese Kraft, dieser Schmerz und diese Freude in der *Gruppe-als-Ganzes*, das ist es, was ich hier hervorheben möchte. Sam-Marc-Paul-Celia – dies ist nur eine Aufzählung von Namen, aber für mich beschwören diese Namen ein Bild und ein Gefühl von »der Gruppe« und damit vom Prozeß herauf: Die Entstehung, das Bestehen und das Ende der Gruppe-als-Ganzes versuche ich zu beschreiben und mitzuteilen, denn vor allem anderen ist es die Bedeutung dieses Prozesses, die ich meinen Ausbildungskandidaten und mir selbst vermitteln will.

IV Anwendungen in der Gemeinschaft

13 Intensive Gestalt-Workshops: Erfahrungen in Gemeinschaft

Ruth Ronall

Kein Mensch ist eine Insel ...
(John Donne)

Im Sommer 1950 verbrachte ich sechs Wochen als Mitglied des Chors der Tanglewood-Musikfestspiele. Es war das Bach-Jubiläums-Jahr; wir sangen die h-Moll-Messe und viele der Kantaten. Wir brachten auch Werke anderer Komponisten, vom Mittelalter bis in unsere Zeit, zur Aufführung. Und wenn der Chor weder Proben noch Aufführungen hatte, hörte ich anderen Gruppen beim Musizieren zu. Vom frühen Morgen bis spät in die Nacht war ich von Musik umgeben, in Musik getaucht. Ich redete Musik und hatte das Gefühl, Musik zu essen, zu trinken und zu riechen, und Musik folgte mir auch oft in meine Träume.

Dieser von Musik erfüllte Sommer ist die einzige Erfahrung meines Lebens, die sich in ihrer Intensität mit den Erfahrungen vergleichen läßt, die ich in intensiven Gestaltgruppen gemacht habe.

Seit sieben Jahren leite ich in den Vereinigten Staaten und in Europa intensive Gestaltgruppen, die sowohl der Selbsterfahrung als auch der Ausbildung in Gestalttherapie dienen. Bei den meisten handelt es sich um zeitlich begrenzte Gruppen, die von zwei oder drei Tagen bis zu ein oder zwei Wochen dauern und von verschiedenen Institutionen, manchmal auch von Privatpersonen organisiert werden. Gelegentlich leite ich auch eine Ausbildungswoche oder ein Wochenende im Rahmen eines laufenden Ausbildungsprogramms oder im Auftrag eines Teams. Die meiste Zeit über arbeite ich jedoch mit Gruppen, die vorwiegend aus Fremden bestehen, Personen, die weder einander noch mich kennen.

Die Gruppenzusammensetzung schwankt: Die Teilnehmer in den Ausbildungsgruppen sind auschließlich Fachleute, d. h. Angehörige der helfenden und heilenden Berufe oder Personen in Ausbildung auf diesen Gebieten; Selbsterfahrungsgruppen sind für »jedermann, der interessiert ist«, offen – und das schließt oft Fachleute ein –, mit oder ohne Partner. Manche der Selbsterfahrungsgruppen sind nur für Paare bestimmt, andere für Paare und Alleinlebende. Die Teilnehmer sind Erwachsene zwischen Anfang Zwanzig bis Ende Sechzig oder Anfang Siebzig. Die Zahl der Teilnehmer schwankt zwischen maximal zwanzig und mindestens zehn, die meisten Gruppen haben etwa sechzehn Teilnehmer – für mich persönlich die optimale Zahl.

In der Regel leite ich diese Gruppen allein. Wenn ich mit einem Co-Leiter arbeite, wähle ich sie/ihn sorgfältig aus, um sicher zu sein, daß sie/er meine Philosophie und meine Vorstellung über Gruppen teilt.

Während die Teilnehmerzahl, die Zusammensetzung, die Dauer, der Ort und die Funktion dieser Intensiv-Gruppen schwanken, haben sie alle folgende Elemente miteinander gemein: völliges Sich-Einlassen auf das Hier und Jetzt; Entwicklung eines hohen Grads von Intimität; leidenschaftliches Engagement für die Aufgabe oder das Thema. Viele, die zum ersten Mal daran teilnehmen, erklären, daß sie nie zuvor etwas Ähnliches erlebt hätten.

Die Gelegenheiten zum Experimentieren mit Zeit und Raum, mit Phantasie und Spiel, mit Musik, Tanz und Kunst und mit der Umgebung sind nicht nur zahlreicher als in fortlaufenden Gruppen, sondern wesentlich anders: sie laden ein, Phantasie zu entwickeln und schöpferisch zu werden.

Die Möglichkeiten zur Kontaktaufnahme sind vielfältiger, ebenso die Möglichkeiten, sich zurückzuziehen. Die Gruppe wächst unvermeidlich sehr schnell und sehr dicht zusammen, meistens so dicht, daß sie den Charakter einer idealen, unwirklichen »Insel«-Gemeinschaft annimmt. Eine Bezeichnung für dieses Phänomen ist »Klausureffekt«.*

Obzwar dieser Klausureffekt unabhängig vom Thema, von der Art der Leitung oder der jeweiligen Methode bis zu einem gewissen Grad in jeder Gruppe auftritt, in der die Teilnehmer zusammenleben, entwickelt er sich in Gestaltgruppen besonders schnell und intensiv, und zwar durch Spannung, Erregung und kreative Energie, die der Gestaltansatz auslöst.

---

* Prof. Dr. Peter Peterson, Hannover (persönliche Mitteilung).

Die einer solchen intensiven Situation innewohnenden Kräfte sind jedoch – so begeisternd sie sein mögen – nicht unbedingt positiv. Eine sehr dichte Gruppe kann starre Grenzen errichten, um die übrige Welt – die dann als »böse« bezeichnet wird – auszuschließen, und den Kontakt mit der Umgebung verweigern, sei es nun die äußere Umgebung, in der die Gruppe zu Gast ist, sei es das Zuhause oder die ganze Welt. Zugleich kann die Gruppe dazu neigen, Druck auf solche Teilnehmer auszuüben, die sich nicht den sich rasch entwickelnden Normen anpassen, und sie kann sogar ein Mitglied, das nicht zu den übrigen zu passen scheint, ausschließen – oder es zumindest versuchen.

Anfangs war ich mir dieser Gefahren nicht voll bewußt, obwohl mir schon unbehaglich wurde, wenn eine Gruppe übermäßig begeistert war von unserer besonderen Lebensweise oder zu empfinden schien, daß wir eine neue Lebensform gefunden hätten, die allen anderen unendlich überlegen sei. Bald wurde mir jedoch klar, daß ich all jenen Gruppenphänomenen, die von Exklusivität, Überlegenheitsansprüchen, Intoleranz und elitärem Denken zeugten, ernsthafte Beachtung widmen mußte; ich erkannte, daß sie nichts weiter als Anzeichen eines Versuchs seitens der Mehrheit der Gruppe waren, Konfluenz herbeizuführen und aufrechtzuerhalten. Wie Laura Perls (1976, S. 224) erklärt: »Konvention und Bedürfnis nach Übereinstimmung verlangen eine konfluente Haltung *innerhalb* der fixierten Grenzen, ein selbstverständliches Gleichsein und Einverständnis, ein *Eins*sein – ein Wir ohne Ich und Du – ohne die Anerkennung des anderen und des Selbst als separate, verschiedene Individuen. Dieses Verwischen und Nicht-zur-Kenntnis-Nehmen von Grenzen findet nicht nur innerhalb unserer Gesellschaft statt . . ., sondern auch ganz besonders in den persönlichen Beziehungen von Ehe und Familie.« Und, so könnte ich hinzufügen, in den persönlichen Beziehungen in Intensivgruppen.

Sobald ich das erkannt hatte, wurde mir klar, daß wir, um die Gruppe zu einer bestmöglichen Umgebung für Lernen und Selbsterfahrung zu machen, ein Klima der Inklusivität statt der Exklusivität schaffen mußten, indem wir jeden Einzelnen ermutigten, seinen eigenen Weg in die Gruppe zu finden, bis sie/er sich sicher genug fühlte, um zu bleiben. Das bedeutet, daß jeder, der einmal Mitglied der Gruppe ist, weder offen noch insgeheim ausgeschlossen werden soll. Wie sehr sich die/der Betreffende von den übrigen auch unterscheiden mag – sei es im Hinblick auf Gesundheit, Behinderungen, Intelligenz, Bildung, Hautfarbe, Religion, Weltanschauung oder was auch immer – und gleichgültig, wie sehr sie/er sich anders, als Außenseiter fühlen mag: Für die Dauer der Gruppe wird sie zu ihrer/seiner Heimat und Gemeinschaft werden, und sie/er wird in einer für alle annehmbaren Weise bei uns bleiben können.[1]

Natürlich kann jeder uns verlassen, wenn er es will; aber ich setze mich für eine gründliche und offene Diskussion in der Gruppe ein, bevor ein solcher Entschluß endgültig getroffen wird.[2]

Ich möchte betonen, daß die Gruppe-als-Ganzes für den Einzelnen Platz macht, und weniger, daß der Einzelne sich selbst einen Platz schafft. Ich tue dies aufgrund meiner Überzeugung (die durch Theorie und persönliche Erfahrung bestätigt wird), daß die Gruppe-als-Ganzes außerordentliche Macht hat, zum Guten wie zum Bösen. Natürlich muß jeder Einzelne sich seinen eigenen Raum schaffen. Sie oder er kann dies jedoch nur dann frei und vollkommen tun, wenn sich die Gruppe-als-Ganzes »die Elastizität... ihrer Grenzen« erhält (Perls, 1976, S. 223) und dadurch jedem Platz macht, der Mitglied zu bleiben wünscht und dazu fähig ist. Und wenn die Gruppengrenzen durchlässig und elastisch bleiben, erhält die Gruppe auch den Kontakt mit ihrer Umgebung aufrecht. Mit einer Einstellung, die Verschiedenheiten anerkennt, sei es innerhalb oder außerhalb der Grenzen, kann die Gruppe für jedes Mitglied – einschließlich des Leiters – eine stützende und nährende Umgebung werden und wird ihrerseits durch ihre Mitglieder und ihre Umgebung unterstützt und genährt.

In einer solchen Gruppe lernen und entfalten sich die Mitglieder

---

[1] Es gibt nur eine Ausnahme: jemand, der gewalttätig ist oder zu werden droht, da wir in solchen Gruppen nicht die Mittel haben, um mit Gewalttätigkeit fertigzuwerden.

[2] Ich bin mir bewußt, daß mein leidenschaftliches Eintreten für »Einschließen« damit zusammenhängt, daß ich von meinem sechsten Lebensjahr an ausgeschlossen wurde: zuerst, als ich in einer öffentlichen Schule in Wien das einzige jüdische Kind in der Klasse war und von allen meinen Mitschülern abgelehnt und ausgeschlossen wurde; und später, während meines ganzen Lebens in Wien, d. h. bis 1938, als ich Österreich verlassen mußte; und noch bis zum heutigen Tag, da es überall in der Welt, auch in den Vereinigten Staaten, Gebiete gibt, die für Juden nicht zugänglich sind. Meine Bemühungen sind deswegen, so glaube ich, nicht weniger stichhaltig.

ungehindert, sie treten ihrer Umgebung mit Schwung und Begeisterung gegenüber, und sie leben auch in einem Klima, in dem Unterschiede und Konflikte weder verwischt noch ausgelöscht werden. Gerade wenn man Grenzen anerkennt, entsteht allmählich ein Gefühl von Zugehörigkeit, ein Gefühl von Gemeinschaft. Meine Bestrebungen, dieses Gemeinschaftsgefühl zu fördern, gehen von folgenden Voraussetzungen aus:

1. Alles, was die Qualität des Kontakts innerhalb der Gruppe und zwischen der Gruppe und ihrer äußeren Umgebung verbessert, stützt das Wachstum des Einzelnen, die Gruppenkohäsion und das Gemeinschaftsgefühl.
2. Je klarer der Leiter und die Gruppenmitglieder sich des Gruppenprozesses bewußt sind und die Verantwortung dafür teilen, desto besser ist die Chance, daß sich ein Gemeinschaftssinn entwickelt.

Als Gestalttherapeutin lenke ich meine Aufmerksamkeit auf Störungen an der Kontaktgrenze bei einzelnen Teilnehmern, bei internen Gruppenkonstellationen und bei der Gruppe-als-Ganzes, mache sie bewußt und arbeite damit. Als Gruppenleiterin ist mir klar, daß dies nicht genügt: ich muß auch Gruppenprozesse in Betracht ziehen und auswerten. Deshalb habe ich im Laufe der Jahre eine Form der Gruppenleitung entwickelt, bei der Gestalt-Prinzipien den Hauptbezugsrahmen darstellen, wobei ich diese Prinzipien mit Konzepten aus anderen Quellen, hauptsächlich der themenzentrierten Interaktion (wie ich sie nachstehend beschreibe), integriere.

Mein Ansatz ist darüber hinaus auf die Auswertung der besonderen Merkmale intensiver Gruppen zugeschnitten, wie etwa die Möglichkeiten, die sich durch das Zusammenleben auf eine im voraus festgesetzte Zeit ergeben. Ich habe meinen Ansatz rückblikkend formuliert und werde ihn im verbleibenden Teil dieses Kapitels darlegen. Dieser Ansatz hat sich allmählich aus meinen Erfahrungen in vielen verschiedenen Arten von Gruppen mit hunderten von Vorfällen und Problemen entwickelt, die ich mit meinen Gruppen mit Hilfe theoretischer Konzepte, meiner eigenen Ideen und denen meiner Gruppe und schließlich und endlich mit Hilfe von gesundem Menschenverstand gelöst habe. Obwohl ich nicht alle Quellen für diesen Ansatz nennen kann, möchte ich den beiden wichtigsten Anerkennung zollen:

Die erste ist Alfred Adler[3] und insbesondere sein Begriff des »Gemeinschaftsgefühls«. Dieses Gefühl sozialer Geborgenheit und Gemeinschaft charakterisiert die themenzentrierte Interaktionsgruppe, und genau dieses Gefühl versuche ich in allen meinen Gruppen zu fördern.

Die zweite ist Ruth Cohn und ihr themenzentrierter interaktioneller Ansatz[4] der Gruppenleitung. Ziel dieses Ansatzes (und die Quintessenz der damit verbundenen Philosophie) ist es, ein Klima zu schaffen und einen Gruppenprozeß zu fördern, in dem die Teilnehmer die Verantwortung dafür übernehmen, das zu geben und zu bekommen, was sie wollen, und sich sowohl ihrer Autonomie bewußt werden – ihrer Fähigkeit, Entscheidungen zu treffen – wie auch ihrer Interdependenz – des Aufeinander-Angewiesenseins und der Wirkung, die sie aufeinander haben – und der Notwendigkeit, ständig die eigenen Bedürfnisse, Wünsche und Handlungen mit denen anderer in Einklang zu bringen. Ruth Cohn formulierte dieses Prinzip in der Grundregel: »Sei dein eigener Chairman« (Cohn, 1969; Ronall und Wilson, in Druck). In der Gruppe bedeutet das:

Versuche, dieser Gruppe zu geben und von dieser Gruppe zu bekommen, was immer du geben und bekommen willst – in bezug auf dich selbst, die anderen und das Thema oder die Aufgabe.

Dies ist meine Grundregel für die Gruppenleitung – und für mein Leben – geblieben.

[3] Mit Adlers Theorie wurde ich schon in früher Jugend durch meine Eltern bekanntgemacht, und viele seiner Begriffe sind bis zum heutigen Tag für mein Denken wesentlich geblieben.

[4] Themenzentrierte Interaktion (TZI) wird am Workshop Institute for Living-Learning (WILL) in New York City und in anderen Großstädten der Vereinigten Staaten, sowie Kanadas und Europas gelehrt.

Die Gruppen:
Förderung eines Gemeinschaftssinns

Vorplanung

Wenn ich eine Gruppe plane, halte ich mir die Hauptelemente einer Gruppe vor Augen (vgl. das Konzept der »Kugel«, des Globe, Cohn, 1969, S. 24) und wie jedes dieser Elemente zur Bildung des Gemeinschaftssinns, wie er mir vorschwebt, beitragen kann. Diese Elemente sind:
Veranstalter oder veranstaltende Organisation;
Thema oder Aufgabe der Gruppe;
Teilnehmer – Gruppenzusammensetzung;
Zeit – die zeitliche Dauer der Gruppe und ihr Platz in der Geschichte;
Ort – in allen seinen Dimensionen (geographisch, Art der Unterbringung, etc.);
Leiter(innen) und die Leitung als solche.

Meine Gruppen beginnen mit einem *Veranstalter* – sei es eine Privatperson oder eine Institution – und mit einem Thema, das ich gewöhnlich mit dem Veranstalter abspreche.[5] Meine Verhandlungen zielen von Anfang an darauf ab, einen so breit gefächerten Teilnehmerkreis wie möglich anzusprechen – heterogene Gruppen funktionieren besser. Wenn die *veranstaltende Organisation* beispielsweise eine Kirche ist, bemühe ich mich um die Zusicherung, daß nicht nur Mitglieder dieser Kirche zugelassen werden; wenn es sich um die Abteilung eines Krankenhauses handelt, versuche ich zu erreichen, daß die Teilnehmer einen Querschnitt aus den verschiedenen Fachdisziplinen und verschiedenen Verwaltungsebenen repräsentieren.

Das *Thema* oder die *Aufgabe* wird erst dann wesentlicher Brennpunkt für die Gruppe, wenn sie angelaufen ist. Das Thema ist jedoch besonders in Selbsterfahrungsgruppen schon im voraus wichtig: Je besser und prägnanter ich formuliere, desto größer ist die Wahrscheinlichkeit, daß die Teilnehmer mit einem klaren Ziel kommen und deshalb stärkere gemeinsame Interessen haben.

[5] Leiter können natürlich zugleich selbst die Veranstalter sein; ich ziehe es vor, das nicht zu tun.

Die *Gruppenzusammensetzung* wird durch die veranstaltende Organisation und die Aufgabe oder das Thema bestimmt. Ausbildungsgruppen zum Beispiel sind nur für Angehörige der helfenden Berufe zugänglich. Es kann auch sein, daß der Veranstalter die Teilnehmer auswählt. Selbsterfahrungsgruppen sind jedoch für die Allgemeinheit offen, und mir ist es desto lieber, je heterogener die Gruppe ist: Erwachsene jeglichen Alters, jeglicher Rasse und Konfession; Alleinstehende und Paare; Fachleute und Laien. Ich lasse die veranstaltende Organisation nicht auswählen, und ich selbst tue das auch nicht. Ich möchte, daß die Gruppen rein zufällig entstehen und ein »Stück vollen Menschenlebens« repräsentieren. Ich ziehe es vor, mich durch das Bild, das ich vorfinde, überraschen zu lassen, statt mich zu vergewissern, daß es eine »ausgewogene« Gruppe sein wird, etwa mit gleich viel Frauen und Männern, Schwarzen und Weißen, Jungen und Alten, etc. Die unausgewählte Gruppe ist abwechslungsreicher, anregender und eher repräsentativ für die heutige Gesellschaft. Sie stellt eine größere Herausforderung dar, das Ziel zu erreichen: Gemeinschaftsgefühl und eine angstfreie und stärkende Umgebung für alle zu schaffen.

Wenn ich als nächstes an die *Zeit*frage herangehe – sowohl was den Termin als auch was die Dauer der Gruppe betrifft –, so überlege ich mir immer wieder, wie diese Aspekte zum Aufbau der Gemeinschaft beitragen könnten: Ich wähle einen Zeitpunkt, von dem ich annehme, daß die meisten Interessenten dann auch teilnehmen können, wie zum Beispiel ein verlängertes Wochenende oder Ferienzeiten. Die Dauer der Gruppe wird durch den Teilnehmerkreis bestimmt: Ausbildungsgruppen können sich über zwei Wochen erstrecken, während Selbsterfahrungsgruppen gewöhnlich nicht länger als fünf bis sieben Tage dauern, so daß sie die Interessenten zeitlich wie auch finanziell nicht überfordern.

Wohl kann ich an den historischen Ereignissen, die während meiner Gruppen stattfinden, nichts ändern, doch muß ich mich und die Gruppe zumindest über aktuelle Ereignisse, von denen einige oder alle Teilnehmer betroffen sein könnten, informiert halten, wie zum Beispiel einen Streik in der Heimatstadt eines der Teilnehmer, eine Entführung oder einen Krieg. Der Jom-Kippur-Krieg zum Beispiel wirkte sich auf eine Ausbildungsgruppe, die ich in der Schweiz leitete, von Anfang bis Ende aus. Einige von uns verband er in besonderer Weise, und für die ganze Gruppe war er ein Anlaß, sich mit Themen wie Antisemitismus, mit dem »Holocaust«, mit Haß, Selbsthaß und Schuld auseinanderzusetzen.

Der *Ort* der Gruppe wird gewöhnlich vom Veranstalter bestimmt. Ich äußere jedoch meine Wünsche und mache den Veranstaltern Vorschläge hinsichtlich der Mindestbedingungen: wenigstens ein großer Arbeitsraum, etwas Platz zum Spielen im Haus und im Freien, bequeme Schlafgelegenheiten und eine ruhige Umgebung. All dies sollte so *preiswert* wie möglich sein, damit niemand aufgrund der Kosten ausgeschlossen wird oder sich selbst ausschließt.[6]

Das Wichtigste am Veranstaltungsort sind jedoch die »Gastgeber«, d. h. die Verwalter der Tagungsstätte: sie leisten den wesentlichsten Beitrag zum Wohlbefinden der Gruppe, zum Wachstum und zur Entwicklung der Gemeinschaft. Ihre Einstellung zu unserer Art von Gruppen, ihre Gefühle uns gegenüber und das Ausmaß, in dem ihre und unsere Philosophie bzw. Lebensstile vereinbar sind, haben großen Einfluß auf die ganze Atmosphäre, in der wir leben und arbeiten.

Wenn ich die Wahl habe, entscheide ich mich oft für eine schlichte Unterbringung und einfaches Essen, wenn die Besitzer bzw. Verwalter der Tagungsstätte verstehen, worauf es uns ankommt, und uns die Freiheit geben, uns zu bewegen, unsere Grenzen zu erweitern und unsere Erfahrungen mit ihnen und ihren Mitarbeitern auszutauschen. Ich erinnere mich noch an meine erste Gestalt-Ausbildungsgruppe in Europa: Wir wohnten in einem erstklassigen Schweizer Hotel, hatten Zimmer mit Bad und erstklassigen Service, aber unser einziger Arbeitsraum befand sich im Hauptgebäude und war mit kostbaren antiken Möbeln und einer alten Uhr ausgestattet, die unsere Zeit »wegtickte«. Wir mußten in eines unserer Schlafzimmer im Anbau übersiedeln, als einer unserer Teilnehmer das Bedürfnis hatte zu schreien! Seither ziehe ich eine einfache Unterbringung vor, die uns einen Freiraum sichert und wo wir das Gefühl haben können, zu Hause zu sein.

Was die Gruppenleiter betrifft, so beginnt ihr Hauptbeitrag

[6] Die relativ hohen Kosten dieser Gruppen mit Übernachtungsmöglichkeit haben mich schon immer gestört, da sie zur Elitebildung beitragen. (Ich weiß nur einen Weg zu einem Ausgleich: ein Stipendiensystem.)

zum Gemeinschaftssinn erst, wenn die Gruppe läuft. Im Laufe der Zeit hat mein Interesse am Gruppenprozeß jedoch begonnen, Früchte zu tragen, und ist dem Kreis von Menschen, die zu meinen Gruppen kommen, bekanntgeworden. Infolgedessen melden sich Menschen, die sich besonders für diesen Aspekt der Gestaltarbeit interessieren, bei mir an und bilden dann einen Kern, der bereit ist, speziell an den Gemeinschaftsaspekten einer Gruppe zu arbeiten.

Die Leitung der Gruppe

Wenn die Gruppe läuft, behalte ich ständig die Hauptelemente im Bewußtsein, aus denen sich die Gruppe zusammensetzt. Ihre relative Wichtigkeit ändert sich jedoch: der *Veranstalter* rückt hauptsächlich ganz zu Anfang und gegen Ende einer Gruppe in den Vordergrund. Zu diesen Zeiten ist es wichtig, die Verbindung der Teilnehmer innerhalb und zu der veranstaltenden Organisation offen zu erörtern (z. B. wenn unter den Teilnehmern ein Team einer Organisation ist, das zu der Gruppe geschickt wurde). Ebenso müssen wir auf die Gefühle der Teilnehmer hinsichtlich administrativer Erfordernisse eingehen, wenn sie etwa einen Fragebogen ausfüllen oder einen Bericht schreiben müssen. Auch die Frage, wer die Kosten trägt, ist ein wichtiges Thema, dem nachgegangen werden sollte. Störungen im Zusammenhang mit diesen Problemen treten jedoch, wenn man sich mit ihnen auseinandersetzt, gewöhnlich ziemlich bald in den Hintergrund, und werden erst gegen Ende, wenn sich die Teilnehmer auf die Rückkehr »nach Hause« vorbereiten, in neuer Form wieder aufgegriffen.

Die Gruppenzusammensetzung und die innere Gruppenstruktur sind ebenfalls im Anfangsstadium von größter Bedeutung, obwohl wir neue Beziehungen, insbesondere neu entstandene Paarbeziehungen, während der ganzen Zeit, die wir zusammen sind, beachten sollten. Ich halte es jedoch für wichtig, die Gruppenstruktur (Untergruppen, bereits bestehende Beziehungen etc.) gleich am Anfang transparent zu machen, um ein Gefühl der Sicherheit zu fördern. Das Haupt*thema* wird, obwohl es uns allen stets im Bewußtsein ist, zum Hintergrund für Unterthemen, seien dies persönliche Themen oder solche, die den Gruppenprozeß fördern und unterstützen. *Raum* und *Zeit*, die in fortlaufenden Gruppen von relativ geringer Bedeutung sind, nehmen für zeitlich begrenzte Intensivgruppen andere Dimensionen an – im wesentlichen, weil Arbeitszeit und Freizeit wie auch Arbeits- und Lebensraum ineinanderfließen und der Gruppenprozeß daher nicht unterbrochen wird. Diese Kontinuität bietet so viele Möglichkeiten zum Experimentieren, zum Lernen und Lehren wie auch für den Aufbau einer Gemeinschaft, daß Zeit und Raum während der ganzen Gruppe für mich im Vordergrund bleiben und wichtiges Material für unsere Arbeit ergeben.

Die *Leiter* (als Personen) und ihr *Leitungsstil* (ihr Ansatz bzw. ihre Philosophie) haben natürlich großen Einfluß auf die Gruppe und auf die Art von Gemeinschaft, die sich entwickelt. Und obwohl viel von dem, was ich bin oder tue, aus dem Zusammenhang ersichtlich wird, will ich damit beginnen zu beschreiben, wie ich mich selbst als Leiterin erlebe und welchen Leitungsstil ich zu entwikkeln suche.

Schließlich gibt es noch verschiedene andere Aspekte einer Gruppe, die zur Entstehung eines Gemeinschaftssinns oder zu dessen Fehlen beitragen. Darauf werde ich am Ende dieses Abschnitts eingehen.

Leiter

»Ein Gestalttherapeut benutzt keine Techniken; er selbst ist sein eigenes Instrument. In jeder Situation setzt er sich ein und all das, was er sich an beruflichem Können und an Lebenserfahrung erworben und assimiliert hat. Es gibt so viele Stile, wie es Therapeuten und Klienten gibt, die sich selbst und einander entdecken und gemeinsam ihre Beziehung erfinden« (Perls, 1976, S. 223).

Obzwar ich Techniken benutze, wie »Blitzlicht«, »dynamisches Balancieren« und »das leere Kissen«, und auch »Grundregeln« einführe, die ich gleich beschreiben werde, sind all diese Dinge Bestandteil meiner Lebenserfahrungen in Gruppen, und ich verwende sie weder mechanisch noch starr. Meine Hauptquellen, aus denen ich Stützung und Einfälle zu den Aufgaben des Gruppenleitens, zur Förderung des Gruppenprozesses und der Einzelarbeit beziehe, liegen in mir und in meiner Fähigkeit, wahrzunehmen, wieviel und welche Art von Stütze jedem einzelnen Teilnehmer zur Verfügung steht: sei es Stütze aus seinem Innern, Stütze von außen, d. h. von anderen Gruppenmitgliedern, von der Gruppe-als-Ganzer. Wir erfinden und entwickeln also in jeder Gruppe eine

Form des Zusammenlebens, die sich auf die jeweilige Gruppe beschränkt und nicht wiederholen läßt.

Ich bin zugleich Teilnehmerin und Leiterin. Von dem Augenblick an, in dem sich die Gruppe versammelt hat und der eigentliche Gruppenprozeß beginnt, bin ich aktiv beteiligt: Ich führe Kommunikationsformen und Aktivitäten ein, die ein Gefühl der Sicherheit fördern (siehe Feder, Kapitel 4 dieses Buches); ich führe sie auch vor und ermutige und unterstütze sie bei den anderen: Direktheit, Offenheit, Selbstdarstellung, Vermeidung von Heimlichtuerei oder Klatsch und Entmutigung der Tendenz zur Bildung von geschlossenen Untergruppen. Als Teilnehmerin/Leiterin teile ich meine Gefühle, Bedürfnisse und Wünsche mit und bekenne mich beispielsweise dazu, daß ich nicht nur hier bin, um etwas zu geben, sondern auch, um aus der Erfahrung etwas für mich zu gewinnen. Es ist meine Aufgabe, die Gruppe zu leiten, zu lehren und den Teilnehmern zur Verfügung zu stehen. Ich kann diese Aufgabe am besten erfüllen, wenn ich auch für mich selbst sorge. Wenn ich zum Beispiel nervös und angespannt bin (was zu Beginn einer Gruppe oft der Fall ist), teile ich das der Gruppe in einer der ersten Runden mit. Manche Teilnehmer sind enttäuscht und verärgert; andere sind erleichtert. Wie auch immer die Reaktion ist, ein Stück Eis ist gebrochen: Ich habe die Erwartungen mancher Teilnehmer (daß ich immer ruhig und gelassen bin) enttäuscht, und wir alle haben überlebt.

Recht früh im Leben der Gruppe sage ich auch, daß ich ganz sicher Fehler machen werde, und fordere alle auf, diese Fehler zu analysieren und aus ihnen zu lernen. Auch das verärgert einige Teilnehmer: sie wollen eine vollkommene Therapeutin/Leiterin. Doch ich werde dadurch lockerer, ich habe die unrealistischen Erwartungen der Gruppe vermindert, indem ich uns allen »Erlaubnis« gab, unvollkommen zu sein.

Auf diese Weise werde ich im Laufe der ersten Sitzung zunehmend »transparent« (Jourard, 1964) und ermutige so auch die anderen dazu. Recht früh demonstriere ich Respekt sowohl für meine eigenen Grenzen als auch für die Grenzen anderer. Ich erkläre, daß weder ich noch sonst jemand gezwungen wird, Fragen zu beantworten oder sich an alle Regeln zu halten. Das bedeutet für viele Teilnehmer eine beträchtliche Erleichterung, besonders für diejenigen, die zum ersten Mal Erfahrung mit Gestalttherapie machen.

Und die Tatsache, daß ich mich selbst einschließe, fördert das Gefühl des Gleichberechtigtseins.

Ich höre zu und antworte mit meinen persönlichen Reaktionen statt mit Deutungen, und dies lange bevor ich anfange, die entsprechende »Grundregel« einzuführen. Ich bin jedoch darauf bedacht, die Gruppe nicht mit meinen Sorgen zu überlasten, und ich halte mich, wenn es um Mitteilung meiner Störungen geht, an den von Ruth C. Cohn geprägten Begriff der »selektiven Authentizität« (Cohn, 1969/70). Andererseits achte ich darauf, daß ich nicht irgendwo steckenbleibe und dadurch den Fortschritt der ganzen Gruppe hemme. Ich muß deshalb stets nach einem Ausgleich zwischen zu wenig und zu viel Selbstdarstellung suchen. Ich finde diesen Ausgleich in meiner Einschätzung des Gruppenklimas. Wenn die Gruppe festgefahren scheint, Interaktionen lustlos wirken und eine schlechte Stimmung herrscht, suche ich zuerst die Ursache in mir selbst; ich überlege, ob ich etwas zurückhalte, das die Gruppe angeht und sich auf sie auswirkt. Dabei kann ich zum Beispiel entdecken, daß ich über einen der Teilnehmer verärgert bin. Ich äußere das dann so, daß die Gruppe erleichtert ist und ohne daß ich die oder den Betreffenden verletze, vor allem indem ich sie oder ihn nicht beschuldige. Wenn mir dies gelingt, habe ich im Blick auf Aufrichtigkeit und Offenlegung der eigenen Person ein gutes Beispiel gegeben und gezeigt, daß es in dieser Gruppe ungefährlich ist, seine Schwierigkeiten zuzugeben.

Ich ermutige zu Kritik und bitte die Teilnehmer auch, es mir zu sagen, wenn ihnen etwas, das ich tue oder sage, Unbehagen macht, zum Beispiel wenn ich jemandem körperlich zu nahe komme. Solche Rückmeldungen ersparen es mir, Vermutungen anzustellen und damit zusätzlich zu meiner Arbeit auch noch die anderer zu übernehmen. So werden wir zu Partnern: Ich bin Lehrende/Lernende, und die Gruppenmitglieder sind Lernende/Lehrende, und daraus ziehen wir alle Gewinn. Gewöhnlich bin ich enthusiastisch und gönne mir soviel Vergnügen wie nur möglich, wobei ich die Gruppe wissen lasse, wann ich interessiert bin oder mich langweile, wo ich mich innerlich befinde und wohin ich möchte.

Ich gebrauche Humor so oft wie möglich. Gutes, warmherziges Lachen erfrischt und heilt. Ironie jedoch – als Würze – benutze ich sehr sparsam. Sarkasmus verwende ich nur in paradoxer Absicht. (Sarkasmus ist im Grunde genommen ein Gift und sollte deshalb nur in homöopathischen Dosen verwendet werden.) Oft habe ich Lust am Spiel, und indem ich das Kind in mir lebendig werden lasse, animiere ich auch die anderen zum Spielen. Beispielsweise kaufte ich mir vor mehreren Jahren ein kleines, mit echtem Fell überzogenes Stoffkaninchen als Spielzeug für mich selbst. Als ich es in die Gruppe mitnahm, erweckte es – zu meiner Überraschung – das Interesse aller Teilnehmer, weit über ihre bloße Neugier hinaus, was denn da auf meinem Schoß sitze. Sie wollten es anfassen und streicheln; sie stellten sich vor, daß es Dinge sage, die sie hören wollten, und projizierten so ihre eigenen Bedürfnisse nach Kontakt und Geborgenheit auf das Stofftier. So wurde »Randolino« zu meinem »Co-Therapeuten« und »Co-Leiter« und reist seither mit mir herum. Als Symbol der Spielfreude und Wärme und als Trostspender stellt er für die Gruppe und für mich selbst ein Stück »Umwelt-Stützung« dar.

Leitung

Während der gesamten Zeit verwende und erläutere ich Gestalt-Konzepte, beginnend mit der Betonung des Hier und Jetzt, und gehe dann über zu Konzepten wie Kontakt und Rückzug, Kontaktgrenze, Stütze(ung), Figur und Grund, unerledigte Situation usw. Im Kontext der Erfahrung führt die Erläuterung von Konzepten zu Assimilierung, Stärkung und Wachstum. Das trifft sowohl für Ausbildungs- wie auch für Selbsterfahrungsgruppen zu. Der Unterschied liegt im Rhythmus: In Selbsterfahrungsgruppen findet die theoretische Verarbeitung nur dann statt, wenn sich gerade eine Gelegenheit dazu bietet; in Ausbildungsgruppen dagegen ist eine bestimmte Zeit für theoretische Erörterungen vorgesehen, obwohl natürlich auch oft spontan Erläuterungen gegeben werden und damit Lehren/Lernen stattfinden kann.

In Ausbildungs- wie auch in Selbsterfahrungsgruppen wird gleiches Gewicht auf therapeutische Einzelarbeit wie auf Arbeit mit der Gruppe-als-Ganzem gelegt. In beiden Fällen wird durch die Arbeit das Maß an Vertrauen und Intimität in der Gruppe erhöht: Wer sich zur Einzelarbeit meldet, äußert Vertrauen zur Gruppe und Bereitschaft zu größerer Intimität; umgekehrt wird die Gruppe-als-Ganzes, wenn sie ein Gruppenthema behandelt, zu einem geschützteren Grund, auf dem der Einzelne sich offener zeigen und mehr Intimität riskieren kann. Darüber hinaus setzt jede therapeutische Begegnung Energie frei, die vorher durch Angst blockiert war, und das ist einer der Faktoren, die dazu beitragen, daß Gestaltgruppen so aufregend und intensiv sind, und einer der Gründe, weshalb Gestalttherapie, sei es mit Einzelnen oder mit der Gruppe, die Gruppenkohäsion und den Gemeinschaftssinn erhöht.

Im Laufe der ersten Sitzungen gebe ich die wesentlichen Grundregeln bekannt. Diese betreffen Vertraulichkeit und das Verbot von Gewalt. Letzteres mag vielen unnötig erscheinen, da sie es für selbstverständlich halten, daß wir nicht handgreiflich werden. Für andere stellt es jedoch eine Beruhigung dar – insbesondere für Teilnehmer, die Angst haben, die Kontrolle zu verlieren, oder die in ihrem Leben schon Gewalttätigkeiten ausgesetzt waren. Auch die Regel der Vertraulichkeit wird von den meisten Teilnehmern für selbstverständlich gehalten. Wir hatten jedoch schon häufig fruchtbare Diskussionen über Vorfälle in anderen Gruppen, wo die Diskretion nicht gewahrt wurde. Wir setzten uns dann mit diesem Problem gründlich auseinander und einigten uns, wie wir damit umgehen wollten, wobei wir uns bewußt waren, daß Vertrauensbrüche vorkommen und man damit leben muß.

Nach und nach erläutere ich dann die Kommunikationsregeln, die ich teilweise von der themenzentrierten Interaktion übernehme und die sich teilweise mit den von anderen Gestaltgruppenleitern benutzten Regeln decken (beispielsweise Levitsky und Perls, 1970, und Zinker, 1977).

Kommunikationsregeln

Sei dein eigener Chairman, der Chairman deiner selbst. Das bedeutet, übernimm die Verantwortung für dich selbst. Warte nicht darauf, daß andere dich zum Sprechen auffordern. Sprich, melde und behaupte dich, aber immer mit Rücksicht und Respekt für die anderen um dich herum. (Das ist nicht dasselbe wie »Tu, was immer du willst!«.)
Störungen haben Vorrang.[7] Niemand kann wirklich präsent

[7] Diese beiden »Regeln« sind existentielle Postulate (ursprünglich als »Grundregeln« formuliert) in der TZI: Wir sind *de facto* unser eigener Chairman – autonom

sein, solange er innerlich oder äußerlich abgelenkt ist. Wenn solche persönlichen Ablenkungen nicht zur Kenntnis genommen werden, hemmen sie den einzelnen Teilnehmer und den Gruppenprozeß. Oft genügt es, die Störung einfach zu äußern, damit die/der Betreffende und die Gruppe wieder zu ihrem Thema oder ihrer Aufgabe zurückkehren können. Manchmal müssen jedoch die Beziehungen innerhalb der Gruppe bearbeitet werden, bevor die Gruppe-als-Ganzes genügend entlastet ist, um weiterzuarbeiten. *Anmerkung:* Diese zweite »Regel« ist für Intensivgruppen von besonderer Wichtigkeit. Ein Gefühl der Geschütztheit ist für die Gestaltarbeit in fortlaufenden Gruppen sehr wesentlich (siehe Feder, Kapitel 4 dieses Buches), noch wichtiger aber ist es in einer Intensivgruppe. Wenn irgend etwas das Gefühl der Geschütztheit in einer Sitzung beeinträchtigt und dies nicht gelöst oder zumindest angesprochen wird, so wird es in die Pausenzeiten mitgenommen; dann kann es sich zu einem Problem entwickeln, dessen Umfang in keinem Verhältnis zu seiner eigentlichen Bedeutung steht. Von Beginn der Gruppe an achte ich daher auf Störungen zwischen Gruppenmitgliedern und schule alle Teilnehmer darin, auf solche Störungen zu achten und sie anzusprechen.
Vertritt dich selbst in deinen Aussagen. Sag »Ich«! Verstecke dich nicht hinter Verallgemeinerungen, verallgemeinernden Fürwörtern wie »jeder«, »man«, »du«; diese sind im Grunde Anzeichen von Konfluenz und tragen zu Konflikten bei; sie errichten eine falsche Fassade von Gemeinsamkeit und berauben dich der Möglichkeit, die Gültigkeit deiner Annahme oder Schlußfolgerung zu testen.

Stell so wenige Fragen wie möglich. Wenn du eine Frage stellst, sage, warum du fragst. Vermeide das »Interview«.

Gib deine persönlichen Reaktionen auf andere – keine Deutungen. Hinter Deutungen verbergen sich oft persönliche Anliegen; Deutungen lösen Widerstände aus.

Seitengespräche haben Vorrang. Da sie eine Form von Stö-

---

und interdependent –, und Störungen haben *de facto* Vorrang. Die Regeln bringen uns diese beiden Aspekte der menschlichen Befindlichkeit zu *Bewußtsein* und versetzen uns dadurch in die Lage, bewußte Entscheidungen zu treffen.

rung darstellen, sind sie gewöhnlich wichtig und stehen oft in Beziehung zum Thema oder zur Aufgabe. Ein Teilnehmer, der mit seinem Nachbarn spricht, ist häufig durchaus mit dem Thema beschäftigt, braucht aber vielleicht Hilfe, um sich besser und offener am Gruppenprozeß beteiligen zu können.

Nur einer zur gleichen Zeit, bitte. Niemand kann mehr als eine Aussage auf einmal hören – verbale Interaktionen müssen nacheinander erfolgen.

Wenn mehrere Personen gleichzeitig reden wollen, soll jede(r) kurz äußern, worüber sie/er sprechen will. Die Entscheidung, wer als erster, zweiter etc. spricht, wird aufgrund verschiedener Kriterien, wie Dringlichkeit, Gruppeninteresse und so weiter, von den Sprechern selbst getroffen, *selten durch die Leiterin* (außer wenn die Leiterin eine der Sprecher ist).

Wenn du jemanden ansprichst, dann schau sie oder ihn an – nicht auf den Teppich oder aus dem Fenster –, damit du merkst, wie du auf die/den Betreffenden wirkst, so daß du dich nach der Aufnahmefähigkeit des anderen richten kannst.

Umgekehrt, wenn jemand dich anspricht, sei dir bewußt, wie die/der Betreffende auf dich wirkt, und teile ihr/ihm mit, wie dich das Gesagte trifft.

Sei deiner Körpersignale gewahr wie auch der Signale der anderen. Wenn du beispielsweise Kopfschmerzen bekommst, während jemand »doziert«, dann äußere das. Wenn du andererseits siehst, daß jemand gähnt oder wippt, während du sprichst, dann beachte diese Signale.

Respektiere die Wünsche anderer, Raum zu haben oder allein gelassen zu werden. Komm niemandem zu nahe. Selbst wenn du meinst, die/der andere »brauche« dich – laß sie/ihn selbst die Entscheidung treffen, deine Stütze zu verlangen bzw. diese zu akzeptieren. Dies ist besonders wichtig in bezug auf Berühren, Umarmen oder jemandem Nachgehen, der den Raum verlassen hat.

Ich führe diese Regeln allmählich ein, wann immer sich die Gelegenheit dazu ergibt (und ich führe sie nicht immer als »Regeln« ein). Ich achte darauf, sie sowohl selbst zu befolgen als auch andere an sie zu erinnern. Mit der Zeit übernehmen die Gruppenmitglieder diese Aufgabe, und wenn die Hälfte der Zeit vorüber ist, haben die meisten Leute diese Regeln und ihre Bedeutung aufgenommen und sind dadurch, was die Gestaltung des Gruppenprozesses betrifft, zunehmend unabhängiger von der Leiterin geworden. Insofern dienen die Regeln der Förderung von Selbststützung, Autonomie, Selbstverantwortlichkeit und gegenseitiger Verantwortlichkeit und tragen zu einer Stärkung des Gemeinschaftsgefühls bei.

Ich betone jedoch ausdrücklich, daß Regeln nicht nur gebraucht, sondern auch mißbraucht werden können, und daß sie keine eisernen Vorschriften sind. Es wäre beispielsweise lächerlich, wenn niemand je etwas anderes als »Ich-Aussagen« machen dürfte. Außerdem kann es vorkommen, daß jemand aus irgendeinem Grund nicht bereit oder imstande ist, sich dieser Kommunikationsregeln zu erinnern und sie einzuhalten; dann muß es ihr/ihm gestattet sein, sich weiterhin auf ihre/seine Weise zu beteiligen.

> Da war zum Beispiel John, ein Teilnehmer an einer Selbsterfahrungsgruppe. John, ein Ingenieur – ziemlich zwanghaft und ohne Kontakt zu seinen Gefühlen – ignorierte konsequent unsere Hinweise und fuhr fort, in Verallgemeinerungen zu sprechen und Aussagen über »man«, »jeder«, »niemand« aneinanderzureihen. Mir war klar, daß er zu diesem Zeitpunkt einfach außerstande war, sich in irgendeiner anderen Weise einzubringen. Da jedoch viele Teilnehmer ungeduldig mit ihm wurden, besprachen wir die Sache in der Gruppe und einigten uns darauf, daß zwar die meisten von uns die Kommunikationsregeln einhalten sollten, daß sich aber niemand strikt daran zu halten brauchte. Infolgedessen konnte auch John bis zum Ende der einwöchigen Gruppe bleiben und sich auf seine begrenzte Weise beteiligen. Ein Gewinn für ihn wie auch für die Gruppe-als-Ganzes: für John, indem er so, wie er war, akzeptiert wurde; für die anderen, indem sie eine Gelegenheit hatten, ihre Toleranzfähigkeit zu erweitern und außerdem von John Anerkennung zu erhalten.

Eine solche Gruppenerfahrung erhöht auch das Gefühl der Geschütztheit und Zugehörigkeit, denn wenn einer der Teilnehmer mit seinem abweichenden Verhaltensstil akzeptiert werden kann, dann gilt das auch für alle anderen.

Veranstalter, Gruppenzusammensetzung und Gruppenstruktur

Die ersten Sitzungen einer Gruppe dienen immer dem Aufdecken und Klären der Gruppenzusammensetzung und ihrer inneren Struktur, beginnend mit einem Thema wie »Wer bin ich und was suche ich hier?«. Damit bekommen wir nicht nur die Möglichkeit, zu hören, welche Erwartungen die Teilnehmer haben, sondern auch, korrigierend einzugreifen, wenn diese unrealistisch sind (was häufig genug der Fall ist). Außerdem werden damit zum ersten Mal auch die eventuellen Erwartungen der Veranstalter gegenüber den Teilnehmern deutlich.

So kann es zum Beispiel sein, daß einige Teilnehmer über die Gruppe einen Bericht schreiben oder ein Referat halten müssen. Sie haben dieser Bedingung möglicherweise unter Druck zugestimmt und sind jetzt verärgert, ängstlich oder verstimmt. Das bietet Gelegenheit zur Einzelarbeit oder zur Arbeit mit einer Untergruppe (beispielsweise mit all jenen, die von dieser Bedingung betroffen sind). Wir können sie zum Beispiel auffordern, einen Phantasie-Dialog mit dem Vertreter der veranstaltenden Organisation zu halten, der sie »zwang«, diese Aufgabe zu übernehmen, oder auch mit der ganzen Abteilung, so wie sie in ihrer Vorstellung existiert. Oder vielleicht halten sie einen Dialog mit dem (noch ungeschriebenen) Bericht. Oft beteiligen sich auch andere Mitglieder, die bei anderen Anlässen ähnliche Erlebnisse und Gefühle hatten. Das Ergebnis sind ein Abbau der Störung und der Beginn eines Gefühls von Gemeinsamkeit.

In Selbsterfahrungsgruppen kann das Thema »Wer bin ich?« eine ganze Sitzung in Anspruch nehmen. Ich schlage da manchmal vor, daß Teilnehmer nicht nur ihren Namen nennen, sondern auch hinzufügen, was ihnen ihr Name bedeutet und was für Gefühle er in ihnen weckt. Auf diese Weise merken wir uns die Namen schneller, und, was noch wichtiger ist, die einzelnen Gruppenmitglieder werden zu Persönlichkeiten. Ihre Einstellung zu ihrer Herkunft, zu dem Milieu, aus dem sie kommen, zu ihrer Geschichte wird klarer. Sie sprechen mit innerer Beteiligung über Eltern und Geschwister oder über eine Cousine oder Tante, nach der sie benannt wurden. Sie erzählen vielleicht von ihrer Flucht, vom Verlust ihrer Heimat oder Muttersprache. Solch gefühlsbetontes Material fördert guten Kontakt, und ein Gefühl der Gruppenkohäsion entwickelt sich.

In der zweiten oder dritten Sitzung sind wir damit beschäftigt, die innere Struktur der Gruppe transparent zu machen. Das Thema für diesen Zweck heißt »Wen kenne ich, und wie fühle ich mich dabei, mit diesem(n) Menschen hier zusammenzusein?«.[8]

Manchmal genügt es, wenn die Mitglieder einfach sagen, wer wen schon vorher kannte und welches ihre Verbindungen waren und sind. Gelegentlich treten jedoch innerhalb der Gruppe gleich zu Beginn subtile und komplizierte Verflechtungen zutage; dann benutze ich zunächst einmal nonverbale Mittel wie die Gruppenskulptur,[9] um die Untergruppierungen der jeweiligen Gruppe sichtbar zu machen, und lasse diese Verflechtungen von den Teilnehmern erst später erklären.

> Einmal leitete ich für ein Wochenende eine Gruppe im Rahmen eines laufenden Ausbildungsprogramms. Alle Mitglieder dieser Gruppe, mit Ausnahme von Sam, ihrem Leiter und Veranstalter, waren da. Ich hatte Lustlosigkeit bemerkt und den Wunsch, die Zeit zu kürzen – recht ungewöhnlich nach meiner Erfahrung. Ich hatte dies auch angesprochen, aber keine befriedigende Antwort erhalten. Ich schlug vor, die Gruppe solle ihre Geschichte in Form einer Skulptur darstellen, das heißt also aufzeigen, wie sie zu *dieser* Gruppe geworden war; sie sollte mit den ersten Mitgliedern beginnen und in der entsprechenden Reihenfolge die später hinzugekommenen Mitglieder folgen lassen. Nun wurde deutlich, daß das Gründungsmitglied (Sam) fehlte. Wir benutzten einen Hutständer, um ihn darzustellen, und alle Mitglieder fügten sich der Reihe nach in die Skulptur ein, wobei sie sich an dem leeren Hutständer in der Mitte fest-

---

[8] Ich entdeckte die Wichtigkeit dieses Themas in einer Gruppe, die ich zusammen mit Dr. Wolfgang Gerstenberg aus Hannover leitete. Bei dieser Gruppe schied die Hälfte der Teilnehmer nach der Hälfte der Zeit aus. Später stellte sich heraus, daß die Teilnehmer, die weggegangen waren, alle ein und derselben Organisation angehörten, und diese Organisation stand unserer Gruppe ablehnend gegenüber. Wir schlossen daraus, daß sie gekommen waren, um unsere Arbeit zu unterminieren. Wir beschlossen damals beide, in Zukunft die Verbindungen zwischen den Teilnehmern gleich zu Beginn einer Gruppe aufzudecken, bevor es dazu zu spät ist.

[9] Eine Abwandlung von Virginia Satirs Familienskulptur und dem gruppendynamischen Soziogramm.

hielten. Ich forderte die Teilnehmer der Gruppe auf, der Reihe nach den Hutständer (Sam) anzusprechen und ihm über seine Abwesenheit ihre Meinung zu sagen. Es kam eine ganze Menge Wut heraus, nicht nur über seine jetzige Abwesenheit, sondern über seine Gewohnheit, zu kommen und zu gehen, wie es ihm paßte. Die Skulptur wurde dann wieder demontiert und »Sam« in die Ecke gestellt. »In die Ecke, Besen . . . Wir kommen auch ohne dich aus!« lautete die Botschaft. Die Gruppe setzte anschließend die Arbeit mit mehr Schwung und Energie fort. Außerdem verhielten sich die Mitglieder mir gegenüber danach offener, suchten echten Kontakt und akzeptierten mich für das Wochenende als ihre Leiterin.

Eine andere, fortlaufende Gruppe von acht Mitgliedern hatte weitere sechs Personen zur Teilnahme an einer »Gestalt-Woche« eingeladen. In der ersten Sitzung wurde mir sehr bald klar, daß ich es nicht mit einer, sondern mit zwei Gruppen zu tun hatte: mit der »In-group«, den Einladenden, und mit der »Out-group«, den Eingeladenen. Die In-group wirkte unterschwellig gehässig und ablehnend. Ich bemerkte auch beträchtliche Spannungen unter ihren Mitgliedern. Als ich vorschlug, daß sich die »Gastgeber« auf den Boden setzen sollten, willigten sie nur zögernd ein, waren dann jedoch überrascht zu sehen, wie ihre Positionen auf dem Boden ihre Beziehungen zueinander spiegelten. Dies waren im übrigen sehr komplexe Beziehungen, da diese Gruppe seit mehreren Jahren zusammenarbeitete und es von Zeit zu Zeit immer wieder Liebesbeziehungen zwischen einzelnen Teilnehmern gegeben hatte. Durch das »Auf-dem-Boden-Sitzen« verdeutlichten sie diese Beziehungen, soweit es in diesem Augenblick relevant erschien, und waren dann in der Lage, für die anderen Anwesenden, mich eingeschlossen, buchstäblich »Platz zu machen«, indem sie ihre Positionen auf dem Boden veränderten. Dadurch wurden andere Beziehungen sichtbar, die innere Struktur der Gruppe wurde transparent, und wir waren auf dem Weg, *eine* Gruppe zu werden.

Obzwar die innere Struktur zu Beginn der Gruppe so früh wie möglich transparent werden sollte, bedeutet das nicht, daß sie später ignoriert werden kann. Die Struktur bleibt selten stabil. Neue Beziehungen entstehen, seien es Freundschaften oder Feindschaften, und alte Verbindungen und Bündnisse lösen sich auf. Diese Veränderungen können für die Gruppe-als-Ganzes zur

Störung werden, wenn sie »im Untergrund«, d. h. verborgen bleiben, statt angesprochen zu werden. Wenn sich beispielsweise zwei Teilnehmer ineinander verlieben, kann es für sie und die anderen sinnvoll sein, diese neue Beziehung im Hinblick auf frühere Verhaltensmuster bei der Partnerwahl oder innerhalb einer Partnerbeziehung zu vergleichen. Dabei können die beiden oft auch etwas Neues über ihre Beziehungen zu Hause entdecken. Weiteres Material zur Bearbeitung ergibt sich aus den Reaktionen der anderen Teilnehmer, die sich häufig im Stich gelassen fühlen, eifersüchtig sind oder mit dem »neuen« Paar rivalisieren. Deshalb ermutige ich die Teilnehmer, immer wenn in der Gruppenkonstellation wichtige Veränderungen eintreten, ihre Gefühle über diese Veränderungen zu äußern. Das bedeutet nicht, daß ich taktloses Ausfragen oder »Kreuzverhöre« unterstütze. Die Intimität jeder Beziehung muß respektiert werden. Wir werden jedoch einem »neuen« Paar nahelegen, während der Sitzungen nicht die ganze Zeit nebeneinanderzusitzen, damit ihre Energien nicht völlig vom jeweiligen Partner gebunden werden. Und bevor die Gruppe endet, werden sie wahrscheinlich in der Gruppe an der Frage arbeiten wollen, ob es wünschenswert für sie ist, ihre Beziehung fortzusetzen, wenn ja, wie, und falls nicht, wie sie auf die konstruktivste und kreativste Weise zu beenden ist.

Wenn eine solche Beziehung geheim bleibt oder ignoriert wird, wenn sie stillschweigend unterstützt oder unterminiert wird, dann kann sie den Energiefluß blockieren und den Zusammenhalt der Gruppe schwächen – wie *jedes* Geheimnis. Wenn man jedoch innerhalb der Gruppe exploriert, können die Teilnehmer das Paar akzeptieren und sowohl Eifersucht als auch Freude ausdrücken – in der Gruppe haben alle Gefühle Platz.

Paare, die gemeinsam in eine »gemischte Gruppe« (bestehend aus Paaren und Einzelnen) kommen, tragen oft zur Stabilität der Gruppe bei, vorausgesetzt, daß sie guten Kontakt zueinander haben. Ich erinnere mich, daß Virginia Satir in einer Gruppe sagte: »Wahre Intimität schließt nicht aus.« Paare, deren Beziehung wirklich gut ist, sind für andere offen und tragen viel zum Zusammenhalt und Gemeinschaftssinn der anderen Teilnehmer bei. Paare, die Konflikte miteinander haben, stellen hingegen oft eine Belastung füreinander und für die gesamte Gruppe dar.

Ein solches Paar waren Erica und Peter; sie waren nicht miteinander verheiratet, dachten aber an Heirat und waren beide dabei, sich von ihren bisherigen Partnern zu trennen. Erica und Peter brachten wiederholt ihre Konflikte als »Störungen« in die Sitzungen – Erica ihre Eifersucht und ihre Angst, verlassen zu werden (Peter flirtete gern), und Peter seine Furcht, von ihr verschlungen zu werden. Anfangs war die ganze Gruppe interessiert und beteiligte sich enthusiastisch an den Versuchen des Paares, seine Befürchtungen und »katastrophalen Erwartungen« einzeln und gemeinsam durchzuarbeiten. Nach einer Weile fühlten sich jedoch viele in der Gruppe erschöpft und müde und konfrontierten Erica und Peter damit. Sie wiesen darauf hin, daß die beiden schließlich ein »in Entstehung« begriffenes Paar seien und ihre gesamten Schwierigkeiten im Verlauf dieser Gruppe weder lösen müßten noch könnten; sie hätten zwar ihre Konflikte nur teilweise gelöst, sich ihnen jedoch gestellt; die Kontaktgrenze zwischen ihnen habe sich verbessert, manches sei abgeschlossen, und neue Prozesse seien in Gang gekommen. Erica und Peter stimmten dem zu, und zur Erleichterung aller Beteiligten sahen sie auch ein, daß sie keine vollständigen Lösungen anstreben mußten. Danach war es der Gruppe leichter, ihre Arbeit fortzusetzen.

Paarkonstellationen sind nicht die einzigen, die besonderer Aufmerksamkeit bedürfen. Auch andere, bereits existierende Zweier- oder auch Dreierbeziehungen wie Vorgesetzter – Untergebener, Angestellter – Chef, Mutter/Vater – Tochter/Sohn, Schwester – Bruder, und die verschiedensten »indirekten« Beziehungen zwischen Teilnehmern, die voneinander gehört haben, müssen der Gruppe zu Bewußtsein gebracht werden, und in diesem Zusammenhang sind Störungen während der ganzen Dauer der Gruppe zu bearbeiten. Ich habe in dieser Hinsicht schon merkwürdige Erlebnisse gehabt. Beispielsweise traf Adam (Ex-Ehemann von Eve, die jetzt Roberts Frau ist) in einer Gruppe unerwartet Lilli (Ex-Frau von Robert), und die Gruppe mußte sich mit einer Lawine von Gefühlen auseinandersetzen, die durch diese Begegnung ausgelöst wurde. Wir alle überstanden es und zogen Gewinn daraus, weil wir imstande waren, mit den beiden die durch diese Begegnung aufgebrochenen leidenschaftlichen Gefühle von Schmerz und Wut gegenüber ihren jeweiligen Ex-Partnern durchzuleben.

Von ebenso großer Bedeutung sind »Außenseiter«-Positionen wie die des Clowns oder des Sündenbocks. Wann immer ich bemerke, daß jemand längere Zeit hindurch in einer dieser Rollen (oder in irgendeiner anderen »fixierten Gestalt«) verbleibt, betrachte ich dies als ein Gruppenproblem, als einen Engpaß (impasse) und überprüfe das gemeinsam mit der Gruppe: Wie ist das Klima in der Gruppe, herrscht ein Gefühl der Starrheit? Ist die Leitung autoritär? Sind manche – oder alle – Teilnehmer insgeheim verärgert, feindselig? Mir gegenüber? Gegenüber jemand anderem? Gibt es Störungen zwischen Gruppenmitgliedern, die zur Sprache gebracht werden müssen? Und so weiter. Sobald der »Grund« gesäubert ist, gehe ich zur »Figur« über. Ich suche nach dem Partner bzw. den Partnern, die den Gegenpol der Außenseiter-Position darstellen: für den Sündenbock – den »Verfolger« (gewöhnlich der Rest der Gruppe, mich eingeschlossen); für den Clown – den »König«, die »Königin«, den »Hof« oder die »Zuschauer«, und so weiter. Und dann nehmen beide Seiten ihre Projektionen zurück. Die Gruppe bekennt sich zu dem »Bösen« (was immer das im Augenblick bedeutet), das sie auf den Sündenbock projiziert hatte; der Sündenbock eignet sich das »Gute« an, das er seinerseits auf die Gruppe projiziert hatte. Jetzt kann der Außenseiter seinen Platz in der Gruppe wieder einnehmen, die Gruppe hat den Engpaß überwunden, und die Gemeinschaft ist, wenigstens für den Augenblick, wieder gesund.

Zusammenfassend: Die innere Struktur der Gruppe muß nicht nur zu Beginn, wenn dies am offensichtlichsten notwendig ist, geklärt werden, sondern bedarf während der ganzen Dauer der Gruppe immer wieder der Überprüfung, um zu verhindern, daß Störungen unter den Teppich gekehrt werden und das Gefühl der Geschütztheit und des Vertrauens und damit die Arbeit und das Wachstum der Gemeinschaft unterminieren. Welche Aspekte einer Beziehung in der Gruppe offen erörtert werden müssen und welche nicht, kann nicht genau festgelegt werden. Im Grunde muß dies jeder Teilnehmer für sich selbst entscheiden. Aber wenn das Klima zur Offenheit einlädt, sind die meisten Menschen fähig, solche Probleme mit Feingefühl und Takt zu behandeln. Bei denjenigen, die das nicht können oder die unbewußt Außenseiter-Positionen einnehmen, ergreift der Leiter/die Leiterin die Initiative, um es der Gruppe zu ermöglichen, den Engpaß zu überwinden.

Das Thema

Eine eingehende Beschreibung, wie ich Themen verwende, um den Gruppenprozeß und die Entwicklung der Gruppenkohäsion zu unterstützen und zu fördern, würde ein eigenes Kapitel erfordern. Ich werde mich hier nur auf das Wichtigste beschränken. Obwohl es sicher möglich ist, eine Selbsterfahrungsgruppe ohne ein bestimmtes Thema (»Selbsterfahrung«) zu leiten, geben Themen wie »Entdeckungsreise« (offen, ohne vorherige Einschränkung) oder »Verleugnete Teile in mir entdecken und erleben« (auf Polaritäten zielend) der Gruppe einen Brennpunkt und einen Rahmen; sie bieten etwas, worin sich die Teilnehmer erkennen können (»Ich hätte nie gedacht, daß ich Eifersucht empfinden und mich dabei okay finden könnte!«). Auch bleiben sich Leiter und Teilnehmer durch ständige Bezugnahme auf das Thema bewußt, daß es um Selbsterfahrung durch Konzentration auf einen bestimmten Bereich und nicht um Therapie geht. Da ein bestimmter Bereich innerhalb des Hauptthemas »Selbsterfahrung« angesprochen ist, konzentriert sich darauf das gemeinsame Interesse. Schließlich bereichert das Thema den Gruppenprozeß um eine weitere Dimension, indem es den Teilnehmern ihr eigenes »dynamisches Balancieren« ermöglicht. Dies ist ein Schlüsselbegriff der TZI-orientierten Gruppenleitung (Ronall und Wilson) und bedeutet, daß ein Prozeß ständiger Schwerpunktsverlagerung vom einzelnen Teilnehmer zur Gruppe-als-Ganzes, zum Thema und so weiter stattfindet, um eine Überbetonung einer dieser Aspekte zu vermeiden.

So gesehen ist das Thema sowohl für die Teilnehmer als auch für die Leiterin ein Anhaltspunkt, der an das gemeinsame Ziel erinnert und, da er allen zugänglich ist, das Gefühl der Gleichheit innerhalb der Gruppe fördert und den Gruppenzusammenhalt stärkt.

In Ausbildungsgruppen ist »Schulung in Gestalttherapie« das Thema. Ich führe jedoch zu Beginn und am Ende Unterthemen ein (wie an anderer Stelle dieses Kapitels dargestellt) und gebe auch Themen an für die theoretische Aufarbeitung, wie zum Beispiel: »Was habe ich heute erlebt – und was bedeutet das in gestalttherapeutischen Begriffen?«. Eine solche Formulierung lädt sowohl zu einer erlebnisbezogenen als auch zu einer didaktischen Klärung der vorangegangenen Arbeit ein, macht auch die theoretische Arbeit lebendig und spannend und fördert die Gruppenkohäsion, indem ein Fokus geschaffen wird.

In Selbsterfahrungsgruppen kristallisieren sich Unterthemen heraus und werden manchmal über eine oder zwei Sitzungen oder auch einen ganzen Tag lang verwendet. Manchmal teilt sich die Gruppe in Untergruppen auf, um an der Formulierung von Unterthemen zu arbeiten, und manchmal arbeitet die ganze Gruppe gemeinsam an dieser Aufgabe. In beiden Fällen erfordert die gemeinsame Aufgabe Kooperation, und der Prozeß als solcher wie auch das Erfolgserlebnis, wenn man ein klares und gut klingendes Thema gefunden hat, fördert den Gemeinschaftssinn.

Der Ort

> »Zulangen, Feuerfangen und Wachsen an allem Interessanten und Nahrhaften in der Umwelt bedeutet Spontaneität« (Perls, Hefferline und Goodman, 1981).

Da der Ort, an dem unsere Gruppe tagt, für deren gesamte Dauer zu unserer Umwelt wird, sind sowohl Arbeits-, Spiel-, Schlaf- und Eßzimmer, deren Einrichtung wie auch das Essen für unser Wohlbefinden und damit für die Entwicklung eines Gemeinschaftssinns von Bedeutung. Wenn unsere Aufenthaltsräume unbehaglich sind oder wir uns nicht willkommen fühlen, neigen wir dazu, dicht beisammenzusitzen, uns gegen unsere Umgebung zu schützen oder Energie darauf zu verwenden, mit unserem Unbehagen fertigzuwerden. Vielleicht entwickeln wir auch eine Haltung von *»wir«* gegen *»die anderen«*. Stimmen unsere Gastgeber hingegen mit uns überein und sind bestrebt, unsere Bedürfnisse zu befriedigen, dann sind wir gern bereit, die Verbindung mit ihnen aufzunehmen und aufrechtzuerhalten, und der Kontakt innerhalb der Gruppe beschränkt sich auf unsere eigenen Anliegen. So können unsere Grenzen nach innen und außen flexibel und offen bleiben.

Eine schöne Umgebung lädt zu Wanderungen und zum Kennenlernen dieser Umwelt, zum Spiel oder zur Arbeit im Freien ein, und das ist für jeden einzelnen Teilnehmer und für die Gruppe-als-Ganzes stützend.

> In einer Gruppe mit dem Thema »Entdeckung« verbrachte ich eine Sitzung mit der ganzen Gruppe auf einem steilen Berghang, wobei wir verschiedene Formen der Kontaktaufnahme

und des Rückzugs, der Bewegung, des Stillseins und des Erlebens der Erde und des Windes erprobten. Wir entdeckten neue Pflanzen, Blumen, Kräuter, Steine, hörten mit anderen Ohren und sahen mit anderen Augen. Mit glühenden Wangen, belebt und voll Energie kehrten wir an unsere Arbeit in gewohnter Umgebung zurück.

Ganz anders bezogen wir die Umgebung ein, als wir eine der ersten Sitzungen mit einer Ausbildungsgruppe auf einer Wiese verbrachten, um dabei das Thema »Distanz und Nähe« zu bearbeiten: Zuerst gingen wir langsam aufeinander zu und voneinander weg und gaben einander dabei stumm Signale, wie weit entfernt oder wie nahe wir sein wollten; eine Prüfung unserer Fähigkeit, solche Botschaften zu senden und zu verstehen. Allmählich wurde das Gehen immer schneller, bis es zum Laufen wurde. Als wir in unseren Gruppenraum zurückkehrten, überprüften wir diese Erfahrung darauf hin, wie weit es jedem einzelnen gelungen war, seinen eigenen Wünschen entsprechend anderen näherzukommen oder fernzubleiben. Es gelang uns, dabei einen Teil der Angst vor »Zunahekommen« oder »Ausgeschlossenwerden« abzubauen – Abgrenzungsfragen, die in diesem Stadium der Gruppe wichtig sind.

Manchmal wirkt sich die Gruppe auch auf den Raum aus: Es ist uns oft gelungen, unsere Umgebung unseren Bedürfnissen entsprechend zu verändern, natürlich nur, wenn unser Gastgeber es uns erlaubte. Möbel zu verschieben, Türen zu entfernen, Raumteiler zu errichten und Bilder zu malen, um kahle Wände zu schmücken. Solche gemeinsamen Unternehmungen regen die Phantasie an, wecken die Spielfreude und fördern einen Sinn für Zusammenarbeit, für gemeinsame Verantwortung und schließlich eine Art Stolz auf gemeinsame Leistungen – und all das fördert und stärkt den Gemeinschaftssinn.

Die Lage des Tagungsorts zum Wohnort der Teilnehmer ist ein weiterer Aspekt, der in Betracht gezogen werden muß. Wenn die Gruppe in der Nähe des Wohnorts einiger Teilnehmer stattfindet, müssen wir uns mit den Erwartungen ihrer Familie, ihrer Arbeitgeber sowie mit ihren eigenen Erwartungen auseinandersetzen, daß sie zu Besuchen nach Hause gehen können – sei es zu besonderen Anlässen, wie Geburtstage oder Konferenzen oder am freien Tag. Dies stört den Zusammenhalt und den Fluß der Gruppe und macht es den Betreffenden natürlich unmöglich, diese »Freizeiten« für Begegnungen und andere Erfahrungen mit dem Rest der Gruppe zu verwenden. Dasselbe gilt für Besuche von Verwandten oder Freunden der Teilnehmer, da diese dann dazu neigen, sich während des größten Teils der Besuchszeit von der Gruppe-als-Ganzem zurückzuziehen.

Das bedeutet natürlich nicht, daß alle Kontakte dieser Art als Störungen betrachtet werden müssen. Manche sind notwendig, manche einfach angenehm und manche beides. Ich frage aber immer schon zu Beginn der Gruppe nach Plänen dieser Art wie auch nach geplanter vorzeitiger Abreise, denn da die ganze Gruppe davon betroffen ist, müssen wir dies gemeinsam durcharbeiten. Solche Gespräche bringen klar zutage, wie das Ganze durch jeden seiner Teile beeinflußt wird, und den Mitgliedern wird dadurch ihre Interdependenz deutlicher bewußt. Die Folge ist, daß manchmal Teilnehmer ihre Pläne ändern, um bei der Gruppe bleiben zu können.

Zeit

Obwohl Jahreszeit und Dauer einer Gruppe durchaus wichtig sind, liegt der wesentlichste Zeitaspekt einer Intensivgruppe in der Tatsache, daß wir für eine bestimmte Frist unter einem Dach zusammen arbeiten und wohnen. Dieser Umstand hat nicht nur ein anderes Zeiterlebnis zur Folge, sondern gestattet es auch, mit der Zeit anders umzugehen.

Da ich meine Ausbildung und meine Erfahrung in zeitlich unbegrenzten fortlaufenden Therapiegruppen erworben habe, hatte ich anfangs eigentlich das Gefühl zu »schwindeln« – das heißt, Gruppenprozesse zu vermeiden –, wenn ich eine Gruppe mit einer Mahlzeit oder einer zwanglosen Zusammenkunft bei einer Tasse Kaffee begann[10] oder wenn ich eine Pause oder Freizeit für den Umgang mit Störungen oder für spontane Arbeit benutzte. Tatsächlich betrachtete ich jede Arbeit, die außerhalb der Sitzungen stattfand, als »illegal«, und zwar deshalb, weil sie es der Gruppe ermöglicht, ihren Konflikten auszuweichen. Allmählich erkannte ich jedoch,

[10] Da die Teilnehmer oft von weither kommen, führte ich diesen informellen Beginn ursprünglich ein, um es Zuspätkommenden zu ermöglichen, sich zwanglos zur Gruppe zu gesellen, ohne die erste Sitzung zu stören.

daß ich durch meine Weigerung, die Pausen als »Lebensraum« anzuerkennen, ein Stück Realität leugnete – nämlich, daß der Gruppenprozeß weitergeht, ob die Gruppe nun in einer Sitzung ist oder nicht. Ich fing dann an, die Sitzungen und die gemeinsam verbrachte Freizeit als die »Gestalt« einer solchen Gruppe aufzufassen: die Figur der Arbeit vor dem Hintergrund der Erholung und des Zusammenseins. Die Sitzungen sind *in erster Linie, aber nicht ausschließlich,* die für den vordergründigen Zweck, die Arbeit, angesetzte Zeit. Wichtige Arbeit findet jedoch auch während der Freizeit statt, und umgekehrt werden die Arbeitssitzungen oft durch Spiel und Spaß gewürzt. Es findet also ein häufiger und natürlicher Wechsel von Vordergrund und Hintergrund statt.

Es tritt aber durch das Zusammenleben auch noch eine andere Wertverschiebung ein: Erholung und zwangloses, unstrukturiertes Zusammensein und Zusammenleben gewinnen erheblich an Bedeutung, obwohl sie eigentlich den Hintergrund für den Hauptzweck der Gestaltarbeit bilden. Vielen Menschen fällt Spielen schwerer als Arbeiten. Sie schließen Kontakte leichter in der strukturierten Situation der Sitzungen als in den freien Stunden dazwischen. Sie fürchten die Abende oder die freien Tage. Sie haben keine Ahnung, wie man informell, spontan Kontakt aufnimmt. Sie fühlen sich verletzt, ausgeschlossen oder gar ausgestoßen. Damit sich also niemand ausgeschlossen fühlt oder ausgeschlossen wird, und damit der Gemeinschaftssinn, der sich in den Sitzungen entwickelt hat, draußen weiter wachsen kann, spreche ich das Thema der freien Zeit häufig während der Sitzungen an. Ich tue dies im wesentlichen auf zweierlei Weise: 1. Ich achte ständig darauf, wie sich die Freizeit auf die Sitzungen auswirkt, und fordere die Gruppe auf, das ebenfalls zu tun. 2. Ich nehme manchmal Einfluß auf die freie Zeit, indem ich eine gemeinsame Unternehmung oder ein Experiment vorschlage. Aber ob ich die Zwischenzeiten nun mitgestaltet habe oder nicht, Störungen, Aufregungen, Langeweile, Angst, Begegnungen, Einsamkeit und so weiter müssen in der nächsten Sitzung zur Sprache gebracht werden, denn wenn sie unterschwellig bleiben, unterminieren sie unser Gefühl der Sicherheit und dadurch unsere Arbeit. Am Anfang jeder Sitzung achten wir deshalb darauf, wer wo sitzt, wer neben wem sitzt, wer zu spät kommt oder fehlt, wer geistesabwesend oder deprimiert wirkt und wer nicht »ganz da« zu sein scheint.

Und ich fordere alle dazu auf, sich »unerledigte Dinge«, die in der Freizeit begannen, bewußtzumachen und durchzuarbeiten oder zumindest ans Tageslicht zu bringen, selbst wenn diese Dinge nur für einige Mitglieder von Bedeutung zu sein scheinen.

> Nachdem die ganze Gruppe eine Pause am Strand verbracht hatte, kehrte Jane mit verdrossener Miene zur Sitzung zurück. Sie sagte, sie sei enttäuscht über Gary (den sie nur flüchtig kannte): Während sich die Gruppe sonnte, hatte er »bloß so dahergeredet« – sich an alle, nicht nur an sie gewandt – und in Verallgemeinerungen »doziert«. Jane, die in der vorangegangenen Sitzung eine Störung mit Gary durchgearbeitet hatte und sich ihm nun näher fühlte als zuvor, hatte sich eine Fortdauer der Intimität und mehr »Ich-Aussagen« erwartet; ja sie gab zu, sie wolle nur *eine* Art Kontakt mit Gary: spontan, authentisch und vertraut, und das immer. Gary war dazu nicht bereit. Er fand, Jane stelle zu hohe Ansprüche an ihn. Jane schmollte eine ganze Zeitlang; sie brauchte eine Menge Arbeit, bis sie endlich einsah, was für Ansprüche sie mit ihren Erwartungen an andere stellte und was für Enttäuschungen sie sich dadurch zwangsläufig selbst bereitete. Die anderen Teilnehmer, die sich ebenfalls durch dieses Thema angesprochen fühlten, griffen es als ein Gruppenthema auf: »Nähe und Distanz – wie bringe ich meine und deine Bedürfnisse in Einklang«. Daran arbeiteten wir während des Rests der Sitzung und bereiteten so den Boden für ein erhöhtes Bewußtsein von Freiheit und Schutz in unserer Gemeinschaft.

Natürlich muß ich mir auch meiner eigenen Erlebnisse in den Pausen bewußt sein ebenso wie ihrer Auswirkung auf mich nach der Rückkehr in die Sitzung. Dazu zählen Begegnungen mit Gruppenmitgliedern, Briefe von zu Hause oder von Freunden, Telefonanrufe, »ruhelose« Ruhepausen etc. Und ich lasse die Gruppe an meiner eigenen Beunruhigung oder an mich aufwühlenden Dingen teilhaben, um meines eigenen Wohlbefindens willen wie auch um der Gruppe selbst willen; ich tue das aber mit »selektiver Authentizität«. Auf diese Weise halte ich meine eigenen Kontaktaufnahmen (und Rückzüge) so fließend und ungestört wie möglich und reduziere Gefühle des Ausgeschlossenseins oder die Neigung, andere auszuschließen, auf ein Minimum.

Ich nutze freie Zeit auch noch auf andere Weise: Ein typisches

Gestaltgruppenexperiment, das in einer Sitzung begonnen wurde, kann in der freien Zeit fortgesetzt werden, und die Teilnehmer berichten in der folgenden Sitzung darüber.

Tim verlangt nichts. Er erwartet nur, daß andere erraten, was er will, und es ihm offerieren. Er fühlt sich vernachlässigt, wenn sie das nicht tun. In einer Sitzung macht er die Runde und verlangt etwas von jedem Mitglied; nachdem er das mit Erfolg getan hat, freut er sich über seine Risikobereitschaft und die Anerkennung, die er dafür bekommt, und erhält die Aufgabe, beim Abendessen von sich aus Wünsche zu äußern. In der Sitzung nach dem Essen berichtet er über seine dabei gemachten Erfahrungen und erhält Rückmeldungen von seinen Tischnachbarn, wie er auf sie gewirkt hat. Er erfährt, daß er ihnen ziemlich ungeduldig und fordernd erschienen ist; gleichzeitig erhält er auch Anerkennung und Unterstützung für seine fortgesetzte Bereitschaft, etwas zu riskieren und sich klar und deutlich zu äußern.

Umgekehrt kann auch ein in der freien Zeit begonnenes Experiment (»Ich wollte sehen, was geschieht, wenn ich mich von jemand anderem führen lasse«) in der nächsten Sitzung eine Reihe von Experimenten für die ganze Gruppe zum Thema »Führen und geführt werden« ergeben. In Ausbildungsgruppen schlage ich bei Mahlzeiten manchmal vor, mit Kauen zu experimentieren, oder – wenn die Stimmung bei Tisch zu solchen Experimenten nicht paßt – ich rege dazu an, Brot in die nächste Sitzung mitzunehmen, um dort damit zu experimentieren. Im Zusammenhang mit solchen Experimenten führe ich die Begriffe von Aggression, Zerstörung, Vernichtung, Assimilierung und Introjektion ein und erörtere die Parallelen zwischen körperlichem und gefühlsmäßigem oder geistigem Hunger und zwischen verschiedenen Formen, Nahrung zu kauen und Gedanken zu »kauen« (Perls, 1978).

Schließlich kann eine Person, die in einer Sitzung ein Experiment abgeschlossen hat und sich darüber freut und stolz auf sich ist (»Ich kann es kaum glauben, daß ich euch allen dieses Geheimnis erzählen konnte!«), während der nächsten Pause sich ganz dieser Freude hingeben und von den anderen Teilnehmern weitere Unterstützung erhalten.

Auf diese Weise wird der Kontext für die »geschützte Situation« (Perls, Hefferline und Goodman, 1981), das heißt für das

Gestaltexperiment, von der Sitzung (der strukturierten Arbeitszeit) auf das »Dazwischen« (die unstrukturierte Lebenszeit) ausgedehnt. Um Redls Begriff zu paraphrasieren (Redl und Wineman, dt. 1979): Es wird auf die natürlichste Weise zu einem »Lebensraum-Experiment«, wobei die Gruppenmitglieder die Rolle von Co-Therapeuten übernehmen. So erweitert die Gruppe ihre Grenzen und wird aus einer Arbeitsgruppe zu einer »Lebensgruppe« – einer Gemeinschaft.

Ein weiterer und anderer Aspekt der Zeit ist ihre Struktur und der Gebrauch, den ich davon mache. Zu Beginn der Gruppe fertige ich ein Diagramm der gesamten Gruppenzeit nach dem Schema eines Wochenkalenders an, auf dem ich die Arbeitssitzungen, die Freizeit und die freien Tage sowie das Ende eintrage, und ich bereite einen Stundenplan für die erste Hälfte vor. In den Ausbildungsgruppen legen wir auch die Termine für die Theorie-Sitzungen fest, gewöhnlich am Ende des Tages, anfangs vielleicht jeden zweiten Tag. Wir besprechen gleich zu Anfang den vorbereiteten Zeitplan und entscheiden später gemeinsam, was wir mit dem Rest der Zeit machen wollen. Überlegungen zu Stundenplänen und zum Umgang mit unserer Zeit geben uns Gelegenheit, Autoritätsprobleme anzusprechen (wer in dieser Gruppe was entscheidet) und gemeinsame Entscheidungen zu treffen; durch sie entsteht der Anfang einer gewissen Gruppenkohäsion.[11]

Zeit läßt sich auch noch ganz anders nutzen. Dazu gehört das Feste-Feiern, und wir feiern, wann immer sich eine Gelegenheit bietet: Geburtstage, Jubiläen, Nationalfeiertage unseres Gastlandes oder religiöse Feiertage, die gerade in die Jahreszeit fallen. So haben wir zum Beispiel in einer Gruppe in Deutschland unter dem Thema »Meine Feste – deine Feste« mit denselben Kerzen Chanukka (Tempelweihfest) und Advent gefeiert. Wir können auch eine besonders wichtige Entdeckung eines Teilnehmers feiern oder eine Wiederentdeckung – die Wiederentdeckung der Muttersprache. Solche Feste stärken unseren Gemeinschaftssinn – so wie in allen Gemeinschaften auf der Welt.

Ein Höhepunkt ist der festliche Abend, der die Endphase einleitet. Dieses Fest findet nicht am letzten, sondern am vorletzten

[11] In meinen Gruppen arbeiten wir, wie in allen TZI-Gruppen, auf einen Konsens oder, wenn das nicht möglich ist, zumindest auf einen Kompromiß hin.

Abend statt. Ein solches Ereignis löst starke Beteilgung und Erregung – und manchmal auch Erschütterung – aus, und das erfordert Zeit zur Verarbeitung – mehr als bloß einen Tag. Bei den Vorbereitungen übernehmen kleine Gruppen die Verantwortung für verschiedene Aufgaben, wie Ausschmücken der Räume, Getränke, Essen, Musik etc. Je nach der Verfassung und den Wünschen der Gruppe kann der Abend ein »Happening« sein, ohne daß wir vorher entscheiden, was wir tun wollen, oder aber er kann strukturiert werden. Wir können uns ein Thema ausdenken, wie zum Beispiel »Das Kind in mir anerkennen und genießen« (bei dem wir einmal in einem Kindergarten einschließlich imaginärem Sandkasten landeten) oder »Den Teufel in mir entdecken und loslassen« (was einen farbigen und lärmenden Abend in der Hölle zur Folge hatte, der uns allen Spaß machte und noch einmal wichtiges Material für die Arbeit des nächsten Tages ergab). Manchmal wollen wir einfach essen und trinken, spielen und tanzen. Der Erfolg dieses Festes hängt vom Grad an Gemeinschaftssinn ab, der sich entwickelt hat, und wir können am Verlauf eines solchen Festes messen, wieweit wir zu einer Gemeinschaft geworden sind. Glücklicherweise sind viele dieser Feste in meinen Gruppen lebhaft, aufregend, originell, kreativ und für alle befriedigend gewesen. Aber was geschieht, wenn sie nicht so gut gelingen? Das Scheitern gießt Wasser auf unsere Gruppenmühle, und darin liegt der Wert des folgenden Tages und Abends. Wir arbeiten den Verlauf des Festes rückblickend gründlich durch, wobei wir sowohl negative als auch positive Rückmeldungen hören wollen. Und wenn sich auch nur eine oder zwei Personen langweilten oder »draußen« fühlten, forschen wir nach, wieweit das System – die Gruppe-als-Ganzes – die Verantwortung dafür teilt. Recht häufig ergeben sich daraus wichtige Entdeckungen; es werden nämlich die Mittel deutlich, mit denen der Außenseiter seine Position herbeiführt, unterstützt und aufrechterhält, indem er Einladungen ignoriert, nicht ernst nimmt oder ablehnt, Situationen herbeiführt, die ihn ausschließen, solche Situationen zumindest zuläßt, ohne zu protestieren. Der letzte Abend bietet dann Gelegenheit, eine neue Einstellung auszuprobieren.

> Gegen Ende des Abschiedsfestes saß George, der durch Kinderlähmung schwer behindert war, in einer Ecke, während die anderen alle tanzten. Obwohl ihm fast die ganze Zeit ein oder

zwei Teilnehmer abwechselnd Gesellschaft leisteten, war mir die Situation ziemlich unbehaglich, denn George mußte wegen seiner Behinderung sozusagen von draußen hineinschauen. Ich vermutete auch, daß dies Zeichen eines gewissen Mangels an Gemeinschaftssinn sei, obwohl ich durchaus nicht sicher war. Schließlich hatte es vor dem Tanz andere Aktivitäten gegeben, an denen George teilnehmen konnte, und ich war nicht der Ansicht, daß alle verpflichtet seien, um seinetwillen auf das Tanzen zu verzichten. Wo also war der Haken? Am nächsten Tag gab die ganze Gruppe zu, Unbehagen empfunden zu haben. Wir überprüften dann die Rolle, die George gespielt hatte, und wie er zu dieser Situation beigetragen hatte: Wir stellten fest, daß er sich beispielsweise nicht an den Vorbereitungen beteiligt und die anderen sich darüber geärgert, das aber nicht zu erkennen gegeben und dann sein Problem unbewußt ignoriert hatten. Hätte er an der Planung teilgenommen, dann hätten sie gemeinsam besprechen können, wie man das Problem des Tanzens lösen könnte, und wären vielleicht auf eine originelle Lösung gestoßen, vielleicht einen Tanz-im-Sitzen oder ein rhythmisches Spiel oder sonst etwas. Wir tauschten dann unsere Erfahrungen aus der Zeit vor dem Fest aus, und zu unserer Erleichterung zeigte sich, daß wir alle bemerkt hatten, wie George seine Behinderung dazu benutzt hatte, unsere Aufmerksamkeit zu erregen (Zuspätkommen, leidender Ausdruck, wenn er einen Sitzplatz suchte, etc.) und Kontakt zu vermeiden. Und obwohl seine Behinderung schon vorher öfters Thema gewesen war, kam ihm diesmal deutlicher zu Bewußtsein, wie er sich selbst isoliert hatte, indem er seine Ablehnung auf uns projizierte und sich selbst als Opfer unserer Ablehnung erlebte. Uns hingegen wurde bewußt, in welchem Grade wir mit ihm mitgespielt hatten, wir hatten den Kontakt mit unseren eigenen Gefühlen vermieden! Wir hatten unsere Gefühle George gegenüber und gegenüber Behinderungen – seinen und unseren – unterdrückt. An diesem Punkt begann George zu weinen und sagte uns tief bewegt, was das für ihn bedeutete, mit dieser unabänderlichen Verunstaltung und Behinderung zu leben.

Am selben Abend spielten wir dann »Zauberladen« (eine Abwandlung des psychodramatischen Aufwärmspiels), und George wurde zu unserer Überraschung und Freude der Star des

Abends, wobei er dieses Mal unsere Aufmerksamkeit nicht dadurch erregte, daß er das demütige Opfer spielte, sondern einen mächtigen, arroganten Mann, der forderte, was er wollte – und es bekam! Und an diesem Abend – der Abend vor dem Ende der Gruppe – schloß sich George vorbehaltlos und glücklich als ein gleichwertiges Mitglied unserer Gemeinschaft an.

Die Schlußphase: Ende und Abschiednehmen

Die restliche Zeit verbringen wir damit, uns auf das Ende unserer Gemeinschaft vorzubereiten. Themen (die Reihenfolge kann wechseln) sind zum Beispiel: »Wie kann ich unerledigte Dinge hier abschließen?«, »Was lasse ich hier zurück – was nehme ich mit?«, »Rückkehr nach Hause: Was finde ich dort vor? Was bringe ich von hier mit?« Wir können diese Themen bearbeiten, indem wir einfach unsere Erwartungen austauschen; oder ich benutze eine geleitete Phantasie oder ein psychodramatisches Verfahren, um das Erleben zu vertiefen und Gefühle ans Licht zu bringen. Viele Menschen haben Angst vor dem Abschiednehmen und verschließen sich schon lange vor Ende der Gruppe, lange vor der letzten Sitzung. Sie versuchen dadurch, dem Erlebnis des Abschieds, der Trennung von ihren neugewonnenen Freunden, der Auflösung dieser von uns selbst geschaffenen Gemeinschaft auszuweichen. Wann immer mir das bewußt wird, arbeite ich mit diesen Menschen auf einen kontaktreicheren Ablösungsprozeß hin. Dazu bringe ich meine eigenen Erfahrungen mit Auswandern und Einwandern ein, mit Wurzelnschlagen und Sich-wieder-Losreißen, um dann anderswo aufs neue zu verwurzeln und immer wieder Abschied zu nehmen. Und genauso wie in den letzten paar Minuten einer Sitzung eine Menge Arbeit geleistet werden kann, so kann dies auch während der letzten Stunden einer Gruppe geschehen.

Themen wie »Festhalten und Loslassen« oder »Enden und Neubeginnen« helfen uns dabei, von dieser Gruppe Abschied zu nehmen, diese Gemeinschaft sterben zu lassen.

Die letzte Sitzung ist dem Abschiednehmen vorbehalten; wir sitzen im Kreis, und zuerst verabschieden sich alle der Reihe nach von den einzelnen Gruppenmitgliedern und von der Gruppe-als-Ganzes. Dann löst sich die Runde auf, und wir sagen uns in dem

Raum, in dem wir während der ganzen Zeit zusammen gearbeitet haben, einzeln Lebewohl. Dann gehen wir in alle Richtungen auseinander.

Später treffen wir uns noch einmal zwanglos beim Mittagessen, so, wie wir uns am Anfang beim Abendessen oder Kaffee getroffen hatten – aber jetzt nicht mehr als Gruppe.

Und dann brechen wir auf...

Andere Aspekte

Ich kann in diesem Rahmen nicht sämtliche Möglichkeiten, die eine Gruppe zur Förderung des Gemeinschaftssinns bietet, schildern. Ich will hier nur noch zwei erwähnen: Sprache und künstlerisches Gestalten.

Sprache

Während der ganzen Zeit, vor allem, wenn Teilnehmer an einer inneren Spaltung oder an einer unerledigten Situation aus ihrer Kindheit arbeiten, achte ich auf Anzeichen in der Sprechweise, im Rhythmus oder in der Aussprache, die darauf hindeuten, daß sie sich in der Sprache, die sie sprechen, nicht zu Hause fühlen, wie zum Beispiel plötzliches Stocken, Pausen, Stammeln, Aussprache mit starkem Akzent und grammatikalische Fehler. Wenn ich so etwas bemerke, bitte ich die Betreffenden, etwas in ihrer Muttersprache zu sagen. Ihre erste Reaktion ist gewöhnlich Protest: Niemand werde sie verstehen, wenn sie beispielsweise tschechisch sprächen. Oder wenn es sich um gebürtige Deutsche oder Österreicher handelt und sie deutsch gesprochen haben, wundern sie sich: Sie sprächen ja in ihrer Muttersprache – was ich denn wolle? Auf den ersten Protest entgegne ich, was ich unter »Muttersprache« verstehe, nämlich genau die Variante ihrer Sprache, die Mundart oder die »Familien-Sprache«, die sie als Kinder gehört und gesprochen haben. So werden wir die »Musik«, den Gefühlston ihrer Worte verstehen; den Inhalt können sie uns ja später sagen.

Manche wehren sich, doch die meisten sind früher oder später bereit, ihre Kindheitssprache »anzuprobieren«, und was dann geschieht, ist oft recht dramatisch.

In einer Ausbildungsgruppe brach eine Ungarin, die bis dahin ziemliche Distanz gehalten hatte, in Tränen aus, nachdem sie auf ungarisch einen Dialog mit ihrem Vater geführt hatte. Sie erzählte uns dann, daß sie aus politischen Gründen aus Ungarn geflohen sei, und schilderte ihre Flucht, ihre panische Angst, als sie über die Grenze nach Österreich floh, ein junges Mädchen, ganz allein, und rennen, rennen mußte . . . Bis dahin hatte sie sich hauptsächlich als Therapeutin gezeigt und fast nur über fachliche Probleme mit uns gesprochen. Jetzt zeigte sie uns zum ersten Mal ein Stück – ein sehr wichtiges Stück – ihres persönlichen Lebens, und damit nahm sie zum ersten Mal wirklichen Kontakt mit uns auf. Als sie ihre Geschichte zu Ende erzählt hatte, war sie endlich ein echtes Mitglied der Gruppe geworden. An diesem Abend begann sie, ungarische Volksweisen vor sich hin zu pfeifen und zu summen – und zu ihrer Freude stimmten einige von uns ein. Später brachte sie uns den Csardas bei.

In einer anderen Gruppe zeigte uns eine Griechin die Volkstänze ihrer Heimat, nachdem sie sich auf griechisch – und in sehr dramatischer Weise – von ihrer Großmutter verabschiedet hatte, deren Tod sie bis dahin nicht hatte akzeptieren können.

Die Situation ist etwas anders bei Teilnehmern aus der Schweiz und aus Ländern, in denen deutsch gesprochen wird. Deutsch-Schweizer, mit ihren vielen Dialekten, haben meistens eine Abneigung gegen Hochdeutsch als behördlich auferlegte »Schulsprache«. Sie sind erleichtert, wenn man sie einlädt, ihren eigenen Dialekt – ihre Muttersprache – zu sprechen. Es bedarf keiner langen Bitten, nur der Versicherung, daß sich die anderen Gruppenteilnehmer bemühen werden, sie zu verstehen. Gebildete Deutsche hingegen sind oft gewöhnt, »Akademiker-Deutsch« zu sprechen (eine grammatikalisch korrekte, trockene und leblose Sprache), und sie geben das nicht leicht auf, obwohl sie dadurch gezwungen sind, sich starr aufrecht zu halten, den Nacken zu versteifen, ihre Gesichtsmuskeln zu verkrampfen, das Kinn nach vorn zu recken, die Lippen zusammenzupressen und durch die Nase zu sprechen, so daß sie im Ganzen gestelzt und immer todernst wirken. Wenn sie ihre Muttersprache sprechen, befreit sie das von diesen Retroflexionen – Gesichts- und Nackenmuskeln, ja manchmal der ganze Oberkörper, entspannen sich, und längst vergessene Eigenschaften, besonders Humor und Spitzbübigkeit, kommen wieder zum Vorschein.

In einer Ausbildungsgruppe verwandelte sich ein aus Berlin gebürtiger Seelsorger, der als Erwachsener zumeist in Süddeutschland gelebt hatte, von einem immerzu ernsten, langweiligen und für andere Teilnehmer und Ideen wenig zugänglichen Menschen in einen temperamentvollen, intelligenten, sehr witzigen und liebenswerten Mann, nachdem er uns einen kurzen Vortrag auf berlinerisch gehalten hatte. Aus Dankbarkeit für diese Verwandlung übersetzte oder vielmehr transponierte er die ersten Seiten von Laura Perls' Aufsatz (1976) in diesen Dialekt. Seine witzigen Formulierungen bewiesen, daß er jede Einzelheit begriffen hatte, und er erntete die wohlverdiente Bewunderung der Gruppe, als er uns seine Übersetzung an unserem Abschiedsfest vorlas.

Wenn ich diesen Dialekten und Fremdsprachen zuhöre, dann helfen mir Zusammenhang, Gesichtsausdruck und Gestik, einen großen Teil des Inhalts zu erraten. Falls nötig, bitte ich auch um Übersetzung und ermutige andere, dasselbe zu tun. Ziel dieser Arbeit ist es, Menschen sich befreien zu lassen, indem sie zumindest zeitweilig ihre Muttersprache benutzen; dabei entspannen sich ihre Gesichter, die Stimmen werden tiefer und wohlklingender, die Augen werden klar, und die Körperhaltung entkrampft sich. Außerdem werden durch den Kontakt mit der Kindheitssprache auch andere Aspekte der Kindheit der weiteren Bearbeitung zugänglich.

Die Wirkung auf die Gruppe-als-Ganzes ist außerordentlich groß: Zeuge zu sein, wie jemand lebendig wird, sobald er zu seiner Muttersprache zurückfindet, sich ihr aufs neue überläßt und damit ein Stück Heimat wiedergewinnt, ist ein zutiefst bewegendes Erlebnis. Meistens ist die ganze Gruppe dabei wie gebannt. Auch bei anderen werden Erinnerungen an die Heimat wachgerufen und ausgetauscht, und die Stimmung wird ganz entspannt. Manche summen vielleicht ein Volkslied – das immer Assoziationen auslöst – oder tanzen einen Volkstanz ihrer Heimat. Es ist, als ob die Gruppe für eine Weile allen zur »Heimat« würde – ein Ort, an dem niemand »Ausländer« ist.

Neben den Experimenten mit wirklichen Sprachen mache ich auch Übungen mit Kauderwelsch und Sprachspielen, von denen ich einige noch aus meiner Kindheit kenne, andere später bei verschiedenen Gelegenheiten kennengelernt habe und wieder andere ad hoc erfinde, wenn bei einem Teilnehmer oder in der ganzen Gruppe Ausdrucksschwierigkeiten auftreten. All diese spielerischen Experimente, wie Schimpfen oder Fluchen mit einem erfundenen Wort (mit entsprechendem Affekt) oder Spielen eines Dialogs oder einer Szene mit den Zahlen von eins bis hundert (wobei man den Worten durch den Ton, den Gesichtsausdruck und die Gesten Bedeutung verleiht), bringen die gewohnten Sprechmuster und Sprachtabus durcheinander und lockern sie. Sie schaffen ein spielerisches Klima, in dem die Teilnehmer sich weniger darum kümmern, ob sie manierlich, korrekt und genau sind, und es ihnen wichtiger wird, ihre eigenen, individuellen Wege zum Selbstausdruck zu erfinden, auszuprobieren und zu üben. Das Ergebnis ist manchmal – für eine Zeitlang – chaotisch: eine Atmosphäre wie beim Turmbau zu Babel, die kreative Energie freisetzt und uns einlädt, mit dem Neuen in unseren eigenen Ausdrucksmöglichkeiten und in denen der anderen Kontakt aufzunehmen. Wir behalten, was nützlich ist, und lassen zurück, was wir nicht brauchen. Als Individuen und als Gruppe haben wir unsere Grenzen erweitert.

Künstlerisches Gestalten

Da ich keine Gestaltungstherapeutin bin, kann ich künstlerisches Gestalten nicht systematisch zu therapeutischen Zwecken einsetzen. Da ich aber gerne zeichne, male, ausschneide und mit Ton oder Plastilin spiele, bringe ich alles mögliche Material in meine Gruppen mit, um Spielfreude und Risikobereitschaft zu fördern.

Gewöhnlich stehen die Werkstoffe einfach zur Verfügung und werden gelegentlich von Einzelnen oder der Gruppe benutzt, ohne daß ich viel Aufhebens davon machen würde, beispielsweise bei der Vorbereitung von Happenings oder Festen, zur Ausschmükkung eines Raumes oder für Kostüme und Masken.

Ein paar Mal habe ich jedoch bestimmte Materialien mit völlig unerwarteten Ergebnissen zur Bearbeitung von Störungen benutzt.

> In einer Selbsterfahrungsgruppe kam eine Frau immer sichtlich betrunken in die Sitzungen und wurde zu einer ernsthaften Störung für die Gruppe. Damit konfrontiert, versprach sie, das Trinken für die Dauer der Gruppe aufzugeben, fürchtete aber, daß ihre Entzugssymptome, insbesondere ihr Tremor, eine

neue Störung darstellen könnten. Dieses Zittern, hauptsächlich in den Händen, trat tatsächlich am ersten Morgen, an dem sie nüchtern war, auf, und sie schien ziemlich zu leiden. Als ich das bemerkte, schlug ich ihr vor, sich irgend etwas von dem Material auszusuchen, das in der Ecke lag, und damit zu spielen. Ohne zu zögern, ergriff sie ein paar Stücke farbigen Plastilins und formte sie in wenigen Minuten zu einem reizenden kleinen Hahn. Sie freute sich ungeheuer und war völlig überrascht, sie hatte nie zuvor Plastilin oder Ton in der Hand gehabt. Die Gruppe, sichtlich gerührt, ermutigte sie, ihr neuentdecktes Talent auszuwerten, und sie fuhr fort, bis zum Ende der Gruppe mit dem Plastilin zu »spielen«, und brachte viele originelle kleine Plastiken hervor. Sie blieb auch während der folgenden Sitzungen nüchtern, ihr Zittern legte sich bald, und sie war imstande, sich am Gruppenprozeß zu beteiligen. Sie war ein Mitglied unserer Gemeinschaft geworden.

Wenn ich an einem Thema arbeite, benutze ich manchmal künstlerische Stoffe wie auch andere Gegenstände, um die Phantasie der Teilnehmer anzuregen und dadurch einen besseren Kontakt zwischen ihnen herzustellen.

In einer Gruppe mit dem Hauptthema »Befreiung der Kreativität«[12] war eines der Unterthemen: »Meine Träume wahr werden lassen«.

Die Teilnehmer wurden aufgefordert, zu dieser Sitzung aus ihren Zimmern ein oder zwei Gegenstände mitzubringen, die sie gerne selbst verwenden oder von anderen verwenden lassen würden. Wir legten dann alle diese farbigen Gegenstände – Schals, Stolen, Blusen, Röcke, Pullover, Bilder, Fotografien, Zeitungen, Zeitschriften, Buntpapier, Scheren, Farben, Pinsel, Buntstifte und so weiter – in die Mitte des Raumes. Es wurden kleine Gruppen gebildet. Jede Gruppe einigte sich auf einen Traum, den sie »wahr werden lassen« wollte, suchte sich dazu Material zusammen, und innerhalb einer Stunde waren alle Projekte fertig. Die Resultate waren ganz erstaunlich: Da gab es eine Szene im Paradies mit Adam und Eva in vollkommener Seligkeit; eine Oper, die unsere Gruppe karikierte; und eine Modenschau, bei der sechs Frauen die neuesten »Freiheitskla-

[12] Mein Co-Leiter in diesem Workshop war Klaus Vopel aus Hamburg.

motten« vorführten, wie durchsichtige Blusen und Badeanzüge mit »oben fast ohne«.

Die ganze Gruppe war in ausgelassener Stimmung, als ein Traumobjekt nach dem anderen vorgeführt wurde. Noch wichtiger war aber die Tatsache, daß dieses Erlebnis uns für den Rest unseres gemeinsamen Aufenthalts zu einer schöpferischen Gemeinschaft zusammenschweißte.

Zusammenfassung

Hier ist meine Vorstellung von einer Gruppengemeinschaft: Wir fühlen uns alle willkommen und zu Hause; wir fühlen uns sicher genug, um uns so zu zeigen, wie wir gerade sind; und wir können die verschiedensten neuen Verhaltensweisen riskieren, um das Neue in uns selbst und in anderen zu entdecken. Wir wachsen und verändern uns, ohne uns selbst oder einander zu drängen, denn wir wissen, daß es nicht notwendig ist, Druck auszuüben.

Jedes Mitglied trägt entsprechend seinen Fähigkeiten zum Wohlbefinden und zur Bereicherung der Gemeinschaft bei. Es gibt keine Hierarchie. Alle Mitglieder haben dieselben Rechte und Befugnisse im Entscheidungsprozeß für die Gruppe-als-Ganzes, mit Ausnahme des Leiters bzw. Ausbilders, der aufgrund seiner Schulung und der damit verbundenen Verantwortlichkeiten bestimmte Entscheidungen treffen muß. Nicht immer mögen wir einander, aber wir respektieren unsere Verschiedenheiten in Wertvorstellungen, Geschmack und Verhaltensweisen genügend, um einander nicht zu stören und, was am wichtigsten ist, um einander nicht zu verspotten. Keine Schwäche – sei diese körperlich oder gefühlsmäßig, chronisch oder vorübergehend – gilt als Grund zur Ablehnung. Konflikte werden offen und gewaltlos ausgetragen, und wenn die daran beteiligten Parteien ihren Konflikt nicht allein lösen können, wird ein Dritter gebeten, zu einem Konsens oder – wenn das unmöglich ist – einem Kompromiß zu verhelfen. Dasselbe gilt für Entscheidungen in der Gruppe-als-Ganzem; wir geben uns nicht mit einer Mehrheitsentscheidung zufrieden; wir bemühen uns um einen Konsens oder um einen Kompromiß.

Wir lehnen Geheimniskrämerei ab, respektieren aber andererseits die Intimsphäre und die persönlichen Freiräume jedes Einzelnen; wir können uns darauf verlassen, vom anderen nicht mit

Neugier verfolgt zu werden – und wir können warten, bis sich volle Offenheit und Authentizität allmählich entwickeln. Wir vertrauen der Zeit, und wir vertrauen dem Gruppenprozeß. Wir haben Spaß, wir lachen und spielen. Wir feiern, wir singen, wir tanzen. Wir weinen und trauern. Wir lieben und hassen. Und wir leben gerne.

Aber ist diese Art von Gruppe nicht ein Luxus? Eine Art Pseudo-Arbeitsurlaub? Ein Ferienlager für Erwachsene, das sich nur wenige Privilegierte leisten können? Haben unsere Bemühungen über die Gruppe als solche hinaus Wirkung auf die Allgemeinheit? Viele Teilnehmer stellen diese Fragen. Meine Antwort ist, daß ich nicht weiß, was die Wirkung dieser Gruppen auf die Allgemeinheit ist. Ich weiß jedoch, daß viele Teilnehmer nicht nur mit neuen beruflichen Fertigkeiten ausgestattet nach Hause zurückkehren, sondern mit einem Geschmack für diese Art von Leben und mit dem Wissen, wie sie es fortsetzen können – sei es mit ihren Familien, sei es mit ihren Berufskollegen, sei es vielleicht irgendwann mit der größeren Gemeinschaft, in der sie leben. Viele kommen mit dem Wunsch nach »mehr« zurück und bringen dann oft ihre Partner mit. Auf diese Weise werden langsam mehr und mehr Menschen von diesem Geist angesteckt und verbreiten ihn über die Grenzen unserer Gruppen hinaus, die dadurch weitaus mehr als nur der Ausbildung oder der Selbsterfahrung dienen.

Für mich persönlich sind die Leitung intensiver Gestaltgruppen auf zwei Kontinenten und der Versuch, in ihnen einen Gemeinschaftssinn zu erwecken, zu einem immer wieder aufregenden Abenteuer geworden. Gruppen sind nie langweilig, oft schwierig, meist voller Überraschungen und immer der Mühe wert. Ich habe in ihnen viel gelernt, was meine Praxis und mein persönliches Leben bereicherte. Und wenn ich mir eine Landkarte ansehe – besonders von Mitteleuropa, wo ich die meisten meiner Gruppen geleitet habe –, sehe ich viele vertraute Orte, zu denen vertraute Gesichter gehören, oft die Gesichter lieber Freunde.

Ich habe meine Muttersprache zurückgewonnen. Ich hatte sie nie vergessen, aber ich hatte mich geweigert, sie wirklich zu benutzen, nachdem ich Österreich verlassen hatte. Mit ihr ist eine Fülle von Erinnerungen an meine Kindheit und Jugend wieder aufgetaucht – Gedichte, Lieder, Geschichten, Szenen und Episoden –, die ich ebenso verschüttet hatte wie diesen ganzen Teil meines Lebens.

Es gibt viel, wofür ich dankbar bin. Am dankbarsten bin ich dafür, Teil eines Netzwerks von Menschen in Europa, in den Vereinigten Staaten und Kanada geworden zu sein, mit denen mich, so verschieden sie auch sind, gemeinsame Interessen und gemeinsame Werte verbinden.

14 Untersuchung der Geschlechtsrollen in Gestalt-Workshops

Ginger Lapid

In meinen Gestalt-Workshops kommen wir, sei es für drei Stunden, drei Tage, drei Wochen oder drei Monate, zu einem gemeinsamen Zweck zusammen – wir wollen unsere Geschlechtsrollen und die damit zusammenhängenden Klischees erkunden und mit ihnen experimentieren. Die Fragen, mit denen wir uns auseinandersetzen, lauten etwa: Wie sehen unsere gegenwärtigen Geschlechtsrollen aus? Wie haben wir sie entwickelt? Wollen wir sie überhaupt noch? Welche Aspekte sind nicht mehr befriedigend und wachstumsfördernd für uns? Was *können* und was *wollen* wir tun, um unsere geschlechtsspezifischen Einstellungen, Verhaltensweisen und Werte zu verändern?

Zehn, zwanzig, dreißig oder auch achtzig Menschen kommen als Lerngemeinschaft zusammen, in der sie Gelegenheit haben, sowohl sich selbst neu zu gestalten als auch neue soziale Möglichkeiten zu schaffen. Die Teilnehmer an solchen Rollen-Workshops sind Studenten, Lehrer, Angehörige öffentlicher und privater Organisationen oder einfach Menschen, denen es um die bewußte Erkenntnis und Veränderung ihrer Geschlechtsrolle geht – Männer und Frauen, Weiße und Farbige. Die Workshops verstehen sich zugleich auch als problemlösende Gemeinschaften. Hier werden persönliche, zwischenmenschliche und soziale Probleme im Zusammenhang mit den Geschlechtsrollen und den zugehörigen Rollenklischees erforscht und die Wechselbeziehungen zwischen den persönlichen, zwischenmenschlichen und sozialen Aspekten dieser Probleme erkundet. Schwierigkeiten im Zusammenhang mit der Geschlechtsrolle sind in den Augen des Einzelnen »persönliche« Schwierigkeiten; zugleich sind sie aber immer auch zwischenmenschliche Probleme und können daher auf der Gruppenebene exploriert werden.

Am persönlichen Austausch und an der Interaktion der Gruppe wird der soziale Kontext erkennbar, in den die Sozialisation in Richtung auf eine bestimmte Geschlechtsrolle und die zugehörige

Klischeebildung eingebettet sind. Die Gruppe kann als ein Mikrokosmos der Gesellschaft betrachtet werden; hier werden Unterschiede und Ähnlichkeiten im Zusammenhang mit den Geschlechtsrollen deutlich gemacht, exploriert und verstanden. Damit öffnet sich die Möglichkeit zur Veränderung.

Wenn ich über diese Workshops nachdenke, stellt sich mir die Gruppenerfahrung insgesamt in sehr unterschiedlichen Aspekten dar. Alle ihre Aspekte wirken sich auf die persönliche Entfaltung des Einzelnen, auf die Beziehungen zwischen den Gruppenmitgliedern und auf das Wachstum und die Entwicklung der Gruppe-als-Ganzes aus. Ich werde hier drei dieser Aspekte beschreiben: Figur und Hintergrund; Polarität; Kontakt und Rückzug.

Figur und Hintergrund

Gestalttherapeuten befassen sich mit dem Organismus im Kontext, das heißt, mit dem Individuum in seiner Umgebung. Wenn sich Individuen nicht von ihrer Umgebung unterscheiden können oder wollen, oder wenn sie nicht zwischen verschiedenen Aspekten ihrer Umgebung differenzieren, werden alle ihre Erfahrungen zu einem in sich ununterscheidbaren Hintergrund. Je mehr der Organismus wächst und sich entwickelt, desto besser vermag er den Vordergrund vom Hintergrund zu trennen. Seine Wünsche und Bedürfnisse, seine Interessen, Erkenntnisse und wirklichen Anliegen rücken allmählich in den Mittelpunkt seiner Aufmerksamkeit.

Workshops, bei denen es um die Erkundung der Geschlechtsrolle geht, setzen sich sowohl für die Gruppe-als-Ganzes wie auch für das einzelne Gruppenmitglied das Ziel, die Geschlechtsrolle zur »Figur« werden zu lassen. Die Folge ist, daß die Teilnehmer nach Verlassen der Gruppe und Rückkehr in ihre tägliche Umgebung sich nun ihrer Geschlechtsrollen bewußt geworden sind und sie im entscheidenden Augenblick ganz klar erkennen. In meinen Workshops habe ich festgestellt, daß die Gruppenmitglieder die Frage, wieweit die jeweilige Geschlechtsrolle zur »Figur« gehört, höchst unterschiedlich beurteilen. Manche von ihnen haben nämlich Schwierigkeiten, die mit den entsprechenden Rollenklischees zusammenhängen, ohne daß sie sich dieser Zusammenhänge auch nur irgend bewußt wären.

Bei solchen Menschen sind die entsprechenden Klischees festverwobene Bestandteile des undifferenzierten Hintergrundes. Manche Frau beispielsweise fühlt sich unzulänglich, weil sie nicht klein und zierlich oder anmutig ist – sie ist sich nicht bewußt, daß dieser Maßstab von Weiblichkeit (den sie introjiziert hat*) Ausfluß der geschlechtsbezogenen Klischeevorstellungen ist, die in der jeweiligen Kultur vorherrschen. Sie hat diese Botschaft von ihrer Familie, von signifikanten Bezugspersonen, von ihren Altersgenossinnen, den Medien und der herrschenden Kultur ganz allgemein übernommen. Die bewußte Erkenntnis des sozialen Kontexts, in dem solche Gefühle der Unzulänglichkeit sich entwickelt haben, kann Frauen wie Männer von der anklagenden Haltung befreien, die sie bisher sich selbst und anderen gegenüber insoweit eingenommen haben, als sie Fragen der Geschlechtsrolle eben als einen nur der Person zugehörigen Sachverhalt ansahen. Diese Erkenntnis des sozialen Kontexts erweitert auch die Perspektive der Gruppenmitglieder: klein und zierlich und anmutig sein zu müssen, bedeutet beispielsweise auch eine gewisse Puppenhaftigkeit, Hilflosigkeit und Schutzbedürftigkeit, es läßt an ein Verhalten denken, das eher dem des Kindes als dem des Erwachsenen gleicht. Frauen, die fertige, kreative, gesunde erwachsene Menschen sein wollen, werden solche und andere Aspekte einer zum Klischee gewordenen weiblichen Rolle für sich ablehnen.

Daß man anderen Menschen helfen kann, den gesellschaftlichen Kontext ihrer bisher als persönlich betrachteten Probleme zu untersuchen und zu verstehen, ist eine sehr *belohnende* Erfahrung für alle, die einen derartigen Workshop leiten. Die volle und deutliche Ausleuchtung dieses Hintergrundes durch Exploration auf der individuellen, der zwischenmenschlichen und der Gruppenebene ist eine nachhaltige Erfahrung für die Teilnehmer und ermöglicht es ihnen, sich selbst und die anderen aus einem neuen Blickwinkel zu betrachten.

Für einen anderen Menschentypus, der ebenfalls an meinen Workshops teilnimmt, bildet die entsprechende Rollenfestlegung

* Introjektion ist der »Mechanismus, durch den wir uns Maßstäbe, Einstellungen, Handlungs- und Denkweisen einverleiben, die nicht wirklich unsere eigenen sind . . . Wir haben die Grenze zwischen uns und der übrigen Welt so weit in unser Inneres verlegt, daß fast nichts mehr von uns übrig ist . . .« (Perls 1973, S. 35).

eine fast ständig vorhandene, starre Figur, die nur selten in den Hintergrund tritt. Diese Starrheit findet sich sowohl bei Menschen, die sehr vehement für irgendwelche »traditionellen« Geschlechtsrollen eintreten, als auch bei anderen, die solche Rollen strikt ablehnen. Solche Menschen neigen oft dazu, die Worte und Handlungen anderer als einen Angriff auf ihre eigene Person und ihre Weltanschauung aufzufassen. Häufig rechnen sie von vornherein mit negativen und sogar feindseligen Reaktionen auf ihre Äußerungen und Handlungen. Sie stehen gewissermaßen ständig in Verteidigungsstellung in bezug auf die Äußerungen, Bemerkungen und Verhaltensweisen anderer Gruppenmitglieder. Was mich dabei fasziniert, ist der Umstand, daß sich zwischen Gegnern und Verteidigern der traditionellen geschlechtsbezogenen Rollenklischees eine antagonistisch-symbiotische Beziehung entwickelt: Um ihre gegenwärtigen Einstellungen und Verhaltensweisen beibehalten zu können, brauchen sie einander nämlich, sie nähren sich gewissermaßen voneinander. Wenn beispielsweise ein »konservatives« Gruppenmitglied (weiblich oder männlich) sagt: »Ich verstehe nicht, warum sich manche Mädchen (womit erwachsene Frauen gemeint sind) so aufregen, wenn ein Mann ihnen mal die Tür aufhält; das gehört sich doch so«, dann werden die Vertreter der Gegenseite sehr wahrscheinlich ärgerlich sowohl auf diesen Standpunkt als auch auf seinen Verfechter reagieren. Dieser Antagonismus eskaliert rasch.

Polarität

Eine Polarisierung zwischen vehementen Verfechtern der traditionellen Geschlechtsrollen und deren ebenso entschiedenen Gegnern ist in Workshops, die sich mit der Erkundung dieser Rollen beschäftigen, nicht selten. Für die Entwicklung und Entfaltung der Gruppe-als-Ganzem und ihrer einzelnen Mitglieder ist es unerläßlich, daß die Polarität, wie sie über diese Frage entstanden ist, ausgeräumt wird. Wenn die Gegensätze in der Gruppe nicht ausdrücklich zur Sprache gebracht oder aber wenn sie so behandelt werden, daß die Polarisierung sich noch verschärft, dann wird sich in der Gruppe verdeckte oder manifeste Feindseligkeit aufstauen, und es wird an Vertrauen zwischen den Gruppenmitgliedern und an gegenseitiger Unterstützung fehlen. Die Mitglieder werden in ihren Worten und Äußerungen vorsichtig sein, weniger Risiken eingehen und weniger experimentieren. Dieses mißtrauische (statt offene) Gruppenverhalten hemmt in der Regel sowohl das Wachstum der Gruppe als auch das des Einzelnen. Dies schlägt sich häufig – auf der individuellen wie auch auf der Gruppenebene – in Formen nieder, die vom einfachen Widerstand gegen Gruppenexperimente bis zur verdeckten oder offenen Sabotage der Gruppe reichen.

Gleichzeitig enthält aber gerade diese Polarität auch ein Potential an Vielfalt und Energie, das sich produktiv, nämlich im Sinne der Entwicklung der Gruppe nutzen läßt, so daß zugleich ein sicheres Areal für das individuelle Wachstum entsteht. Gerade anhand dieser Dichotomie können die Gruppenmitglieder ihre Reaktionen, Verhaltensweisen, Diskrepanzen und geschlechtsspezifischen Einstellungs- und Verhaltensmuster erleben und bewerten lernen. Aus diesen Erfahrungen entsteht Gewahrsein und signifikantes Wachstum.

Als Gruppenleiterin kann ich die Auswirkung der Gruppenpolarisierung auf den Gruppenprozeß stark beeinflussen. Obwohl ich selbst Feministin bin, versuche ich mich nicht mit der einen oder der anderen Seite zu verbünden; die Beibehaltung einer moderierenden Position erlaubt es mir, die Gruppe mit einem gewissen Maß an Objektivität zu leiten, und macht es wahrscheinlicher, daß meine Führung und meine Interventionen von der Gruppe akzeptiert werden. Das ist keine leichte Aufgabe. Was mir jedoch geholfen hat, mich nicht auf eine bestimmte Position festzulegen, war meine Beteiligung an bewußtseinsbildenden und therapeutischen Gruppen, in denen ich viele meiner eigenen emotionalen Reaktionen im Zusammenhang mit den Geschlechtsrollen durchgearbeitet habe.[1]

Meine Erfahrungen bei der Leitung zahlreicher derartiger Workshops haben mich auch gelehrt, die Äußerungen und Gefühle von Gruppenmitgliedern in die verschiedenen Stadien des Bewußtseinsbildungsprozesses einzuordnen. Ich neige dazu, die Reaktionen der Teilnehmer zu akzeptieren, selbst wenn ich mit den geäußerten Empfindungen oder Standpunkten nicht übereinstimme, da ich sie als Teil eines Entwicklungsprozesses ansehe.

[1] Die Wahrung dieser Objektivität fällt mir allerdings in Workshops leichter als in meinen eigenen vertrauten Beziehungen!

Um Gruppenkonflikte konstruktiv zu nutzen, führe ich in meinen Workshops eine Reihe von Grundregeln ein. Dazu zählen: 1. alle Teilnehmer haben das Recht, ihre eigenen Meinungen und Gefühle zu haben und zu äußern; 2. alle Teilnehmer haben das Recht, in der Gruppe angehört zu werden; 3. alle Teilnehmer sollen sich zu ihren Meinungen und Gefühlen bekennen, indem sie ihre Äußerungen mit »ich denke«, »ich fühle«, »ich möchte« oder einer entsprechenden anderen »Ich-Aussage« beginnen; 4. alle Teilnehmer sollen die Verantwortung für die Aussagen übernehmen, die hinter ihren Fragen stehen. Zum Beispiel läßt sich die Frage »Warum fordern Frauen alle Vorteile der Gleichberechtigung, aber erwarten dennoch, daß ich für sie bezahle?« in die Aussage umformen: »Ich lehne Frauen ab, die mir gegenüber Gleichberechtigung verlangen, aber nicht bereit sind, für sich selbst zu bezahlen.« Die Gruppe kann sich dann mit dieser expliziten Äußerung auseinandersetzen, statt versuchen zu müssen, eine rhetorische Frage zu »beantworten«. Wenn diese Grundregeln beachtet werden, entsteht in der Gruppe eine Atmosphäre, die den Dialog ermöglicht und in der unterschiedliche Einstellungen respektiert werden.

Angesichts einer Polarisierung in der Gruppe erziele ich den größten Erfolg und das größte Wachstum, wenn ich mich ganz direkt und ausdrücklich auf das konzentriere, was innerhalb der Gruppe geschieht. Gewöhnlich stelle ich fest, daß die an dem Konflikt beteiligten Gruppenmitglieder ärgerlich, aufgebracht, defensiv, verletzt und manchmal frustriert sind, während die nicht direkt Beteiligten sich ebenfalls frustriert, aber auch nervös, verwirrt, furchtsam und gelegentlich desinteressiert zeigen. In der Regel beschäftige ich mich zuerst mit den unmittelbar Beteiligten und gebe ihnen Raum und Gelegenheit, sich innerhalb der Gruppe zu äußern. Das genügt häufig schon, um den Konflikt zu lösen. Ein anderes Vorgehen besteht darin, daß ich die streitenden Gruppenmitglieder auffordere, einen Rollentausch vorzunehmen. Wenn die Polarisierung eine größere Anzahl von Mitgliedern erfaßt hat, benutze ich oft auch die »Aquariumstechnik«:

> Die eine Gruppe sitzt im Kreis in der Mitte des Raumes und bespricht, was sie in bezug auf den Konflikt erlebt, fühlt und denkt. Die andere Gruppe sitzt um die innere Gruppe herum und hört zu. Wenn die innensitzende Gruppe fertig ist, gebe ich

der außensitzenden Gruppe der Zuhörer kurz Gelegenheit, auf das zu antworten, was sie gehört, gesehen und empfunden hat. Die innere Gruppe hört zu, während die äußere Gruppe ihre Reaktionen mitteilt. Dann tauschen die beiden Gruppen den Platz miteinander, und der ganze Vorgang wiederholt sich. Nach dieser zweiten Runde kommen beide Gruppierungen wieder zusammen, und die Teilnehmer tauschen ihre Erfahrungen in der Gesamtgruppe aus.

Die Diskussion der »Innengruppe« wird inhaltlich durch die Bedürfnisse, Anliegen, Einstellungen und Verhaltensweisen der daran beteiligten Gruppenmitglieder bestimmt. In einem meiner Workshops bemerkte ich beispielsweise, daß die Mehrheit der Männer einen verdeckten Groll hegte, möglicherweise in Reaktion auf gewisse Vorwürfe seitens der Frauen in der Gruppe. Ich schlug vor, die Männer sollten in der Mitte des Raumes einen »inneren« Kreis bilden, und forderte sie dann auf, ihre Verärgerung gegenüber den anwesenden Frauen und den Frauen im allgemeinen zu äußern. Dadurch wurden in der Männergruppe Energien freigesetzt, die zunächst zurückgehalten worden waren. Die Frauen, die beobachteten und zuhörten, saßen auf den Kanten ihrer Stühle, und ich hatte die ganze Zeit den Eindruck, als wollten sie sich im nächsten Augenblick in einer etwas geringschätzigen Weise in das Gespräch einmischen.

Als die Frauen dann an der Reihe waren, sich in die Mitte zu setzen, stellte ich mir vor, daß sie wohl jetzt auf die Aufforderung warteten, ihren Ärger gegenüber den Männern zu äußern. Ich teilte ihnen diese Vorstellung mit, und sie stimmten mir zu. Da die Frauen ihre Verärgerung bereits zu Beginn der Sitzung geäußert hatten, hielt ich eine Wiederholung für überflüssig und unseren Zielen ganz und gar abträglich und sagte ihnen das auch. Ich schlug ihnen vor, mit einem anderen Ansatz zu experimentieren, und sie erklärten sich einverstanden: Sie sollten jetzt einmal darauf achten, wie sie dasaßen, und sich überlegen, welche Einstellungen sie mittels ihrer Körpersprache zum Ausdruck brachten. Anschließend forderte ich alle Frauen auf, eine ihrer augenblicklichen Körperhaltung entsprechende Hier-und-Jetzt-Aussage zu machen. Nach dieser Runde bat ich sie, sich vorzustellen, daß sie Männer seien, und ihre Körperhaltung und ihr Benehmen entsprechend zu ändern. Dann forderte ich jede von ihnen auf, eine Hier-

und-Jetzt-Aussage zu machen, die der neuen Körperhaltung entspreche. Anschließend kam es unter den Frauen zu einer Diskussion darüber, inwieweit ihr Leben in unserer Gesellschaft anders verlaufen wäre, wenn sie als Männer geboren und aufgezogen worden wären. Sie äußerten ihre Gedanken und Gefühle in bezug auf die verpaßten Gelegenheiten, die nicht eingeschlagenen Wege, die Dinge, die sie bedauerten und bereuten. Dann kam das Gespräch auf existentielle Fragen im Zusammenhang mit ihrer weiblichen Identität und ihren Möglichkeiten als Frauen. Die Männer waren ehrlich betroffen angesichts dessen, was die Frauen in Zusammenhang mit ihrer benachteiligten Position empfanden. Als die Gruppe wieder vollzählig beisammensaß, war ein herzlicher und echter Kontakt unter allen Mitgliedern entstanden.

Die immer intensivere Interaktion in der Gruppe ist also häufig geeignet, Polaritäten aufzulösen. Eine Alternative zu diesem Vorgehen besteht in der wohlüberlegten Loslösung der Gruppenmitglieder voneinander, insbesondere, wenn die Gruppe bereits seit längerer Zeit bestanden hat. Die ununterbrochene, lang andauernde Interaktion kann eine zu große Belastung für die Gruppe darstellen. Eine Methode, um eine solche Loslösung herbeizuführen, besteht in dem Vorschlag, daß die Gruppenmitglieder eine Art Protokoll oder Tagebuch anfertigen sollen. Man kann auch ganz einfach eine Pause vorschlagen. Viele Konflikte sind schon bei einer Tasse Kaffee, im Waschraum und so weiter gelöst worden. Oft eilen die streitenden Parteien aufeinander zu, um ihre Vorstellungen zu besprechen und auszutauschen. Nach der Pause, wenn sich die Teilnehmer erfrischt fühlen, sind sie gewöhnlich aufgeschlossener und eher bereit, sich mit ihrem Konflikt zu beschäftigen.

Kontakt und Rückzug

Als Gruppenleiter muß man ein waches Gespür für die Verhaltensmuster und Bedürfnisse der Gruppe in bezug auf Kontakt und Rückzug besitzen. In Workshops, die sich mit dem Thema der Geschlechtsrollen befassen, stelle ich – wie in anderen Gruppen auch – häufig fest, daß die Teilnehmer in diesem Punkt eine gewisse Ambivalenz zeigen: Einerseits wollen sie Kontakt zu anderen Menschen aufnehmen, andererseits fühlen sie sich befangen, furchtsam, scheu und unsicher.

Um diese anfängliche Ambivalenz zu überwinden, gestalte ich die ersten Sitzungen oft so, daß die Teilnehmer Gelegenheit erhalten, abwechselnd in kleinen Gruppen und in der Gesamtgruppe zu arbeiten. In kleinen Gruppen werden die Ängste der Teilnehmer oft rascher abgebaut. Je kleiner die Gruppe ist, desto sicherer und unbefangener lassen die Mitglieder sich auf Experimente ein, insbesondere am Anfang. Auch nehmen sie durch den Austausch in der kleinen Gruppe mit jeweils einigen wenigen Personen Kontakt auf. Nachdem sie eine Zeitlang in kleinen Gruppen gearbeitet haben, werden die Teilnehmer dann allerdings ermutigt, gewisse Reaktionen nun der ganzen Gruppe mitzuteilen. Auf diese Weise kommen sie auch mit dem Rest der Gruppe in Kontakt, und die Unterschiede und Ähnlichkeiten zwischen ihnen treten klarer zutage. Um ein Beispiel zu nennen: Ich ersuche zunächst die Mitglieder der gesamten Gruppe, uns zu sagen, was sie bewegt – und zwar im persönlichen und im zwischenmenschlichen Bereich wie auch auf der Ebene der Gruppe. Dann bitte ich sie, ihre Erwartungen, ihre schönsten Hoffnungen und ihre schlimmsten Befürchtungen niederzuschreiben – wiederum bezogen auf die persönliche, die zwischenmenschliche und die Gruppenebene. Schließlich fordere ich sie auf, sich Gedanken über den Zusammenhang zwischen ihren Wünschen und Anliegen einerseits und den Fragen ihrer Geschlechtsrolle andererseits zu machen und ihre Erkenntnisse in kleinen Gruppen auszutauschen.

Damit ist die anfängliche Ambivalenz in bezug auf Kontakt und Rückzug zwar beseitigt, aber in Workshops dieser Art kommt es ebenso wie in allen anderen Gruppen doch immer von neuem zu Kontaktaufnahme und Rückzug der Teilnehmer. Solche Zyklen lassen sich in jeder einzelnen Sitzung und über die gesamte Dauer des Workshops hinweg beobachten.

Wenn der Workshop zu Ende geht, ist die Gruppe gewöhnlich zu einer Einheit geworden, die stärker selbstbestimmt und selbstgestützt ist und sich zunehmend für ihre Wünsche, Bedürfnisse und Ziele verantwortlich fühlt. Die meisten Teilnehmer verlassen einen solchen Workshop mit einem gesteigerten Gewahrsein in bezug auf ihre eigenen Rollenklischees wie auch die bei ihren Mitmenschen und die in der Gesellschaft insgesamt vorhandenen Klischees im Zusammenhang mit den Geschlechtsrollen. Viele haben jetzt den Mut, ihre Rollen zu erweitern und mit neuen Verhaltensweisen zu experimentieren. Nachdem sie durch die Selbstoffenbarung in einer stützenden Umgebung entdecken konnten, was sie mit anderen gemein haben und was bei jedem von ihnen einmalig und einzigartig ist, sind sie nun eher imstande, abweichende Aspekte in der eigenen Persönlichkeit und bei ihren Mitmenschen zu akzeptieren.

Oft mache ich die interessante Feststellung, daß gerade diejenigen Teilnehmer, die schließlich den größten Gewinn in bezug auf ihre Sicht der Geschlechtsrollen erzielen, nämlich ein waches Bewußtsein für diese Rollen, mit der skeptischen Bemerkung in die Gruppe gekommen waren, sie hätten eigentlich keine Probleme damit. Wenn sie die Gruppe verlassen, ist die Geschlechtsrolle zur deutlicher umrissenen und flexibleren »Figur« geworden. Gruppenmitglieder mit einer anfangs starren derartigen »Figur« werden im Laufe der Zeit beweglicher und lernen, sich von den einschränkenden Rollenklischees zu befreien. Und wie sich bei allen derartigen Workshops zeigt, ist niemand von uns völlig frei von einem derartigen Klischeedenken.

15 Identity House: Ein Gestaltexperiment für Homosexuelle*

Patrick Kelley

Zur Zeit der ersten Anzeichen eines neuen »schwulen Bewußtseins« im Juni 1965 gab es in Greenwich Village einen Nachtclub namens The Stonewall. »Dieser Club war mehr als eine Tanzbar, mehr als bloß ein Schwulentreffpunkt. Er war hauptsächlich für eine Gruppe von Leuten da, die an anderen Orten homosexueller Geselligkeit entweder nicht willkommen waren oder sie sich nicht leisten konnten (sic) . . . ›Transvestiten‹ und ›Tunten‹ hatten keinen anderen Treff als das Stonewall« (Teal, 1971, S. 29). Daß eine Fummeltunte während der Polizeiversuche, das Stonewall zu schließen und seine Kunden zu schikanieren, »den ersten Stein warf« (in diesem Fall eine Bierdose), setzt dem Schwulenkampf ein ironisches Glanzlicht auf.

Am Abend nach der Polizeirazzia – und dem dadurch ausgelösten Tumult – stieß ich in der Menge, die sich vor dem Club auf der Straße versammelt hatte, auf Paul Goodman. Ich äußerte meine Überraschung, ihn hier zu sehen, da ich wußte, daß er selten Schwulenbars besuchte und »gemischte« Arbeiterkneipen vorzog. Seine Antwort (»Warum nicht? Hier findet die Revolution des heutigen Abends statt«) rüttelte mich auf und brachte mir die wahre Bedeutung dessen, was um mich her vorging, zu Bewußtsein. Ich warf noch einen Blick auf die sich drängende Menge, eine Mischung aus »bloß Neugierigen« und einigen eindeutig homosexuellen Personen, und fragte mich, wo die Festungsmauern waren.

Das Eintreffen des Rollkommandos der Polizei gab mir die Antwort. Fluchend und die bis dahin passive Menschenmenge vor sich herstoßend, drängten die Polizisten aus ihren Mannschaftswagen. Mir wie auch einigen anderen wurde schnell klar, daß wir alle »mit dem Rücken gegen die Wand« standen, auch diejenigen von uns,

* Ich danke den folgenden Gestalttherapeuten für ihren Beitrag zum Zustandekommen dieses Kapitels: Michael Altman, Marion Howard, Karen Humphrey, John Kane und Gloria Wilson.

die an der Universität unterrichteten und gesittete Friedensmärsche anführten.

Nicht nur eine Revolution, auch ein Gemeinschaftsgefühl begann an diesem Abend in den Straßen zu keimen. Wir würden uns nicht länger durch Etiketten wie »kesser Vater« oder »Tunte« voneinander unterscheiden; wir waren alle miteinander »schwul«.

Drei Jahre später hatte sich dieser Gemeinschaftsgeist so weit entwickelt, daß sich die Schwulen zusammengetan und ihren eigenen psychologischen Dienst organisiert hatten, eine ambulante Selbsthilfe-Beratungsstelle an einem neugegründeten Zentrum namens Identity House.[1]

Wir richteten auch einen Überweisungsdienst an Therapeuten ein, von deren Einstellung zur Sexualität wir uns ein Bild gemacht hatten.

Die Gestalttherapie hat von jeher eine große Anziehungskraft auf homosexuelle Personen ausgeübt. Nach unserer Überzeugung ist dieses Phänomen darauf zurückzuführen, daß die Gestalttherapie die Integrität der sexuellen Identität des Einzelnen respektiert. »In der Therapie sind die sogenannten ›Regressionen‹ bewußte Loyalitäten, und es hat keinen Sinn, zu leugnen oder schlecht zu machen, was der Patient als sein eigen empfunden hat ... das klassische Beispiel ist die Unmöglichkeit, Homosexuelle zu ›ändern‹, die einmal große sexuelle Befriedigung genossen haben, besonders wenn sie schöpferisch viele soziale Hindernisse überwunden haben, um sie zu erlangen« (Perls u. a., dt. 1981, S. 215).

Das Gestaltkonzept, daß es vielleicht nicht unbedingt die Aufgabe des Individuums sei, sich an die Gesellschaft anzupassen, widerspricht eindeutig dem konventionellen medizinischen Modell. Wir Gestalttherapeuten sind vielmehr der Ansicht, daß es gelegentlich die Aufgabe der Gesellschaft ist, sich dem Individuum anzupassen. Darüber hinaus nehmen wir an, daß bei der Interaktion des gesunden Individuums mit seiner Umgebung ein ständiger Prozeß der Selbstregulierung stattfindet. Gesundes Verhalten wird im Hin-

[1] Identity House erfüllt heute außer der Selbsthilfe-Beratung folgende Funktionen: wöchentliche Aussprachegruppen für Männer und für Frauen; monatliche gemischte Gruppen; einen Überweisungsdienst an Therapeuten, deren Einstellung zu Schwulen überprüft wurde; wöchentliche Supervisionsgruppen für Selbsthilfe-Berater; pädagogische Workshops; gesellige Veranstaltungen wie Tanzabende.

blick auf die *Qualität* des Kontakts definiert, was natürlich den Kontext einschließt, in dem dieser stattfindet. Es hängt *nicht* von der Form ab, das dieses Verhalten annimmt. »Die Vollendung einer starken Gestalt ist selbst die Heilung; denn die Art des Kontaktes ist nicht nur ein Anzeichen für schöpferische Integration von Erfahrung, sondern vielmehr die schöpferische Integration der Erfahrung selbst« (Perls u. a., dt. 1981, S. 14).

So erscheint beispielsweise aus der gestaltpsychologischen Perspektive *jeder* freiwillige sexuelle Akt als eine Form der Zuwendung und kann daher in einer sexuell repressiven Gesellschaft als gesund betrachtet werden. Was noch wichtiger ist, jeder sexuelle Akt, zu dem man sich öffentlich bekennt, stört den Status quo und ist daher eine potentiell revolutionäre Handlung.[2]

Eine restriktive Gesellschaft ist notwendigerweise starr; unsanktionierter Protest muß die etablierte Herrschaftsstruktur veranlassen, hart zuzuschlagen, um sich vor dem Zerfall zu bewahren. »Die Aggressionstriebe sind von den erotischen Trieben nicht wesensverschieden . . . wenn die Aggressionstriebe antisozial sind, so deshalb, weil die Gesellschaft gegen Leben und Veränderung (und Liebe) ist; sie wird daher entweder vom Leben zerstört werden oder das Leben in einen allgemeinen Ruin mit hineinziehen, in dem das menschliche Leben die Gesellschaft und sich selber zerstört« (Perls u. a., dt. 1981, S. 140).

Als Paul Goodman im Jahre 1946 seine visionären Konzepte für eine politische Veränderung niederschrieb, stimmte er Wilhelm Reichs Gedanken zu. »Wir müssen die sexuelle Befriedigung der Jugend, sowohl der Halbwüchsigen als auch der kleinen Kinder, erlauben und fördern, um sie aus ihrer ängstlichen Unterwürfigkeit zu befreien . . . Das ist unerläßlich, wenn wir verhindern wollen, daß die Mechanismen von Unterdrückung und Autorität wieder auftauchen, gleichgültig, welche politischen Veränderungen einge-

---

[2] Das erklärt die Hysterie von Anita Bryant Ende der siebziger Jahre sowie die heftigen Reaktionen und schweren Strafen für das Verbrennen der Einberufungsbefehle in den sechzigern. In Bryants bibelgläubiger Welt *bedroht* das Konzept einer liebevollen Sexualität, die auf der immer neuen freien Wahl beruht, die *von ihr bevorzugte Familienstruktur*. Ohne die verinnerlichten Gebote von »Moral« und »Pflicht« würden sich die Verhaltensmuster der Unterwerfung unter die Autorität auflösen. Die Menschen wären frei, und freie Geschöpfe neigen dazu, restriktive Situationen zurückzuweisen oder zu verändern.

treten sind« (Goodman, 1966, S. 36). Unsere Welt hat sich in den letzten drei Jahrzehnten so stark verändert, daß es schwierig ist, sich vorzustellen, wie revolutionär diese Worte klangen, als sie niedergeschrieben wurden (kleine Kinder sind freilich von den Früchten der »sexuellen Revolution« immer noch ausgeschlossen). Ebenso radikal war es damals, mit einem Partner zusammenzuleben, ohne zu heiraten, »offene« Beziehungen zu haben, sich öffentlich zu einem bisexuellen oder homosexuellen Lebensstil zu bekennen (jemanden als Partner und nicht als Zimmergenossen vorzustellen), die Ratsamkeit sexueller Beziehungen zu Klienten in Betracht zu ziehen. Diese Dinge, die uns heute so selbstverständlich erscheinen, bildeten damals die ersten Vorboten einer Kultur, die sich auf dem Boden der Freudschen Erkenntnisse über die »pansexualistische« Natur von Mann und Frau entwickelte.

Das Gestaltkonzept, wonach Erregung und Wachstum *an der Kontaktgrenze* zwischen dem Organismus und seiner Umgebung vor sich gehen, ist weiterhin gültig und verlockt gesunde Individuen, auf nicht genehmigten Weiden zu grasen. Das ist der Grund, weshalb Gestalttherapeuten sich vom Identity House angesprochen fühlten. Es erklärt auch, was die Leute vom Identity House zur Gestalttherapie hinzog.

Wenn eine auf dem Prinzip der Freiwilligkeit tätige Organisation der »Schwulenbewegung« (einer Gemeinschaft in aktiver Revolte gegen den Status quo) psychologische Beratung anbot, dann mußte die Interaktion zwangsläufig gewisse Elemente des gestalttherapeutischen Experimentierens bergen. Alle Elemente eines guten Kontakts – spontane Konzentration, Neuheit und Spannung – waren vorhanden, hinzu kam das Grundkonzept des emotionalen Wachstums als einer notwendigen Komponente des Lebens außerhalb der Gitterstäbe unseres Verstandes.

Der Gedanke, das Identity House als ein Gestaltexperiment zu betrachten, wurde im Dezember 1975 auf einer Mitgliederversammlung des New Yorker Instituts für Gestalttherapie vorgetragen. Sechs frühere und gegenwärtige Mitglieder des Gründungsausschusses von Identity House berichteten den Angehörigen des Instituts über ihre Erfahrungen und darüber, was diese Erfahrungen für ihre Entfaltung als Menschen bedeutet hatten. Die nachstehenden Zitate sind Auszüge aus dem Protokoll, das nach diesen Berichten entstand:

Karen: Als die Leute vom Identity House an mich herantraten, wußte ich zunächst nicht, was sie wollten – ob sie mich als Teilnehmerin oder als Therapeutin haben wollten. Ich wurde sofort in die Kategorie der Therapeuten eingeordnet – und nicht nur das, sondern ich übernahm auch die Supervision einer Gruppe von Beratern –, und zwar zu einem Zeitpunkt, an dem ich noch sehr zögerte, ob ich es wagen sollte, mich wirklich als Therapeutin zu betrachten, ob ich so ehrgeizig, so selbstsicher sein könne. Und jetzt versuchte ich, anderen Leuten etwas beizubringen. Und, siehe da, ich entdeckte, daß sie wirklich *brauchten,* was ich wußte, und *daß* ich etwas wußte. Es war eine phantastische Bestätigung für mich, professionell gesehen.

Dieses Konzept, sich selbst im eigenen Tun zu testen, bildet den Kern jedes Gestaltexperiments. »Die Antwort auf die Frage ›Kannst du das?‹ kann nur lauten: ›Es interessiert mich.‹ Ein Gefühl von Kraft und Tüchtigkeit wächst erst in der Arbeit, wenn ein bestimmtes Problem sich strukturiert und neue Möglichkeiten darbietet und wenn die Dinge sich überraschend zu einer Lösung ordnen« (Perls u. a., dt. 1981, S. 206). Daß Identity House eine Arena für das persönliche und professionelle Wachstum bietet, zeigte sich als Endergebnis der Kontaktaufnahme mit einer neuen Umgebung, des Abbaus alter Verhaltensweisen, der Assimilierung neuer Handlungsweisen und der Integration all dessen in einem System der Selbsthilfe.

Gloria: Am Anfang war es fast wie eine Sucht. Ich war so begeistert und so engagiert, so fasziniert von dem ganzen Prozeß des Zusammenseins mit meinen Leuten. Ich bin Lesbierin – ich ärgerte mich sehr, als Marian, meine separatistische Freundin da drüben, anfing, sich mit Männern einzulassen, aber jetzt habe ich, was das betrifft, ein gutes Gefühl.
Ich war scheu und schüchtern und verängstigt und klein; jetzt fühle ich mich stark und groß und fabelhaft. Zuerst habe ich Beratung gemacht, dann kurzfristige Beratung, dann die Sozialarbeiterschule und das Praktikum bei Pat; ich habe unerhört viel gelernt und bin sehr gewachsen. Ich habe mich selbst etwas entwöhnt; ich bin jetzt nicht mehr süchtig, aber immer noch sehr beteiligt und sehr engagiert, und ich liebe und wachse.

Es gehört zu unserer ungeschriebenen Philosophie im Identity House, daß wir sowohl für unsere interne Gemeinschaft wie auch für die größere Gemeinschaft draußen existieren. Leute, die in unseren Stab eintraten (entweder als Therapeuten oder als selbst betroffene Berater) und die es »gepackt« zu haben schienen, das heißt, die draußen keine Probleme hatten, schieden deshalb nach kurzer Zeit wieder aus. Sie besaßen bereits, was wir ihnen bieten konnten. Andere dagegen, die beim Erstgespräch besonders hilflos wirkten, übernahmen später oft Führungsrollen, das heißt, sie brachten die Kräfte und die Gaben, die sie bekommen hatten, wieder ein. Dieses Wachstum war bestimmt nicht leicht, aber, wie Fritz Perls so gern sagte: »Ja, es gibt kein Wachstum ohne Frustration.«

> *John:* Ich glaube nicht, daß wir eine richtige Vorstellung davon vermitteln, was im Identity House vor sich geht. Ich glaube, was wir gesagt haben, ist *wahr*, aber da sind auch noch viele andere Dinge. Es ist ein ständiger Kampf, immer wieder durch die Wut hindurch – erst *dann* bekommt man dieses Liebesgefühl. Ich bin schon in Therapiegruppen gewesen, bevor ich in das Identity House kam, und die Beziehungen, die ich im Identity House entwickeln konnte, kommen in bezug auf die Exploration dem, was in Gestaltgruppen passiert, am nächsten. Und das ist wirklich gut für mich, denn lange Zeit dachte ich: »Großartig, ich kann in eine Therapiegruppe gehen, eine Gestaltgruppe, und dort alle meine Probleme behandeln und wunderbare Begegnungen erleben und lieben und hassen und alles«, aber es war so schrecklich isoliert von meinem übrigen Leben. Und jetzt habe ich festgestellt, daß all das im *wirklichen* Leben passieren kann, und das ist phantastisch. Es ist die Totalität, nicht bloß das Lieben und die guten Gefühle; es ist die Intensität der Beziehungen.

Rückblickend kann man sagen, daß wir im Identity House, indem wir für das Recht jedes Einzelnen in der Gemeinschaft kämpften, seine eigene Identität zu finden, oft erst unsere eigenen Dinge entdeckten und dadurch herausfanden, wer wir wirklich sind, und das ist zweifellos eines der Hauptziele aller Therapie. Oft waren diese neuen Identitäten ganz andere als diejenigen, die wir mitgebracht hatten, oder gar ihr Gegenteil. Das war zu erwarten. Nicht erwartet hatten wir dagegen, daß die Veränderungen bei manchen Menschen so tiefgreifend ausfielen. Dogmatiker lernten, Kompromisse zu schließen, andere ersetzten Impulsivität durch Vorsicht.

Marian: Das Identity House hat mich verändert . . . ich *hätte* wie Mami werden *können*, aber ich mußte das ändern, ich mußte mich ändern. Das ist der eine große Bereich.
Das andere sind die Veränderungen – das Wachstum – durch meine Beratungsarbeit. Ich war anfangs sehr freundlich und lieb, und jetzt werde ich stärker. Ich glaube, ich bin immer noch freundlich, aber ich gestatte mir, zorniger zu werden – irgendwie funktioniert das besser. Es tut den Leuten gut, sie haben es mit einer echteren Person zu tun. Was ich davon habe, ist, daß ich *gern* Beratung mache und jetzt das Gefühl habe, Therapie machen zu wollen.
Was Beziehungen betrifft, so hat es mir immer gefallen, geliebt zu werden, aber jetzt meine ich allmählich, daß es ganz in Ordnung ist, wenn ich nicht geliebt werde; es ist okay, wenn ich nicht gemocht werde – von Frauen. Ich muß nicht immer der Mittelpunkt sein, und das ist mir sehr schwer gefallen.
Was die Männer betrifft, so war ich eine der Separatistinnen. Ich war eine derjenigen, die sich sehr gegen Beziehungen mit Männern gewehrt haben. Ich wollte nicht, daß hier etwas Gemischtes passiert, keine Heterosexualität – bis ich mich mit einem Mann vom Identity House einließ und dadurch alles anders für mich aussah. Ich bin Lesbierin, aber ich fühle mich zu Männern hingezogen und würde mich auch mit einem Mann einlassen. Es fällt mir schwerer, einem Mann nahezukommen als einer Frau; ich mag die meisten Männer nicht, aber ich würde mich mit einem Mann einlassen, den ich mag und zu dem ich mich hingezogen fühle, obwohl ich das Leben einer Lesbierin führe.

Die enge Arbeitsbeziehung von Lesbierinnen und homosexuellen Männern hatte ein erhebliches Maß an bisexuellem Verhalten zur Folge. Schließlich kann kein Mensch das eine sein, ohne zugleich auch das Gegenteil zu sein. »Sobald jemand einmal den Akt der Retroflexion bei sich festgestellt und die Herrschaft darüber erlangt hat, wird sich der blockierte Impuls automatisch wiederherstellen. Da er nicht länger zurückgehalten wird, kommt er einfach heraus« (Perls u. a., dt. 1981, S. 150). Obwohl es bei der Gründung von Identity House nicht unser Ziel war, Bisexuellen zu dienen, haben wir sie als einen Teil des Publikums, das wir zu erreichen hofften, in unser Programm aufgenommen. Das dürfte zeigen, daß wir es nicht so überraschend fanden, hier schließlich auf Bisexualität zu treffen.

Patrick: Ich glaube, was wir in unserer Gemeinschaft tun, hat Ähnlichkeit mit dem, was wir mit uns selbst tun. Das ist einer der Gründe, weshalb ich keine Bedenken habe, Identity House als ein Gestaltexperiment zu beschreiben. Als wir uns konstituierten, wußten wir im Grunde nicht, wohin die Reise ging. Wir wissen es immer noch nicht. Wir wissen, wo wir jetzt sind, und das gibt uns vielleicht eine Basis, von der aus wir weitergehen können, aber ich möchte keine Voraussage über das *Wohin* machen. Wir sind immer noch flexibel. Wir kämpfen immer noch.

Marian: Ich vermute, das war eine deiner Befürchtungen, daß wir das nicht würden.

Patrick: Hm, ja. Wenn man sich vorstellt, eine Organisation mit sechsundachtzig unbezahlten Mitarbeitern, die in den letzten drei Jahren auf verschiedenen Ebenen Dienstleistungen für drei- oder viertausend Menschen erbracht hat, ohne daß es irgendwelche peinlichen Vorfälle gegeben hätte! Dabei arbeiten wir mit einer verrückten Klientel, das heißt, wir wissen nicht, wer zu uns kommen wird, aber es hat keine Skandale gegeben. Viele Kliniken würden sich darin schwerlich mit uns messen können.

Stimme: Es ist also ein Gestaltexperiment, weil ihr bereit seid, in Kontakt mit den Möglichkeiten zu bleiben, statt vorauszusagen, was geschehen wird. Wie spiegelt sich das in eurer Struktur? Wie baut ihr das ein?

Patrick: Nun, das Ganze hat zum Teil etwas anarchische Züge. Die Stimme des jüngsten Mitglieds hat dasselbe Gewicht wie die unseres Vorstandsvorsitzenden, der selbst zu den Betroffenen gehört. Unser Vorstand besteht aus neun »Brüdern« und fünf Therapeuten.

Karen: Die Ausschußsitzungen sind insofern eine einzigartige Gestalterfahrung, als man sich immer um das kümmert, was im Vordergrund da ist. Die Geschäfte, die es zu erledigen gilt, müssen oft warten, während das, was im Augenblick zwischen den Anwesenden passiert, Gelegenheit erhält, ans Licht zu kommen, und Kontakt hergestellt wird etc.

Was die organisatorische Seite angeht, denke ich an eine vollendete Gestalt; ein Kontakt wird abgeschlossen, bevor der nächste hergestellt wird. Der Hintergrund ist also das, was wir bereits erreicht haben, und das diktiert in vieler Hinsicht unsere nächsten Schritte.

Mike: Das liegt zum Teil daran, daß wir bereit sind, sechs Stunden für eine Sitzung aufzuwenden und uns mit allem herumzuschlagen, was vor sich geht. Kontakt kommt zustande, weil wir immer auf den anderen eingehen, nicht als Rollenträger, sondern als Menschen, so daß wir ständig mit der Frage zu ringen haben, wie ich mich fühle, wie du dich fühlst, und damit arbeiten wir dann.

Karen: Ich glaube, daß unsere Erfahrung nicht *so* einmalig ist. Es ist nicht etwas, das nicht jeder von uns hier irgendwann auch mit einer anderen Art von Gruppe erlebt hätte. Was am Identity House einzigartig ist, ist der Versuch, es administrativ zu kombinieren, auf dieser Ebene zu funktionieren und trotzdem . . .

Mike: Die Spannung, einerseits den Laden am Laufen zu halten und andererseits im Umgang miteinander wir selbst zu sein.

Karen: Das ist etwas, worin ich vorher keine Erfahrung hatte, und ich glaube nicht, daß in unserer Gesellschaft oder in unseren bisherigen Strukturen für all das Raum gewesen ist. Es ist sehr schwierig gewesen, die Dinge nach Gestaltart tun zu wollen *und* etwas zuwege zu bringen.

Patrick: Und der Ton, der von unserem Vorstand angegeben wurde, durchzieht die ganze Organisation. Wenn unseren Leuten nicht gefällt, was geschieht, dann halten sie die Uhr an, bis etwas geregelt ist, ob dies nun bei einer Versammlung unserer gesamten Mitglieder passiert – das können dann sechzig Leute sein – oder bei einem Supervisionstreffen – der Mist wird *nicht* unter den Teppich gekehrt.

Stimme: Introjekte nicht zugelassen.

Patrick: Ich glaube das wirklich. Ich habe vorhin davon gesprochen, daß Identity House nach Gestaltprinzipien strukturiert ist, und ich meine damit nicht unbedingt Gestalttherapie, ich rede im weiteren Sinne von Paul Goodmans Interessengemeinschaft, von Konsensus – daß die Dinge menschliche Proportionen haben – das ist ein *Grundprinzip* unserer Philosophie.

Stimme: Ihr habt das als ein Gestaltexperiment bezeichnet und als eine Gestalterfahrung für euch. Wieviel davon erreicht und berührt denjenigen, der zur Tür hereinkommt, und in welcher Weise? Ist es auch für ihn eine Gestalterfahrung in dem Sinne, wie ihr davon sprecht? Wie läuft es für ihn ab?

Karen: Wahrscheinlich aufgrund der Struktur, eigentlich einer strukturlosen Struktur, würde ich sagen, wird an uns der Anspruch gestellt, daß wir *präsent* sind, wenn wir im Identity House arbeiten – daß wir bereit sind, wenigstens zu versuchen, *Kontakt* herzustellen. In das Identity House kann man nicht einfach hineingehen und seine Betroffenheit abklingen lassen; die Leute sind entweder *hier* und sehr *präsent*, oder sie scheiden aus. Diese intensive Unmittelbarkeit der Präsenz ist es, was wir in die Beratungssituation einbringen ...

Patrick: Und wenn dieser Kontakt hergestellt ist, passiert etwas anderes und Neues. Interessanterweise kamen viele von uns, die heute dem Stab angehören, ursprünglich herein, um sich beraten zu lassen, gingen dann von dort in die Gesprächsgruppen, die Diskussionsgruppen und stellten sich schließlich als Berater zur Verfügung. Eine Anzahl unserer Therapeuten waren früher Berater, während sie ihre Ausbildung in Sozialarbeiterschulen oder an Therapieinstituten machten. Wir ziehen unsere Mitglieder sozusagen selbst heran.

Mike: Wovon wir bisher geredet haben, ist Selbsthilfe, nicht *bloß* in unserem Kreis, sondern in Hinblick auf die ganze Schwulenszene. Jemand, der allein ist und keine Kontakte hat, kann hierherkommen und Leute seiner Art kennenlernen, Leute, denen es einmal so ging wie ihm, aber die weitergekommen sind. Es ist eine Art Austausch, ein gegenseitiges Geben und Nehmen – und dazu noch Kompetenz, noch Ausbildung, damit es nicht *bloß* meine Lebenserfahrung ist, sondern damit ich meine Lebenserfahrung auf eine bestimmte Weise benutze, um dem anderen zu helfen. Die Ausbildung wird integriert mit dem Erfahrungsaustausch ...

John: Es scheint mir, daß, obwohl jeder von uns hier eine Rolle im Identity House hat, als Berater oder Therapeut oder Mitglied, die *meisten* von uns dieselben Erfahrungen durchgemacht haben wie die Leute, die hier hereinkommen. In diesem Sinne sind wir alle gleich, und das ist die Basis für unsere Beziehung.

Als therapeutische Gemeinschaft bietet Identity House einige zusätzliche Vorzüge, wie sie in der konventionellen Psychotherapie fehlen. Das Gemeinschaftsgefühl, das die Berater am Identity House miteinander verbindet, hat eine therapeutische Wirkung auf sie selbst. Ein weiterer Faktor ist für manche das Erlebnis, zusammen mit ihrem Therapeuten an einem Gemeinschaftsprojekt beteiligt zu sein. Diese gemeinschaftliche Arbeit lindert die Entfremdung, die die meisten von uns in unserem Leben erlitten haben. »Da die Gestalttheorie ganz klar feststellt, daß die Menschen ihre Identität durch Gruppenloyalitäten konstituieren, besteht ein Teil des Erziehungsprozesses darin, den Klienten zu helfen, ihre sozialen und politischen Bindungen an andere zu erkennen« (Sparks, 1978, S. 98).

Unsere Erfahrungen erinnern an die ersten Erkenntnisse in bezug auf die Therapie in Gruppen, wie sie im Gefolge des Zweiten Weltkriegs gewonnen wurden. Angesichts der großen Anzahl von Patienten und des Mangels an psychotherapeutisch ausgebildeten Fachleuten begannen die »Veterans Administration Hospitals« damals, psychisch gestörte Soldaten in Gruppentherapie zu schicken, damit sie wenigstens *irgendeine* Behandlung erhielten. Überraschenderweise beschleunigte die Gruppenerfahrung den therapeutischen Prozeß stärker, als eine entsprechend lange Einzeltherapie dies vermocht hätte.

Es ist unsere Überzeugung, daß therapeutische Prozesse in einer großen Gemeinschaft diese Gruppendynamik noch um einen Schritt weiterbringen, und zwar deshalb, weil jede Interaktion potentiell der Gegenstand einer improvisierten »Therapie«-Sitzung ist und unter Umständen anschließend noch in der Supervisionsgruppe oder bei der nächsten Mitgliederversammlung zur Sprache kommt.

Wenn beispielsweise jemand eine bestimmte Aufgabe, für die er sich freiwillig gemeldet hat (und das gilt für alle Aufgaben), nicht erfüllt, dann wird dieses Versäumnis je nach dem Kontext im Augenblick ignoriert oder heftig gerügt werden. Eine ganze Reihe solcher Vorkommnisse würde dagegen sicherlich eine private Unterhaltung mit dem Betroffenen bzw. mit dem jeweiligen Verantwortlichen oder eine öffentliche Erörterung in der Supervisionsgruppe bzw. in einer Gruppe von Identity-House-Freunden nach sich ziehen – je nachdem, was am angemessensten erscheint. Und, was noch wichtiger ist, der Betreffende wird eher den Vorwurf hören, er habe sich zuviel aufgehalst, als daß man ihn dafür tadelt, daß er die übernommene Aufgabe nicht ausgeführt hat. Sein Bedürfnis nach Anerkennung oder seine Unfähigkeit, andere um Hilfe zu bitten, werden mit ebensoviel Energie und Interesse untersucht wie der eigentliche Verstoß. Und es kann gut sein, daß diese Untersuchung in seiner nächsten Einzel- oder Gruppentherapiesitzung fortgesetzt wird, denn der eine oder andere seiner Kritiker könnte ja der gleichen Therapiegruppe angehören wie er selbst, er könnte auch sein Therapeut oder schließlich sein Klient sein.

Nicht alle Mitglieder von Identity House bedienen sich dieser Prozesse im gleichen Maß; wir sind schließlich eine Vereinigung von Leuten, die ihre Zeit und ihre Energien freiwillig zur Verfügung stellen. Jedem steht es frei, soviel oder sowenig Gebrauch von dem Angebot des Identity House zu machen, wie er möchte. Da wir uns aber dem Wachstum verschrieben haben, ist es kaum möglich, eine zentrale und aktive Rolle in dieser Organisation zu spielen, ohne sich in der geschilderten Art auch selbst einzubringen. Für viele von uns liegt ebendarin der eigentliche Sinn unserer Arbeit.

Der Mensch, der im bewußten und engagierten Kontakt mit seiner Umgebung leben kann, ohne sich von ihr verschlingen zu lassen und ohne sich ganz von ihr zurückzuziehen, ist der wohlintegrierte Mensch ... Das Ziel der Psychotherapie ist es, ebensolche Menschen hervorzubringen. Wenn wir andererseits an die demokratische Gemeinschaft denken, dann meinen wir eine Gesellschaft mit ebendiesen Merkmalen, eine Gemeinschaft also, deren Bedürfnisse bekannt sind und an der sich deshalb jedes Mitglied zum Nutzen aller anderen beteiligt. Eine solche Gesellschaft befindet sich in bewußtem und engagiertem Kontakt mit ihren Mitgliedern (Perls 1976, S. 26).

16 Die Anwendung gestalttherapeutischer Prinzipien in der Organisationsberatung*

Joan S. Alevras und Barry J. Wepman

Die theoretische Erforschung der organisatorischen Prozesse, wie sie innerhalb eines Arbeitssystems ablaufen, ist eine relativ neue Erscheinung. Um die Jahrhundertwende entwickelten Frederick Taylor und seine Mitarbeiter eine Theorie für die amerikanische Geschäftswelt und Industrie, die als »Scientific Management« bezeichnet wurde (Weissenberg, 1971). Diese Theorie stützte die damals gängige Überzeugung, daß der Schlüssel zur erfolgreichen Führung einer Organisation in unpersönlicher, kühler Effizienz liege, die ihrerseits durch zentrale Kontrolle, Planung und Entscheidungsbildung zu erreichen sei. Forschungen der zwanziger und dreißiger Jahre ergaben dann allerdings, daß die Mitarbeiter dann am ehesten zu motivieren waren, wenn die Unternehmensführung zeigte, daß sie an ihren Beschäftigten Anteil nahm (Weissenberg, 1971).

Seit den sechziger Jahren hat sich in der Organisationstheorie ein anderer Trend herauskristallisiert: ein Konzept, in dessen Mittelpunkt die »menschlichen Beziehungen« stehen. Dieses Konzept legt größeres Gewicht auf die Beteiligung der Arbeitnehmer, indem es sie auf allen Ebenen in die Prozesse der Entscheidungsfindung einbezieht.

So wie der Therapeut sich in der Einzeltherapie auf die Wachstums- und Entfaltungsmöglichkeiten seines Klienten konzentriert, kann auch der Organisationsberater, der es mit einem Arbeitssystem zu tun hat, sich auf das Wachstumspotential dieses Systems stützen. Die Aufgabe des Beraters besteht ebenso wie die des Therapeuten darin, einem schlecht funktionierenden System zu

* Wir danken unserem Kollegen Jeffrey Atlas, Direktor und Vizepräsident von Block-Petrella Associates, für seine wertvolle Hilfe bei der Abfassung dieses Kapitels.

helfen, so daß seine Fähigkeit, bestimmte Ziele zu erreichen, zunimmt.

Es gibt also Parallelen zwischen dem Vorgehen des Gestalttherapeuten gegenüber einem Einzelnen und der Arbeit des gestaltorientierten Beraters mit einer Organisation. Diese Parallelen werden deutlich hervortreten, wenn wir uns nun mit der gestaltorientierten Betrachtung des therapeutischen Prozesses durch den Therapeuten und mit der gestaltorientierten Betrachtung der Dynamismen der Organisationsberatung durch den Unternehmensberater beschäftigen. Wir werden uns darüber hinaus mit der Frage befassen, wie sich die gestalttheoretischen Konzepte des individuellen Verhaltens auf das Verhalten der Organisation anwenden lassen.[1]

In der Einzeltherapie beginnt der Prozeß mit einem festgestellten Problem. Dieses Problem steht im Mittelpunkt der Beobachtungen und Wahrnehmungen des Therapeuten und im Mittelpunkt der Experimente, die der Therapeut vorschlägt und die dem Klienten ein anderes und neues Bewußtsein vermitteln sollen.

Der Klient des Organisationsberaters kann ein einzelner Angehöriger einer Arbeitsgruppe, die eine oder andere Gruppe innerhalb einer Organisation oder aber eine ganze Organisation innerhalb ihres weiteren (sozialen, politischen, ressourcenliefernden etc.) Umfeldes sein; die Aufgabe ist aber im wesentlichen immer die gleiche wie bei der Einzelperson: Der Berater beobachtet das Verhalten des Klienten und kann dann beurteilen, auf welche Verhaltensweisen der Klient sich konzentrieren sollte, um den größtmöglichen Gewinn zu erlangen. Der Bereich, auf den man seine Aufmerksamkeit richtet – wie verarbeitet der Klient die Informationen, die ihm aus seinen Wahrnehmungen zukommen, zu konzeptuellen Ganzheiten; welche Verhaltensweisen tauchen in Reaktion auf diese *Gestalten* auf; wie tritt der Klient innerhalb seines größeren Umfeldes auf –, ist im Grunde der gleiche, ob der Klient nun eine Einzelperson oder eine Organisation ist.

Die Störungen und Widerstände, wie sie sich im neurotischen Verhalten manifestieren, dienen dem Gestalttherapeuten als Rohmaterial (Polster und Polster, 1973, S. 71). Der Therapeut bemüht

[1] Es gibt hier auch Parallelen zum Kleingruppenverhalten, aber auf diese näher einzugehen würde den Rahmen dieses Kapitels sprengen.

sich, bestimmte Experimente zu entwerfen, damit deutlich wird, daß und wie die jeweiligen Fehlanpassungen sich in dysfunktionalem Verhalten manifestieren, und gibt dem Klienten dadurch die Möglichkeit, selbst zu erleben, in welchem Ausmaß er zu den Mitteln der Projektion, der Retroflexion, der Introjektion und der Konfluenz greift. Der therapeutische Rahmen stellt einen Ort der Sicherheit dar, an dem der Klient sich auf das Wagnis einlassen kann, unerledigte Dinge nun abzuschließen und sich mit bisher fraglos hingenommenen Hemmnissen und Barrieren in seiner Entwicklung auseinanderzusetzen. Ziel dieses Prozesses sind die Versöhnung und der Ausgleich zwischen den eigenen Bedürfnissen und den Forderungen im jeweiligen Umfeld – ein Zustand, der erreicht wird, indem man uneingeschränkt im Hier und Jetzt präsent ist. Dies gestattet es dem Individuum, positive Entscheidungen zu treffen, die sich aus einem in sich stimmigen Funktionieren ergeben.

Dysfunktionales Verhalten in Organisationen hat viele Parallelen zum neurotischen Verhalten des Einzelnen. Wir können beispielsweise von »Projektion« sprechen, wenn die eine Abteilung in der anderen den ihr feindlich gesinnten Konkurrenten sieht, um so den Umstand zu rechtfertigen, daß sie Vorschläge, die von außen an sie herangetragen worden sind, zurückweist oder sabotiert. »Introjektion« äußert sich in Form starrer Maßstäbe und Verfahrensweisen. Diese Maßstäbe sind von den Beteiligten gewissermaßen »geschluckt« worden, anstatt daß man sie im Blick auf ihre Brauchbarkeit untersucht hätte.

»Konfluenz« manifestiert sich als das Leitbild eines Unternehmens oder einer Organisation: ein Kodex, der die Angestellten in ein starres und enges Schema von Verhaltensweisen einzwängt. So wird der Einzelne nach seiner Bereitschaft zur Anpassung bewertet, manchmal sogar ohne Rücksicht auf die Qualität seiner Arbeit. Und sobald sich eine Struktur verfestigt und formalisiert hat, wird es für die Beschäftigten zunehmend schwierig, flexibel auf die wechselnden Anforderungen seitens innerer und äußerer Instanzen zu reagieren. Der Organisationsberater behandelt diese Manifestationen von Konfluenz und Konformität ähnlich wie der Therapeut – indem er auf die Diskrepanz zwischen dem, was sein sollte, und dem, was ist, zwischen dem, was vorgegeben wird, und dem, was tatsächlich vorhanden ist, deutlich aufmerksam macht und diese Diskrepanz darüber hinaus durch Übungen und Experimente veranschaulicht. Damit schafft er ein Klima, in dem erkennbar wird, welche Verhaltensweisen den eigentlichen Zielen der Arbeit förderlich sind und welche Verhaltensweisen diesen Zielen gerade entgegenstehen.

Tabelle I

Wichtige Parallelen zwischen der Gestalttherapie mit Einzelnen und der gestaltorientierten Organisationsberatung

	Einzeltherapie	Organisationsberatung
Behandlungsbereich	Das Individuum in seinem Umfeld	Das Individuum in der Gruppe; Gruppe(n) innerhalb einer Organisation
	Kommunikationsprobleme	Kommunikationsprobleme
	Das Individuum funktioniert nicht entsprechend seinen eigenen bzw. entsprechend den gesellschaftlichen Erwartungen	Die Organisation erfüllt nicht die Voraussetzungen (in bezug auf ihre Führung, ihre materiellen Ressourcen, den von ihr erzielten Gewinn) für ihr weiteres Fortbestehen
	Das Verhaltensmuster des Individuums ist ihm nicht länger dienlich	Struktur und Methoden der Organisation sind den Zielen der Organisation nicht länger dienlich
	Das vorgestellte Problem; die Beschwerden sind gewöhnlich die oberflächlichen Symptome innerer Spannungen	Das vorgestellte Problem; die Bedürfnisse und Beschwerden sind gewöhnlich oberflächliche Symptome für gewisse Spannungen im System
	Das Individuum macht äußere Ursachen für seine Schwierigkeiten verantwortlich	Die Abteilung oder die Organisation macht äußere Faktoren für ihre Schwierigkeiten verantwortlich
Der Klient:	Ein Organismus aus unterschiedlichen Systemen (dem intellektuellen, dem emotionalen, dem physischen), die als im Konflikt befindlich erlebt werden	Eine Organisation aus unterschiedlichen Subsystemen – etwa Produktion, Verkauf, Forschung –, wobei Konflikte sowohl innerhalb der einzelnen Subsysteme als auch zwischen ihnen bestehen

Tabelle I (Fortsetzung)

	Einzeltherapie	Organisationsberatung
Datensammlung	durch persönlichen Kontakt, z. B. Gespräch, Beobachtung, Fragebögen, Tests	durch persönlichen Kontakt, z. B. Gespräche, Beobachtung oder strukturierte Instrumente: Fragebögen
Das dysfunktionale Verhalten:	Projektion, Konfluenz, Introjektion etc.	Projektion, Konfluenz, Introjektion etc.
Erwartungen des Klienten:	Unterstützung, Rechtfertigung und Heilung	Unterstützung, Rechtfertigung und Heilung
Bedürfnisse und Aufgaben des Klienten aus der Sicht des Therapeuten/des Beraters	Integration der intrapersonalen Polaritäten mit den Realitäten der Umgebung	Integration der interpersonalen (zwischen den einzelnen Abteilungen bestehenden) Bedürfnisse und Ziele mit den Realitäten der Umgebung
	Erweitertes Bewußtsein hinsichtlich der eigenen Funktionsweisen	Erweitertes Bewußtsein hinsichtlich der Funktionsweisen der Gruppe
	Konzentration auf die intrapersonalen Konflikte und ihren Beitrag zum dysfunktionalen Verhalten des Individuums	Konzentration auf die interpersonalen Konflikte und deren Beitrag zum dysfunktionalen Verhalten des Systems
	Erweitertes Bewußtsein in bezug auf die Wahl- und Entscheidungsmöglichkeiten	Erweitertes Bewußtsein in bezug auf die Wahl- und Entscheidungsmöglichkeiten

Sicherheitsfragen

Ein Problem, dem jeder Therapeut begegnet, wenn der Arbeitsvertrag von dritter Seite abgeschlossen oder finanziert wird (Eltern, Schule, Krankenversicherung, Betrieb), ist das der primären Loyalität. Diese Frage muß gelöst werden, bevor der Klient den Therapeuten als Instanz der Veränderung akzeptieren kann, die im besten Interesse des Klienten tätig wird. Sie ist von gleicher Relevanz, ob der Klient nun eine Einzelperson oder eine Organisation sei: Die erste Aufgabe des Organisationsberaters besteht darin, genau herauszufinden, wer der Klient ist.

Das loyale und »beschützende« Verhalten des Beraters fördert die Sicherheit. Ein Faktor, der die Sicherheit erhöht, ist der externe Status des Beraters. Da der Unternehmensberater nicht der Gruppe angehört, mit der er arbeitet, ist auch nicht anzunehmen, daß er mit seinen Loyalitäten, Voreingenommenheiten und Neigungen notwendig die »Firmenpolitik« reflektiert.

Eine andere Möglichkeit, wie der Berater eine sichere Umgebung schaffen kann, in der seine Klienten es wagen können, sich mit ihren Problemen auseinanderzusetzen, besteht darin, die Beratungssitzungen an einem Ort abzuhalten, der abseits vom »heimischen Territorium« liegt. Wenn man sich außerhalb des »Firmengeländes« trifft, tritt auch der Gedanke an die gewohnte Umgebung etwas in den Hintergrund, und außerdem bleiben die Teilnehmer auf diese Weise von den üblichen geschäftlichen Unterbrechungen verschont. Ein weiterer Vorteil: Die Vertraulichkeit kann leichter gewahrt werden, wenn man eine Gruppe auf diese Weise isoliert. (Es ist wichtig, daß das, was innerhalb der Gruppe geschieht, vertraulich bleibt, obwohl die Beschlüsse und Vorhaben gewöhnlich bekanntgegeben werden müssen, wenn sie sich auf die Organisation als Ganzes beziehen.)

Interne Konflikte

Ebenso wie im Fall des einzelnen Klienten kann das ganze System in Gefahr sein, wenn ein Teil der Organisation auf einer Stufe operiert, die das Funktionieren der Gesamtorganisation einschränkt oder mindert. Die vorgestellten Probleme sind oft Symptome bestimmter zugrundeliegender Konflikte, die durch die Hilfe des Beraters ans Licht kommen können. Nehmen wir zum Beispiel an, daß eine Arbeitsgruppe die Ursachen ihrer inneren Schwierigkeiten in bestimmten äußeren Kräften sieht. Hier hat der Berater die Aufgabe, dem Klienten zu der Erkenntnis zu verhelfen, daß und wie die Interaktionen und die Struktur der Gruppe oder der Firma mit seinen eigenen inneren Prozessen in Konflikt stehen. Manchmal sind allerdings tatsächlich äußere Kräfte für das Entstehen von Problemen in einer Organisation verantwortlich, und deshalb muß der Berater jede Situation vorurteilsfrei untersuchen.

Es kommt häufig vor, daß äußere Instanzen, etwa Gewerkschaften oder Regierungsbehörden, einem Unternehmen Bestimmungen und Vorschriften auferlegen, die die Organisation unter Umständen in mehrfacher Hinsicht sehr spürbar beeinflussen.

Der Klient

Der Gestalttherapeut betrachtet seinen einzelnen Klienten als einen Organismus, der sich in Disharmonie mit seinem Innenleben wie auch mit dem Außenbereich, also mit seiner Umgebung, befindet. Aufgabe des Therapeuten ist es, das Bewußtsein des Klienten dafür zu erweitern, daß und wie er diese innere Disharmonie erzeugt, indem er nämlich seine Energien selbst blockiert; der Therapeut hilft dem Klienten aber auch, reale Konflikte mit seiner Umgebung zu identifizieren.

In ähnlicher Weise kann auch eine Organisation Disharmonie bewirken, indem sie den inneren Energiefluß zwischen ihren Subsystemen blockiert. Diese Subsysteme, wie Top-Management, mittleres Management und die Produktionsbereiche, haben oft unterschiedliche Ziele, Bedürfnisse und Prioritäten und können daher in Konflikt miteinander geraten. Der Berater muß die Aufmerksamkeit auf die Subsysteme und auf die Frage richten, wie deren Operationen zum Funktionieren des Ganzen beitragen, wobei er sich bewußt ist, daß ein übermächtiges Subsystem genauso sicher Disharmonie innerhalb des Ganzen hervorrufen kann wie ein schwaches, nachhinkendes.

Datensammlung

Gestalttherapeuten benutzen den therapeutischen Rahmen, um Informationen über den Klienten zu sammeln. Dabei gehen sie sehr unterschiedlich vor. Allerdings sind Beobachtung und der direkte Kontakt mit dem Individuum immer die ergiebigste Quelle der Information über einen Klienten. Zur Beobachtung gehört, daß man sowohl den Inhalt aufnimmt als auch auf die »Musik« achtet – also auf Tonfall, Gesten, Gesichtsausdruck des Klienten. Obzwar man sich Informationen über eine Organisation auf sehr verschiedene Weise beschaffen kann (Telefongespräche, persönliche Zusammenkünfte, Berichte, Fragebögen etc.), ist die wertvollste Datenquelle für den Organisationsberater doch die unmittelbare Beobachtung des Kleinsystems und der zugehörigen Subsysteme vor dem größeren Hintergrund ihrer Arbeit: Bestimmte implizit vereinbarte Verhaltensmuster können in direktem Konflikt mit der formell etablierten Art der Kommunikation stehen. Beispielsweise kann die hierarchische Struktur eines Unternehmens vorschreiben, daß die Kommunikation zwischen den einzelnen Abteilungen durch formelle Kontakte zwischen den Abteilungsleitern erfolgt. Dem Berater fällt aber vielleicht auf, daß zwischen dem Leiter der Forschungsabteilung und dem zweiten Mann der Vertriebsabteilung ein informelles Arrangement besteht, zusammen zur Arbeit zu fahren. Diese Situation bietet viele Gelegenheiten zu informellen Transaktionen. Die Aufgabe des Beraters ist es, solche widersprüchlichen Verhaltensweisen zu identifizieren und dem Klienten zu helfen, mit geeigneten Maßnahmen auf solche Erkenntnisse zu reagieren.

Die Erwartung des Klienten

Klienten beginnen eine therapeutische Beziehung oft mit der Erwartung, vom Therapeuten geheilt zu werden. Der Klient stattet den Therapeuten also mit der magischen Kraft aus, Veränderungen herbeizuführen. Andererseits hat der Klient sichtlich das Bedürfnis, eine neutrale Person bzw. einen Experten mit seiner Lebenssituation zu befassen. Gewöhnlich folgt er diesem Bedürfnis erst nach erheblichem Widerstand und der restlosen Ausschöpfung anderer Hilfsquellen in seiner Umgebung und betrachtet es als seine Aufgabe, sich den Zauberkräften des Therapeuten zu unterwerfen.

Auch der Organisationsberater wird vom Klientensystem häufig deshalb herangezogen, weil er anscheinend über magische Heilkräfte verfügt und deshalb mit den Problemen, wie sie hier vorliegen, schon zu Rande kommen wird. Diese Überzeugung kann in jedem Fall vorhanden sein, ob der Berater nun vom eigentlichen Klienten oder aber von einer Führungsebene angesprochen wird, die sich für unbeteiligt an dem hier bestehenden Problem hält. Der Klient betrachtet den Berater als eine Instanz, welche allein aufgrund ihrer Anwesenheit oder ihres Engagements jene Faktoren, Ereignisse oder Transaktionen identifizieren und neutralisieren kann, die das vorgestellte Problem verursacht haben. Auch hier nimmt der Klient eine passive Haltung ein und wartet in dieser Haltung auf ein Wunder.

Dieser Umstand kann schon im Anfangsstadium des Reintegrationsprozesses zum Brennpunkt der Auseinandersetzung werden: Wer ist für die erhoffte Veränderung verantwortlich? Die Klienten erklären ärgerlich, daß der Berater ja überflüssig wäre, wenn sie die Veränderungen selbst herbeiführen könnten. Es gehört zu den ersten Aufgaben des Beraters, diesen Anspruch an den Klienten zurückzugeben und ihm zu der Erkenntnis zu verhelfen, daß *er* die Kraft und die Verpflichtung hat, den Wandel ins Werk zu setzen. An diesem Punkt braucht der Klient die Unterstützung des Beraters. Die Kunst, Unterstützung zu bieten, besteht darin, nicht weniger und nicht mehr zu geben, als absolut notwendig ist. Daß die Verantwortung für den Wandel erneut dem Klienten aufgetragen worden ist, wirkt sich auch nach dem Weggang des Beraters aus. Wenn der Berater die Aufmerksamkeit also ständig auf die Interaktionen innerhalb des Klientensystems richtet, ist er ganz unmittelbar damit befaßt, Veränderungen zu bewirken. Die Beteiligung der Klienten an entsprechenden Aktivitäten außerhalb der Firma schafft am Ende jenes sichere Klima, das den Beteiligten gestattet, auch am Arbeitsplatz offener miteinander zu kommunizieren.

Bedürfnisse und Aufgaben des Klienten aus der Sicht des Beraters

Während die Klienten häufig jener verzerrten Optik folgen, nach der ihr Therapeut bzw. ihr Berater ein Zauberer ist und sie selbst völlig hilflos sind, stellen sich für den geschickten und erfolgreichen Fachmann seine eigene Rolle und die Bedürfnisse des Klienten ganz anders dar. Therapeuten wie Organisationsberater haben beispielsweise die Aufgabe, dem Klienten zu einem erweiterten Gewahrsein zu verhelfen, ihm ein breiteres Spektrum von Möglichkeiten sichtbar zu machen und ihm die Konflikte und Polaritäten faßbar zu machen.

Der Gestalttherapeut hilft dem Klienten bei der Integration seiner innerpersönlichen Gegensätze, damit der Klient besser auf die realen Umweltbedingungen reagieren kann. Der Berater arbeitet ebenfalls auf die Integration bestimmter Teilbereiche des Ganzen hin (interpersonale oder abteilungsspezifische Bedürfnisse, Ziele etc.), damit eine von Kooperation geprägte Beziehung zur Umgebung[2] möglich wird.

Ein Mittel der Integration ist die »Team-Bildung«, eine in der Organisationsentwicklung zur Anwendung kommende Methode, durch die eine bestehende Arbeitsgruppe auf eine höhere Stufe der Effizienz gehoben werden soll. Diese Strategie dient dazu, die Konflikte zwischen und innerhalb von Arbeitsgruppen an die Oberfläche zu bringen, an ihrer Lösung mitzuwirken und die Bereitschaft zur Zusammenarbeit zu wecken. Der Berater zieht Übungen und Experimente heran, um der Gruppe Informationen zugänglich zu machen, die bis dahin unterhalb der Bewußtseinsschwelle existierten und daher nicht verfügbar waren. Die Übungen sind so strukturiert, daß sie den Beteiligten Gelegenheit geben, auf neue Weise über ihre Gefühle für einander und über ihre Aufgaben zu sprechen. Wenn diese Gefühle ans Licht gebracht werden, nehmen die Kontaktgrenzen zwischen den Menschen schärfere Konturen an, und die Unterschiede, Ähnlichkeiten und Konflikte werden deutlicher. Aus dieser Position heraus können die Gruppenmitglieder Entscheidungen treffen, die auf weniger verzerrten Daten beruhen. Diese Entscheidungen sind dann den Anforderungen der Situation eher angemessen, und die Wahrscheinlichkeit ist daher größer, daß sie sich für die Einzelnen und die Gruppen als fruchtbar erweisen.

Bei der Konfliktlösung richten die Berater ihre Aufmerksamkeit häufig sowohl auf den Prozeß als auch auf den Inhalt. Der Berater plant Kommunikationsexperimente, bei denen die Teilnehmer einander Rückmeldungen darüber geben, auf welche Weise ihr Verhalten den Gang und das Ergebnis ihrer Teamarbeit beeinflußt. So lernen die Teilnehmer, wie ihr spezielles Team zusammenarbeitet, welche Verhaltensweisen diesen Prozeß fördern und welche Aktivitäten die Problemlösung behindern. Die Fähigkeit, auch in Konfliktsituationen offen miteinander zu kommunizieren, bleibt ihnen noch lange nach dem Weggang des Beraters erhalten.

---

[2] Das Wort »Umgebung« bezeichnet hier alles, was außerhalb der unmittelbaren Grenzen der Gruppe liegt, die beraten wird.

Der Abschluß

Das Endstadium der Beratung kann unterschiedliche Formen annehmen. Eines der Hauptziele besteht darin, das Team dazu zu bewegen, jene Schritte und Maßnahmen auch wirklich durchzuführen, die im Laufe des Prozesses erarbeitet wurden. Man erreicht dies, indem man so viele Leute wie möglich an der Übereinkunft beteiligt. An diesem Punkt zieht der Berater sich zurück, wobei er dem Klientensystem vielleicht noch gelegentliche Besuche abstattet oder höchstens für künftige Notfälle verfügbar bleibt. Aber selbst wenn die Entscheidung der Gruppe darin besteht, *keine* Aktionspläne auszuführen, sind Übereinstimmung und Kooperation doch schon für die ungestörte Erfüllung der üblichen Aufgaben überaus wichtig.

Hier liegt ein wesentlicher Unterschied zwischen Beratung und Psychotherapie: Während das Ziel des Einzeltherapeuten darin besteht, den Klienten zu befähigen, künftig mit Selbstunterstützung und Unterstützung durch die Umwelt zufriedenstellend zu funktionieren, kann der Unternehmensberater das in bezug auf Organisationen selten erreichen. Im Grunde bedarf eine Organisation der ständigen Wartung, und der Berater muß daher schon zufrieden sein, wenn eine vorübergehende Besserung eintritt.

Schluß

Gestalttherapeuten arbeiten darauf hin, ihre Klienten zu befähigen, daß sie die volle Verantwortung für sich selbst übernehmen. Das Ziel besteht darin, daß der Klient sich seiner Fähigkeit zur Selbstunterstützung deutlich bewußt wird und Unterstützung durch die Umgebung unmittelbar in Anspruch nimmt, was ihn befähigt, den Erfordernissen der Situation gerecht zu werden – seinen eigenen Bedürfnissen, den Bedürfnissen der anderen Beteiligten und den Anforderungen der Aufgabe oder Situation, so wie sie in der Gegenwart erlebt wird. Der Organisationsberater erreicht ein ähnliches Ziel; erstens, indem er die Blockierungen ausfindig macht, die den freien Informationsfluß hemmen; zweitens, indem er herausfindet, daß und wie die Subsysteme innerhalb der Organisation für die Wahrnehmungsverzerrungen verantwortlich sind, die ihrerseits unangemessene Reaktionen nach sich ziehen;

und drittens, indem er Kommunikationsprozesse entwickelt, die die gewohnten Muster durchbrechen und die Wurzeln der Funktionsstörungen innerhalb des Systems besser sichtbar machen. Dadurch hat der Organisationsberater den Energiefluß innerhalb der Organisation beschleunigt und ihre Fähigkeit erhöht, die eigenen Ziele zu erreichen.

Gestalttherapeutische Überlegungen und Techniken lassen sich auch auf den Beratungsprozeß anwenden. Der Berater arbeitet mit der unmittelbaren Beobachtung, er konzentriert sich auf das Hier und Jetzt, und er entwirft Experimente, die es den Klienten ermöglichen, jene Arbeitssituationen klarer zu sehen, in denen sie sich zuvor gefangen gefühlt hatten, und Wahl- und Entscheidungsmöglichkeiten zu entdecken, die ihnen bisher nicht zugänglich gewesen waren.

Nachwort

Aus den Beiträgen dieses Buches wird deutlich, daß die Anwendung gestalttherapeutischer Grundsätze in der Gruppenarbeit über ihre Anfangsstadien hinausgewachsen und die Orientierung auf den Gruppenleiter inzwischen der Orientierung auf die Gruppe gewichen ist: Die meisten Gruppenleiter leisten zwar noch immer ein beträchtliches Maß an Einzelarbeit – wobei der »heiße Stuhl« genutzt oder auch nicht genutzt wird –, aber die Einzelarbeit ist nicht länger das primäre Medium für Veränderung und Wachstum. Die hier vertretenen Autoren schenken dem Gruppenprozeß zunehmende Beachtung und sind sich der Notwendigkeit bewußt, abwechselnd das Individuum und dann wieder die Gruppe-als-Ganzes in den Mittelpunkt zu rücken.

Als Gestalttherapeuten hat es uns nicht überrascht, daß unsere Autoren die unterschiedlichsten Führungsstile vertreten, denn wir rechneten mit einer Entwicklung, die derjenigen im Bereich der Einzeltherapie entspricht, wo es, wie Laura Perls (1976) erklärt, »so viele Stile gibt wie Therapeuten und Klienten, die sich selbst und einander entdecken und gemeinsam ihre Beziehung erfinden«. Aber nicht nur die Stile sind unterschiedlich. Unterschiedlich ist auch der Grad, zu dem die einzelnen Autoren jeweils gruppendynamische und gestalttherapeutische Grundsätze in ihrer Praxis integrieren.

Wir betrachten diesen Band daher als einen ersten Schritt: Wir sind uns durchaus bewußt, daß unsere Darstellung gestalttherapeutischer Theorie und Praxis, keineswegs Vollständigkeit beanspruchen kann und nicht etwa eine einheitliche Auffassung des gestaltorientierten Gruppenprozesses widerspiegelt. Aber immerhin verweist sie auf eine bestimmte Tendenz. Wir hoffen, daß dieses Buch eine Basis sein wird für die Weiterentwicklung jener Auffassung und Orientierung, der es darum geht, durch Gruppenprozesse das Bewußtsein für die organismischen Bedürfnisse und für die Mittel zu deren Befriedigung zu schärfen.

Literaturverzeichnis

Astrachan, B. M. (1979): Towards a social systems model of therapeutic groups. *Social Psychiat.*, 5, S. 110–119.

Bach, G. R. (1966): The marathon group: Intensive practise of intimate interaction. *Psychological Reports*, 18, S. 955–1002.

Barth, J. (1969): *The End of the Road.* New York (Bantam Books).

Bergantino, L. (1977): Gestalt therapy. *J. Humanistic Psychol.*, 17, S. 51–61.

Behrenson, P. (1972): *Finding One's Way With Clay.* New York (Simon & Schuster).

Berne, E. (1966): *Principles of Group Treatment.* New York (Oxford University Press).

Bion, W. R. (1961): *Experiences in Groups and other Papers.* New York (Basic Books). Dt.: *Erfahrungen in Gruppen und andere Schriften.* Stuttgart (Klett), 1974.

Buber, M. (1977): *Ich und du.* Heidelberg (Schneider).

Cohn, R. C. (1969–70): The theme-centered interactional method: Group therapists as group educators. *Journal of Group Psychoanalysis and Group Proc.*, 2, S. 19–36.

– ([5]1981): *Von der Psychoanalyse zur Themenzentrierten Interaktion.* Stuttgart (Klett-Cotta).

Cumming, R. (Hrsg., 1965): *The Philosophy of Jean-Paul Sartre.* New York (Vintage Books).

Derman, B.: The Gestalt thematic approach. In: E. W. L. Smith (Hrsg., 1976): *The Growing Edge of Gestalt Therapy.* New York (Brunner/Mazel).

Dostojewski, Fedor M. (1964): *Die Brüder Karamasoff.* München (Piper).

Feder, B. (1974): *A survey of Gestalt group therapy.* Unveröffentlichtes Manuskript.

– (1978): Responsibility and the Gestalt therapist. *The Gestalt Journal*, 1, S. 83–87.

Frankfort, H. (1971): Freedom of the will and the concept of a person. *Journal of Philosophy*, S. 7–20.

Goodman, P. (1966): *Five Years:* New York (Brussell and Brussell).

Greenwald, J. A.: The art of emotional nourishment: Nourishing and toxic encounter group. In: C. Hatcher und P. Himelstein (Hrsg., 1976): *The Handbook of Gestalt Therapy.* New York (Jason Aaronson) S. 505–521.

Hampshire, S. (1959): *Thought and Action.* New York (Viking Press).

Hess-Michael, J. (1969): American artist. *American Artist Magazine*, 33, S. 22–31.

Jourard, S. (1964): *The Transparent Self.* New York (Van Nostrand).

Jung, C. G. (1958): *Psychologische Typen.* Gesammelte Werke, Bd. 6. Zürich (Rascher).

Kempler, W. (1974): *Principles of Gestalt Family Therapy.* Salt Lake City (Deseret Press). Dt.: *Grundzüge der Gestalt-Familientherapie.* Stuttgart (Klett-Cotta), [2]1980.

Köhler, W., ist zusammen mit M. Wertheimer Begründer der Gestaltpsychologie.

Krishnamurti, J. (1967): *Life Ahead.* Wheaton, Illinois (The Theosophical Publishing House).

Levitsky, A. u. F. S. Perls: The rules and games of gestalt therapy. In: J. Fagan und I. L. Shepherd (Hrsg., 1970): *Gestalt Therapy Now.* Palo Alto (Science & Behavior Books).

Mead, G.: Amerikanischer Soziologe.

Mill, J. S. (1910): *On Liberty.* New York (Everyman's Library). Dt.: *Die Freiheit.* Darmstadt (Wiss. Buchges.), 1967.

Mintz, E. E. (1971): *Marathon Groups: Reality and Symbol.* New York (Appleton-Century).

– (1973): Gestalt therapy and psychoanalysis. *Psychoanalytical Review,* 60, S. 407–411.

–: On the dramatization of psychoanalytical interpretations. In: L. Wolberg und R. Aaronson (Hrsg., 1974): *Group Therapy.* New York (Stratton Intercontinental).

Morse, H. M. (1958): *Current Biography Yearbook,* S. 381–382.

Mowrer, O. H. (1948): Learning theory and neurotic paradox. *Amer. J. of Orthopsychiat.,* 19, S. 571–610.

Mullan, H. u. M. Rosenbaum (1962): *Group Psychotherapy.* New York (Free Press of Glencoe).

Naranjo, C. : I and Thou – Here and Now. In: H. Otto und J. Mann (Hrsg., 1968): *Ways of Growth.* New York (Grossman).

Nevis, S. (1977): *Lectures on Group Process.* Cleveland, Ohio (Gestalt Institute of Cleveland).

Perls, F. (1969): *Ego, Hunger and Agression.* New York (Random House). Dt.: *Das Ich, der Hunger und die Aggression: Die Anfänge der Gestalttherapie.* Stuttgart (Klett-Cotta), 2. Aufl. 1982.

– (1969): *Gestalt Therapy Verbatim.* Moab, Utah (Real People Press). Dt.: *Gestalt-Therapie in Aktion.* Stuttgart (Klett-Cotta), 3. Aufl. 1979.

– (1967): Group vs. Individual Therapy. *Etc. A Review of General Semantics,* 24, S. 306–312.

– (1973): *The Gestalt Approach and Eye Witness to Therapy.* Palo Alto (Science & Behavior Books).

Perls, F., R. Hefferline u. P. Goodman (1951): *Gestalt-Therapy.* New York (Dell). Dt.: Zwei Bände: *Gestalt-Therapie. Wiederbelebung des Selbst,* u. *Gestalt-Therapie. Lebensfreude und Persönlichkeitsentfaltung.* Stuttgart (Klett-Cotta), 2. Aufl. 1981. (Die deutschen Zitate sind, mit Ausnahme des Zitats auf S. 300, dem Band *Lebensfreude und Persönlichkeitsentfaltung* entnommen.)

Perls, L.: Comments on New Directions. In: E. W. L. Smith (Hrsg., 1976): *The Growing Edge of Gestalt Therapy.* New York (Brunner/Mazel).

Pfeiffer, J. W. u. J. E. Jones (1975): *A Handbook of Structured Experiments for Human Relations Training.* La Jolla, Kal. (University Associates).

Polster, E. u. M. Polster (1973): *Gestalt Therapy Integrated.* New York (Brunner/Mazel).

Redl, F. u. D. Wineman (1962): *Children Who Hate.* New York (Collier Books). Dt.: *Kinder, die hassen: Auflösung und Zusammenbruch.* München (Piper), 1979.

Reich, W.: Deutscher Psychoanalytiker, der sich von Freud trennte. Stellte die körperlichen Parallelen des Psychischen in den Vordergrund.

Rogers, C. (1951): *Client-Centered Therapy.* Boston (Houghton & Mifflin). Dt.: *Die klientbezogene Gesprächstherapie.* München (Kindler), 1973.

Ronall, R. u. B. Wilson: Theme-Centered Interactional (TCI) groups. In: R. Herrink (Hrsg.), *Psychotherapy Handbook.* New York (Jason Aaronson), in Druck.

Rosenblatt, D. (1975): *Opening Doors: What Happens in Gestalt Therapy.* New York (Harper & Row).

Schumacher, E. (1977): *A Guide for the Perplexed.* London (Jonathan Cape). Dt.: *Rat für die Ratlosen.* Reinbek (Rowohlt), 1979.

Schutz, W. (1966): *The Interpersonal Underworld.* Palo Alto (Science & Behavior Books).

Simkin, J. S. (1974): *Mini-Lectures in Gestalt Therapy.* Albany, Ca (Wordpress). Dt.: *Gestalttherapie: Mini-Lektionen für Einzelne und für Gruppen.* Wuppertal (Jugenddienst-Verlag), 1978.

Singer, D. u. a. (1975): Boundary management in psychological work in groups. *J. of Applied Behavior Sci.*, 2, S. 137–176.

Stevens, J. O. (1971): *Awareness.* New York (Bantam). Dt.: *Die Kunst der Wahrnehmung, Übungen der Gestalt-Therapie.* München (Kaiser), 1977.

Teal, D. (1971): *The Gay Militants.* New York (Stein & Day).

Weissenberg, P. (1971): *Introduction to Organizational Behavior.* Scranton (Intext Educational Publishers).

Wertheimer, M.: Mitbegründer der Gestaltpsychologie.

Whitaker, D. S. u. M. A. Lieberman (1964): *Psychotherapy Through Group* Process. New York (Atherton Press).

Yalom, I. D. (1970): *The Theory and Practice of Group Psychotherapy.* New York (BasicBooks). Dt.: *Gruppenpsychotherapie: Grundlagen und Methoden; ein Handbuch.* München (Kindler), 1974.

Zinker, F. (1975): *Phase theory analysis of a small group.* Unveröffentlichtes Manuskript.

– (1977): *Creative Process in Gestalt Therapy.* New York (Brunner/Mazel).

Über die Autoren

Joan R. Saarinen Alevras, M. A., ist Direktorin des Resource Center, Inc., in Nutley, N. J., einer gemeinnützigen Bildungsinstitution. Als Beraterin für Organisationsentwicklung plant und entwickelt sie auf einem Gestaltansatz basierende Ausbildungsprogramme für verschiedene Regierungsbehörden und Unternehmen, u. a. für die U. S. Civil Service Commission und Exxon Corporation sowie für Hochschulen und den Bereich der Kunst. Sie gehörte dem Lehrkörper des Kean College, des Montclair State College und der Fairleigh Dickinson University an. Sie ist Co-Direktorin von Resources, Inc., einem Ausbildungsinstitut, das besondere Betonung auf die Verwirklichung der Chancengleichheit (Affirmative Action) und auf die berufliche Förderung legt. Sie ist Vorsitzende des Organisationsentwicklungsausschusses der Gestalt Association von New Jersey und außerdem Mitorganisatorin einer Gruppe externer Berater, des Consultants Consortium. Schließlich ist sie als Gestalttherapeutin in privater Praxis tätig.

Susan Campbell, Ph. D., praktiziert seit zwölf Jahren als Einzel-, Gruppen-, Paar- und Familientherapeutin. Sie bildet auf diesen Gebieten auch Therapeuten aus, früher an der Universität of Massachusetts und gegenwärtig am Humanistic Psychology Institute in San Francisco. Im Rahmen des Ausbildungsprogramms für Erziehungsberater an der Pädagogischen Fakultät der University of Massachusetts initiierte sie Kurse in Gestalttherapie und Familienberatung sowie Kurse zur Anwendung des Gestaltansatzes in der Pädagogik, im persönlichen Bereich und in der Organisationsentwicklung. Ihre Gestalt-Ausbildung erhielt sie an den Gestalt Centers von New York und San Diego. Sie hat vor kurzem einen Artikel über Gestalt-Paarberatung und ein Buch mit dem Titel *The Couple's Journey: Intimacy as a Path to Wholeness* (Impact Publishers, San Luis Obispo, Kalif., in Druck) abgeschlossen.

Bud Feder ist seit 20 Jahren praktizierender Psychologe und seit acht Jahren Gestalttherapeut. Zu seinen gegenwärtigen beruflichen Aktivitäten gehören: Entwicklung des Gestaltgruppenprozesses unter spezieller Beachtung des Sicherheitsniveaus der Gruppe; die Ausbildung von Gestalttherapeuten in New Jersey, einzeln und in Gruppen; die Leitung von Ausbildungswochenenden in England und die Integration von Gestalttherapie mit holistischen Ansätzen in der Medizin. Er gründete die Gestalt Association von New Jersey und gehört dem Lehrkörper des New Yorker Instituts für Gestalttherapie an.

John David Flynn ist Assistenzprofessor für Philosophie am Livingston College der Rutgers University in New Jersey. Er gehörte einem Hochschulausschuß an, der sich mit der Entwicklung eines M. A.-Programms in Philosophie für High-School-Lehrer befaßte. Er hat zum Problem der Vermittlung von Philosophie und Geisteswissenschaften Vorlesungen gehalten und Workshops geleitet – am Livingston College, der Univerity of California in Santa Cruz und anderen Colleges. 1973 wurde er zur Teilnahme an einem dreiwöchigen Seminar über interdisziplinäres Lehren und Forschen eingeladen, das von der National Endowment for the Humanities am Williams College veranstaltet wurde, und hielt dort einen Vortrag über die Erziehung zum kritischen Denken in der Philosophie.

Neben seiner Lehrtätigkeit in Philosophie arbeitet er am Beratungszentrum des Livingston College als Einzel- und Gruppenberater. Er ist außerordentliches Mitglied des New Yorker Instituts für Gestalttherapie und Gründungsmitglied der Gestalt Association von New Jersey. Er hat auch Aufsätze über Fragen des Existentialismus und über die Philosophie der klinischen Psychologie veröffentlicht.

Patrick Kelley ist Mitglied des New Yorker Instituts für Gestalttherapie. Er ist einer der Begründer von Identity House und arbeitete mehrere Jahre lang als dessen Klinischer Leiter. In früheren Jahren war er beim Jugendamt der Stadt New York und im Rahmen verschiedener kommunaler Einrichtungen und Sozialarbeitsprogramme tätig. An der New York University hat er »Human Relations« gelehrt, ist gegenwärtig mit der Ausbildung und Supervision von Therapeuten beschäftigt und hat daneben eine kleine private Praxis.

Elaine Kepner, Ph. D., ist Mitbegründerin des Gestalt-Instituts von Cleveland und dessen Ausbildungsprogramms und ist gegenwärtig mit der Ausbildung der folgenden Generation von Gestalt-Praktikern beschäftigt. Ihre jetzige Arbeit basiert auf der Überzeugung, daß Gestalt einzigartige Möglichkeiten zur Veränderung des Gewahrseins bei Frauen, Männern, Paaren, in Familien, Gruppen und Organisationen biete. Um zu dieser Überzeugung zu gelangen, bedurfte es vieler Jahre, in denen sie an der Case Western Reserve University, der Universität von San Francisco und der California School of Professional Psychology Psychologie lehrte und Bildungs- und Gemeindeentwicklungsprogramme leitete. Sie lebt gegenwärtig in New York, lehrt aber weiterhin am Gestalt-Institut von Cleveland wie auch an anderen Orten in den Vereinigten Staaten und in anderen Ländern. Ihr Interesse an Systemen und Individuen hat zur Entwicklung eines neuen NTL-Labors geführt: Individuelle Entwicklung und Systeme.

Richard Kitzler ist Mitglied und ehemaliger Vizepräsident des New Yorker Instituts für Gestalttherapie. Er praktiziert seit vielen Jahren in New York. Sein gegenwärtiges Hauptinteresse gehört der Ausbildung und Supervision von Gestalttherapeuten.

Ginger Lapid promovierte an der Universität von Kalifornien in Santa Barbara in »Confluent Education«, wo sie auch im Rahmen des Lehrerbildungsprogramms unterrichtete. Heute ist sie an Schulen und Organisationen in ganz Kalifornien als Beraterin zur Vermeidung von Geschlechtsrollen-Stereotypen tätig. Daneben ist sie Ausbilderin in Gestaltbewußtsein wie auch Organisationsberaterin und lehrt Betriebsführung an der University of Redlands.

Rona Laves erhielt ihren Magister in klinischer Psychologie von der Fairleigh Dickinson University und ihren Doktor in Gemeindepsychologie von der New York University. Sie ist Mitglied des New Yorker Instituts für Gestalttherapie und der Gestalt Association von New Jersey. Ihre Ausbildung in Gestalttherapie erhielt sie bei Bud Feder. Zu ihren weiteren wichtigen wissenschaftlichen Arbeiten gehören Forschungen auf dem Gebiet der Gemeindepsychologie, einschließlich Krisenintervention und der Untersuchung der Auswirkungen von Streß auf die Realitätsbewältigung sowie sozialer Unterstützungsnetze und deren Einfluß auf die Realitätsbewältigung. Sie lehrt gegenwärtig am Montclair State College, N. J., und unterhält eine private Praxis.

Norman Liberman ist 1921 als letztes Kind einer Textilarbeiterfamilie in Paterson, New Jersey – der »Seidenstadt« – geboren worden. »Als einziger Knabe war ich bereits im Kindesalter »Student der Psychologie« in einer Familie, die durch Heirat und dramatische Wechselbeziehungen ständig wuchs. Meine Rollen als Protagonist führen zu einer lebenslangen Entwicklungslinie vom Athleten zum Poeten, vom Soldaten zum Therapeuten, vom Geschäftsmann zum religiösen Mystiker . . . vom Cohn-Schüler zum Gestaltgruppenleiter. Meine Ausbildung habe ich in fünf amerikanischen Bundesstaaten und vier Ländern erworben. Inspiration und richtungweisendes Beispiel kommen vor allem von den Machovers, den Morenos und Ruth Cohn, deren Workshop Institute for Living-Learning und großzügige Unterweisung während zweier Jahrzehnte mir geholfen haben, ›die Teile zusammenzufügen‹. Am meisten verdanke ich meinen beiden wunderbaren Söhnen, meinem Vater und meiner Mutter, die mir die Lehre der Chassidim überlieferten, und der ansteckenden Weisheit der Frauen, die mich lehrten zu lieben, zu geben und zu nehmen.«

Deldon McNeely Tyler erhielt ihren Doktor in klinischer Psychologie von der Louisiana State University. Bis vor kurzem praktizierte sie Psychotherapie in New Orleans. In ihre psychotherapeutische Arbeit, die Gestalttechniken mit den Konzepten Jungs verbindet, hat sie auch ihre lebenslange Vorliebe für Musik und Tanz integriert. Dies führte zu der Entwicklung ihrer eigenen Form von Workshops in Bewegungstherapie. Sie hat sich gegenwärtig von ihrer Arbeit an der Interregional Society of Jungian Analysts beurlauben lassen, um zusammen mit ihren Kindern Romaney, Jonathan und Yseulte ihren Mann auf einer dienstlichen Mission in die Sowjetunion zu begleiten.

Elizabeth E. Mintz sieht sich selbst als eine Frau, die das Glück hatte, einige der wichtigsten therapeutischen Theorien und Techniken studieren und erleben zu können, einschließlich klassischer Psychoanalyse und Encounter, und die nun von dieser umfassenden Ausbildung Gebrauch machen kann, wie es ihr angemessen erscheint. In Gruppen geht sie jedoch vorwiegend nach dem Gestaltansatz vor. Sie lehrt ihre Methoden alljährlich in Holland und der Bundesrepublik sowie an Kliniken und Instituten in verschiedenen Teilen der Vereinigten Staaten. In letzter Zeit hat sie angefangen, sich für die transpersonalen Aspekte der Psychotherapie zu interessieren. Sie ist Autorin des Buches *Marathon Groups: Reality and Symbol* sowie zahlreicher wissenschaftlicher Artikel.

Elaine Rapp, Steinbildhauerin, eingetragene Kunsttherapeutin, Glockenspielerin, Vollmitglied des New Yorker Instituts für Gestalttherapie, ehemalige Darstellerin in der Horn and Hardart Children's Hour (Fernsehsendung), Assistenzprofessorin am Pratt Institute, »Mutter« einer himalajischen Katze, Direktorin für Kunsttherapie am New Yorker Institut für Gestalttherapie, Hausbesitzerin, Angehörige des Lehrkörpers am Goddard College Graduate Program, Geliebte, Mutter, Schwiegermutter, Großmutter in Erwartung weiterer Enkel, Lehrerin am Center for Expressive Analysis, ständige Anhängerin einer Diät-Ernährung, Reisende, Workshop-Leiterin, leidenschaftliche New Yorkerin, Gestalttherapeutin mit Privatpraxis, Strandläuferin, Supervisorin, Ausbilderin.

Ruth Ronall, M. S., Psychotherapeutin mit privater Praxis. Geboren in Wien, verließ sie Österreich 1938. Lebte in Ägypten, Israel, England, den Vereinigten Staaten und Japan. Ließ sich schließlich mit ihrer Familie in New York nieder. Mitglied des Lehrkörpers am New Yorker Institut für Gestalttherapie, des Alfred-Adler-Instituts und des Workshop Institute for Living-Learning. Neben ihrer Tätigkeit als Therapeutin in New York bereist sie die Vereinigten Staaten, Kanada und Europa, um Gestalt-Workshops, Workshops zum persönlichen Wachstum sowie zur Themenzentrierten Interaktion zu leiten. Gegenwärtig gilt ihr Interesse insbesondere der weiteren Erforschung des Gruppenprozesses in Gestaltgruppen sowie dem Experimentieren mit Themenzentrierten Gestalt-Workshops, womit sie ihrer lebenslangen Leidenschaft »frönt«, Menschen mit verschiedenem Erfahrungshintergrund und mit den unterschiedlichsten Ideen zusammenzubringen.

Barry Wepman wurde in Pittsfield, Mass., geboren und wuchs in der Nähe von Boston auf, wo er zum ersten Mal von Gestalttherapie hörte und sich damit auseinandersetzte. Er machte 1973 seinen Doktor in Psychologie an der Universität von Houston und lehrt seither an der New York University und am College of Medicine and Dentistry von New Jersey. Außerdem unterhält er eine psychotherapeutische Praxis in West Orange, New Jersey, und für Angehörige der medizinischen Berufe führt er Programme zur Streßreduktion und zur Förderung der Kommunikationsfähigkeit in klinischem wie auch in familiärem Rahmen durch.

Joseph C. Zinker, Doktor der klinischen Psychologie, ist Gestalttherapeut mit privater Praxis sowie Berater und Lehrer. Er ist Vorsitzender des Three-Year Post Graduate Training Program am Gestaltinstitut von Cleveland. Er hat die Bedeutung von Kunst, Schauspiel und gelenktem Konflikt für persönliches Wachstum in der Workshop-Situation untersucht und im Bereich des Experiments und der Traumarbeit als Theater entscheidende Neuerungen entwickelt. Sein Buch, *Creative Process in Gestalt Therapy*, wurde von *Psychology Today* zu einem der besten Psychotherapiebücher des Jahres 1977 gewählt.

Personenregister

Adler, A. 10, 11, 246
Alevras, J. S. 16, 306 ff., 322
Altman, M. 294
Astrachan, B. M. 30, 319
Atlas, J. 306

Bach, G. R. 164, 319
Bach, J. S. 241
Barth, J. 192, 319
Behrenson, P. 121, 319
Bergantino, L. 165, 319
Berne, E. 30, 319
Bion, W. R. 29, 48, 319
Brinley, J. 166
Bryant, A. 296
Buber, M. 112, 319

Campbell, S. M. 15, 111 ff., 322
Cohn, R. C. 16, 246, 247, 253, 319
Cumming, R. 200, 319

Derman, B. 67, 319
Deutsch, D. 11
Donne, J. 241
Dostojewski, F. M. 185, 319

Feder, B. A. 9, 11, 15, 64 ff., 67, 227 ff., 231, 319, 322
Flynn, J. D. 15, 183 ff., 211, 322
Frankfort, H. 187, 188, 189, 192, 319
Frankl, V. 222
Freud, S. 48, 51, 53, 61, 147, 222, 225, 297, 320
From, I. 24, 26

Gerstenberg, W. 260
Goldstein, K. 22
Goodman, P. 24, 26, 45, 46, 51, 52, 148, 212, 266, 271, 294, 296 f., 302, 319, 320
Greenwald, J. A. 67, 71, 319

Hampshire, S. 194, 319
Hefferline, R. 24, 45, 46, 51, 52, 148, 212, 266, 271, 320
Hess-Michael, J. 319
Hillel, Rabbi 43
Hirsch, L. 25
Hirsch-Lukensmeier, C. 25
Howard, M. 294
Humphrey, K. 294

Jesus 186
Jones, J. E. 197, 222, 320
Jourard, S. 252, 319
Jung, C. G. 147, 148, 149, 319

Kane, J. 294
Kant, I. 206
Kelley, P. 16, 294 ff., 323
Kempler, W. 29, 319
Kepner, E. 14, 19 ff., 323
Kitzler, R. 14, 45 ff., 323
Koffka 22
Köhler, W. 22, 61, 62, 319
Krishnamurti, J. 126, 319

Lapid, G. 16, 284 ff., 322
Laves, R. G. 15, 211 ff., 322
Levitsky, A. 255, 319
Lewin, K. 22, 23, 45, 63
Liberman, N. J. 15, 59 ff., 324
Lieberman, M. A. 30, 321

Mead, G. H. 62, 320
Michelangelo 145
Mill, J. S. 186, 320
Mintz, E. E. 15, 161 ff., 164, 165, 166, 172, 320, 324
Morse, H. M. 142, 320
Mowrer, O. H. 62, 63, 320
Mullan, H. 50, 320

Naranjo, C. 112, 320
Nevis, E. 25

Nevis, S. 83, 101, 320
Nietzsche, F. W. 146

Perls, F. 9, 10, 13, 21–24, 26, 28, 45, 46, 47, 48, 51, 52, 58, 59, 60, 61, 62, 64, 65, 66, 67, 70, 116, 125, 148, 161, 165, 167, 178, 179, 212, 229, 255, 266, 271, 286, 295, 296, 298, 299, 300, 305, 319, 320
Perls, L. 11, 13, 21, 24, 26, 64, 66, 69, 117, 229, 243, 244, 251, 278, 318, 320
Peterson, P. 242
Pfeiffer J. W. 197, 222, 320
Picasso, P. 84
Plato 185
Polster, E. 211, 215, 217, 307, 320
Polster, M. 211, 215, 217, 307, 320

Rapp, E. 15, 121 ff., 130, 320, 324
Redl, F. 272, 320
Reich, W. 62, 147, 148, 153, 296, 320
Rodin, A. 84
Rogers, C. 71, 217, 222, 320
Ronall, J. 5, 11
Ronall, R. 9, 10, 11, 12, 15, 74, 241 ff., 246, 265, 320, 325
Rosenbaum, M. 50, 320
Rosenblatt, D. 67, 68, 321

Sartre, J.-P. 206, 207, 321
Satir, V. 260, 262
Schumacher, E. F. 43, 321
Schutz, W. 33, 321
Simkin, J. S. 13, 64, 66, 126, 321
Singer D. 26, 31, 321
Sokrates 208
Sparks 304, 321
Stevens, J. O. 221, 222, 225, 321

Taylor, F. 306
Teal, D. 294, 321
Tyler, D. McNeely 15, 146 ff., 324

Vopel, K. 280

Wallen, R. 25
Weissenberg, P. 306, 321
Weisz, P. 24, 26
Wepman, B. J. 16, 306 ff., 325
Wertheimer, M. 22, 61, 62, 319, 321
Whitaker, D. S. 30, 321
Whitehead, A. N. 56
Wilson, B. 246, 265, 320
Wilson, G. 294
Wineman, D. 272, 320

Yalom, I. D. 28, 30, 45, 91, 108, 109, 321

Zinker, J. C. 15, 67, 68, 83 ff., 87, 98, 255, 321, 325

Sachregister

»Aha«-Erlebnis 174
»aktive Imagination« (Jung) 149
American Psychological Association 23, 64
Anarchismus 45
Angst: als retroflektierte Erregung 213
–: im Gestaltherapie-Marathon 163–164, 167, 169, 170, 171
–: im Gruppenprozeß 65, 99, 108
–: im Klassenzimmer 213
–: in der Gruppe 57, 92
–: in gestaltungstherapeutischen Workshops 121, 126, 127
–, sich zu äußern 75
–: vor Abschiednehmen/Trennung 178, 275
–: vor der Angst 54–55
–: vor der Gruppe 65
–: vor Gefahr 66
–: vor mangelnder Unterstützung 163
–: vor öffentlichem Arbeiten 232
–: vor Verlassen 263
–: vor Verlust der Selbstkontrolle 155, 255
Angstblockade 255
Angstfreiheit im Klassenzimmer 217
Anima/Animus 91
Antisemitismus 244, 249
Arica Training Institute, San Francisco 20
Assoziationen 154, 278
Atemübungen 153
Ausbildungsgruppen 14, 42, 66, 72, 146, 227 ff., 241 ff.
Ausbildungs-Workshops 74
Ausdruckstanz 151
Außenseiter-Positionen 264
Autonomie 183 ff., 213, 216, 258
–, Bedürfnis nach 33
– beim Lernen 211
–, Bewußtwerden der 246
–, Erziehung zur 185 ff., 195
–, Förderung der 183
– in der Gruppe 20
–, individuelle 186
–, relative 194
»autonomogener Prozeß« 184
Autorität 37, 38, 40, 52, 91, 272, 296
Autoritätsgrenzen 20, 33

Bedürfniskategorien 33
Benotung 220
Bewegungstherapie 15, 146 ff.
–, gestaltorientierte 150
–: drei Phasen 152 ff.
– mit besser integrierten Teilnehmern 151–152
– mit Gruppen 149
– mit psychotischen Klienten 151
– mit schlecht integrierten Teilnehmern 150–151
Beyond the Hot Seat 9, 10
Bezugsperson(en) 27, 40, 173, 286
Bioenergetik 168
Bisexualität 55, 297, 300
»Blitzlicht« (Technik) 251
Buntstifte, therapeutische Anwendung 140–142, 280

Clown 264
Co-Leiter, -Therapeut 35, 57, 77, 79, 151, 166, 175, 176, 177, 242, 254, 272
–, Verhältnis zueinander 78–79
College-Examen, gefährdetes 163–164
College-Studenten 212

Dependenz 21
Depressionen 176
Dialog: am Telefon 175, 176, 222
–, gestaltorientierter 115, 116, 171
–: im Rollenspiel 164
Differenzierung 20, 29, 37, 38, 39, 49, 187
Draht, therapeutische Anwendung 139–140, 144–145

Dramatisierung 170, 207
Drogenwirkung 214
»dynamisches Balancieren« (Technik) 251, 265

Ego, Hunger and Aggression (»Das Ich, der Hunger und die Aggression«) (F. Perls) 24
Einzelbehandlung, -therapie 13, 23, 26, 28, 30, 45, 47 f., 51, 64–68, 70, 83, 177
– in der Bewegungstherapie 149
– in der Gruppe 21, 23
–, konventionelle 62
–: spezielles Muster *(one-to-one)* 24
Elternfigur 173
Eltern-Kind-Interaktionen 50, 51
Elternrolle 50, 51
Encounterbewegung 10
Encountergruppenleiter 23
Encountertechniken 178
Encountertherapie 168
Encounterübungen 165
End of the Road (Barth) 192
Energiefeld 62, 63
Entwicklungsstadien 91
Entwicklungsstadien in der Gruppe 15
–: Dependenz 21
–: Kontradependenz 21
–: Schema 33
Entzugssymptome 280–281
Esalen-Workshops 161, 165, 167, 179
Experimente: für einzelne 184
–: im College 215, 221
–: in der Gestalttherapie 196, 197
–: in der Gestaltungstherapie 122 ff.
–: in der Gruppe 23, 86, 91, 184, 271, 288

Familiengruppen 14
Familienskulptur (Rollenspiel) 116–119
Feedback 10, 207, 217
–, sofortiges 228
Feministin 288
Feste feiern 272–273
Figur und (Hinter-)Grund 45–47, 254, 264, 285–287
Filzstifte, therapeutische Anwendung 137–139
Freiheit, Die (Mill) 186
Fruchtbarkeitstanz 159
Frustration 20, 69, 70, 126, 146, 195, 199, 289, 299
–, gekonnte 224–225
Führungsrolle 53
Führungsstil 28

Geburtserlebnis (Rollenspiel) 102–107, 158–159
»gefahrlose Notlage« 70
gekonnte Frustration *(skillfull frustration)* 224–225
Gemeinschaftsgefühl, -sinn 16, 90, 245, 246, 251, 255, 262, 269, 274
–: Förderung 247 ff., 266, 276
–: Stärkung 258, 272
Geschlechtsrollen 16, 32, 156, 174, 284 ff.
–: Untersuchung in Gestalt-Workshops 284 ff.
»geschützte Notsituation« 14, 237
Geschwister 50, 259
Geschwisterrivalität 53
Gestalt als Prozeß 60
Gestalt Approach and Eye Witness to Therapy (F. Perls) 125
Gestalt-Einzeltherapie 49, 229
Gestaltexperiment 49, 119, 208, 215, 226, 271
– für Homosexuelle 294 ff.
Gestalt-Familientherapie 15, 29
–: Fallstudie 111 ff.
Gestaltgruppen, intensive 241 ff.
–: Ausbildungsgruppen 241, 248, 254, 265, 271, 272
–: »Grundregeln« 251, 253, 255 ff.
–: Gruppenzusammensetzung 241, 248, 250, 259
–: Leitung/Leiter 250–255
–: Selbsterfahrungsgruppen 242, 247, 248, 254, 258, 259, 265, 266
–: Veranstalter 241, 247, 250, 259

Gestaltgruppenprozeß 19 ff., 108, 109, 110 (Abb.), 183, 184, 196, 229
–: Formen 26
Gestaltgruppentherapie 229
Gestaltgruppenzyklus 84 f., 108
Gestaltinstitut von Cleveland 14, 20, 25, 26, 83, 89
Gestaltinstitut von New York 24, 26, 48, 66, 227, 297
Gestaltkonzept 62, 63
Gestaltleiter 19, 26
Gestaltgruppenleiter 47 f., 90, 91
–: Autorität 91, 136
–: Erfahrungsbericht 59 ff.
Gestaltpsychologie 22, 23, 42
Gestalttheorie 21, 22, 24, 27, 48
gestalttherapeutische Prinzipien, Anwendung in der Organisationsberatung 306 ff.
–: Datensammlung 312 f.
–: interne Konflikte 311
–: Sicherheitsfragen 310 f.
Gestalt Therapy (»Gestalt-Therapie«) (F. Perls) 24, 45, 51
Gestalttherapie-Ausbildung 24, 48, 77, 241
Gestalttherapie-Ausbildung in der Gruppe 227 ff.
–: Gefahren 230–231
–: Gewinn 228–229
–: Gruppenbildung 229
–: Modell 229–230
–: Phasen einer Gruppensitzung 232 ff.
–: therapeutische Verantwortung 232 ff.
–: Ziele 228
Gestalttherapiegruppe: Entwicklungsprozeß 83 ff.
Gestalttherapie-Marathon 161 ff.
–: Phasenablauf 166
–: Traumbearbeitung 171
–: Schlangenphobie 167, 168 f., 171
–: Gestaltdialog 171
gestaltungstherapeutische Workshops 123 ff.
Gestaltungstherapie 121 ff.
–: Angst 121, 126–127
–: Anfertigung von Collagen 128, 142, 143
–: Anwendung von Draht 139–140, 144–145
–: Bearbeiten von Stein 124, 130–137, 144
–: Erfahrungen mit Buntstiften 140–142
–: Erfahrungen mit Filzstiften 137–139
–: Erwartungen der Teilnehmer 124
–: Gestaltgruppen 121 ff.
–: Materialien für Experimente 123 ff.
Draht 123, 139–140, 144–145
Buntstifte 140
Filzstifte 123, 137 ff.
Pastellkreide 123
Plastilin 123, 128
Seidenpapier 123, 127–128, 142
Steine 123, 130 ff.
Ton 123
Gestalt-Workshops 23, 24, 284 ff.
– für persönliches Wachstum 19
–: Grundregeln 289
–: Untersuchung der Geschlechtsrollen 284 ff.
Großgruppen 13
Gruppe-als-Ganzes 13, 14, 37, 66 ff., 74, 79, 90, 133, 150, 168, 184, 232, 233, 236, 238, 244, 245, 251–252, 254, 256, 258, 261, 265, 273, 275, 278, 281, 285
Gruppe als soziales System 19
Gruppe als System 30, 31, 32, 39, 40
Gruppenbewußtsein 85
Gruppendynamik 13, 14, 19, 21, 22, 25, 48, 66, 304
Gruppenenergie 85, 86, 108, 230
Gruppenexperimente 23, 86, 91
Gruppenentwicklung 19, 34, 50
–: Dependenz 21
–: Kontradependenz 21
–: Stadien 109
Gruppenformen 26
Gruppenfunktionen 52
Gruppenkontakt 51, 58, 85, 86, 87

Gruppenleiter(in): allgemein 13
–: im Gestalt-Workshop 19 ff.
–: in Bewegungsgruppen 152
–: in intensiven Gestaltgruppen 249–255
–: Kontaktaufnahme 71
–: Rolle 21, 34 ff., 71
–: Verhaltensänderung 21
–: Verhaltensweisen 38, 101 f., 125
Gruppenleitung, Grundregel für die 246
Gruppennormen 37, 38
Gruppenprozeß: Entwicklung 19 ff.
–: Förderung 246, 251
–: Beeinflussung 288
Gruppenpsychotherapie 47, 53
Gruppenreaktionen 65, 73, 170, 197
Gruppensituation 31, 68, 169, 237
Gruppenskulptur 260–261
»Gruppentherapie versus Einzeltherapie« (F. Perls) 64
Gruppen-Workshops 23

Haß 75, 135, 249
»heißer Stuhl« (Technik) 10, 13, 47, 67, 167, 318
Heterosexualität 300
Hier und Jetzt 24, 27, 46, 48, 49, 55, 60, 61, 63, 78, 85, 89, 93, 125, 148, 165, 167, 168, 207, 242, 254, 308, 317
Hochschuldidaktik 183 ff.
Hochschule, nichttraditioneller Unterricht 211 ff.
Holocaust (Juden) 249
Homosexualität 16, 55, 235, 294 ff.
humanistische Bewegung 11
Humor 57, 58, 176, 253
– gegen Angst 163

Ich-Wir-Es 62
Identität 88, 93, 157, 299
–, geschlechtliche 55, 156
– in der Gruppe 34
–, individuelle 93, 99
–, Probleme der 33, 35
–, sexuelle 295
Identitätskonflikte 91, 93
Identity House 294 ff.
Individuation 29, 101
Interaktion 30, 31, 33, 47, 50, 51, 53, 63, 75, 83, 295
–: Eltern–Kind 50, 51
–, freie 165
– in der Gruppe 62, 170, 176, 284, 291
–, lustlose 253
–, ödipale 50
–, physische 153
–, Qualität der 215
– zwischen College-Studenten 218
– zwischen Gruppenmitgliedern 66
Interdependenz 21, 40, 42, 246, 268
Intimität 33, 40, 42, 88, 242, 254, 255, 262, 270
Introjektion 49, 271, 286, 308
Intuition 47, 147
Ironie 58, 253

Jetzt-Bewußtsein 61
Jom-Kippur-Krieg 248

Karikatur 98 f., 176
Katharsis 62, 63, 67, 154
Kindheitsängste 158
Klausureffekt 242
Kleingruppen 13, 26
kognitive Integration 177
Konfliktbewältigung 38, 281
Konflikte 40, 48, 51, 54, 56, 65, 68, 78, 88, 91, 93, 108, 144, 165, 168, 236, 256, 262, 263, 289, 315
Konfliktentschärfung 116
Konfliktverlust 98
Konfliktvermeidung 269
Konkurrenz 53, 79, 126, 142, 213, 222
Kontakt 83 ff., 87 ff., 111
– in der Bewegungstherapie 151
–, emotionaler 151, 165
–: Konzept 21
–, kognitiver 151
– mit der Gruppe 168
– mit der Umwelt 30, 61, 123, 134, 142, 243, 244

– und Grenze (in der Hochschule) 211 ff.
– und Rückzug 39, 245, 266–267, 285, 291 ff.
Kontaktaufnahme 31, 36, 37, 58, 69, 91, 113, 144, 150, 155, 218, 234, 242, 266, 270
–, oberflächliche 92, 108
–, physische 151
–, spontane 269
Kontaktgrenze 21, 22, 64, 111, 159, 215, 220, 230, 237, 245, 254, 263, 297, 315
Kontaktlosigkeit 214
–, Gewahrsein der 225–226
Kontaktsperre 110, 111
Kontaktstörungen 230
Kontaktunwilligkeit 83, 274
Kontext-Argumentationsmethode 46
Körperkontakt 159, 172
körperliche Behinderung 149–150, 273
kreative Energie 126, 151, 242, 279
Kreativität 39, 121, 136, 145, 159, 280

Langeweile 211, 225, 226, 235, 269
»leerer Stuhl« (Technik) 10, 19, 123, 167, 173
»leeres Kissen« (Technik) 251
Leib-Seele-Spaltung 55
Leitungsstil 20, 47
– in intensiven Gestaltgruppen 251
Lernen 26
–, autonomes 196, 211
–, experimentelles 24
–: Widerstand 219 ff.
Lernexperiment 199
Lernprozeß 31, 216, 219
Lernziele 33
Lesbierin 298, 300

Marathon 71, 74, 79, 161 ff.
Marathongruppen 14
Mimik 155
Mißtrauen 65, 75, 78, 237
Moderator(in) 31, 32, 134

National Training Laboratories 20, 67
Nicht-Ich 21
Notlage, gefahrlose 54, 70
Nullsummenspiele 222–223

ödipale Gruppen 50
One-to-one-Therapie 168
Opportunismus 190
Or-Energie 62

Paarkonstellationen 262, 263
Pädagogik 45, 216
Passivität als Symptom 216
Persönlichkeitsfunktionen 147
Persönlichkeitsmerkmal 161
Phantasie 66, 88, 124, 138, 143, 150, 152, 155, 219, 242, 280
–, geleitete 275
–: Mobilisierung 222
–, spontane 58
Phantasieexperiment 198, 208
Phantasieübungen 155, 156–158, 198, 259
Phobie, Überwindung einer 163 f.
Plastilin, therapeutische Anwendung 123, 128, 279, 280
Polarität 285, 287 ff.
Pornographie 141
Projektion 10, 40, 111, 112, 215, 254
Pseudo-Unabhängigkeit 21
Psychoanalyse 50, 166
Psychodrama 47, 116, 168, 171, 274, 275
Psychotherapie 24, 43, 45, 46, 47, 65, 83, 147, 150, 303, 305, 316

Republik, Die (Plato) 185
Resozialisierung 62
Reue 41, 176
Risikobereitschaft 75, 79, 109, 271, 279
Rivalität 237, 262
Rollenklischees 284, 285, 287, 292, 293
Rollenspiel 47, 102–107, 118, 155, 159, 162, 171, 173, 177, 206, 208, 223
Rückhalt in der Gruppe 19, 21, 40

Rückmeldungen (Feedback) 10, 20, 88, 114, 168, 201, 217, 223, 224, 225, 253, 271
–, balancierte 10
– im Gruppentraining 224

Sarkasmus 47, 253
Schlangenphobie 167, 168 f., 171, 176
Schlangensymbol 170, 172, 173, 175, 177
»schlechtes Ich« 172
Seidenpapier, therapeutische Anwendung 127–128, 142–143
Selbstdifferenzierung 112
Selbsthilfe-Gemeinschaft 16
Selbsthilfe-Beratungsstelle (Identity House) 295
Selbsttherapie 23
Selbstunterstützung 215 ff., 221, 316
Selbstverwirklichung 88, 120, 175
»selektive Authentizität« (Cohn) 253, 270
Sensitivity Training 45
Sexualität 145, 146, 169–170, 177, 296
Sexualsymbol 170
Sicherheit in der Gestaltgruppe 64 ff., 253, 256, 269
Sicherheitsindex 72, 73, 234
Singen, gemeinsames 151
Sozialisation 184, 185, 285
Sprache 276–279
Steine, therapeutische Anwendung 124, 130–137, 144
Stereotypen 39, 100
stereotype Rollen 91
stereotypes Verhalten 39
Streß 154, 158
Sündenbock 40, 111, 112, 113, 264
Supervision 48, 73, 209, 228, 231, 295, 302
Symbol des »leeren Stuhls« 10
Symbol, persönliches 142
Symbole 141, 145, 167, 170, 173
Systemebene 30, 31, 32, 33, 36
–, interpersonale 20, 26, 30, 31, 33, 35, 40
–, intrapersonale 20, 23, 26, 27, 30, 31, 33, 35, 36, 40
–, kognitive 27
–, perspektive 27

Tagebuch 197, 198, 200, 201, 203 ff., 222, 291
Tagträume 215
Tänze, rituelle 146, 159
Tanzen 146 ff., 242, 273–274
–, spontanes 155
– von Traumfiguren 155
Tavistock-Modell 29
Tavistock-Schule 48
Team-Bildung 315
Textinterpretation 199 ff.
themenzentrierte Interaktion (TZI) 11, 246, 255, 256, 265
themenzentrierte Interaktionsgruppe 246, 272
Tortenschachtel, therapeutische Anwendung 140 f.
Transaktionsanalyse 168
transaktionsanalytisches Vorgehen (TA-Methode) 235, 236
Traumbearbeitung 19, 47, 142, 149, 171, 232, 234, 235
Träume: im Gestalttherapie-Marathon 171
–: in der Gestalttherapie 126, 142
–: Traumfiguren tanzen 155
– und Homosexualität 235
Traumgestalten 280–281
Traumseminar 65
Trennungsangst 178, 275

Überich 47, 49
Unterricht, nichttraditioneller 211 ff.
Unterstützung durch die Gruppe 163, 174, 176

Verantwortung 28, 43, 60, 120, 191, 228, 273, 316
– der Teilnehmer im Gruppenprozeß 246
– für Ablauf und Zeitspanne 234

– für Autonomie 195
– für sich selbst 28, 100, 120
–, gegenseitige 258
– gegenüber der Familie 120
–, therapeutische 231
Verdrängung 161
Verhaltensänderung 22
Verhaltensmuster 190, 191
Vertrauen 50, 65, 77–78, 161, 184
–, gegenseitiges 88, 101, 288
– zum Lehrer 216
– zum Therapeuten 65, 66, 71
– zur Gruppe 65, 66, 254
Veterans Administration Hospitals 304
Vorurteil 50, 88
Voyeurismus 141

Wachstumsgruppe 28, 29, 32, 148
Wahrnehmungsphase 85
Wertvorstellungen 88, 89, 96, 281
Widerstand beim Lernen 219
Willensakte (Klassifizierung) 187–188, 190 ff.
Workshop Institute for Living-Learning (WILL), New York 246
Wünsche (Klassifizierung) 187, 188

Yoga 153, 209

Zuneigung 33, 79, 179
Zusammenhalt in der Gruppe 38, 50, 54, 66, 100, 265
Zweierbeziehung 263

Violet Oaklander
Gestalttherapie mit Kindern und Jugendlichen

Aus dem Amerikanischen übersetzt von
Klaus Schomburg und Sylvia Schomburg-Scherff
Konzepte der Humanwissenschaften/
Modelle für die Praxis
1981. 408 Seiten, Bibliographie, kart.
ISBN 3-12-906221-1

Das Buch gibt einen guten Einblick in die gestalttherapeutische Arbeit mit Kindern und Jugendlichen. Die Autorin beschreibt die gestalttherapeutische Arbeit als organischen Prozeß, in dessen Verlauf die Kinder ihre Gedanken, Gefühle und Ängste zum Ausdruck bringen, um so ein Gewahrsein für sich selbst und ihre jeweils eigene Welt zu entwickeln.